Patricia Highsmith

# *›Small g‹*
# *eine Sommeridylle*

*Roman*

*Aus dem*
*Amerikanischen von*
*Christiane Buchner*

Diogenes

Titel der Originalausgabe:
›Small g: a Summer Idyll‹
Umschlagfoto von
Christian Affolter


300/95/8/1
ISBN 3 257 06039 4

*Für meine Freundin*
*Frieda Sommer*

# I

Ein junger Mann namens Peter Ritter kam eines Mittwochs gegen Mitternacht aus einem Zürcher Kino. Es war Januar, kalt, und er machte im Gehen hastig seine fast knielange Lederjacke zu. Er war auf dem Weg nach Hause – er wohnte noch bei seinen Eltern –, denn er hatte beschlossen, Rickie lieber von dort aus anzurufen statt von einer Bar. Um den Weg abzukürzen, bog er in eine Gasse. Er schnallte gerade den Jackengürtel zu, als links von ihm eine Gestalt aus dem Dunkel sprang.

»He! Raus mit der Kohle!«

In der erhobenen rechten Hand des Kerls blitzte ein Messer auf, ein längliches Jagdmesser.

»Ich hab aber bloß dreißig Franken«, sagte Peter in Lauerstellung, die Fäuste geballt. Manchmal ließen sich die Junkies leicht ins Bockshorn jagen. »Reicht dir das?«

Rechts von ihm war plötzlich ein zweiter Kerl aufgetaucht.

»Dreißig?! Bei *der* Jacke!« knurrte der Mann mit dem Messer und stach zu – ein heftiger Stich links unterhalb von Peters Brustkorb.

Die Klinge war durchs Leder gedrungen. Peter griff unter die Jacke, nach seiner Geldbörse in der Gesäßtasche seiner Jeans. »Okay, ich hol ja…«

Mit einem schrillen Lachen rammte der zweite Mann dem Jungen etwas Spitzes in die rechte Seite. Peter schwankte, hatte aber die Geldbörse inzwischen gezückt.

Der Mann links von ihm riß sie ihm aus der Hand. Wieder Gelächter, und jetzt ein Hieb gegen den Hals des Opfers – kein Faustschlag, sondern ein erneuter Stich.

»He!« schrie Peter, der sich vor Schmerz krümmte und es nun wirklich mit der Angst bekam. »Hilfe! – Helft mir doch!« Reflexartig versetzte er dem Mann links neben ihm einen Boxhieb.

Der zweite beförderte ihn mit einem Kinnhaken ins Dunkel der Häusermauern, wo er mit dem Kopf aufschlug. Fußgetrappel entfernte sich.

Er lag auf dem abgetretenen Pflaster in der Gasse, soviel war ihm bewußt, er lag da und röchelte. Blut machte ihm das Atmen schwer. Um Luft zu bekommen, schluckte er es. Rickie mußte er anrufen, das hatte er versprochen. Sein Freund arbeitete heute wieder bis spät in die Nacht, aber sicher wartete er auf...

»Hier! Schau, da ist er!«

Andere Leute.

»He! – Wo bist du verletzt?«

»Nein, faß ihn nicht an! Leucht lieber mal her!«

»Das ist Blut!«

»...Krankenwagen?«

»Beni ruft schon einen.«

»...junger Typ...«

»Mann! Der blutet aber!«

Peter kam sich vor, als werde er unter Narkose gesetzt, er konnte nicht sprechen, wurde immer schläfriger, nur der Hals tat ihm jetzt langsam weh. Ein Versuch zu husten schlug kläglich fehl; so sehr er nach Luft schnappte, alles verwandelte sich in Keuchen und Würgen.

Knapp eine Stunde später hatte jemand Peters Geldbörse in derselben Gasse gefunden und zur Polizei gebracht. Peter Ritter, wohnhaft soundso. Die Polizei benachrichtigte seine Mutter, er sei bei der Einlieferung ins Spital bereits tot gewesen. Ein Sanitäter habe ihn »Rickie« flüstern hören. Ob ihr der Name etwas sage? Ja, meinte sie. Ein Freund ihres Sohnes. Er habe gerade bei ihr angerufen. Auf Drängen des Beamten gab sie ihm Rickies Adresse. Dann holten zwei Polizisten Frau Ritter ab, um sie ins Leichenschauhaus zu begleiten.

Noch in derselben Nacht suchte die Polizei Rickie Markwalder auf, der in seinem Atelier arbeitete. Er war entsetzt über die Nachricht, jedenfalls soweit die Beamten das beurteilen konnten. Gegen Mitternacht habe er einen Anruf von Petey erwartet. Rickie wollte sofort mit Peteys Mutter sprechen, wurde von der Polizei aber auf den nächsten Tag vertröstet – man habe Frau Ritter ein Beruhigungsmittel gegeben. Ihr Mann sei ausgerechnet im Moment auf Geschäftsreise, meinte die Polizei, ein Umstand, der Rickie bekannt war.

Rickie wartete fast bis Mittag, bevor er bei Frau Ritter anrief: »Ich bin vollkommen erschüttert«, sagte er in seiner schlichten, fast unbeholfenen Art. »Ich bin hier, wenn Sie mich brauchen. Natürlich kann ich auch gern zu Ihnen kommen.«

»Ich weiß nicht. Vielen Dank. Mein Bruder ist bei mir.«

»Gut. Wegen der Beerdigung – soll ich Sie morgen anrufen?«

»Es ist… eine Urnenbestattung. Das ist in unserer Familie so üblich«, erwiderte Frau Ritter. »Ich sage Ihnen Bescheid, Rickie.«

»Vielen Dank, Frau Ritter.«

Sie verständigte ihn dann doch nicht, aber das konnte auch ein Versehen gewesen sein. Oder sie wollte ihn nicht bei dem Familiengottesdienst dabeihaben, von dem er im ›Tages-Anzeiger‹ gelesen hatte. Er schickte Peteys Eltern trotzdem Blumen, mit einer Karte, auf der er sein »aufrichtiges Beileid« bekundete, eine abgenutzte Floskel natürlich, die bei ihm aber von Herzen kam.

Für Luisa würde es auch ein Schock sein. Ob sie es bereits wußte? Die Notiz im ›Tages-Anzeiger‹ war kurz gewesen, und Rickie hatte sie lediglich gefunden, weil er danach gesucht hatte. Was Luisa und Petey betraf, wollte er sich lieber heraushalten, er hatte sowieso das Gefühl, daß Luisa ihn nicht besonders mochte. Kein Wunder: Schließlich war sie in Petey verliebt gewesen, vielleicht bloß aus Teenager-Schwärmerei, die nach ein paar Monaten wieder verflogen war, aber trotzdem... Rickie beschloß, ihr nichts zu sagen. Er ging davon aus, daß sie ihre Verliebtheit inzwischen überwunden hatte, und zwar, merkte er, weil er davon ausgehen *wollte*. Das war einfacher, als es ihr beim ›Jakob‹ zu erzählen, wo sie immer in Begleitung von Renate Soundso saß, ihrer Chefin, die sie und ein paar andere Lehrmädchen in ihrem Modeatelier beschäftigte.

## 2

Rickie Markwalder stapfte hinter der an ihrer Leine zerrenden Lulu her seine Straße entlang, mit Kurs auf ›Jakobs Bierstube‹. Am Wochenende hieß das Lokal allgemein ›Small g‹ und war ein Schwulentreff, doch wochentags früh um halb zehn war davon nichts zu merken. In einem internationalen Zürich-Führer war der ›Jakob‹ mit einem kleinen g für ›gay‹ gekennzeichnet, das auf eine teilweise, aber nicht ausschließlich schwule Kundschaft hinwies.

»Komm schon, Lulu! – Ach so«, murmelte Rickie nachsichtig, als die schlanke weiße Hündin sich geschäftig im Kreis drehte und dann hinhockte. Rickie zog sie mit der Leine sanft in den Rinnstein und steckte die Hände in die ausgebeulten und leicht schmuddeligen Taschen seiner weißen Strickjacke. Schöner Tag, dachte er. Der Frühling entfaltete langsam seine volle Pracht, die blaßgrünen Blätter an den Bäumen wurden jeden Tag größer. *Und kein Petey.* Rickie blinzelte, als ihn wieder dieser leise Schreck und die plötzliche Leere durchzuckten. Lulu sprang zurück auf den Bürgersteig, scharrte mit den Hinterbeinen und strebte mit neuem Eifer auf den ›Jakob‹ zu.

Zwanzig war Petey gewesen, dachte Rickie bitter, holte ohne ersichtlichen Grund aus und kickte eine leere Milchtüte in den Rinnstein. Und er war sechsundvierzig – *sechsundvierzig* sogar noch ziemlich gut in Schuß (bis auf seine eigene häßliche Stichwunde am Bauch, dem er in letzter Zeit eine leichte Wölbung hatte durchgehen lassen), während Petey, ein Bild von einem …

»He, Sie! Sie können doch den Abfall nicht einfach auf

die Straße kicken! Ein anständiger Schweizer hebt den auf!« Eine untersetzte Frau in den Fünfzigern funkelte Rickie an.

Er drehte sich um und wollte sich nach der Tüte bücken – sowieso bloß eine kleine Halblitertüte –, doch die Frau hatte sie schon blitzschnell aufgehoben. »Vielleicht bin ich halt kein anständiger Schweizer!«

Im Gesicht der Frau zuckte es verächtlich, und sie rauschte samt Milchtüte in die entgegengesetzte Richtung davon. An Rickies breitem Mund verzog sich ein Winkel nach oben. Durch so etwas würde er sich den Tag bestimmt nicht verderben lassen. Höchst ungewöhnlich, daß man überhaupt eine leere Milchtüte auf einer Schweizer Straße herumliegen sah. Vielleicht hatte er deshalb den Drang verspürt draufzuballern. Lulu bog scharf rechts ab und zog Rickie bei ›Jakobs Bierstube‹ durchs Tor, vorbei an den Terrassentischen, an denen kein Mensch saß, da es zum Draußenfrühstücken noch ein bißchen kühl war.

»Salü, Rickie! Und Lulu!« Das kam von Ursi in der Tür, die sich die Hände an der Schürze abwischte und zu Lulu hinunterbeugte. Lulu ihrerseits reckte sich und wollte Ursi die Hand lecken, traf allerdings daneben.

»Guten Morgen, Ursi, wie geht's uns denn heute?« fragte Rickie.

»Gut, wie immer, danke! – Das Übliche?«

»Ja, bitte«, erwiderte Rickie, während er auf seinen Tisch in der linken Ecke zusteuerte. »Grüezi, Stefan! Wie geht's?« Das war an einen einäugigen Mann gerichtet, einen pensionierten Postboten, der gerade ein Hörnchen in seinen Cappuccino tunkte.

»Ich bin ein unverbesserlicher Optimist«, erwiderte Stefan – seine Standardantwort. »Salü, Lulu!«

Rickie nahm einen ›Tages-Anzeiger‹ vom Zeitungsständer und setzte sich. Langweilige Nachrichten, so ziemlich dasselbe wie letzte und vorletzte Woche: Kleine ehemalige Sowjetrepubliken, die ihm kaum ein Begriff waren, anscheinend alle irgendwo bei der Türkei, bekriegten sich und brachten unschuldige Zivilisten um, die Menschen hungerten, ihre Häuser waren zerbombt. Sicher, manche Menschen hatten es viel schwerer als er. Das war Rickie längst bewußt, und er wollte es auch gar nicht leugnen. Bloß, wenn das Schicksal zuschlug, wieso dann nicht sagen, daß es weh tat? Wieso nicht sagen, daß es schlimm war, jedenfalls für den Betroffenen?

»Danke, Andi«, sagte Rickie mit einem kurzen Blick zu dem dunkelhaarigen jungen Mann, der ihm seinen Cappuccino und sein Hörnchen hinstellte.

»Morgen, Rickie. Morgen, Lulu.« Andreas beugte sich hinunter und hauchte Lulu, die auf einem Stuhl Rickie gegenüber Platz genommen hatte, einen angedeuteten Kuß auf die Nase. »Darf ich Madame Lulu auch etwas bringen?«

»Wuff!« erwiderte Lulu, und jede Faser an ihr signalisierte ein »Ja«.

Lachend richtete sich Andreas wieder auf und schwenkte das leere Tablett zwischen den Fingerspitzen.

»Sie kriegt was von meinem Hörnchen«, sagte Rickie.

Er wandte sich erneut seiner Zeitung zu. Mit Krümeln im Mundwinkel blätterte er bis zum Regionalteil. Einer Frau hatte man auf offener Straße die Handtasche weggerissen, ein noch nicht identifizierter Jugendlicher war mit einer Überdosis tot unter einer Zürcher Parkbank aufgefunden worden. Eine der Meldungen bezog sich auf einen zweiundsiebzigjährigen Mann, der in einem Dorf bei Einsiedeln, von dem Rickie noch nie gehört hatte, niedergeschlagen und ausgeraubt worden war.

Tja, mit zweiundsiebzig war man nicht mehr der Jüngste, dachte Rickie, da konnte man sich seiner Haut nicht mehr gut wehren. Immerhin war der Mann mit dem Leben davongekommen. Mit Schock ins Spital eingeliefert, stand da. Petey dagegen, in Zürich, hatte sich offenbar gewehrt, wie man das als junger Mann eben machte, und er war in Topform gewesen. Rickie zwang sich, seinen Klammergriff um die Zeitungsseite zu lockern.

»Hier, mein Engel.« Er reichte ein knuspriges Stück Hörnchen über den Tisch.

Die rosa Hundezunge nahm sich des Bissens an, ohne auch nur einen Krümel zu vergeuden. Lulu winselte leise und genießerisch.

In diesem Augenblick kam eine kleinere Frauengestalt in Grau herein, blickte sich kurz um und steuerte einen Tisch an der Wand gegenüber an. Gegenüber bedeutete ziemlich weit entfernt, denn die Gaststube beim ›Jakob‹ war groß.

›Jakobs Bierstube‹ ging über ein paar Stockwerke, aber die oberen Etagen interessierten niemanden. Im Erdgeschoß bestanden die Wände und die Decke ganz aus altem, dunklem Holz, genauso wie die Tische und Bänke sowie eine später angebrachte halbhohe Trennwand, die ebenfalls schon so alt war, daß sie sich farblich dem Rest angeglichen hatte. Kein Resopal, kein Chrom. Der Spiegel hinter dem Tresen sah aus, als könnte er eine Portion Wasser und Spiritus vertragen, aber bei den vielen Postkarten und sonstigen Andenken, die in seinem Rahmen steckten, hätte es eines sehr beherzten Menschen bedurft, um solch ein Vorhaben anzugehen. Die recht niedrige Decke wurde von dicken Balken gestützt, die noch dunkler wirkten als die Bänke und die Wandverkleidung, als ob jahrhundertealter Rauch und Staub das Holz gebeizt hätten. Wenn Rickie sich einsam fühlte, kam er auf ein Bier hierher, und wenn er von seiner eigenen Kocherei die Nase voll hatte, kriegte er bei Ursi bis Mitternacht Würstchen mit Kartoffelsalat oder Sauerkraut.

Die Dame in Grau war Renate Sowieso, und Rickie mochte sie nicht. Sie war mindestens fünfzig, immer ausgesucht adrett, aber ziemlich altmodisch gekleidet. Obwohl sie stets freundlich grüßte und bisweilen ein Trinkgeld auf dem Tisch liegenließ, konnten die wenigsten sie leiden. Sie hatte etwas von einer Spionin, einem Feind, der sie alle beim ›Jakob‹ ausspionierte, sie hinter ihrer höflichen Maske insgeheim verachtete, und trotzdem saß sie so oft hier, immer um die gleiche Zeit, auf eine Tasse Kaffee zum zweiten Frühstück. Sicher war Renate Frühaufsteherin und wollte ihre Mädchen vor acht an der Nähmaschine haben. Von seinem Platz aus konnte Rickie kleine graue, mit Zierstich aufgenähte Troddeln an den (leicht gepufften) Ärmeln ihres Blümchenkleides ausmachen, Troddeln auch vorne am Rock entlang der Mittelnaht, und natürlich ringsum am Saum. Die reinste Alice im Wunderland! Das Kleid war lang, damit ihr Klumpfuß, oder wie man das heutzutage nannte, möglichst gut versteckt war. Sie trug hochgeschlossene Schuhe; der eine hatte eine dickere Sohle. Zweifellos rührte daher ihre Vorliebe für die Jahrhundertwende-Aufmachung. Rickie stellte sich vor, daß sie ihre jungen weiblichen Angestellten fürchterlich tyrannisierte. Nun steckte sie eine Zigarette in eine lange schwarze Spitze, zündete sie an und gab mit einem kleinen Routinelächeln bei Andi ihre Bestellung auf.

Neun Uhr einundfünfzig. Rickies Bürohilfe Mathilde erschien nie vor zehn nach zehn im Atelier, obwohl er sie bei der Einstellung gebeten hatte, doch bitte spätestens um zehn da zu sein. Der energische Umgang mit Menschen war nun einmal nicht seine Stärke. Seltsamerweise war er im Geschäftsleben härter, dachte er, und das tröstete ihn.

»Jetzt den Appenzeller, Rickie? Oder…« Oder noch einen Cappuccino, sollte das heißen.

»Den Appenzeller, ja bitte, Andi.«

»Hoi, Rickie!« Rickie blickte von seiner Zeitung auf.

Die Stimme gehörte Claus Bruder, der hinter der Trennwand aufgetaucht war, vor der Rickie saß.

»Soso, der Claus! – Na, machst du deinen Kundinnen immer noch schöne Augen?« Rickie grinste. Claus stand in einer Bank hinter dem Schalter.

Claus wackelte mit den Hüften: »Worauf du dich verlassen kannst. Salü, Lulu! – Sag mal, kann ich mir vielleicht für heute abend Lulu ausleihen? Wird ein ruhiger Abend. Morgen um die Zeit würd ich sie wieder herbringen.«

Rickie seufzte. »Die ganze Nacht? Lulu war gestern abend schon so lange weg. Bis um zwei hat sie einer mit sich rumgeschleift. Sie braucht auch ihren Schlaf. Ist es was so Wichtiges?«

»Bloß hier in Außersihl. Ich habe heute abend mein erstes Date mit einem neuen Mann.«

Lulu war eben ein Pluspunkt, obwohl jeder ehrliche Ausleiher zugeben mußte, daß sie nicht ihm gehörte. »Nein«, sagte Rickie schweren Herzens. »Der Typ wird dich ohne Lulu genauso mögen wie mit. C'est la vie.«

Claus, fast zwanzig Jahre jünger als Rickie, hatte keine Antwort parat oder verkniff sie sich und blickte Lulu sehnsüchtig an. »Du bringst mir doch Glück, meine Süße!«

Lulu antwortete ihm mit einem »Ruff!« und legte Claus die Pfote in die ausgestreckte Hand. Er schüttelte sie.

»Tschüß Rickie! *And have a nice day*«, flötete er, was fast schon eine Beleidigung war.

»Du mich auch«, erwiderte Rickie liebenswürdig und nahm seinen Appenzeller Alpenbitter. Der erste Schluck schmeckte geradezu schauderhaft gut, die Süße vertrug sich prächtig mit dem bitteren Cappuccino auf der Zunge. Mit einer Zigarette und einem neuerlichen Blick in die Zeitung hätte er Renate nun schlicht vergessen können, aber inzwischen war Luisa dazugestoßen, und da mußte er einfach wieder hinsehen. Sie war so jung und frisch! Jetzt setzte sie sich mit einem Lächeln zu Renate auf die Bank. Doch, sie war in Petey verliebt gewesen – richtig verliebt, sein Freund hatte es ihm ja erzählt. Petey hatte sich schon ein wenig Sorgen gemacht, feinfühlig wie er war, weil er nicht so recht wußte, wie er mit diesen anhimmelnden Blicken umgehen sollte, die Luisa ihm zuwarf. Und wie eifersüchtig die alte Hexe Renate geworden war, und wie offen sie das gezeigt hatte! Recht vernehmliche Standpauken für Luisa, hier mitten im ›Jakob‹! Auch »Worte ins Publikum« hatte es gegeben, Renate war aufgesprungen, hatte den langen Rock gerafft und dramatisch herumgewirbelt wie eine Flamencotänzerin: »Es ist der *pure Wahnsinn*, als Mädchen für einen Homo zu schwärmen! – Diese Perversen sind doch bloß in ihr eigenes Spiegelbild verliebt!« Von den Stammgästen im ›Jakob‹ hatte sie wenig Unterstützung bekommen, die waren entweder selbst schwul oder jedenfalls eher schwulenfreundlich. Aber das hatte sie nicht davon abgehalten. O nein!

Und es war gräßlich gewesen, erinnerte sich Rickie, wie Renate angesichts von Luisas Tränen regelrecht triumphiert hatte (ein paar waren unglücklicherweise hier in der Öffentlichkeit geflossen), als klar wurde, daß Petey Luisas Annäherungsversuche nicht erwidern würde. Dem armen Petey war es furchtbar peinlich gewesen, und Rickie hatte ihn gedrängt, Luisa doch Blumen mitzubringen, was er mindestens einmal auch tat. Er hatte den Jungen ermuntert, verständnisvoll zu sein. Was kostete das schon? Und du bist gleich ein besserer Mensch, hatte Rickie gepredigt. Stimmte genau. Rickie zog ausgiebig an seiner Zigarette und ließ seinen Zorn verrauchen. Der Tag fing doch erst an.

»Rickie! – Und Lulu!« rief eine weibliche Stimme.

Rickie blickte auf. »Evelyn! Na! – Wie geht's denn, meine Teure? Hier ist ein Stuhl.«

»Nein, danke, Rickie, ich muß zur Arbeit, bin sowieso schon spät dran. – Du, diese Zeichnung…«

Sie öffnete einen braunen Umschlag und zog eine Tuschzeichnung auf dickem Zeichenpapier heraus, eine Burg mit in den Himmel wachsenden Türmen und einem Burggraben zwischen dem Gestrüpp und den Bäumen am unteren Bildrand.

»Hübsch!«

»Die Kinder finden es herrlich. Es ist ja auch gut gemacht. Ein Dreizehnjähriger hat es gezeichnet, und für das Alter ist es doch wirklich nicht schlecht. Könntest du…«

»Kopien machen«, ergänzte Rickie. »Zu Befehl.«

»Kopien machen.« Evelyns schmales Gesicht verwandelte sich mit ihrem Lächeln. Ihre Anfang Fünfzig sah man ihr nicht an. »Vielleicht zehn? Acht? Ich zahle dir natürlich das Papier. Dasselbe Papier, wenn's geht.«

Rickie hatte einen hochmodernen Fotokopierer mit allen Schikanen. Außerdem gab es Leute, denen er gern einen Gefallen tat, und zu denen gehörte Evelyn Huber, die in der Bibliothek der nahegelegenen Schule arbeitete.

»Du bist ein Schatz, Rickie! Eilt nicht. Kann ich in, sagen wir, fünf Tagen bei dir im Atelier vorbeikommen und sie abholen?«

»So um den Dreh, genau. Bis dann, Evelyn.«

Während der Unterhaltung mit Evelyn hatte sich Willi Bibers lange schlaksige Gestalt hereingeschoben, wie ein finsterer Geselle im Märchen, der klassische Dorftrottel von ehedem, das zweifelhafte Faktotum, das einen der Legende nach entweder schamlos übers Ohr haute oder kostenlos für einen schuftete. Nach Rickies Beobachtung und nach allem, was er gehört hatte, war Willi nicht ganz richtig im Kopf. Er war Handwerker gewesen, Maurer wohl, bis ihn entweder ein Arbeitsunfall – womöglich eine Ladung Ziegel auf den Kopf – den Job gekostet hatte, oder er wegen Dummheit gefeuert worden war.

Renate ließ sich oft zu ein paar Worten mit Willi herab, war Rickie aufgefallen, vielleicht weil sie beide behindert waren, er geistig und sie körperlich. Irgendwo war das nett von ihr, und das wollte etwas heißen, denn sonst hatte sie offensichtlich für ihre Mitmenschen nichts übrig, was man als Wärme bezeichnen könnte. Renate nickte Willi zu, als er sich an ihr vorbeischob und an den Nebentisch setzte. Willi hatte ein plattes, ausdrucksloses Gesicht, große Hände und Füße, und er trug sommers wie winters dunkle, unförmige Hosen und einen blauen Kittel. Außerdem hatte Rickie ihn noch nie ohne seinen breitkrempigen Hut gesehen, als ob er einen ständigen Sonnenschutz nötig hätte.

Rickie bezahlte. Statt auf Renate und Luisa zuzugehen, nahm er die Tür hinter der braunen Trennwand in ein Nebenzimmer, wo immer ein paar Arbeiter frühstückten. Um viertel vor acht mußten sie zur Arbeit, aber inzwischen saßen ein paar in Bluejeans zu einer zweiten Tasse Kaffee wieder da.

Knapp sechs Minuten später stand er vor dem Mietshaus – vierstöckig und hellgrau –, in dem sich sein Atelier befand, sperrte einen der Metallkästen auf und holte seine Post heraus: einen Umschlag, der verdächtig nach Rechnung vom Elektrogeschäft aussah, und zwei Briefe mit

Firmenlogos, die Arbeit für ihn bedeuten konnten. Rickie und Lulu gingen die kurze Treppe neben der Fassade hinunter, vorbei an Rickies Topfpalmen zu seiner Souterrain-Tür. Auf den letzten Stufen sah man durchs Atelierfenster schon Frau Schneider und Frau von Muellberg heftig debattierend, beide mit aufgeregt fuchtelnder Hand. Frau Schneider und Frau von Muellberg waren lebensgroße Gipsfiguren, die auf einer weißen Gipsbank saßen, mit Kleidern aus den zwanziger Jahren, die sparsam bemalt waren, um hier einen braunen Pelzmuff, da eine schwarze Handtasche zu betonen. Neulinge im Atelier starrten sie fast immer verblüfft an und lachten.

Rickies Atelier war weiß gestrichen, hatte eine hohe Decke, und es standen fast keine Stühle darin, denn von den vier großen Tischen waren drei für die Arbeit im Stehen bestimmt. An jedem Tisch waren Schreibtischlampen mit Gelenken angeschraubt. In einer Ecke befand sich ein Spülbecken mit Kalt- und Warmwasser, daneben ein kleiner Kühlschrank und darauf zwei elektrische Herdplatten.

Nachdem Rickie seine Jacke ausgezogen hatte, setzte er für sich und Mathilde Kaffeewasser auf, holte eine Tüte aus dem Schrank und schüttete eine Portion Kaffee in die Mühle. Beim Hinaufgreifen spürte er einen leichten Stich. Er hatte um die Mitte Fettpolster angesetzt, die ihm eigentlich unangenehm waren, doch redete er sich ein, die Polster gäben ihm ein lässiges Aussehen, als ob er sich aus schnöder Fitneß, diesem Fetisch von Jung und Alt heutzutage, nicht viel machen würde.

Das Stechen erinnerte ihn komischerweise wieder an Renate, diese verdammte Schachtel, die er für heute eigentlich aus seinen Gedanken verbannen wollte, um sich den Tag nicht zu verpatzen. Aus purer Bosheit oder Verlogenheit hatte sie glatt das Gerücht in die Welt gesetzt, Petey wäre in seinem – Rickies – Bett ermordet worden, und zwar von einer Zufallsbekanntschaft, die Petey an jenem Abend, als Rickie noch bis spät im Atelier gearbeitet hatte, in Rickies Wohnung gebracht hätte. Daß in den Polizeiakten und sämtlichen Zeitungen die Wahrheit stand, störte sie offenbar herzlich wenig. Bei solchen Geschichten machten sich die meisten – Laufkundschaft beim ›Jakob‹ zum Beispiel – nicht die Mühe, sie nachzuprüfen. Gewisse Leute im Viertel glaubten das Gerücht, das wußte Rickie. Ursi hatte ihn ursprünglich darauf aufmerksam gemacht, daß Willi irgendwas von einem Fremden nuschelte – oder von Petey mit einem Fremden? –, die über die Außentreppe zum Balkon in Rickies Wohnung eingestiegen wären, und daß Petey so zu Tode gekommen sei. Rickie hatte zwar die Achseln gezuckt, aber es ärgerte ihn. Ob Willi sich das ausgedacht hatte? Na ja, vielleicht habe ihm jemand den Floh ins Ohr gesetzt, hatte Ursi gemeint. Rickie sagte nichts mehr. Renate, wer sonst?

Rickie sah auf die Uhr – beinahe halb elf –, und genau da klingelte es. Bestimmt war das Mathilde, der er den Schlüssel noch nicht anvertraut hatte.

»*Guten* Morgen, Mathilde!« sagte Rickie mit seiner sonoren Baritonstimme und hielt einer unförmigen Frauengestalt die Tür auf.

»Morgen, Rickie.« Sie hatte gerötete Augenränder.

Rickie graute vor dem, was nun vermutlich kam, aber wenigstens gab's bald Kaffee.

Mathilde ließ eine große braune Ledertasche von der Schulter auf die Bank der beiden Gipsdamen gleiten, behielt aber ihre dicke weiße Strickjacke an. Im Gegensatz zu der von Rickie war die von Mathilde einigermaßen sauber, hatte keine Taschen und lag eng an. Das Mädchen war im Grunde eine einzige Ansammlung von Kurven; sie hatte ein breites, rundes Hinterteil, und direkt darunter schloß die Jacke ab. Mathilde dachte wohl, das verdecke ihren Po, doch tatsächlich wurde der durch die weiße Jacke noch betont. Ihre Hüftknochen, die man unter den ausufernden Wölbungen erahnte, saßen ziemlich hoch und hatten so gar nichts von der Üppigkeit des unmittelbar darüber anschließenden Busens. Natürlich versuchte Mathilde, diese ganzen Massen durch ihre Kleidung zu verstecken, doch leider erzielte sie genau den gegenteiligen Effekt.

Rickie seufzte. »Kaffee? Ich trinke einen. – Heute sind bloß zwei Briefe zum Aufmachen da.« In der Küchenecke schenkte er für jeden eine Tasse Kaffee ein; Mathilde trank ihren mit Zucker. »Und wenn Sie dann den Durchzeichner fertig machen könnten – für den Parfüm-Auftrag, wissen Sie? Franck und Fischer. Den würde ich zu gern heute erledigen.«

Mit einem zittrigen »Danke« nahm Mathilde ihre Tasse entgegen. Eine Träne war ihr über die Wange gerollt und verschwand in der Doppelkinnfalte.

»Kommen Sie. Nehmen Sie Ihren Kaffee mit an den großen Tisch.« Rickie hatte die beiden Briefe auf den Tisch in der Mitte gelegt, an dem sie beide allgemeine Arbeiten erledigten. »So. Und jetzt, was ist los, hm?«

Mathilde warf ihm einen tränenverschleierten Blick zu; ihre Kaffeetasse fing an zu klappern. »Ich glaub, ich bin schwanger.«

Rickie holte tief Luft. Künstlich befruchtet, schoß ihm durch den Kopf. »Wie kommen Sie darauf?« konnte er schlecht fragen. Idiotisch. Mathilde und schwanger? Allein die Vorstellung, ihren knallrot geschminkten Mund zu küssen, war für Rickie die Hölle. Daß irgendein Mann noch weiter gegangen sein sollte…

»Das tut mir leid«, sagte er, da es Mathilde sehr leid zu tun schien. Er räusperte sich. *Sind Sie sicher?* kam ihm als nächste unpassende Frage, weshalb er sie sich verkniff. »Was wollen Sie denn jetzt machen?« fragte er so einfühlsam wie möglich, und plötzlich nahm er ihr die Geschichte nicht mehr ab. Hatte Mathilde nicht immer irgendein Drama auf Lager? Vielleicht hätte sie Schauspielerin werden sollen. Konnte sie immer noch, sie war schließlich keine dreißig.

»Ich weiß einfach nicht, was ich tun soll«, schluchzte sie, den Blick in die Ferne gerichtet.

»Tja…« Rickie rutschte ungemütlich hin und her. Frau Müller, die über ihm wohnte, fragte immer, wieso er Mathilde eigentlich behalte, sie sei ihm doch mehr ein Klotz am Bein als eine Hilfe. Damit hatte sie recht. Aber Mathilde brauchte das Geld. Allerdings benötigten auch soundsoviele andere in Außersihl ein Auskommen, und die hätten dafür gearbeitet. »Also, für heute…« Rickie streckte die Hand nach den Briefen aus, ließ sie jedoch wieder sinken. »Fangen wir doch mal an. Vielleicht… kommt Ihnen ja bis heute nachmittag was.«

»Was denn?«

»Eine Idee. Was Sie tun sollen.« Wenn sie auf der Stelle hätte nach Hause gehen wollen, hätte Rickie nicht versucht, sie aufzuhalten. Um möglichst mit gutem Beispiel voranzugehen, stellte er sich an den Durchzeichner und schaltete ihn ein. Das beflügelte Mathilde immerhin dazu, sich endlich der Post zuzuwenden.

Einer der beiden Briefe, den sie Rickie vorlegte, weil sie seine Antwort brauchte, kam von einer Firma namens Logo Pogo. Ein Sportartikelhersteller, der eine bereits ausgearbeitete Werbekampagne illustriert haben wollte. Ob Herr Markwalder interessiert sei?

»Sagen Sie zu«, meinte Rickie. Immerhin konnte Mathilde tippen und vertretbar gut Hochdeutsch.

»Krieg ich bitte ein Bier, Rickie?«

»Mhm, klar.« Es war elf, Mathilde hatte länger durchgehalten als sonst, und das trotz ihrer miesen Verfassung.

Das Telefon klingelte, und Rickie nahm ab. Es war Philipp Egli: Ob Rickie am Abend zu einem »kleinen Fest« zu ihm kommen wollte, und zwar bitte mit Lulu?

»Lulu muß heute früh schlafen gehen. Sie war gestern aus«, erwiderte Rickie. »Aber trotzdem danke, Philipp.«

Philipp stöhnte. »Überleg's dir. Du brauchst nicht noch mal anzurufen, komm einfach, wenn du's irgendwie einrichten kannst, okay? Reine Männersache. Zwei neue Typen, junge. Nur so zum Reden, verstehst du? Würde dir guttun. Zu futtern gibt's auch.«

»Wieder Lasagne?« Rickie lachte laut auf. Beim letzten Mal hatte es jemand fertiggebracht, eine Riesenplatte dampfende Lasagne auf Philipps Küchenboden zu kippen, und Philipp hatte mit einem der Gäste versucht zu retten, was zu retten war, indem er die oberen Schichten abschabte. »Danke, Philipp, ich überleg's mir«, sagte Rickie, halbherzig, und dann legte er auf.

Mathilde rief tatsächlich bei den Logo-Pogo-Leuten an; Rickie ließ sich verbinden und machte einen Termin aus: Sie sollten bei ihm vorbeikommen.

»Dann können Sie sich gleich mein Atelier ansehen«, sagte er in dem beiläufigen, verbindlichen Ton, den er bei Geschäftskontakten unbewußt immer anschlug. Der brach einerseits das Eis, erlaubte ihm andererseits später, im Zweifelsfall hart zu verhandeln, und das war keine Taktik, es hatte sich im Lauf der Zeit einfach so ergeben.

Noch mit feuchten Augen hatte Mathilde den Durchzeichner startklar gemacht und sich einen kleinen Dubonnet genehmigt. Im Kühlschrank stand neben Milch, Coca-Cola, Mineralwasser und Tonic noch eine ganze Reihe von Getränken: Tomatensaft, eine Flasche guter Wodka, Cinzano und ein alter Rest Steinhäger, mit dem Rickie schöne Erinnerungen an einen netten blonden Boy aus Hamburg verband, so daß er von der Flasche weder trank noch Gästen anbot.

Kurz nach zwölf, als Rickie den zweiten Brief beantwortet und die Sache mit der Vergrößerung unter Dach und Fach hatte, war es um Mathildes Verfassung geschehen.

»Bu-hu-hu!« schallte es vernehmlich durch den großen Raum, ein Klassiker.

Rickie stand gerade vor einer Lippenstift-Anzeige mit orangem Hintergrund und einem knallroten Blitz quer durchs Bild – ihm gefiel sie nicht besonders, aber die Lippenstiftfirma war begeistert gewesen –, und ein paar Sekunden lang quälte er sich unschlüssig herum, doch dann gab er sich einen Ruck und trat seinen Job als Tröster an.

Nun begann er doch mit dem Üblichen. »Sind Sie sicher? Haben Sie es schon Ihrer Mutter erzählt?« Hatte sie nicht. Wollte sie? Keine Antwort. »Wer... ist denn Ihr Freund?« fragte Rickie und wagte sich damit auf unbekanntes, um nicht zu sagen unerhörtes Terrain. Welcher Mann konnte bei Mathilde ausreichend munter werden, um sie zu schwängern? Plötzlich schien Rickie dieser Gedanke eine hinreichende Garantie dafür, daß sie nicht schwanger war.

Mathilde hob die verweinten Augen. »Er heißt Karl...«

»Weiß er es?«

»Nein.« Hier folgte ein herzerweichender Schluchzer.

Rickie gab innerlich auf. War das sein Bier? Mathilde war erst seit drei Monaten bei ihm. Sie hatte sich auf seine Annonce im ›Tages-Anzeiger‹ gemeldet – »Sekretär(in) gesucht, Stundenlohn und Arbeitszeit nach Absprache«. Von den drei Bewerberinnen war ihm Mathilde am geeignetsten erschienen, weil sie fröhlich, gesund und robust wirkte. Da hatte er sich zugegebenermaßen geringfügig verschätzt.

»So, Mathilde, jetzt gehen Sie erst mal zum ›Jakob‹ und gönnen sich ein schönes Mittagessen, ja? Versprochen?«

Lust auf eine Mahlzeit hatte sie immer, zudem konnte sie im ›Jakob‹ ihr zweites Bier trinken.

»Falls Sie heute nachmittag nicht mehr kommen, rufen Sie mich an. Außerdem erzählen Sie's Ihrer Mutter, und dann entscheiden Sie, was Sie tun möchten. Es ist doch bestimmt erst einen Monat her.« Rickie tat wirklich sein möglichstes.

Lulu hatte bei dem großen »Bu-hu-hu« die spitze Nase gehoben und seitdem alles aufmerksam verfolgt. Sie lag zusammengerollt auf ihrem blauen Kissen, drehte den Kopf zwischen Rickie und Mathilde hin und her und horchte auf jedes Wort.

»Sie sind so nett zu mir, Rickie.« Mathilde versuchte offensichtlich, noch auf die eigene Tränendrüse zu drükken.

Rickie wußte, was jetzt kam, und ihm graute davor. Schwule Männer seien ja so nett, so verständnisvoll – wieso andere Männer nicht so nett sein könnten wie die schwulen? Es kam, und Rickie schaltete einfach ab.

»Hm-hm«, sagte er unverbindlich. »Jetzt muß ich aber langsam Mittag essen, sonst wird mir heute nachmittag die Zeit zu knapp.«

Das wirkte. Mathilde machte sich auf den Weg. Eine Weile betrachtete Rickie kritisch das große Transparentblatt auf dem Durchzeichner: an die zwanzig Motorräder, die von links oben nach rechts unten flitzten, alles verwischt. Geschwindigkeit pur. Nicht schlecht, dachte er. Erst als Mathilde draußen war, riß er sich los, machte die Leine an Lulus Halsband fest und ließ sich von ihr zur Tür ziehen.

Rickies Wohnung lag ein paar Meter weiter in derselben Straße. Das Gebäude hatte vorn und seitlich einen Garten mit ein paar schönen Bäumen und Büschen und zum Trottoir hin eine Hecke. Rickies Domizil im ersten Stock hatte einen Eisenbalkon mit einer Treppe in den Garten. Von innen gelangte man durch eine Flügeltür auf den Balkon, der eigentlich kaum groß genug für einen Tisch war; trotzdem saß Rickie manchmal hier mit einem Freund beim Essen.

Drinnen gab Preußischblau den Ton an. Ein Teppichboden in Preußischblau, dunkelblaue Tapeten in fast allen Zimmern, klassische Möbel, alles aus Holz und unprätentiös. An den Wänden hingen in verschiedenen Größen mindestens sechs von Rickies Bildern eines weißen Vogels im Segelflug, mit schlanken, unverhältnismäßig langen ausgebreiteten Flügeln – alles Ölgemälde. Der Vogelkopf war immer leicht zur Seite gedreht, auf jedem Bild anders. Eigentlich sollte es eine Möwe sein; auf einem Bild segelte allerdings ein Storch über Häuserdächer.

Auch hier war Petey Ritter gegenwärtig, auf Fotos, in Farbe und in Schwarzweiß, mit und ohne Rahmen. In sechs Monaten war Rickie soweit gekommen, daß er nicht mehr hinsah, jedenfalls keines mehr anstarrte, aber noch nicht soweit, daß er sie abgenommen hätte. Doch, vor einem Monat hatte er eines entfernt, das am wenigsten gute. Wenn man in die Wohnung kam, wurde man von Petey auf seinem Motorrad empfangen – strahlend, mit wehenden blonden Haaren, das Motorrad schief in Kurvenlage, obwohl er nur im Stand für Rickie posiert hatte. Ein anderes Lieblingsbild von Rickie zeigte ihn und Petey an einem Cafétisch im Freien, ein Schwarzweißfoto mit Sonnensprenkeln von der mit Weinreben überdachten Terrasse. Ein guter Schnappschuß. Rickie hatte ihn vergrößern lassen.

Er öffnete ein kleines Bier und holte die Spaghetti mit Tomatensauce aus dem Kühlschrank, die am Vorabend köstlich geschmeckt hatten. Ein Stück Butter, ein Schuß Milch, und ab mit dem ganzen in eine Pfanne.

Wie lange war das mit Petey jetzt her? Rickie merkte, daß er die Wochen nicht mehr mitgezählt hatte, er wußte nur noch das Datum. Der springende Punkt war, daß es Petey nicht mehr gab. Was sie sich zusammen aufgebaut hätten! Wie sie sich gegenseitig unterstützt hätten, wie glücklich sie gewesen wären! Mord war der springende Punkt. Mord und Drogen. Rickie warf einen Blick auf die Pfanne, deren Inhalt noch nicht angefangen hatte zu köcheln, und ging mit seinem Bier an die Balkontür, zu seiner Eßecke. Hier stand ein blankpolierter Tisch, an dem bequem sechs Leute Platz hatten.

Er machte die Balkontür auf, die sowieso nicht richtig zuging. Die Türen saßen so locker – obwohl sie von außen verschlossen aussahen –, daß ein kurzer Stoß den Riegel außer Gefecht setzte, die Türflügel einen Spalt öffnete und eine Hand dann den Rest besorgen konnte.

Muß ich wirklich mal reparieren lassen, nahm Rickie sich vor.

Er begann sein Mittagsmahl am Couchtisch. Kaum saß er, ging er schon wieder ans Regal, suchte die Barbra-Streisand-Kassette und legte sie ein. Ein paar Minuten später kam ein Song, der ihn so an Petey erinnerte, daß er aufsprang und das Band abstellte.

»Lulu! Noch einen kleinen Keks?«

Lulu erhob sich stumm, wedelte mit dem Schwanz und beäugte die Hundekuchendose neben dem Spülbecken.

Rickie gab ihr einen Keks. Dann ging er ins Bad, stellte sich vor den knapp einen Meter breiten und an die zwei Meter hohen Spiegel und zog sein Hemd hoch bis zur Brust.

Kritisch inspizierte er seine Narbe. Wirklich ein scheußliches Ding, von knapp unterm Brustbein bis fast zum Nabel, und vor allem furchtbar breit, als hätte der Chirurg mit dem Skalpell herumgealbert oder wäre nicht ganz nüchtern gewesen. Rosaweiß gefleckt war sie, und oben und unten spitz zulaufend, als ob der Arzt ordentlich angefangen und aufgehört, aber in der Mitte gepfuscht hätte. Es war wirklich schlecht gemacht, das hatten diverse andere Ärzte ihm bestätigt, wobei Rickie natürlich die Stützbandage nach dem Nähen nicht nach Vorschrift getragen hatte, jedenfalls nicht Tag und Nacht.

Das mit dem Schnitt war ungefähr drei Wochen nach Peteys Tod geschehen.

Rickie war in ein Zürcher Kneipenviertel gefahren – ohne den Wagen, weil er sich seine Drinks schmecken lassen wollte. Allerdings hatte er sich dann einen zu viel schmecken lassen. Plötzlich war es passiert, in den paar Sekunden, die ihm in der Erinnerung fehlten, als er aus der Kneipe auf die Straße getreten war, um sich ein Taxi herzuwinken. Der Blackout hatte gedauert, bis er Stunden später im Krankenhaus aufgewacht war, als es bereits langsam hell wurde und eine Krankenschwester ihn nach seinem Namen fragte.

Jedenfalls war seine Mitte ein gräßlicher Anblick, und Rickie zuckte allein bei dem Gedanken zusammen, daß irgend jemand sie zu Gesicht bekäme, sei es ein Arzt oder eine Krankenschwester, ganz zu schweigen von einem Lover. Aber im Vergleich zu dem, wie man Petey zugerichtet hatte, war diese vermurkste Naht natürlich harmlos! Auf einmal fiel Rickies ganzes Selbstmitleid von ihm ab, löste sich in Luft auf. Er stand plötzlich aufrechter da und fühlte sich damit gleich besser. *»Kinkerlitzchen«*, sagte er laut.

Am besten ging er doch zu Philipp Eglis Party heute abend. Mit Lulu.

Davor lag allerdings noch der ganze Nachmittag mit dieser Heulsuse von Mathilde. Ob er sie nach Hause schicken konnte, ihr den Nachmittag freigeben, oder ob sie da beleidigt wäre, es als Vorgeschmack auf einen Rausschmiß betrachten würde? Sollte er ihr vielleicht an dem neuen Kiosk an der Ecke vor dem ›Jakob‹ ein paar Blumen kaufen? Manchmal hatten sie dort welche. Komisch, daß so viele fanden, Schwule könnten mit Frauen besser umgehen als Heteros, wo Rickie für seine Begriffe schlicht keine Ahnung hatte. Ein verheirateter Mann mußte doch über Frauen viel mehr erfahren, als ein Schwuler. Er selbst hatte immerhin eine Schwester, mit der er auch immer gut ausgekommen war.

Einen Schlips für den Nachmittag? Wieso nicht? Rickie zog ein hellblaues Hemd an und suchte dazu eine blaue Krawatte mit einem roten Streifen aus. Hatte er nicht noch einen Termin? Nachprüfen konnte er das erst im Atelier. Ihn an so etwas zu erinnern, wäre natürlich genau Mathildes Aufgabe gewesen. Na, denn viel Glück.

# 3

Mathilde saß bereits auf der Treppe vor der Außentür.

»Hoppla, Mathilde, Sie sind zu früh, und ich bin zu spät!« Während er seinen Schlüssel aus der Tasche fischte, versuchte er rasch am Zustand ihrer Augen ihre Verfassung abzulesen. Leicht glasig, mit frischem Lidstrich, stellte er fest. »Kommen Sie herein. – Nein, nach Ihnen.«

Rickie arbeitete ungerührt weiter. Er hatte tatsächlich einen Termin um vier, mit Perma-Glanz, einer Nagellackfirma.

Krallen, dachte er leicht angewidert. Gepflegtes Äußeres, einen Sinn für sorgfältige Toilette – wahrscheinlich drückten lackierte Fingernägel all das aus. Aber damit leben? Und im Bett? Sie einem Mann in den Rücken krallen? Oder in sonst was? Bloß nicht! Andererseits verschaffte der Nagellack ihm, der Herstellerfirma und den Maniküren in den Kosmetikstudios ein Einkommen. Zum dritten Mal an diesem Tag versuchte Rickie, sich die Tagträume aus dem Kopf zu schlagen.

»Sie sehen aber gut aus«, sagte Mathilde, als Rickie den Wasserkessel aufsetzte.

»Ich hab um vier einen Termin. Zwei Sachen, Mathilde, müssen heute nachmittag noch erledigt werden. Erstens die Farbdias vom Foto-Blitz abholen. Könnten Sie anrufen, ob sie fertig sind? Wenn ja, dann holen Sie sie bitte. Und Hunderterbirnen, da brauchen wir nochmal sechs. Vielleicht schreiben Sie sich's auf.«

»Mach ich.« Sie ging zunächst an den Kühlschrank und

holte den Dubonnet, beziehungsweise dessen klägliche Reste, heraus.

Rickie nahm sich die Korrespondenz mit den Perma-Glanz-Leuten vor. Er hatte eine Idee für die Anzeigenkampagne, etwas mit Katzen, und dafür wollte er noch Skizzen machen.

Mathilde zog umständlich die Strickjacke an. Rickie atmete auf, als sie fort war.

Perma-Glanz. Seine Katzen-Idee. Verschiedene Nagellackfarben, in jeder Anzeige eine andere, aber immer dasselbe Motiv: Nahaufnahmen von Frauenfingerspitzen, die einen Katzenkopf streicheln oder sanft massieren. Die Katze wäre auch jedesmal eine andere: eine Siamkatze, eine Burmakatze, eine getigerte, eine schwarze, eine rote, eine weiße, eine Perserkatze. Rickie skizzierte die entsprechenden Farben mit Buntstiften. Schließlich hatte er vier Entwürfe zum Vorzeigen.

Noch eine Idee? Kein Problem. Mißgeschicke, kleine Unfälle, bei denen man die Finger einer Frau sieht. Ihre Handtasche fällt hinunter, alles kullert heraus – entweder auf der Straße oder bei einem festlichen Abendessen. *Sie können sich trotzdem von Ihrer besten Seite zeigen.* Oder sowas in der Richtung. Lippenstift, Kamm, Geldbörse auf einem Teppich verstreut, vielleicht eine Männerhand mit Jackettärmel und Hemdmanschette, die der Dame zu Hilfe kommt, während ihre Hand mit den Perma-Glanz-Nägeln den (womöglich farblich entsprechenden) Lippenstift aus den versprengten Sachen klaubt.

Als Mathilde zurückkam, hatte Rickie beste Laune. Lulu schlief tief und fest weiter, selbst als Mathilde direkt neben ihr über die Schwelle trat. »Alles geklappt?« Sie hatte eine große und eine kleinere Plastiktüte in der Hand.

»Ja-a.« Mit zittriger Stimme. Sie spießte ein paar Quittungen auf den Dorn neben dem Telefon.

Rickie machte die Tüte mit den Glühbirnen auf, kontrollierte, ob Mathilde die richtige Größe gekauft hatte und warf einen Blick auf die Farbdias, die gelungen aussahen. Während Mathildes Abwesenheit hatte er beschlossen, einfach kein Wort mehr über ihren »Zustand« zu verlieren. Es schien ihm sogar taktvoller – um so besser.

Auch Mathilde erwähnte das Thema den ganzen Nachmittag lang nicht mehr und tippte stattdessen ein paar Briefe, unter anderem eine Mahnung.

Der Perma-Glanz-Mensch um 16 Uhr 25 hielt nicht viel von seiner Katzen-Idee, fand die Sache mit dem *Sie können sich trotzdem von Ihrer besten Seite zeigen* aber sehr witzig.

Eine halbe Stunde nachdem er wieder fort war, klingelte das Telefon und derselbe Mann meinte, sein Kollege fände die Katzen-Idee doch gut, ob Rickie zwei Entwürfe anfertigen könnte, Layouts mit Platz für hundert Wörter in zwei Schriftgrößen wie beschrieben?

Der Tag machte sich. Nur Mathilde galt es nach wie vor wie ein rohes Ei zu behandeln. Bestimmt war sie tatsächlich überhaupt nicht schwanger, nicht das kleinste bißchen. Rickie grinste in sich hinein. Hielt nicht die Phantasie die Welt in Schwung? Gab einem Auftrieb? Wie Liebe, Ehrgeiz, Hoffnung und Streben – alles abstrakte Begriffe, alles Phantasie, aber so notwendig wie das tägliche Brot. Fand jedenfalls Rickie.

Als Mathilde sich später verabschiedete, bildete Rickie sich sogar ein, das schwache, dankbare Lächeln auf ihrem Gesicht gebühre seinem Taktgefühl. Die beiden wünschten sich ein schönes Wochenende.

Rickie blieb noch eine gute Stunde im Atelier, arbeitete, räumte auf, trödelte herum und hing seinen Gedanken nach, wie das nur ging, wenn er allein war.

Kurz vor sieben war er zu Hause und rief seine Schwester Dorothea an, die, mit einem Radiologen verheiratet, ebenfalls in Zürich lebte. Ob er und seine Schwester wirklich in einer Woche zum Geburtstag ihrer Mutter mußten? Fuhr Dorothea? Nein. Sie wollte anrufen und ihr Geschenk mit der Post schicken.

»Gut«, sagte Rickie erleichtert. »Ich könnte natürlich mit dem Auto hin, bin aber nicht gerade scharf drauf. Kann mich beherrschen«, fügte er hinzu – ein alter Spruch von früher, bei dem seine Schwester kichern mußte.

»Bruderherz, du und Auto fahren – nach Mamis Geburtstagsparty!«

»Na, übernachten würd ich schon.«

»Trotzdem. Und, geht's dir gut? Alles klar?«

Rickie versicherte, alles sei in Ordnung. »Was macht Elise?« fragte er – Dorotheas Tochter.

»Die hat ihre Arbeit immer noch nicht fertig, außerdem hat sie mal wieder einen Jüngling kennengelernt, also können wir nur hoffen.« Sie mußte lachen. »Daß sie sich auf ihre vier Buchstaben setzt und fertigschreibt, meine ich.«

Elise war Dorotheas einziges Kind und machte gerade ihren Abschluß in Betriebswirtschaft. »Mach's gut,

Schwesterchen. Ich muß Schluß machen. Grüß meine Nichte – und Röbbi.« Beim Auflegen gingen Rickie Bilder der immer perfekt aufgeräumten, etwas wuchtig eingerichteten Wohnung seiner Schwester durch den Kopf, Ledersessel, Möbel aus dunklem Holz, größtenteils Geschenke von ihrer Mutter und Roberts Familie. Hach ja, wahrhafte Säulen der Gesellschaft.

Um halb zehn stand Rickie frisch geduscht, im selben hellblauen Hemd und einem Trenchcoat darüber bei Philipp Egli vor der Haustür und läutete an einer von zwanzig Klingeln.

»Rickie!« rief er in die Sprechanlage.

Jemand drückte auf den Summer. Lulu, die Partyluft witterte, tänzelte aufgekratzt neben ihm her. Die Show lag ihr im Blut. Sie kam aus dem Zirkus und war ihrer Mutter mit zwei oder drei Monaten weggenommen worden. Raus aus dem Lift, die Wohnung hinten rechts. Rickie klingelte.

Philipp Egli machte auf, ein hochgewachsener Mann, wenn auch nicht ganz so groß wie Rickie, mit hellbraunen, welligen Haaren und einem ernsten, wachen Gesicht. »Willkommen, Rickie!« Und lachend: »Lulu, unser weiblicher Ehrengast!«

Im Wohnzimmer saß man dicht gedrängt auf Stühlen, Sofas und auf dem Boden, ein paar Jungs standen auch. Als Rickie und Lulu auftauchten, verebbte das Stimmengewirr .

»Das ist Rickie Markwalder«, begann Philipp. »Joe, Kurt…«

»Der keiner Vorstellung bedarf«, sagte Kurt.

»Heinz«, fuhr Philipp fort.

»Weber«, ergänzte Heinz, der, auf einen Ellbogen aufgestützt, am Boden lag.

»Tomi, Max, Fr...«

»Tomi ist auch da!« schallte es aus einer Ecke.

»Schon gut!« sagte Rickie, dem die Vorstellerei wie immer peinlich war. Ungefähr die Hälfte der Gäste kannte er flüchtig; mit manchen war er vor Jahren im Bett gewesen.

»Jetzt reicht's«, sagte jemand. »Gebt Rickie lieber was zu trinken.«

Rickie war nicht das erste Mal in Philipps Wohnung. Wo keine Bücherregale an der Wand standen, hingen Fotos – viele vergrößert – von jungen Männern im Teenageralter, viele nackt, Blick in die Kamera, manchmal mit einem einladenden Lächeln. Auf einem Bild sah man die Köpfe von zwei Schlafenden, der Rest der beiden steckte unter einem Laken. Die Bücher bestanden bis auf ein paar Reihen mit Taschenbüchern aus dicken Lehrbüchern mit komplizierten Titeln aus Physik und Ingenieurwesen, die Rickie nicht das geringste sagten – ein scharfer Kontrast zu der ausgelassenen Männerrunde. Philipps Familie war eher knapp bei Kasse, das wußte Rickie, also arbeitete Philipp hart, um seine Ausbildung und damit die Zeit, in der seine Familie für ihn aufkommen mußte, nicht unnötig auszudehnen. Rickie bewunderte das, wo es doch hierzulande von Studenten nur so wimmelte, die jahrelang an ihrer Abschlußarbeit bastelten, jahrzehntelang sogar, und dabei bequem von ihren spendablen Eltern und praktisch zinslosen Darlehen des Staates lebten.

Rickie nickte, als man ihm einen Chivas Regal anbot.

Auf einem Tisch am Fenster waren Weinflaschen aufgereiht, und in mehreren Wassereimern stand das Bier. »Danke«, sagte Rickie. »Bloß einen Schuß Wasser, bitte – genau. Und was ist der Anlaß für die Party, Philipp?«

»Nichts. Daß Freitag ist«, antwortete Philipp und schob seine Hemdsärmel hoch, auf dem Sprung, sich wieder um die Gäste zu kümmern. »Na ja, ehrlich gesagt, hat es bei Harry und mir gekracht – endgültig, wir sind nicht mehr… Also schmeiß ich eine Party, um das zu vergessen.«

»Ach«, sagte Rickie ernst, aber während er noch nach ein paar tröstenden Worten suchte, war Philipp schon weg. Harry? Womöglich kannte er den, doch im Augenblick konnte er sich zu dem Namen kein Gesicht vorstellen.

»Lulu!« sagte ein junger Mann, von dem Rickie nur wußte, daß er Stefan hieß. »Machst du uns heute ein paar Kunststückchen vor?«

»Wenn ihr sie nicht überfordert«, sagte Rickie betont streng. »Sie hat eine turbulente Woche hinter sich.«

»Heißt das, du auch?«

Rickie nippte an seinem Whisky. »Turbulent genug. Wer spielt denn da heute abend den Weihnachtsmann?« Er deutete mit dem Kopf auf eine Ecke des Wohnzimmers, wo ein junger Mann in weißem Hemd und schwarzer Weste ein paar Lines aufschichtete. Zwei andere sahen gespannt zu.

»Er heißt Alex. Mehr weiß ich nicht.« Stefan lachte, als handle es sich um einen guten Witz. »Will ich auch nicht wissen.«

Koks bei Philipp – das hatte es noch nie gegeben. Rickie beobachtete, wie Alex Papierröhrchen an die gebannten Zuschauer verteilte. Na los, zieht's euch schon rein, bedeutete seine Geste. Dann hob er den Teller hoch, damit die säuberlich strahlenförmig aufgeschichteten Reihen leichter geschnupft werden konnten. Alex kniete mit dem erhobenen Teller da wie eine Figur auf einem mittelalterlichen Altarbild. Die Kokser mußten sich nur ein wenig nach vorn beugen.

Rickie blickte suchend über die schnatternde Gesellschaft und schaute ein paar Männern in die Augen, denen sein Blick aufgefallen war. Einer sah ziemlich gut aus, mit kurzen dunkelbraunen Haaren, doch der schien von dem Mann in Bann gezogen, mit dem er ins Gespräch vertieft war. Wie Rickie wohl auf diese Gruppe wirkte, die im Schnitt unter dreißig war, fragte er sich. Wie ein alter Knacker von mindestens vierzig, mit Hängebacken und außer Form, auf der Suche nach Frischfleisch. Erbärmlich, peinlich. Ein *dirty old man*. Geh doch nach Hause mit deinen Träumen von vorgestern!

In der Küche machte Rickie sich noch einen Drink, nicht zu stark. Als er wieder ins Wohnzimmer kam, pfiffen einige Jungs ein paar Takte, die anderen fielen pfeifend und klatschend ein, und plötzlich war das »Pariser Leben« in vollem Gang.

Lulu tänzelte bellend herum.

»Laßt sie los! Runter mit der Leine!«

Lulu war frei.

»Da! Schau, Lulu!« Ein junger Mann hielt ihr waagrecht einen Regenschirm hin.

Lulu sprang drüber, machte einen Bogen und sprang noch mal drüber, geräuschlos, graziös und mit Begeisterung.

Gelächter, vereinzelt Applaus. Zwei Männer standen auf, faßten sich an den Händen und bildeten mit ihren Armen einen Reif.

»Tiefer!« rief Rickie. »Sonst rauscht sie in die Gläser da hinten!«

Mit einem Satz sprang Lulu durch das Hindernis und machte einen Bogen, um ihr Kunststück zu wiederholen.

Bei solchen Gelegenheiten war Rickie immer richtig fasziniert, er hatte Lulu ja als winziges Hundebaby gekauft, und er war überzeugt, daß sie diese Tricks nie gelernt hatte, sie lagen ihr einfach im Blut.

Anerkennendes Pfeifen. Das ganze Zimmer geriet außer Rand und Band, alles pfiff und johlte durcheinander.

»Das reicht!« Rickie klatschte in die Hände und streckte die Arme nach oben. »Sie braucht eine Pause. Komm Lulu, zur Erholung machen wir jetzt eine Kreuzfahrt. Okay?«

Er zog eine Sonnenbrille aus der Jackentasche und fummelte im Ärmel seines Trenchcoats nach seinem roten Schal, den er Lulu um den Kopf wickelte und am Hals verknotete. Dann setzte er ihr die Sonnenbrille auf die Nase und verstaute die Bügel unter dem Schal.

»O Mann!«

Gelächter. Wieder Applaus.

»Phantastisch, Lulu!«

Sie hatte sich mit erhobenem Kopf in einen Sessel geschmiegt, die Augen wie auf einen fernen Horizont gerichtet. Sogar Rickie mußte grinsen, obwohl er ihr schon oft diese Verkleidung verpaßt hatte. Sie sah tatsächlich aus wie eine mondäne Schauspielerin in einem Liegestuhl an Deck, die incognito bleiben will. Langsam mauserte sich die chaotische Hintergrundmusik zu dem Walzer aus derselben Offenbach-Operette.

Rickie bemerkte sich aus den Augenwinkeln in einem Spiegel, ein vorüberhuschendes Bild, das ihn fröhlich stimmte: Er sah glücklich aus; Hemd und Krawatte und seine glatten schwarzen Haare waren dem Erscheinungsbild eines gutaussehenden Mannes durchaus förderlich. Und bis heute hatte er immer noch kein einziges graues Haar entdeckt.

Irgendwer sagte was von Essen. Spaghetti sollte es noch geben, und Wiener Würstchen. Überall standen fast leere Schüsseln mit Salzbrezeln und Crackern herum.

»Was ist denn das, Alex?« fragte Philipp. »Ein Schein?« Rickie schnappte die Frage auf.

»Hör mal, nicht bei mir im Haus, du. Wenn du was verschenken willst, meinetwegen. Aber nicht verkaufen.« Philipp war aufgestanden.

»Verschenken tut das keiner«, sagte Alex und erhob sich etwas schwankend. »Nicht mal ich. Ich bin hier quasi bloß der Laden an der Ecke.« Er kicherte.

»'tschuldige, Philipp. Er hat was von zwanzig Franken gesagt, und die hatte ich grade da...« Das kam von einem der Jungs, die am Boden knieten, das Papierröhrchen noch in der Hand.

»Schon gut, dann geb ich's eben zurück«, sagte Alex und fischte in der Tasche nach dem Schein.

Jetzt war es Philipp peinlich. »Bloß der Gedanke, daß hier bei mir was ver*dealt* wird…«

Rickie mischte sich ein. »Philipp hat recht. Es ist schließlich eine Party, und er verkauft ja auch keine Drinks, oder? Nicht daß Philipp irgendwas gegen… die Sache an sich hätte, denk ich mal«, fügte er versöhnlich hinzu, mit Blick auf die beiden übriggebliebenen Lines vor Alex.

»Kein Mensch hat was dagegen«, fiel ein anderer ein, »bloß verkaufen läuft nicht, Alex.«

»Okay, okay, ich pack's ja weg.« Alex funkelte zornig, weil ihn mindestens sechs Leute anstarrten.

»Nichts für ungut, Jungs!« Diese Stimme aus dem Hintergrund klang leicht angetrunken.

Auf der Suche nach einem Bier ging Rickie wieder in die Küche. Im Kühlschrank stapelten sich die Flaschen, außerdem stand eine große Schüssel Kartoffelsalat darin. Rickie bediente sich lieber aus dem Eimer daneben, wischte die Flasche mit einem Küchenhandtuch ab und köpfte sie. Dann öffnete er auf der Suche nach der Toilette versehentlich die Tür zum Schlafzimmer, wo zwei der jüngeren Gäste vor dem Spiegelschrank standen und sich so zärtlich und behutsam küßten, daß es aussah wie ihr erstes Mal. Er machte die Tür wieder zu. Die nächste Tür war die richtige.

Als er samt Bier wieder aus der Toilette kam, herrschte in der Wohnung Stille, bis auf eine ärgerliche Stimme, die sich ereiferte: »Na, irgendwer muß ihn ja eingeladen haben!«

»Genau, wer hat ihm von der Party erzählt?«

»Nimmt nicht mal den Hut ab, wenn er wo zu Besuch ist.«

»Ist der bedröhnt? Oder taubstumm?«

»Wer zum Teufel ist das?« fragte eine Stimme.

Ein junger Mann stand stirnrunzelnd in der Tür zum Wohnzimmer.

»Was war denn los?« fragte Rickie ihn.

Der junge Mann zuckte die Achseln. »Hat geklingelt, und dieser Typ...« Er machte eine hilflose Geste.

Zu Rickies Verblüffung stand mitten im Wohnzimmer Willi Biber, in seiner üblichen Aufmachung, mit dunkler Hose, einem alten Arbeitskittel und dem breitkrempigen grauen Hut.

»Willi!« rief Rickie.

Willi erwiderte in seiner tölpelhaften Art ein »Sa-lü« und deutete mit dem Finger auf Rickie, wobei unklar blieb, ob diese Geste anklagend oder als Gruß gemeint war.

»Rick, du kennst den?« fragte einer.

»Vom Sehen«, sagte Rickie in der bedächtigen Art, die ihn oft überkam, wenn er seine Drinks langsam spürte.

»Und, hast du ihn eingeladen?«

»Natürlich *nicht*«, erwiderte Rickie laut und fest.

»Kommt, Kinder, was soll's.« Das kam von Philipp. »Feiern wir einfach weiter. *Have fun!*«

»Der macht aber Trouble, dieser Typ«, sagte eine neue Stimme. »Ich kenne ihn aus dem ›Jakob‹. Das ist ein Brunnenvergifter.« Und das stand verschlüsselt für einen notorischen Schwulenhasser.

Philipp ging auf den unerwünschten Gast zu. »Hör mal

Willi, wir kommen eigentlich ganz gut ohne dich aus. Okay? Sollen wir dir ein Taxi rufen?«

»Genau«, rief jemand. »Ein Taxi!«

»Ich hab doch bloß die Tür aufgemacht«, sagte eine andere Stimme beleidigt. »Soll ich vielleicht jeden erst verhören, der hier…«

Willi Biber drehte sich langsam um die eigene Achse, als wollte er sich jedes Gesicht genau einprägen. Seine grauen Augen waren trüb, seine Miene ausdruckslos. Plötzlich breitete er ganz steif die Arme aus und sagte: *»Ihr… Schwuchteln!«*

Wieherndes Gelächter, vereinzelter Applaus. »Danke für die Blumen!«

»Okay, ich kenn den Typen, und jetzt reicht's. Raus mit ihm«, sagte ein kleiner dunkelhaariger Mann und stand auf. Wie ein Catcher ging er auf Willi zu, packte ihn am Arm und schubste ihn zur Tür.

Alles johlte. »Saubere Arbeit, Ernst!«

Andere kamen Ernst zu Hilfe. Willi wurde einfach hochgehoben. Einer hielt die Tür auf.

»Jippiii!«

Weinflaschen kreisten, und grinsend setzten sich alle wieder hin. Philipp stellte das Wasser für die Spaghetti und die Wiener Würstchen auf. Als Ernst und seine Helfer wiederkamen, wurden sie johlend beglückwünscht.

»Taxi?«

»Nö, wir haben ihn laufen lassen!«

»Wenn's noch mal klingelt, machst du aber nicht mehr auf!«

Rickie stand mit einer Schürze in Philipps Küche und half beim Aufräumen. Es war, als wäre er plötzlich aufgewacht, nach vielleicht zwanzig Minuten Blackout, obwohl er die ganze Zeit auf den Beinen gewesen war. In der Wohnung war niemand mehr außer ihm und Philipp und einem Mann, von dem er nicht einmal den Namen wußte. Philipp legte sorgfältig Besteck in die entsprechenden Fächer in einer Schublade.

»Okay, ich zieh dann los«, sagte der große Blonde und schlang sich einen Schal um den Hals.

»Gut, Paul, und danke noch mal für deine Hilfe«, sagte Philipp.

»Aber ich bitte dich.« Paul und Philipp küßten sich flüchtig auf die Wangen. »Bis bald.«

Dann war er fort.

Philipp lächelte Rickie zu, und jetzt sah er irgendwie anders aus, jünger.

»Komm, hier sind wir fertig.«

»Aber ehrlich«, sagte Rickie und band die Schürze los. Sie hatten sogar schon die Aschenbecher eingesammelt und ausgespült.

Philipp wand sich verlegen. »Sag mal… Möchtest du vielleicht bei mir übernachten, Rick?«

Rickie sah ihn überrascht an. »Ich?« Er grinste. »Seh ich so dicht aus?«

»Du siehst überhaupt nicht dicht aus.«

Philipp wirkte ebenfalls annehmbar nüchtern. Er schaute Rickie offen ins Gesicht. Irgendwo fühlte Rickie sich geschmeichelt. Philipp – höchstens dreiundzwanzig, vielleicht nicht der schönste aller Männer, aber doch ganz gutaussehend, und vor allem jung. Ach diese vergängliche Jugend! »Sehr nett von dir«, sagte Rickie. »Aber…«

»Ich weiß«, kam Philipp ihm zu Hilfe. »Ich weiß. Du denkst immer noch an Petey. Das weiß jeder. Ist doch völlig normal. Er war noch dazu besonders nett.«

»Stimmt«, erwiderte Rickie, der sich Philipps Einladung nun doch durch den Kopf gehen ließ. Aber nein: Sein Alter fiel ihm wieder ein, und seine unattraktive Mitte, die nicht nur durch den Chirurgenpfusch verunstaltet war, sondern weil er so faul geworden war, sich hatte gehenlassen. Und dann war da noch etwas.

»Wir… weißt du, wir versuchen beide, jemanden zu vergessen, wie es in dem Cole-Porter-Stück heißt, in…«

»›It's All Right With Me‹«, ergänzte Rickie und mußte lachen. »Witzig. Das Lied, mein ich.«

»Rickie…« Philipp schüttelte den Kopf. »Du hast keine Ahnung, wie sehr dich die Leute mögen. Du merkst das einfach nicht.« Philipp senkte den Blick.

Natürlich mochten ihn die Leute; er war eben der gute Onkel, der einem jederzeit hundert Franken lieh und bereit war, ›Schwamm drüber‹ zu sagen. Er hatte ein offenes Ohr für die Sorgen von anderen, schenkte bei Bedarf den zigsten Drink ein, half in Krisenzeiten mit einer Übernachtungsgelegenheit aus der Patsche – er hatte ja im Atelier noch ein Notbett. Aber deshalb war er noch lange kein Adonis! Rickie reckte sich und rückte die Krawatte zurecht. »Hm«, sagte er vage, ohne den anderen anzusehen. »Lieber Philipp, ich muß jetzt gehen. Vielleicht kannst du mir ein Taxi rufen.«

»Unsinn, ich fahr dich natürlich!«

Philipp bestand darauf, ließ sich einfach nicht davon abbringen. Sein Wagen stand in der Tiefgarage; zu dritt fuhren sie im Lift nach unten. Philipp machte die Garagentür auf und fuhr rückwärts die steile Einfahrt hoch. Automatisch ging die Garagentür wieder zu.

Rickie mußte Philipp dirigieren, der zwar schon einmal bei ihm gewesen war, sich aber an die Strecke nicht erinnern konnte. Vor dem Haus parkte Philipp und schaltete das Licht aus.

»Darf ich mich noch auf einen Schlummertrunk einladen?«

Rickie wußte, was das hieß, konnte aber schlecht nein sagen, es war Freitagabend.

Die Stufen zur Haustür hoch. Der Schlüssel.

Rickie goß zwei kleine Whisky pur ein – Philipp hatte nach Chivas Regal gefragt. »Prost«, sagte Rickie.

»Prost«, kam es von Philipp zurück. Die beiden saßen auf einem großen weißen Sofa, gemütlich und elegant verknautscht und tipptopp sauber.

»Doch, wirklich sehr hübsch, dein Freund«, bemerkte Philipp, während er die Bilder an der Wand betrachtete. »Was hat er gleich noch mal gemacht? Oder war er noch in der Ausbildung?«

Rickie seufzte. »Petey hat Fotografie studiert – richtig an der Hochschule, keine Fotolehre. Und noch andere Fächer – Literatur, Englisch, europäische Geschichte. Ach, Petey hat sich für so vieles interessiert!« Rickie war plötzlich laut geworden und riß sich wieder zusammen. »Irgendwann nächstes Jahr hätte er sich bestimmt entschieden, was er aus seinem Leben machen will. Vielleicht wäre er bei der Fotografie geblieben. Er war doch erst zwanzig.«

»Wie lang ist das jetzt her… daß er gestorben ist?«

»Daß er erstochen wurde. – Sechs, sieben Monate.« Rickie nahm einen Schluck. »Am zwölften Januar.«

»Das ist noch keine Ewigkeit.«

»Nein.«

Philipp warf einen Blick auf den Kamin, dann wieder auf Rickie. »Weißt du noch, vor vier Jahren oder so, als wir auf einem Fest bei dir alle sturzbetrunken gestrippt und rumgetanzt haben, und wie uns dann einer angestachelt hat zu blitzen?« Philipps Stimme schnappte über vor Vergnügen. »Ein paar von uns sind dann tatsächlich runter und haben unten die Hüllen fallen lassen. Weißt du noch?«

Natürlich – Rickie war selber hinuntergelaufen, um sämtliche auffindbaren Kleider einzusammeln und oben in der Wohnung auf einen Haufen zu werfen, alles, Schuhe, Hosen, Hemden. Mindestens zweimal mußte er gegangen sein, um das ganze Zeug hochzuholen, und derweil waren die anderen zum Teil schon eingeschlafen oder grölend herumgewankt. »Herrliche Zeiten, und noch nicht so lange her!«

»Überhaupt nicht«, stimmte Philipp ihm zu. »Darf ich?« Das war auf den Whisky gemünzt.

»Klar. – Nein, danke, nicht für mich. Oder doch, einen winzigen Schluck.« Rickie hielt sein Glas hin.

Philipp schenkte sich einen kleinen ein. »Wenn ich dir doch irgendwie begreiflich machen könnte, daß du beliebt bist. Alle mögen dich. Das war schon immer so, schon seit ich dich kenne.«

Rickie lachte. »Seit ganzen sechs Jahren also?«

»Länger. Ich hab ja... ach, egal.«

Alte Fotos von ihm gesehen wahrscheinlich, dachte Rickie. Klar, mit dreißig, fünfunddreißig war er groß, schlank und gutaussehend gewesen. Ein paar der Jungs heute abend kannte er schon, seit sie siebzehn waren.

»Was ist denn? Angst vor AIDS? Ich hab aber nicht...«

»Ich dachte...« Rickie hielt verwirrt inne. »Falls du noch nichts hast läuten hören – durch die Gerüchteküche, mein ich – ich bin HIV-positiv.«

»*Was?* Ach, Rickie!«

»Doch. Mein Arzt... vor ein paar Wochen hab ich die Hiobsbotschaft von ihm gekriegt.« Rickie setzte das Glas an und schluckte mit Mühe. »Das erzähl ich natürlich nicht jedem, nur einem potentiellen Lover, und seit Petey... gab's da keinen.«

»Nein, das hab ich nicht mitgekriegt.« Philipp hatte immer noch mitfühlend die Stirn gerunzelt. »Aber du weißt ja... man kann noch *jahrelang* leben, jahrzehntelang...«

Mit einem Messer an der Kehle und einem Damoklesschwert über dem Haupt. »Ich nehme natürlich B-zwölf, und mein Arzt sagt, ich hab jede Menge weiße Blutkörperchen zur Abwehr von Infektionen.«

»Heutzutage macht sowieso jeder Safer Sex, HIV hin oder her«, sagte Philipp etwas munterer. »Rickie – weißt du eigentlich, daß du mein erster Mann warst?«

»Tatsächlich?« Ungläubig und nicht mehr ganz nüchtern suchte Rickie nach einer passenden Antwort. Er konnte sich nicht an das erste Mal im Bett mit Philipp erinnern. Es hatte ein paar Mal gegeben, das schon, aber genau wußte er es einfach nicht mehr. »Hmm«, sagte er nachdenklich.

»Ich hab… Gummis dabei«, sagte Philipp mit einiger Scheu vor dem Wort.

»Nein. Und zwar dir zuliebe.« Jetzt war Rickie der gestrenge Schulmeister. Doch er meinte es ernst. Philipp war gesund, er sollte kein Risiko eingehen. Schwankend stand Rickie auf. »Jetzt muß ich ins Bett. Weiß der Himmel, wie spät es ist.«

Höflich erhob er sich, Philipp ebenfalls. »Zwanzig nach zwei«, sagte er mit einem Blick auf die Uhr. »Nacht, Rickie. Kann ich noch irgendwas für dich tun?«

»Nein. – Danke, Philipp. Und gute Nacht.« Rickie ging auf die Tür zu, aber bis er dort ankam, war Philipp bereits fort.

Dann machte sich Rickie ans Ausziehen, Waschen, Bett aufschlagen, was, wie immer, wenn er getrunken hatte, doppelt so lange dauerte als sonst. An irgendeiner Stelle in diesem Ritual gab er auf, ließ sich bäuchlings aufs Bett fallen und schlief ein.

## 4

Am folgenden Mittwoch hätte Peter Ritter seinen einundzwanzigsten Geburtstag gehabt. Rickie hatte ein verlängertes Wochenende in Paris oder Venedig geplant, eigentlich wollte er Petey genau an dem Abend, als der Mord geschehen war, fragen, was ihm lieber wäre. Ob er Peteys

Eltern anrufen und ihnen ein paar freundliche Worte sagen sollte? Schließlich hatte er sie damals kennengelernt, und sie waren recht herzlich zu ihm gewesen. Sie hatten sich schon lange mit der Vorstellung ausgesöhnt, daß ihr Sohn Männer bevorzugte. Doch nach kurzer Überlegung gab er den Gedanken wieder auf – der Anruf würde die Ritters womöglich noch trauriger machen.

Dann fiel ihm Luisa – Zimmermann, oder? – ein. Vielleicht sollte er dem Mädchen etwas zu Peteys Geburtstag schenken. Nicht, daß sie unbedingt gewußt hätte, wann der war, aber sie sah oft so wehmütig aus, wenn Rickie ihr begegnete, sprich immer dann, wenn sie mit ihrer Chefin Renate beim ›Jakob‹ saß. Bloß: Was sollte er ihr schenken? Eine nette Karte wäre einfach, die könnte er selber basteln. Aber ein Geschenk? Petey hatte ihm nur zwei Schals und ein paar Pullover hinterlassen. Zu schade, daß es keinen Ring gab, obwohl er zugeben mußte, daß er den wahrscheinlich selbst behalten hätte. Also einen Schal. Der eine war dunkelbraun, der andere hatte feine rote und blaue Streifen und war aus Baumwollplissée. Den hatte er Petey selbst geschenkt. Genau, das paßte. Er wusch den Schal lauwarm und drückte ihn aus, so daß die Falten wieder stimmten.

Dienstag vormittag bei seinem späten Frühstück im ›Jakob‹ hatte er Luisa immer noch nicht gesehen, nur Renate am Montag, aber der wollte er nun wirklich keine Nachricht für sie mitgeben. Als Rickie beim Hinausgehen auf den Garteneingang von ›Jakobs Bierstube‹ zusteuerte, kam sie jedoch prompt die Straße entlang. Er rief ihr einen Gruß zu. Sie blieb überrascht stehen. »Hoi, Luisa«, wiederholte er. Er hielt Ausschau nach Renate, doch die schien nicht dabei zu sein. »Rickie – weißt du noch?«

Über ihr junges Gesicht huschte ein Lächeln, und sie strich sich eine glatte dunkle Haarsträhne aus dem Gesicht. »Natürlich weiß ich noch.«

Als sie bei Renate anfing, hatte sie strubbeliges kurzes Haar gehabt, das war Rickie damals aufgefallen. »Ich hab was für dich – ein Geschenk. Nichts Großartiges. Aber es liegt in meinem Atelier.«

»Ein Geschenk für mich? Wieso?« Sie trat unruhig von einem Fuß auf den anderen.

»Bloß so eine Idee. Morgen hat Petey Geburtstag. Hätte er gehabt. Ich würde dir gern bei mir im Atelier einen Kaffee vorsetzen, aber vielleicht bist du ja verabredet.« Er dachte an Renate, die eigentlich gleich im ›Jakob‹ erscheinen mußte, womöglich dort schon saß.

»Nein, das ginge schon.« Luisa warf einen Blick hinter sich, in Richtung von Renates Wohnung.

Sie schlug ein so flottes Tempo an, daß Rickie Mühe hatte mitzuhalten.

»Ich weiß gar nicht mehr, wie dein Hund heißt.«

»Lulu«, sagte Rickie. »Du arbeitest doch noch bei Renate, oder?«

»Genau, zusammen mit drei anderen Mädchen.« Sie warf ihm aus ihren strahlenden braunen Augen einen Blick zu.

Sie war so hübsch, dachte Rickie, mit ihrem glänzenden braunen Haar, ihrem klaren Teint und den eher schmalen Lippen, die schnell zu einem Lächeln bereit waren. Die gerade Nase streckte sie selbstbewußt in die Luft. Heute trug sie eine braune Hose, ein weißes Hemd und eine kurze schwarze Jacke mit lauter Metalldruckknöpfen und Taschen.

»Da sind wir«, sagte Rickie, obwohl Lulu sowieso bereits die Stufen hinunterlief.

»Ach! An die kann ich mich erinnern!« Luisa hatte die beiden Gipsfiguren auf der Bank entdeckt. »Ich war nämlich schon mal hier, weißt du noch?«

Rickie wußte es nicht mehr. »Das will ich hoffen«, sagte er ausweichend. »Möchtest du nun eine Tasse Kaffee?«

Wollte sie nicht, vielen Dank, und sie sah auf die Uhr. Wahrscheinlich wurde sie von dem alten Drachen im ›Jakob‹ erwartet, und zwar genau jetzt.

»Es ist bloß das hier. Was ganz Kleines«, sagte Rickie und hielt ihr ein flaches, in Goldpapier eingeschlagenes Päckchen hin. »Es hat Petey gehört. Nichts direkt Wertvolles«, fügte er schmunzelnd hinzu.

Sie machte große Augen. »Danke, Rickie. – Ich glaube, das packe ich erst zu Hause aus, wenn's dir nichts ausmacht.«

Rickie lachte. »Ach was. Und wo ist zu Hause?«

»Ich habe ein Zimmer bei Frau Hagnauer. Sie hat eine große Wohnung...«

»Tatsächlich? Du schläfst dort?« Hagnauer, so hieß Renate mit Nachnamen.

»Ja«, sagte Luisa und sah ihm direkt ins Gesicht. »Das ist natürlich viel billiger als eine Wohnung... die ich mir sowieso nicht leisten könnte.« Sie lachte.

»Sie soll's ja punkto Arbeitszeiten sehr genau nehmen.« Hier mußte Rickie lachen. »Versucht sie dann nicht, dir

Vorschriften zu machen, wann abends Lichterlöschen ist und morgens Aufstehen?«

»Doch. Ich muß um zehn zu Hause sein, außer in der Spätvorstellung kommt ein besonders guter Film, dann darf ich ausnahmsweise mit Freunden noch ins Kino. Und aufstehen...« Ihr Mund verzog sich, und sie senkte den Blick. »Na ja, normalerweise kurz vor sieben, aber manchmal muß ich noch Brötchen und Gebäck für die Frühstückspause der Mädchen holen und für Frau Hagnauer und mich Kaffee kochen. Wir verpflichten uns alle für drei Jahre, weißt du. Die anderen schlafen allerdings nicht dort.«

Rickie kam das vor wie eine freiwillige Knaststrafe oder eine Dreijahresheuer auf einem Seelenverkäufer, wie anno dazumal. »Die Wohnung ist also groß«, knüpfte er wieder an.

»Ja. Wenn ich mal die Zimmer zähle – mindestens fünf. Und die große Werkstatt mit den ganzen Nähmaschinen und Tischen, das sind eigentlich zwei Zimmer, zwischen denen die Wand durchgebrochen wurde. Neonlampen...«

Rickie konnte es sich vorstellen. Er kannte das alte Mietshaus ohne Fahrstuhl, und die Vorstellung von vier emsigen Mädchen, über Nähmaschinen oder Nadel und Faden gebeugt, mit Knopflöchern und Zuschnitten beschäftigt, während Renate mit ihrer monotonen Piepsstimme Vorträge hielt – all das jagte ihm einen Schauer über den Rücken. Dann lieber die schlampige Mathilde, die mittags schon einen in der Krone hatte, die war wenigstens menschlich. »Die anderen Mädchen...« Aber Rickie brach ab. »Eins noch, Luisa. Du kennst doch diesen langen Lulatsch beim ›Jakob‹, der immer mit demselben alten Hut herumläuft. Willi.«

Sie wußte sofort, von wem die Rede war. »Willi, natürlich.«

»Kannst du dir vorstellen, wie der letzten Freitagabend von einer Party in der Stadt erfahren hat, bei einem Freund von mir? Hat Renate dir gegenüber etwas von einer Party erwähnt?«

»Nein. Warum?«

»Einfach so. – Nur weil Renate sich manchmal mit Willi unterhält. Und Renate weiß ja immer alles mögliche.«

»Stimmt. Sie kriegt alles mit, über jeden. Keine Ahnung, wie sie das anstellt.« Und, schon auf dem Sprung: »Weißt du… das lass' ich lieber hier. Sie wird mich fragen, wo ich es herhabe. Ich treff sie nämlich gleich.«

»Tatsächlich?« sagte Rickie mit gespielter Überraschung. Er nahm das Goldpapierpäckchen wieder an sich. »Aber irgendwann holst du's doch ab. Ich kann es ja schlecht bei dir vorbeibringen.« Rickie zwinkerte ihr zu.

»Nein, sowas kommt ihr nicht ins Haus«, sagte Luisa. »Tschüß, Rickie.« An der Tür blickte sie sich noch einmal um. »Ich kann dich… im ›Jakob‹ nicht grüßen, dir vielleicht nicht mal zunicken…«

»Weiß ich.« Das Mädchen sprang die Stufen vor der Ateliertür hinauf, und dann sah Rickie gerade noch ihre Turnschuhe nach rechts wegsausen.

Er hätte sie gern wiedergetroffen. Irgendwie war sie noch ein Bindeglied zu Petey. Wieso hatte er nicht gleich mit ihr verabredet, wann sie den Schal abholen sollte? Na, seine beiden Nummern und Adressen standen ja im Telefonbuch, Luisa würde bestimmt bald anrufen oder einfach aufkreuzen. Das war eine schöne Aussicht.

Er ging mit Lulu hinaus. Heute wollte er kurz frühstücken, Mathilde nicht wieder vor der Tür saß. Irgendwann würde er ihr auch bald den Schlüssel anvertrauen.

Diesmal hatte nicht Andreas, sondern Tobias, mit Spitznamen Mondgesicht, Dienst. Tobi war groß und blond, knapp über zwanzig und mit Rickies Frühstücksgepflogenheiten ebenso vertraut wie Andreas.

»Guten Morgen, Rickie und Lulu!« sagte Tobi mit einer angedeuteten Verbeugung. »Das Übliche, der Herr?«

»Ja, und den Appenzeller bald«, sagte Rickie, während er den ›Tages-Anzeiger‹ aufschlug.

Gegenüber saß Luisa in ihrer dunklen Jacke mit Renate, heute in Blau. Er sah nicht direkt hin und war sich sicher, daß auch Luisa nach Kräften schauspielerte, nicht einmal geistesabwesend den Blick zu ihm herüber schweifen ließ. War doch schön, ein Geheimnis mit ihr zu teilen.

Fast den ganzen Vormittag dokterte Rickie an einem einzigen Entwurf herum – eine Frau, die in einer kurzen griechischen Toga übers Bild flitzte. Für diese Firma hatte er sowieso einen besseren Vorschlag gehabt, aber das Herumstreiten lohnte sich nicht, ein paarmal hatte er sogar schon Kunden verloren, weil er zu sehr auf seinen Vorstellungen beharrt hatte. Kurz nach zwölf war er die Kritzelei endgültig leid, die darauf hinauslief, daß er hier und dort ein bißchen radierte, zum x-ten mal neu anfing und doch nichts wesentlich Neues zustande brachte. Der Kunde kam um vier, ein gewisser Beat Scherz. Nachdem

Rickie eine Skizze rettungslos verpatzt hatte, malte er der langhaarigen feingliedrigen Gestalt zum Spaß einen überdimensionalen Penis dran.

Das entlockte ihm ein Kichern. Mathilde in ihrer Ecke drehte sich um.

»Kleine Panne 'tschuldigung«, sagte er und zerriß das Blatt.

»Ich find's schön, wenn Sie lachen«, erwiderte Mathilde.

Rickie grinste sie an. Die Schwangerschaftspanik hatte sich vor ein paar Tagen gelegt. Hatte Mathilde nicht etwas von einem Test gesagt? Rickie wußte es nicht mehr genau, der Gedanke an so intime, frauliche Dinge war ihm unangenehm. Egal, jedenfalls war sie nicht schwanger.

Gegen vier klingelte das Telefon, und Mathilde meldete, es sei eine Frau dran, Luisa.

»Salü«, sagte Rickie.

»Salü. Ich bin gerade unterwegs, um eine Zeitschrift mit einer bestimmten Anzeige für eine Bluse zu kaufen«, sagte Luisa mit einem kleinen Lachen. »Doch, wirklich. Aber…«

Kommst du bei mir im Atelier vorbei?«

»Nein, das geht nicht. Aber ich dachte, so um Viertel vor sechs, bei dir zu Hause?«

»Na klar! Ich bin da.«

Mathilde hackte ungerührt weiter auf ihre Schreibmaschine ein; seine weibliche Bekanntschaft interessierte sie offenbar herzlich wenig.

Bis um fünf hatte Herr Scherz sich drei Skizzen ausgesucht, die er mit in sein Büro nehmen wollte; dabei gab er der den Vorzug, die auch Rickie für die beste hielt – für einen Kunden recht ungewöhnlich. Mathilde hatte den Brief nebst einiger Rechnungen schön getippt, und Rickie lobte sie dafür.

»Danke. Sie sind wirklich ein Mann, für den sich's gut arbeiten läßt.«

»Tatsächlich? Kein *dirty old man*?«

»O nein!« Sie stieß ein träges Kreischen aus. »Sie? Nie im Leben! Hahaha!«

Das war sicher als Kompliment gemeint, doch im ersten Moment kam Rickie sich vor wie kastriert.

Hatte Luisa überhaupt Zeit? Rickie stellte eine Flasche Dubonnet und zwei Gläser auf den blankpolierten Tisch. Cola hatte er natürlich auch, oder Orangensaft. Er trat auf den Balkon, um Luft zu schnappen und Luisa entgegenzusehen.

Endlich tauchte sie von rechts unter den überhängenden Zweigen auf, mit hocherhobenem Kopf und schnellen Schritten kam sie das Trottoir entlang. Suchend blickte sie nach der Hausnummer, bemerkte Rickie dann auf dem Balkon und hob die Hand. Er winkte zurück. Sie kam durchs Gartentor, sah zögernd auf die Stufen zum Balkon und hinauf zu ihm.

»Hier lang?« fragte sie.

»Hm – wenn du möchtest«, sagte Rickie lächelnd.

Sie stieg die Steintreppe hinauf, deren Geländer teilweise mit Efeu überwachsen war. »Komischer Weg in eine Wohnung.«

»Willkommen!« Rickie machte die Balkontür weit auf und ließ Luisa den Vortritt. Bei ihm zu Hause war sie noch nie gewesen, das hätter er gewußt. »Stimmt, und die Tür geht nicht mal richtig zu. Beziehungsweise kann man sie nicht verriegeln.« Er drückte die beiden Flügel zusammen, ohne am Griff zu drehen, und sie klafften von selbst wieder ein Stück auf.

Luisa starrte fasziniert auf ein fast lebensgroßes Bild von Petey, mit sonnengebräuntem Oberkörper in einem weißen Hemd vor blauem Himmel, die halb geschlossenen Augen auf den Fotografen gerichtet – auf Rickie.

»Ich hab halt ziemlich viele Bilder von Petey«, sagte Rickie fast entschuldigend. »Das ist ja normal.«

»Natürlich, klar.«

»Und hier dein berühmtes kleines Geschenk! – Aber darf ich dir vielleicht erst was anbieten? Einen Dubonnet, Cola, Saft – oder Tee?«

»Ich kann nicht lange bleiben.«

Düstere Worte. »Wer sagt das? Ein halbes Stündchen? – Bist du noch verabredet?«

»Nnnein.« Sie hatte ihre Jacke aufgemacht. »Ich hab zu Renate gesagt, ich geh mir nur kurz die Beine vertreten, weil ich den ganzen Tag gesessen bin.«

»Ach… setz dich doch noch mal hin, dann bring ich dir…« Rickie holte das Päckchen. »Erst wenn du sitzt.«

Gehorsam setzte sie sich auf einen Stuhl am Eßtisch.

»Mach's auf. Es ist sowas Einfaches, und dafür dieser ganze Zirkus.«

Luisa öffnete das Päckchen, nahm den langen Schal heraus und hielt ihn hoch. »Peteys.«

»Ja, er hat ihn mal hiergelassen. Ich dachte, er gefällt dir vielleicht.«

»Und wie.« Sie drückte ihn an die Nase, dann sah sie Rickie an. »Danke. Danke, daß du an mich gedacht hast.«

Rickie senkte verlegen den Blick. »Also, ich genehmige mir jetzt mal ein kühles Bier, und falls du dir's noch anders überlegst...« Er holte sich ein kleines Pilsner Urquell aus dem Kühlschrank. Eine Flasche in der Hand würde ihn vielleicht ruhiger wirken lassen. »Wieso...« setzte er an. Luisa betrachtete inzwischen in einer Ecke ein kleineres Foto von Petey und ihm in Ascona.

»Was, wieso?«

Waren ihre Augen feucht? Hoffentlich nicht. »Wieso hält dich diese Renate eigentlich so an der kurzen Leine? Ist sie eifersüchtig auf deinen Freund?«

»Pah! Ich hab überhaupt keinen Freund.«

»Aber sie besteht darauf, daß du zu einer bestimmten Zeit zu Hause bist. Mußt du auch mit ihr essen?«

»Zu Abend? Ja, normalerweise schon.« Luisa schienen seine Fragen peinlich zu sein. »Sie kocht sehr gut... und abends sind dann nur noch wir beide da.«

Rickie nahm einen Schluck Bier. »Wenn ich dich jetzt zum Beispiel zum Abendessen einladen würde, in ein nettes Restaurant, dann würdest du sie doch anrufen...«

»Klar. Aber ohne ihr zu sagen, daß ich bei dir bin.« Luisa grinste.

»Gott bewahre.« Das verstand Rickie natürlich. »Springt sie mit allen Mädchen so um?«

»Nein. Die anderen übernachten auch nicht dort. Die wohnen noch zu Hause.«

Rickie zögerte. »Ach ja, Petey hat mir mal erzählt, daß du von zu Hause ausgerissen bist.«

»Stimmt. Meine Familie – ach, darüber will ich nicht reden.«

Ihre braunen Augen huschten hin und her, als ob sie irgendeinen Angelpunkt suchte, an dem sie ihre Gedanken festmachen könnte. »Meine Eltern haben sich immer gestritten. Das heißt, meine richtigen Eltern. Dann haben sie sich scheiden lassen. Und dann kam mein Stiefvater, da war ich zwölf. Und dann... na ja, die beiden haben zwar nicht so oft gestritten, dafür hat mein Stiefvater meine Mutter verprügelt und manchmal auch mich.« Hier kamen ein verunglücktes Achselzucken und ein schiefes Lächeln. »Deshalb bin ich dann durchgebrannt, mit dem Zug nach Zürich – letzten Oktober. Eine Weile war ich Tellerwäscherin. Und frag nicht, wo ich übernachtet habe!«

»Frag ich nicht.« Rickie lächelte mitfühlend.

»*Nicht* am Bahnhof.« Jetzt war sie mit dem Lächeln dran. »Bei dem Tellerwaschjob hab ich mich mit einer Bedienung angefreundet, die bei ihrer Mutter gewohnt hat. Bei denen durfte ich im Wohnzimmer schlafen. – Vielleicht nehm ich doch eine Cola.«

Rickie ging an den Kühlschrank und kam mit der Flasche und einem Glas zurück.

»Danke.« Wieder wußte sie anscheinend nicht, in welcher Reihenfolge sie erzählen sollte. »Und dann war ich eine Zeitlang wirklich am Boden. So *konnte* es nicht weitergehen. Einmal bin ich zum Bahnhof, obwohl ich keine Ahnung hatte, wohin ich mit den paar Franken in der Tasche sollte. Aber dort war's noch schlimmer, die ganzen Leute, die da pennen, und die Fixer und die ganze Atmosphäre... Also bin ich zu Fuß weiter, durch den Langstraßen-Tunnel – kennst du den?«

Natürlich kannte Rickie den, eine Unterführung mit Fußweg, die unter den Hauptbahnhofgleisen hindurch nach Außersihl führte.

»Irgendwo habe ich mir einen Kaffee gegönnt, zum Essen hatt' ich nicht genug Geld, und da bin ich mit einem Mädchen auf dem Barhocker neben mir ins Gespräch gekommen. Ob sie von irgendwelchen Jobs wüßte, hab ich sie gefragt, ich würde alles machen, Verkäuferin zum Beispiel. Sie hat gefragt, ob ich denn irgendwas *gelernt* hätte. Bei manchen klingt das immer gleich, als müßte man für alles einen Doktor haben. Also erzähl ich ihr, daß ich fast zwei Jahre lang eine Schneiderlehre gemacht hätte, und sie meint, sie wüßte von einer Frau im Viertel, die Näherinnen anstellen würde. Und dann hat sie mir Frau Hagnauers Namen gegeben, allerdings ohne genaue Adresse.« Luisa seufzte tief und trank einen Schluck Cola. »Na ja. Jedenfalls hab ich nach einiger Sucherei das Haus gefunden, und dann kam's mir vor wie ein Geschenk des Himmels, ein Job und zugleich ein Dach überm Kopf!«

Rickie verstand das gut. »Aber wieso ist sie so streng mit dir? Nur weil du allein bist?« Und weil Luisa sich mit ihrem Lehrlingslohn keine Wohnung in Zürich leisten konnte, dachte er sich im Stillen. Da war schon eine Portion Sadismus dabei.

»J-ja«, sagte Luisa nachdenklich, »außerdem bringt sie mir soviel bei. Sie will, daß ich Modedesignerin werde, und... sie meint, ich hab Talent.« Das kam ein bißchen stolz und amüsiert zugleich.

»Und du? Findest du die Idee gut?«

»Schon. Ich entwerfe gern Kleider, das macht mir Spaß. Ich zeichne ständig irgendwelche Ideen auf. Frau Hagnauer hat stapelweise billiges Papier in der Werkstatt rumliegen. Das mach ich mindestens so viel wie Nähen.« Lachend trank Luisa mit einem Zug ihr Glas aus. »Jetzt muß ich aber los.« Sie stand auf, und ein Schatten fiel über ihr Gesicht, als stünde sie bereits vor Renate.

»Sind die anderen Mädchen auf dich eifersüchtig?«

»Nein. Ich kann ihnen ja ab und zu ein bißchen helfen. Außerdem wissen sie, daß ich mir auf einen Stein im Brett bei Frau Hagnauer nun wirklich nichts einbilde!«

»Sie ist wohl nicht verheiratet, oder?«

»War sie, sieben Jahre lang. Sie ist geschieden.« Luisa zögerte. »Sag mal, eines würde ich dich gern fragen...«

»Bitte?«

Sie wickelte sich den Schal sanft um die Hand. »Das war doch hier, daß Petey... im Schlafzimmer, meine ich.«

Rickie knirschte mit den Zähnen, um nicht loszubrüllen. »Petey ist erstochen worden, als er spät nachts aus dem Kino kam. In einer dunklen Gasse, die er als Abkürzung genommen hat. Ich verstehe nicht, wieso manche glauben... daß er hier ermordet wurde, es stand doch überall in der Zeitung, im ›Tages-Anzeiger‹, in der ›NZZ‹, sogar der Name der Straße war erwähnt.« Rickie spürte, wie ihm das Blut ins Gesicht stieg. »Vielleicht ist es ja Renate, die behauptet, er wäre hier erstochen worden.«

»Stimmt. Und zwar von jemand, den Petey eines Abends hierhergebracht hat, als du noch drüben im Atelier warst.«

»Sie haßt Schwule. Das muß ich dir wohl nicht erzählen.« Rickie kochte innerlich vor Wut. »Komisch, daß sie praktisch jeden Tag beim ›Jakob‹ auftaucht, wo sie doch genausogut in das kleine Café bei ihr um die Ecke gehen könnte – Espressomaschine, Brioches – und so nette Kundschaft.«

Luisas Mundwinkel zuckten. »Ich weiß. Sie krittelt zu gern an andern herum.«

»Nicht nur das, offensichtlich erfindet sie ganze Romane!«

Luisa schaute verlegen, unsicher. Sie trat an die halboffene Balkontür und blickte vorsichtig hinaus, bückte sich, um durch das Geäst der Bäume zu sehen.

»Was ist denn?«

»Ich möchte Willi nicht über den Weg laufen. Diesmal nehm ich die Haustür. – Danke für alles!«

»Gern geschehen. Komm mich mal wieder besuchen.« Er öffnete ihr die Wohnungstür.

»Wiedersehen!« Unten machte sie die Haustür auf, rannte die paar Stufen hinunter, und weg war sie.

## 5

Drei Straßen weiter wartete Renate Hagnauer ungeduldig auf Luisa. Hatte sie sich irgendwo verplaudert, sich einen Kaffee spendieren lassen? Renate humpelte in die Küche – Stampfschritt, Schleifschritt, den rechten Fuß hinter sich herziehend – um nach den Kartoffeln zu sehen. Der Herd war ausgeschaltet, noch Wasser im Topf, gut. Stampfschritt, Schleifschritt. Wenn sie allein war, trampelte sie nach Herzenslust herum, wenn das dem Paar unter ihr nicht paßte, hatte es eben Pech gehabt. Einmal hatten die doch die Unverschämtheit besessen, sich zu beschweren. Sich über eine Behinderte zu beschweren! Da hatte Renate ihnen aber die Meinung gesagt und ihnen hoffentlich ein elend schlechtes Gewissen eingeimpft.

Luisa würde etwas zu hören bekommen. Offensichtlich hielt sie es nicht mal für nötig anzurufen und ihre Verspätung anzukündigen.

Endlich hörte Renate den Schlüssel im Schloß.

Mit ungnädiger Miene trat sie in die hohe Diele. An der einen Wand befanden sich lauter Kleiderhaken, wie für ein ganzes Regiment, die jedoch für die Arbeiten der Mädchen sehr praktisch waren.

»Was ist denn passiert?« fragte Renate scharf.

»Nichts. – Tut mir leid, wenn ich ein bißchen spät dran bin.«

»Ein bißchen? Du hättest wenigstens anrufen können.«

Luisa hängte gelassen ihre Jacke an einen Haken.

»Was ist denn das, wirst du plötzlich dick? Was hast du da unter der Bluse?«

»Nichts. Ich hab das Unterhemd runtergeschoben, weil mir warm war. Lassen Sie mich schnell die Hände waschen, ja?« Luisa ging nach rechts in die Schneiderwerkstatt und weiter in eine kleine Toilette mit Waschbecken, wusch sich rasch die Hände und ließ das Wasser laufen, während sie den Schal unter der Bluse hervorzog. Sie faltete ihn klein zusammen, und nachdem sie nichts hörte, kam sie heraus, um schnell in ihrem Zimmer zu verschwinden.

Doch in der Diele stand Renate. »Was hast du da in der Hand? Hast du dir was gekauft?«

»Ja. Nichts Besonderes.«

Renate verfolgte sie bis zu ihrer Zimmertür. »Was denn?« Sie war immer neugierig auf neue Sachen zum Anziehen.

Luisa zuckte die Achseln. »Bloß einen Schal.« Sie warf ihn aufs Bett und kam wieder zur Tür.

Aber Renate drängte sich ins Zimmer. »Einen warmen Schal? Um die Jahreszeit?«

»Heruntergesetzt. Hat mir einfach gefallen. Kann ich Ihnen mit dem Abendessen helfen?«

»Hast du das unter der Bluse versteckt gehabt? Was ist das, klaust neuerdings Kleider?« Ihr deutsch-polnisch-jüdischer Akzent, ein Mitteleuropa-Potpourri, war mit ihr durchgegangen. »Komm jetzt, sonst brennt uns noch das Fleisch an.«

Das Abendessen verlief in einer kühlen Atmosphäre. Renate hatte irgendeinen Verdacht geschöpft, sie wußte bloß nicht welchen. Hatte Luisa einen jungen Mann kennengelernt? Mit ihm beim ›Jakob‹ ein Bier oder eine Cola getrunken? Oder anderswo, weil man Luisa beim ›Jakob‹ kannte und womöglich ihr, Renate, davon berichtete?

»Noch ein kleines Scaloppino. Das ist gesund.« Renate war aufgestanden, hatte mit einem dicken Topflappen die gußeiserne Pfanne hereingetragen und schaufelte mit einem Holzspatel ein duftendes Kalbsschnitzel auf Luisas Teller.

»Schmeckt wirklich sehr gut«, sagte Luisa freundlich.

»Es ist auch erstklassiges Fleisch. Es zahlt sich aus,

wenn man das Beste kauft, ob beim Essen, beim Stoff, beim Faden oder bei den Nähmaschinen. Laß dir das gesagt sein.«

Eine Weile später, als Luisa das Geschirr in die Küche getragen und die Teller fürs Dessert – Renates selbstgemachtes Zitronen-Mousse – gedeckt hatte, sagte Renate: »Dein Haar sieht hübsch aus. Dieses Shampoo, das ich dir gekauft habe, ist gut, oder? Das gibt Glanz.« Sie probierte von ihrer Mousse, ohne Luisa eine Sekunde aus den Augen zu lassen. Renate bildete sich ein, das Mädchen schwärme ein bißchen für sie, würde sich zum Beispiel über eine kurze Umarmung vor dem Zubettgehen freuen, über einen Kuß auf die Wange, einen innigen Händedruck. Ihr war klar, daß sie Luisa bis zu einem gewissen Grad die Mutter ersetzte, diese selbstsüchtige Person, die nur Augen für ihren zweiten Mann hatte (einen gutaussehenden Tyrann, wie Renate sich aus Andeutungen zusammengereimt hatte) und für den Sohn aus dieser Ehe, der inzwischen auch fast sechs sein mußte. Die arme Luisa war gefühlsmäßig sozusagen ausquartiert worden, in puncto Liebe zu kurz gekommen. Schadete gar nichts, da mußte sie sich eben selber durchbeißen, hatte Renate sich schon öfter gedacht und mehr als einmal gesagt. Luisa hatte auf Renates Kompliment über ihr Haar nichts erwidert. Sie war heute abend ungewohnt nachdenklich.

»Du wirst doch nicht schon wieder einen jungen Mann kennengelernt haben«, frotzelte Renate, während sie beiden ein wenig Mousse nachreichte. »Hast du vielleicht eine Cola mit ihm getrunken?«

»Nein«. Luisa blickte Renate ruhig in die Augen.

»Da hätte ich nichts dagegen, weißt du. Einen netten jungen Mann… Diese Homos überall, die sind das Problem! So viele, man könnte glauben, es gibt kein AIDS!« Sie kicherte gezwungen. »Selber schuld. Dauernd wechseln sie die Partner, ach was, die haben gar keine Partner, bloß Sex en masse. Und obendrein flirten sie mit allem, was ihnen über den Weg läuft. Finden sich unwiderstehlich! Finden sich selber ja soo schön.« Sie warf Luisa einen Blick zu, die sie immer noch direkt ansah, steckte sich eine Zigarette in ihre lange Spitze und griff nach dem silbernen Feuerzeug.

»Mit mir flirten sie jedenfalls nicht«, sagte Luisa und nahm den letzten Schluck Rotwein. »Mich stören sie auch nicht. Was macht Ihnen denn so Kummer?«

»Kummer!« versetzte Renate blitzschnell. »Kummer wegen Homos? Pah!« Ihre rechte Hand spielte mit dem silbernen Serviettenring, und als es ihr bewußt wurde, schlug sie ihn hörbar auf die Tischdecke. Unwillkürlich rutschte sie in ihre Standardpredigt, sie konnte sich einfach nicht bremsen. »Du hast doch gesehen, was mit diesem Petey passiert ist, in den du so verschossen warst. Hingehalten hat er dich. Ach, die stehen ja so gern im Mittelpunkt…«

»Er hat mich nicht hingehalten«, unterbrach sie Luisa. »Überhaupt nicht. Petey war ein ganz ernsthafter Mensch. Und ehrlich.«

»Aber du siehst ja, was passiert ist. Erstochen im Schlafzimmer seines… viel älteren Freundes. Das ist einfach der Umgang von denen. Was will man da…«

»Er ist auf offener *Straße* erstochen worden.« Luisas

Stimme geriet ins Zittern. »Das stand doch überall in der Zeitung. Bloß ein paar Leute behaupten…«

»Wer hat dir das erzählt?«

»Erzählt? Ursi und Andreas zum Beispiel. Petey war an dem Abend im Kino, in der Spätvorstellung. Er hat eine Abkürzung nach Hause genommen, eine dunkle Gasse.« Luisa redete weiter, entschlossen und ihrer Sache sicher. Mit ein paar Worten machte sie das Bild zunichte, das Renate und sonstwer entworfen hatten, von wegen Petey sei von einem Liebhaber in Rickies Wohnung erstochen worden. »Ich hab's selber nicht in der Zeitung nachgelesen. Ich war so verstört, als ich es von Ihnen erfahren habe. Ich dachte, Sie wüßten Tatsachen, die Wahrheit. Vielleicht sogar von Rickie. Aber die Wahrheit war das nicht. Er ist auf offener Straße erstochen worden.«

»Was fällt dir ein, mir und meinen Nachbarn Lügen zu unterstelln?« bellte Renate.

»Ich könnte das bestimmt noch in der Zeitung finden. Mitte Januar…«

»Luisa, du bist erst seit kurzem hier. Was glaubst du, was du für eine Ahnung von dieser Gegend hast, von den Leuten hier? Schau nicht so finster, und hör endlich auf, diesem elenden… Homo nachzuweinen.« Verächtlich schob Renate ihren Stuhl zurück. »Gefühlsduselei. Diesem nichtswürdigen Homo, der sich hat aushalten lassen!«

»Petey hat sich nicht aushalten lassen. Er hat bei seinen Eltern gewohnt und war auf der Uni. Er war kein armer Schlucker.«

»Du hast doch mit diesem Rickie Mark…dorfer oder

sonst einem von dieser … Mischpoke geredet. Ich will von diesem Petey nichts mehr hören, verstanden? Nicht in diesem Haus!«

Sie stand endgültig auf.

Luisa erhob sich ebenfalls.

»Komm, trinken wir eine Tasse Kaffee, Luisa. Es ist doch albern …«

»Danke, für mich keinen Kaffee. Ich bin gleich wieder da und helfe Ihnen beim …«

»Mach dir ums Abspülen keine Sorgen. Wohin gehst du?«

»Bloß in mein Zimmer!«

Renate stampfte hinter ihr her, ohne sich mit ihrem Gehumpel zusammenzureißen. »In zwanzig Minuten kommt die letzte Folge von Magnum!«

»Danke, aber das ist mir egal.«

Mit einer leichten Jacke über dem Arm kam Luisa wieder aus ihrem Zimmer.

»Was soll das alles?«

»Was alles? Es ist halb neun, noch nicht mal dunkel. Ich geh noch spazieren.«

Renate hätte sie am liebsten am Arm gepackt, als sie an ihr vorbeischlüpfte. Sie war soviel fitter, auch stärker und größer, und hätte Renate problemlos abschütteln können. »Wo willst du hin?«

Luisa holte tief Luft. »Spazieren! Muß ich sagen wohin? Nirgendwohin!«

Krachend fiel die Wohnungstür zu.

Renate öffnete sie wieder. »Wenn du wiederkommst, stehst du aber vielleicht vor verschlossener Tür!«

Luisas schnelle Schritte liefen weiter die Treppe hinunter.

Renate zog sich wieder in ihre Wohnung zurück, machte die Tür zu und schob den Riegel vor. Nur zu gern hätte sie Luisa nachspioniert, um zu sehen, mit welchem hergelaufenen Typen sie sich da traf selbst wenn sie (nach einem kurzen Spaziergang zum Abreagieren) sich nur auf ein Glas Wein irgendwo hinsetzte. Renates schlimmer Fuß ließ das jedoch nicht zu: Sie war erstens zu auffällig und zweitens zu langsam. Immerhin wurde sie zum Ausgleich oft besonders zuvorkommend behandelt.

Willi Biber. Ob der wohl beim ›Jakob‹ war? Dem könnte man doch einen kleinen Auftrag geben: Aufzupassen, ob Luisa in den ›Jakob‹ kam, und wenn ja, mit wem sie dort sprach. Aber Renate zögerte. Ein paarmal hatte sie schon mit verstellter Stimme beim ›Jakob‹ angerufen, und das machte sie ihrer Meinung nach eigentlich recht gut. Aber man durfte es nicht übertreiben. Andi würde vermutlich Verdacht schöpfen, Ursi dagegen hatte es immer so eilig, daß sie bloß fragte, was oder wen der Anrufer wollte. Willi? Wenn der dort war, holte Ursi ihn sofort.

Aber wer wollte den Tölpel denn schon sprechen außer Renate? Die beiden mußten sich allmählich versteckt treffen, wie heimliche Liebhaber. Ihr kleines, ziemlich unansehnliches Gesicht verzog sich, die Augen gingen fast zu, als sie einen Augenblick lang eine Art wonnigen Schauder auskostete.

Willi Biber, dem hätte sie sogar weismachen können, er hätte diesen Petey in Rickies Wohnung erstochen. Die Balkontür war kaputt, das hatte Willi ihr vor Monaten, auf dem Höhepunkt der Luisa-Petey-Schwärmerei, erzählt – letzten Dezember. Damals hatte sie das nicht interessiert, aber nach Peteys Tod hatte sie ihrer Phantasie freien Lauf gelassen. Willi besaß ein großes Schweizer Offiziersmesser, und mittlerweile hatte sie ihn soweit, daß er die Homos beinah ebenso verabscheute wie sie selbst. Sie hatte ihm eingeredet, er habe in der Fremdenlegion gedient, wieso dann nicht auch, er sei Peteys Mörder? Doch hatte sie ihm dann nur etwas von ihren Informationen aus sicherer Quelle erzählt, denenzufolge an dem bewußten Abend Petey zusammen mit einem anderen Mann in die Wohnung gekommen wäre, der sich anschließend wohl über Rickies Balkon aus dem Staub gemacht hätte. Willi hatte diese Geschichte erwiesenermaßen ein paar Leuten beim ›Jakob‹ weitererzählt, vielleicht auch seinen Arbeitgebern, den Wengers im ›L'Eclair‹, wo er Backbleche spülte und Mülleimer hinausschaffte. Das genügte Renate, oder vielmehr, hatte ihr genügt. Daß Luisa offensichtlich mit Rickie gesprochen hatte oder sonstwem, der die Zeitungsversion genau kannte, fuchste sie entsetzlich.

Während sie das schmutzige Geschirr in die Spülmaschine räumte und dabei wie so oft, wenn sie nervös war, fast tonlos vor sich hinsummte, entschloß sie sich, diesmal nicht beim ›Jakob‹ anzurufen.

»Hmm-mm-hmm-mm-hmm-mm«, summte sie, sah sich um, ob sie alles eingeräumt hatte, was in die Maschine konnte. »Hmm-mm-hmm…« Luisa, der würde sie's nachher zeigen, sollte die bloß ein bißchen zappeln.

## 6

Ungefähr zur gleichen Zeit ging Luisa denselben Weg wieder zurück, den sie ein paar Stunden zuvor gekommen war, auf Rickies Wohnung zu. Vielleicht war ja Licht hinter dem Balkon. Dann würde sie einfach läuten – das würde sie sich schon trauen. Aber es brannte kein Licht, hinter der hohen Balkontür war alles schwarz.

Sie war bereits in den ›Jakob‹ ein paarmal nach dem Abendessen allein auf eine Tasse Kaffee gegangen. Also, los.

Da Willi, der Trottel, immer an dem langen Tisch im vorderen Teil des ›Jakob‹ saß, nahm Luisa den Seiteneingang in den Garten. Von dort aus führte ein Weg auf die hintere Terrasse, die von efeuberankten Balken herunter beleuchtet war. Stimmen, Gelächter. Luisa spürte, wie die Spannung aus ihren Schultern wich und ihre Stirnfalten verschwanden.

Bis auf einen kleinen Tisch waren offenbar alle belegt. An den wollte sie sich setzen, und wenn Andreas oder Ursi kamen, um ihre Bestellung aufzunehmen, sollte es ihr auch recht sein. Es war einfach zu schön, unter lauter Leuten zu sitzen, die sich einen netten Abend machten, Leuten, die nicht Renate Hagnauer waren, die nicht einmal wußten, daß es sie gab. Sie saß schon halb, als eine Männerstimme rief:

»Luisa!« Rickie war von einem vollbesetzten Tisch am anderen Ende der Terrasse aufgestanden, so daß er in seiner weißen Strickjacke alle überragte. »Komm doch rüber zu uns!«

Luisa fädelte sich an den Tischen vorbei.

»Willkommen!« sagte Rickie und wies auf einen Stuhl, den ihr jemand herangerückt hatte. Fünf oder sechs Leute saßen am Tisch, darunter eine Frau. Zwischen lauter Aschenbechern brannte ein einzelner Kerzenstummel.

Rickie stellte die Frau als Evelyn Huber vor. »Und Claus… Bruder«, fuhr er fort, »Philipp Egli…«

»Schluß jetzt mit der Förmlichkeit!« sagte ein dunkelhaariger junger Mann mit einem Lächeln und ein bißchen angetrunken. »Ich bin der Ernst.«

Lulu bellte von ihrem Stuhl herunter.

»Und das ist Lulu«, sagte Rickie.

»Wer hätte das gedacht«, sagte Luisa grinsend.

»Das ist Luisa… Zimmermann.« Rickie freute sich, daß ihm ihr Nachname einfiel. »Und was möchtest du trinken… oder essen?«

»Wein haben wir schon. Wo sind denn die Gläser? Gib mir doch mal…« Das kam von Ernst, der einen Arm in Rickies Richtung ausstreckte.

Andreas trat an den Tisch.

»Cola?« fragte Rickie, der sich wieder gesetzt hatte. »Oder Wein? Der Pfirsichkuchen schmeckt heute übrigens ganz besonders gut.« Er spürte, daß er eigentlich genug getrunken hatte, aber bisher war ihm noch kein Schnitzer passiert. »Für mich bitte noch einen Espresso, Andi. Und für die junge Dame, unseren Ehrengast heute abend…«

»Eine Cola, bitte«, sagte Luisa.

»Rickie«, sagte der Mensch namens Philipp, »die Brille!«

»Alles zu seiner Zeit«, erwiderte Rickie mit erhobenem Zeigefinger und blickte sich nach Renate um, froh, sie nirgends zu entdecken.

»... Nein, ich bin Schneiderlehrling«, sagte Luisa zu Ernst.

»Wirklich? Du meinst, so richtig mit tollen Schnitten und so?«

Luisa sah Rickie an. »Ernst hat gedacht, ich bin Mannequin.«

»Hübsch genug wärst du ja«, erwiderte Rickie.

»Ich hab dich hier doch schon mal gesehen... mit der... Couturière.« Das war die Frau namens Evelyn, die von allen am nüchternsten aussah.

»Genau. Frau Hagnauer kommt öfter morgens auf einen Kaffee hierher.«

»Und zum Schnüffeln«, warf Rickie freundlich ein.

Luisa mußte unweigerlich kichern.

»Ha!« Die hat wohl nichts Besseres zu tun als andere anzuglotzen! Philipp hielt sich ein imaginäres Fernglas vor die Augen. »Rickie, zeig Luisa doch mal deine Brille. Aber an Lulu!«

Lulu bellte, als ihr Name fiel, und setzte eine weiße Pfote sachte auf die Tischkante. Dann blickte sie sich mit einem leisen Jaulen, als wollte sie unbedingt ihren Teil zur Unterhaltung beitragen, nach weiteren Anordnungen um.

»Bleib sitzen, bis ich meinen Kaffee ausgetrunken habe, Lulu«, sagte Rickie, worauf Lulu die Pfote vom Tisch nahm.

»Evelyn, zeig Luisa doch mal deine Burg«, sagte der junge Mann namens Claus.

Evelyn öffnete behutsam eine Papierrolle, die sie auf dem Schoß gehabt hatte. »Es ist eine Kinderzeichnung. Ich betreue hier die Schulbibliothek, weißt du.« Sie stand auf und hielt mit Hilfe von Claus die Schwarzweiß-Zeichung der Burg mit den spitzen Türmen in die Höhe.

Luisa fand sie richtig verträumt. Sie fühlte sich in ihre Kindheit zurückversetzt, halbvergessene Märchen tauchten wieder auf. Einen Moment kam sie sich vor wie eine Vierjährige, die ein Bilderbuch ansieht und noch alles für echt hält.

»Rickie hat mir Abzüge gemacht – auf seinem Superkopierer«, schrie Evelyn über den lauten Tisch hinweg.

»Werden die aufgehängt? Oder als Preise verteilt?« erkundigte sich Luisa. Es schienen mindestens sechs davon da zu sein.

Die Antwort ging allerdings im allgemeinen Gelächter unter: Rickie hatte eine Jux-Brille aufgesetzt und alberte mit der Espressotasse in der Hand herum. Luisas Cola war zusammen mit ein paar Bier angekommen. Die Brille hatte aufgemalte Augen ziemlich verschlafene, blöde guckende dunkle Augen mit blauem Lidschatten.

»Setz sie Lulu auf!«

Lulu wetzte aufgeregt auf ihrem Stuhl hin und her.

»Hat wer ein Halstuch dabei?« fragte Rickie.

Philipp Egli zog einen blauen Schal aus der Jackentasche.

Erneut die Szene mit Lulu auf winterlicher Kreuzfahrt. Rickie tat der Gesellschaft den Gefallen und setzte der Hündin die Brille auf die Nase.

Wieherndes Gelächter.

»Schau doch mal! Schau!«

Applaus für Lulu. Rickie strahlte zufrieden.

»Mach die Runde mit ihr!« rief Ernst.

Rickie spazierte mit Lulu an der Leine in den größeren, helleren Teil des ›Jakob‹, in dem die Tische und Stühle dichtgedrängt standen. Der Reihe nach entdeckten die Gäste Lulu und deuteten auf sie.

»Schaut euch den Hund an!«

»Hallo Lulu! – Steht dir phantastisch!«

Vereinzelter Applaus.

»Salü, Rickie!«

Ein paar von Rickies Wohnungsnachbarn waren auch da. Von Lulus kundiger Nase geleitet, ließ Rickie sich an Renates und Liusas Stammtisch vorbeiziehen und kam auf die Terrasse zurückgeschlendert.

Luisa hatte die Szene durch die offene Tür zwischen der Terrasse und dem großen Gastzimmer begeistert beobachtet, die Tränen schossen ihr in die Augen, liefen ihr sogar über die Wangen. Lachte sie oder weinte sie? Der Abend hatte sich ja wunderbar entwickelt!

»Freundin von Petey!« hörte sie Rickie zu jemand am Tisch sagen. »Wißt ihr, Petey hätte morgen Geburtstag gehabt. Einundzwanzig wäre er geworden.« Er hielt inne. »Heute geht alles auf mich. Ihr seid alle eingeladen.«

Evelyn ächzte lachend: »Ach komm, Rickie!«

»Danke, Rickie, ein andermal. Ich habe meine Zeche schon hingelegt. Keine Widerrede!«

Vor Luisa stand plötzlich noch eine Cola. Mit einem raschen Blick auf die Uhr stellte sie fest, daß sie bereits über eine Stunde unterwegs war. »Rickie…«

Er saß links von ihr und schnitt gerade mit gesenktem Blick eine Grimasse. Dann bemerkte sie, daß seine Augen feucht waren. Schnell wischte er sich mit dem Handrücken darüber. In der anderen Hand hielt er Lulus Leine.

»Gute Nacht, Rickie. Vielen, vielen Dank«, sagte Evelyn und stand mit der weißen Rolle unter dem Arm auf. »Bleib sitzen.«

Aber Rickie war schon aufgestanden, wenn auch etwas wackelig. Er beglich bei Andreas die Rechnung, der ihm – bestimmt auf den Rappen genau – herausgab. In dem Moment, als der Kellner wieder nach drinnen ging, sah Luisa aus den Augenwinkeln Willi an der Tür stehen, der sie mit seinen grauen Augen und seinem typischen starren, ausdruckslosen Blick fixierte. Damit wußte Renate von ihrem abendlichen Besuch beim ›Jakob‹, das stand fest.

Außer Rickie und Luisa saß jetzt nur noch Ernst am Tisch. »Dank dir, Rickie«, sagte er. »Soll ich dich nach Hause begleiten?«

»Nichts da, *ich* begleite diese junge Dame *zu ihr* nach Hause«, erwiderte Rickie.

Luisa trank unbehaglich einen Schluck Cola. »Aber ich wohne doch so nahe, das ist nicht nötig, Rickie.« Mit einem schnellen Blick stellte sie fest, daß Willi sich in Luft aufgelöst – als wäre alles nur ein böser Traum gewesen. Sie stand auf.

Rickie und Ernst erhoben sich ebenfalls. Zu dritt gingen sie auf den Seiteneingang zu, denselben Weg, den Luisa gekommen war. Sanft nahmen sie die beiden Männer in die Mitte, hakten sich bei ihr ein.

»Na, das nennt man Geleitschutz!« sagte Luisa, amüsiert und bang zugleich.

»Oder Ehreneskorte«, sagte Ernst. Drei oder vier Straßen weiter schlug die Jakobskirche halb elf.

»Ist sie nicht ein Engel?« fragte Rickie.

»Zu dumm, daß wir so gar nicht heiratsfähig sind, sondern ›eingefleischte Junggesellen‹, wie der Engländer sagt. Geht doch nichts übers britische Understatement.«

Irgendwie war es harmlos und lustig. Sie kamen immer näher auf das weiße Haus zu, in dem sie wohnte. Früher war es einmal ein geräumiges Privatdomizil gewesen, groß genug für eine Familie auf Zuwachs mit ein paar Dienstboten, die zum Schlafen wahrscheinlich in die Dachkammern mit den kleinen Giebelfenstern hinaufsteigen mußten. Im Stockwerk darunter brannte in einem Fenster noch Licht. Das war Renates Wohnzimmer, wo auch der Fernseher stand.

»Ich danke euch… beiden. Vielen Dank für den wunderbaren Abend.« Luisa flüsterte fast.

»Hoffentlich auf bald«, sagte Rickie. »Ruf mich an.«

»Gute Nacht, Luisa.«

Sie schloß die Haustür auf, drehte sich noch einmal um und winkte den beiden. Dann stieg sie mit dem Wohnungsschlüssel in der Hand die Treppe hoch. Wie erwartet hatte Renate von innen den Riegel vorgeschoben. Luisa klopfte leise. Aber nichts kam, nicht der kleinste Laut. Luisa überlegte fieberhaft. Renate brachte es fertig, sie eine halbe Stunde vor der Tür stehen zu lassen. Jetzt bloß ruhig. Gelassenheit war der beste Schutz gegen Renate, die sie immer mit irgendwas treffen konnte.

Sie klopfte noch einmal. Renate war sicher nicht weit, wahrscheinlich stand sie auf dem Gang und horchte. Luisa drückte kurz auf die Klingel, und als sich nichts rührte, probierte sie es hoffnungsvoll noch einmal mit dem Schlüssel, doch der Riegel blieb vorgeschoben. Im ersten Moment wäre sie am liebsten ihren beiden Begleitern nachgelaufen. Rickie würde sie garantiert bei sich auf dem Sofa schlafen lassen. Verärgert probierte Luisa es jetzt mit einem Trick: Sie polterte vernehmlich ein Stück die Treppe hinunter, blieb stehen und horchte. Nach zwei Minuten schlich sie hinauf. Erneut probierte sie es mit dem Schlüssel, dann klopfte sie. Und wartete.

Endlich das Stampf-Schleif-Geräusch, das Renate ankündigte – zögernder als sonst. Luisa straffte die Schultern. Wieso sollte sie sich entschuldigen, wenn Renate doch wirklich nicht von innen hätte verriegeln müssen?

»Aha«, sagte Renate in Nachthemd und Morgenmantel. »Etwas spät heute abend.«

»Danke«, sagte Luisa, während sie hineinschlüpfte. Ich verstehe nicht, wieso Sie zugeschlossen haben. Es war doch klar, daß ich nicht lange wegbleibe.«

»Lange genug! Hast mich jedenfalls aufgeweckt.« Renate rümpfte die Nase. »Wo warst du?«

Sie standen auf dem Gang. Das Wohnzimmerlicht war inzwischen gelöscht; wahrscheinlich hatte Renate noch ferngesehen.

»Beim ›Jakob‹ auf eine Cola«, antwortete Luisa in der Hoffnung, so Willis morgigem Rapport die Brisanz zu nehmen. »Nach dem Spaziergang, versteht sich.«

»Soso, Spaziergang. Wenn du soviel Energie hast, könntest du vielleicht bei uns noch als Putzfrau arbeiten, meinst du nicht?« Renate lächelte säuerlich.

Das Gewitter war vorbei. Luisa konnte in ihr Zimmer gehen. Zu ihrer Erleichterung ging Renate ihr nicht nach, um noch ein letztes Wort loszuwerden. Luisa hatte am Ende des Korridors ihr eigenes, wenn auch winziges Bad: Toilette, Waschbecken und Dusche, heißes Wasser. Fünf Minuten später lag sie frisch geduscht im Bett, hatte das Licht aus und ließ aufgekratzt den Abend Revue passieren.

Was hatte Rickie gemeint, als er sie aufgefordert hatte, »am Wochenende doch mal ins ›Small g‹ zu kommen?« Luisa wußte, daß es beim ›Jakob‹ Samstag abends Tanz gab, manchmal auch Freitags, wenn genügend Leute da waren. Das Lokal war stolzer Besitzer einer alten Musikbox, und in sämtlichen Ecken hingen Lautsprecher.

Was für ein herrlicher Abend das gewesen war! So nette Leute. Und morgen war Peteys Geburtstag – das hieß, in einer Stunde. Die Tränen in Rickies Augen kamen Luisa wieder in den Sinn. Ihm hatte Petey wohl genauso viel bedeutet wie ihr. *Ein Traum!* Sie hatte gewußt, daß Petey »ein Traum« war, weil er keine Mädchen mochte, jedenfalls nicht als feste Freundinnen. Plötzlich tauchte Peteys glattes, hübsches Gesicht ganz deutlich vor ihr auf: »Du darfst dich nicht in mich verlieben,« hatte er sie einmal mit betroffenem Blick gewarnt. Jetzt verstand sie das endlich, dachte sie, verstand es jedenfalls viel besser.

Angenehm schläfrig zog Luisa die Knie fast bis zum Kinn hoch, streckte die Beine wieder aus und drehte sich auf den Bauch. Sie würde Rickie wiedersehen, da war sie sich sicher, und die weiße Hündin Lulu mit den flauschigen Ohren und wachen Augen, die auf einem Stuhl am Tisch saß und zuhörte wie ein Mensch. Luisa kicherte still in sich hinein. Sie hatte das Gefühl, daß an diesem Abend etwas Wichtiges passiert war, etwas Schönes, Glückverheißendes.

## 7

Am Mittwoch begann Luisas Tag wie üblich zwischen halb sieben und sieben mit Kaffee und Brötchen in der Küche. Gegen halb acht trudelten die anderen von »Renates Mädchen« ein, zumeist als erstes Vera, die älteste mit der Gesellenprüfung bereits in der Tasche, dann die ernste, gewissenhafte Elsie und dann Stephanie, ein fröhliches Wesen und meistens die Letzte. Stephanie kam mit der Tram aus der Zürcher Stadtmitte, die anderen wohnten in Außersihl und kamen oft zu Fuß.

Um halb acht waren dann die Neonleuchten an der langen Decke der Werkstatt flackernd angegangen. Eigentlich hätten die sechs großen Fenster genügend Licht hereingelassen, jedenfalls im Sommer, aber Renate hatte sich an das gleißende Licht gewöhnt und bestand darauf.

»Hallo, Luisa!« hatte Stephanie gerufen, als sie die »Fabrik« betreten hatte, das Arbeitszimmer, in dem Renate und Luisa die Arbeitsutensilien für den Tag herrichteten, kontrollierten, ob die Scheren und entsprechenden Faden rollen für die anstehenden Arbeiten bereitlagen. Eine Privatkundin ließ sich ein Kostüm schneidern, und dafür war ein bestimmter rosa Faden vonnöten: Veras Projekt, unter Renates Regie. Sechs Nähmaschinen standen im Zimmer, und drei Bügelbretter.

Am Nachmittag zuvor hatte Renate Luisas neue Création überschwenglich gelobt, ein zweiteiliges Herbstkostüm, von dem Zeichnungen mit Reißzwecken an das lange schwarze Brett an der Wand gegenüber den Fenstern gepinnt waren. Es hatte einen großzügigen Stehkragen ohne Revers, üppige Stulpen an den beiden seitlichen Taschen und einen Rock mit zwei Falten hinten, zwei vorn. Heute sollte Luisa den Schnitt in zwei Größen anfertigen, die dann zuerst »exklusiv« verkauft werden sollten. Drei der Nähmaschinen standen auf eigenen Tischen, die anderen auf der großen Arbeitsplatte, die an die sechs Meter lang war und aus drei planen, lädierten Türen auf sechs Böcken bestand. Mit ihren zwei- oder dreiundvierzig schätzte Renate wohl das Altmodische, die Beinahe-Antiquitäten, die schick sein konnten, wenn man sie dazu erklärte. So etwa der alte Tisch mit seinen Kratzern und Schnittradspuren, den kleinen Brandflecken vom Bügeleisen und sogar noch ein paar Tintenklecksen aus der Zeit, als man noch mit schwarzer Tinte gearbeitet hatte.

Luisa spürte, wie angespannt Renate heute morgen war, während sie zwischen den Mädchen herumging und ihnen wie üblich hier und da über die Schulter guckte, nie so nahe, daß es abgelenkt hätte. Meistens machte sie irgendeine Bemerkung, manchmal ein mäkeliges zufriedenes »Hmm-m« und manchmal »Das sieht gut aus«, wenn sie durch ihre Lupe eine Arbeit aus der Nähe betrachtete. Bei den Knopflöchern war sie ganz besonders pingelig.

Stephanie ging zu dem alten Radio und drückte die dritte Taste, den Klassiksender. Klassische Musik, nicht zu laut, war erlaubt, nicht aber die Popmusik auf den deutschen, französischen oder italienischen Sendern.

Luisa war mit dem Schnitt der Kostümjacke schon ziemlich weit gediehen, als Renate kanpp bemerkte: »So, Kinder. Kaffee?«

Es war halb zehn vorbei. Luisa wäre heute vormittag lieber nicht mit der immer noch unterkühlten Renate zum ›Jakob‹ gegangen, aber vielleicht stieß sie ja auf Rickie, vielleicht auf die Bibliothekarin Evelyn, irgendwelche freundlichen Gesichter. Die Mädchen schlenderten in die Küche; Vera setzte Wasser für eine große Kanne Kaffee auf. Renate stellte wie üblich einen Kuchen auf den Tisch. Falls die Mädchen klebrige Finger bekamen – das Spülbecken war gleich in der Nähe. Krümel auf dem Boden konnte Renate nicht ausstehen, und es hatte sich eingebürgert, daß Elsie vormittags fegte und Luisa nach dem Mittagessen, das die Mädchen in der Küche aßen; Luisa und Renate saßen zu den Mahlzeiten dagegen meistens im Wohnzimmer. Finster schweigend marschierte Renate neben Luisa auf den ›Jakob‹ zu, und Luisas Bemerkung über die schönen Kastanienbäume stieß nur auf ein gedankenverlorenes »Mmm-m«.

Renates Lieblingstisch war zwar nicht frei, aber groß genug, daß sie ihn mit einem gedrungenen Mann teilen konnten, der in seine Zeitung vertieft war. Und direkt gegenüber saßen Rickie und Lulu, Rickie ebenfalls mit einer Zeitung, von der er jedoch aufsah, um Luisa verstohlen zuzuwinken.

»Morgen, meine Damen«, sagte Andreas zum Scherz auf hochdeutsch. »Was darf ich denn heute bringen?«

»Guten Morgen«, erwiderte Renate und gab dann auf schweizerdeutsch ihre übliche Bestellung auf, für Luisa gleich mit: Espresso mit Sahne.

Luisa sah Willi hereinkommen – heute aus dem Zimmer hinter Rickie. Er winkte Renate verstohlen zu, als ob diese ungelenke Geste nicht jedem Kind aufgefallen wäre, und Renate machte sich nicht die Mühe, irgendwie zu reagieren. Dann setzte er sich zu ein paar anderen Männern in Arbeitskitteln an den Tisch.

»Hast du Willi gestern abend gesehen?« fragte Renate.

»Ich glaube nicht. – Ich hab aber nicht so genau aufgepaßt.«

Aus Willis Mimik schloß Renate, daß Luisa log. Sie hatte ihn bestimmt gesehen und wußte auch, daß er sie bei Renate verpetzen würde. Renate genoß ihre fast vollständige Kontrolle über Luisa, obwohl ihr bewußt war, daß da ein Stück Sadismus mitspielte. Solche selbstkritischen Gedanken wischte sie aber meistens beiseite, indem sie sich ins Gedächtnis rief, wie Luisa bei ihr aufgetaucht war: abgerissen, ungewaschen, mit abgebrochenen Fingernägeln und einem unsäglichen zottigen Kurzhaarschnitt, den Luisa selber auf dem Gewissen hatte. Sie war von zu Hause und von ihrer Lehrstelle in Brig ausgerissen (das mit der Lehrstelle mußte Renate für sie in Ordnung bringen), war auch von einem Stiefvater weggelaufen, der sie allem Anschein nach sexuell mißbraucht hatte, wobei Renate das Mädchen über dieses Thema lieber nicht ausfragen wollte. Das Entscheidende war jedenfalls, daß Renate dabeiwar, aus Luisa eine erstklassige Schneiderin und Modedesignerin zu machen, wenn das Mädchen sich lange genug an sie hielt.

»Eine französische Zeitung?« fragte Luisa und wollte aufstehen.

»Ich geh schon«, sagte Renate.

Luisa blickte ihr nach; Renate machte in der Öffentlichkeit normalerweise keinen Schritt zuviel. Jetzt nahm sie ›Le Matin‹ vom Zeitungsständer und ging damit auf Willi zu, und die beiden steckten die Köpfe zusammen.

Rickie machte mit ein paar komischen Handbewegungen ein Gespräch zwischen zwei Leuten nach, mimte stummes Gelächter, daß es ihn auf seiner Bank schüttelte.

Luisa mußte kichern; sie blickte auf ihre leere Tasse und wäre fast geplatzt. Was Willi wohl erzählte? Daß sie eine Cola getrunken hätte? Renate würde versuchen, ihr den Umgang mit Rickie zu verbieten, sagte sie sich warnend, aber auch das konnte sie nicht vollständig ernüchtern. Irgendwie war Rickie für sie der Ritter in glänzender Rüstung – wie aus der Burg auf dem Bild – und die Rüstung beschützte sie vor Renate.

Hocherhobenen Kopfes, mit kleinen Schritten, kam Renate wieder angetrippelt. Sie legte genügend Kleingeld für beide Kaffees auf den Tisch. »Was gibt's zu grinsen?«

»Nichts. Es war mir nicht bewußt, daß ich grinse.«

Renate wollte sich nicht wieder setzen. »Na, das scheint ja gestern abend eine richtige Party gewesen zu sein.«

Luisa stand auf. »Ich Habe mich mit einer Cola an einen Tisch gesetzt.«

Renate ging zum Zeitungsständer und hängte ihre Zeitung wieder auf. Luisa folgte ihr und vermied es, Rickie anzusehen.

»Du scheinst ja einige hier zu kennen – diesen Rickie und weiß Gott wen noch.«

Sie traten aus dem Lokal. Luisa nickte Ursi, die den Weg von der Tür bis zu den Terrassenstufen fegte, einen Abschiedsgruß zu.

»Stimmt, Zufällig hab ich Rickie getroffen. Und die anderen, das sind einfach ein paar Freunde von ihm.«

»Diese Homos. Alles Homos«, ereiferte Renate sich auf dem Weg weiter. »Was ist nur los mit dir?«

»Wieso mit *mir*? Eine Frau war gestern abend auch dabei, Evelyn, eine Bibliothekarin. Lauter Leute mit anständigen Berufen. Wir haben uns einfach ein bißchen unterhalten. Ich versteh nicht, was daran verkehrt sein soll, wenn ich mit denen eine Cola trinke.«

»Diese Leute werden umgebracht. Ausgeraubt! Und du fragst, was daran verkehrt sein soll!« Sie zitterte plötzlich vor Wut.

Luisa beschloß, nichts zu erwidern, ohne sich allzuviel davon zu versprechen.

So hatte der Tag angefangen.

Nach dem Abendessen schlug Renate eine Partie Schach vor. Das spielten sie immer im Wohnzimmer, wo ein Kartentisch zusammengeklappt an der Wand lehnte. Daneben stand ein blaßgrünes Baumwollsofa, über dem ein Foto von einem Mannequin in einer Wintermantelcréation hing; der Name eines berühmten Zürcher Modehauses prangte darunter. Das schlanke blonde Model blickte blasiert in die Kamera, und Luisa fand ihr geschminktes Gesicht, ganz zu schweigen von dem Mantel, reichlich antiquiert. Damals waren der Mantel und die Seite in dem Hochglanzmagazin für Renate natürlich ein Triumph gewesen.

Zufällig schnitt Luisa beim Schach heute abend nicht schlecht ab. Sie mochte das Spiel eigentlich nicht und hatte den Eindruck, sie hätte durch die Schachabende erfahren, daß sie offenbar von Natur aus nicht aggressiv war. »Angreifen!« ermahnte sie Renate hin und wieder während einer Partie. »Immer angreifen!« Schließlich verlor Luisa doch, kam sich aber nicht so unterlegen vor wie sonst, weil Renate diesmal zu kauen gehabt hatte.

Wieder Kaffee. Luisa lehnte dankend ab. Renate konnte bis Mitternacht Kaffee trinken und trotzdem sofort einschlafen.

»Du mußt arbeiten, arbeiten und nochmal arbeiten, wenn du's zu was bringen willst. Keine Dummheiten, verstehst du?« Sie starrte Luisa in die Augen, als hätte diese in der letzten halben Stunde etwas falsch gemacht.

»Natürlich versteh ich das«, erwiderte Luisa in einem Ton, der diese Frage als reichlich überflüssig abqualifizierte.

»Dann benimm dich auch so. Üb zeichnen, hol dir neue Ideen, probier sie auf dem Papier aus, schau, was den jungen Leuten gefällt – wenn das oft auch nur Eintagsfliegen sind, trotzdem ...«

Mit ernster Miene hörte Luisa zu, ließ ihren Blick vom Schachbrett (das oft ein paar Tage lang auf dem Tisch stehenblieb) zu den vergilbten Fotos an der Wand schweifen: Renates schlanker, braunhaariger Mann, der eigentlich recht gut aussah mit seinen langen dunklen Koteletten, den buschigen Augenbrauen und dem netten Lächeln, Renate bei der Hochzeit in Casablanca, wo sie neben ihm wie eine Zwergin wirkte, in ihrem weißen Kleid mit dem weißen Schleier über dem Gesicht. Hochzeit in *Weiß*! Dann Fotos von Renates mysteriöser Familie, diverse Cousins und Tanten auf einer langen Bank vor einem Landhaus mit zwei Schornsteinen, irgendwo in Polen. Ein paar der Frauen hatten weiß eingepackte Babys im Arm, die Männer trugen alle dunkle Anzüge und blütenweiße Hemden.

»Wir müssen bald mal ins Zeitungsarchiv«, fuhr Renate fort, »und uns das alles am Computer-Bildschirm ansehen – die Geschichte der Mode. Mode besteht nämlich nicht aus riesigen Metallknöpfen oder aus diesen ordinären kurzen Röcken, die aussehen, als hätte man sich mal eben ein Handtuch um die Hüften geschlungen!«

Luisa hörte längst nicht mehr hin, sie dachte an die eine Verabredung, die sie mit Petey Ritter gehabt hatte. Im Kino waren sie gewesen und hinterher auf einen Hamburger und eine Cola. Wie stolz sie sich mit ihm hatte sehen lassen! In derselben Woche hatte er ihr auf ihre Bitte ein Foto von sich geschenkt, ein bißchen größer als ein Paßfoto, und das trug Luisa immer noch in der Geldbörse bei sich.

## 8

Rickie Markwalder ging in seinem Mercedes auf die Pirsch. Er hatte den Benz, wie er ihn nannte, aus zweiter Hand gekauft, aber es war immerhin ein Mercedes, und wenn er wie jetzt frisch geputzt war, machte der Wagen durchaus was her. Er verleitete Rickie sogar, auf solchen Ausflügen wie jetzt, Freitagabend um elf, Schlips und Jackett zu tragen.

So langsam, wie der Verkehr es erlaubte, kroch Rickie den Limmatquai entlang, auf der Suche nach einsamen jungen Männern, die vielleicht ihrerseits die Blicke schweifen ließen. Hier flanierten die Flaneure, und Rickie war natürlich nicht der einzige vorbeipirschende Autofahrer. Im Rückspiegel beobachtete er, wie der Wagen hinter ihm anhielt, der Fahrer grinsend aus dem Fenster schaute und irgendwas rief. Aus einem Autoradio dröhnte laute Popmusik, die paar Wortfetzen klangen irgendwie afrikanisch. Aber wer wollte schon auf der Straße jemand aufgabeln? Oder war das Schnee von gestern? Straßenbekanntschaften konnten nett sein, mindestens zweimal hatte er richtig Glück gehabt. Und hier in der Gegend waren alle Straßen gut zum Aufgabeln, die Niederdorfstraße in der Fußgängerzone oder die Zähringerstraße, wo der ›Bagpiper‹ und das ›Carrousel‹ lagen. Und den ›Barfüßer‹ in der Spitalgasse gab's ja auch noch, wenn er sich dafür fit fühlte. Er hatte die Fenster heruntergekurbelt.

»Hi, Papa!« rief ein blonder Jüngling, mit dem Rickie tatsächlich geliebäugelt hatte. Seine zwei Begleiter gackerten etwas beschwipst. Rickie brachte ein Lächeln zustande und winkte verächtlich ab, so wie sie ihn abgetan hatten. Trotzdem gab es einen Stich. Was war dann erst, wenn sie seinen Bauch sahen, in einer Bar wie dem ›Barfüßer‹ zum Beispiel? Schätzungsweise sechs oder acht Monate den Laden nicht mehr frequentiert. Die Bar war wirklich hip, nur vom Feinsten und vom Jüngsten... Mit Petey war er ein paarmal dort gewesen, und mit welchem Stolz! Da war der Stolz auf den Benz ein müder Trost.

Kurz nach Mitternacht entschloß sich Rickie, nach Hause zu fahren. Ein verlorener Abend, jedenfalls zum Teil. Also fuhr er, etwas schneller jetzt, an den erleuchteten Fassaden entlang, an der ›Bar César‹, am ›Café Dreams‹, den Namen der Bierbrauereien in Neon, vorbei am ›Club Hotel‹, an den herumstehenden Männern mit ihren Bierdosen – heimwärts. Er drückte etwas heftig aufs Gas, hatte aber alles unter Kontrolle, jedenfalls fühlte er sich eher nüchtern als betrunken, und der Wagen fuhr sich wunderbar. Irgendwo in einer dunklen Straße – im Vergleich zu dem, wo er gerade herkam, wirkte alles dunkel – beschleunigte er dann noch einmal. Paß auf, sagte er sich, nahm den Fuß vom Pedal und blieb vor dem Stoppschild an der nächsten Kreuzung brav ein paar Sekunden stehen, obwohl weit und breit kein anderes Auto zu sehen war. Dann fuhr er wieder an.

Kaum eine Minute später heulte hinter ihm eine Sirene, eine Lichthupe blinkte. »Das ist bestimmt nicht für mich.« Er ging etwas vom Gas, nicht so viel, daß es schuldbewußt gewirkt hätte, fuhr aber weiter. Er war fast zu Hause. Noch eine lange Kurve, dann war er in seinem Nest, in der Tiefgarage unter seinem Atelier.

Der Streifenwagen folgte ihm um die Kurve. Die Lichthupe bedeutete Rickie, daß er besser stehenblieb, was er am Straßenrand auch tat. War er *so* schnell gefahren? Er riß sich zusammen und bemühte sich, die paar Scotches zu vergessen, die er vor über einer Stunde getrunken hatte.

Der gedrungene Beamte faßte sich an die Mütze und verlangte Rickies Führerschein. »Sie sind zu schnell gefahren, wissen Sie das?«

»Tut mir leid, das habe ich nicht gemerkt«, sagte Rickie höflich und zerknirscht. Den Block in der einen Hand, den Kugelschreiber in der anderen, stellte der kleine Polizist einen Strafzettel aus. Natürlich mit Durchschlag. Das kostete vermutlich ein paar hundert Franken. »Ich habe gar nicht gemerkt, daß ich so schnell gefahren bin«, sagte Rickie noch einmal, als er den Zettel entgegennahm.

»Über sechzig in einem Wohngebiet«, sagte der Beamte, schon wieder auf dem Weg zu seinem Wagen. »Guten Abend.«

Rickie stellte den Wagen in die Garage und ging zu Fuß zu seiner Wohnung ein paar Häuser weiter. Er war niedergeschlagen, fühlte sich irgendwie gescheitert. Bloß Lulu begrüßte ihn, als er die Tür aufschloß; er führte sie noch einmal kurz ins Freie.

Als er geduscht hatte und schon im Schlafanzug war, klingelte es an der Tür. Mißtrauisch trat er an die noch immer nicht reparierte Balkontür und spähte hinunter, obwohl ihm ein hoher Busch die Sicht auf den Eingang versperrte. Rickies altes Haus hatte keine Gegensprechanlage, also zog er sich einen Morgenmantel über und ging vor die Wohnungstür.

»Wer ist da?« rief er in Richtung der geschlossenen Haustür.

Sekundenlang Stille, dann: »Polizei. Aufmachen.«

In Rickie krampfte sich alles zusammen. Noch mehr unangenehme Fragen, dabei hatte er doch bloß einen Schluck getrunken, und in Schlafanzug und Morgenmantel fühlte er sich besonders verletzlich.

Ein kleiner, blonder Mann strahlte ihn an. Es war der Polizist, der ihm vorher den Strafzettel verpaßt hatte, jetzt allerdings in Zivil. »Hallo. Darf ich hereinkommen?«

Was sollte das? Obwohl er bereits eine leise Ahnung hatte, kam ihm die Sache spanisch vor, so daß er höflich und auf Distanz blieb. »Hier lang«, sagte er leise und wies auf seine offene Wohnungstür.

»Hübsche große Wohnung«, bemerkte der Bulle, als er eintrat. »Ich heiße Fredy.« Er lächelte immer noch. Er schien um die fünfunddreißig zu sein und sah keineswegs gut aus, eher durchschnittlich.

»Fredy«, wiederholte Rickie. Lulu warf einen stummen Blick von ihrem Hundebett hoch.

»Ich dachte mir, du magst Jungs. Was hättest du sonst in der Gegend verloren gehabt, hm?« Der Mann kam jedenfalls ohne Umschweife zur Sache. Er zog ein zusammengefaltetes Stück Papier aus der Gesäßtasche seiner Hose und riß es grinsend in Stücke. »Dein Strafzettel.« Er schien sich ehrlich zu freuen. »Na, wie ist es, hast du Lust?« Mit ausgebreiteten Armen ging er auf Rickie zu.

Rickie überlegte verwirrt. Ein Hinterhalt war es nicht, er könnte den Bullen jederzeit anzeigen, der Strafzettel steckte noch in seinem Jackett. Was Besseres hatte er auch nicht heute nacht auch nicht vor? Der Mann war hier, bei ihm in der Wohnung. »Moment mal – ich bin HIV-positiv, also…«

»Ich auch.«

»Ich nehm aber Pariser.«

»Ich auch.«

Keine zehn Minuten später lagen sie in der Horizontalen, halb ausgetrunkene Wodka- und Wassergläser am Boden neben Rickies großem, niedrigem Bett. Hohe Betten fand Rickie lange nicht so sexy. Gegen halb zwei ging Fredy wieder, seinen Namen und seine Telefonnummer hatte er auf einen Zettel gekritzelt, falls Rickie mal in Schwierigkeiten wäre.

»In leichten Schwierigkeiten«, hatte Fredy augenzwinkernd eingeschränkt.

Er hieß Fredy Schimmelmann und wohnte in Oerlikon.

Am Samstag wurstelte Rickie im Atelier herum, ordnete Papierstöße, mistete aus, warf weg. Schließlich hatte er einen meterhohen Turm aus Pappe, Zeitungen und ausrangiertem Werbematerial vor der Ateliertür liegen, den er mit Zwirn zu einem Bündel verschnürte. Das mußte jetzt bis zum Abholtag in ungefähr einer Woche in der Garage gelagert werden. Ach, diese ordentlichen, geizigen, gesetzestreuen Schweizer! Verklemmte Bande. Wieso hatten sie sonst die höchste Drogenabhängigenrate der Welt? Einfach zu verklemmt. Schließlich fegte Rickie sein Atelier noch bis in die letzte Ecke aus.

Drei Uhr schon. Am Vormittag war er mit dem Benz

zum Supermarkt gefahren, hatte das Übliche eingeladen, Tonic Water, Bier, Milch, Hundefutter, Orangensaft, Kaffee, Salatköpfe, ein paar Rinderfilets, frischen Spinat sowie einen Apfelkuchen aus einer guten Bäckerei.

Die Sache mit Fredy hatte Rickie schon fast vergessen. Solche Zwischenspiele hatte es schon öfter gegeben – öfter als daß er sich im Einzelnen daran erinnern konnte. Seit Petey allerdings noch nie. Und deshalb war das mit Fredy doch irgendwie bemerkenswert, wenn auch beim besten Willen nicht denkwürdig. Fredy war verheiratet, wie er Rickie bereitwillig und ungefragt erklärt hatte – er wollte wohl eine innigere Bindung vermeiden, die für Rickie aber sowieso nicht zur Debatte stand. Ob er sich Gedanken darüber machte, was seine Frau dazu sagen würde? Vielleicht rief er ja irgendwann mal bei Fredy an, obwohl er sich das eigentlich nicht vorstellen konnte.

Rickie wollte gerade aus der Wohnung, als sein Telefon klingelte.

»Hallo?«

»Hallo, Rickie«, sagte seine Schwester Dorothea. »Na, am Samstag nachmittag bei der Arbeit?«

»Nein, nein, ich bin am Träumen – und am Aufräumen. Haha!«

»Ich hab's schon bei dir zu Hause probiert. Du hast ja gar nicht mehr angerufen, nach Mamis – du weißt schon.«

Mamis Geburtstag. »Ich hab aber Blumen geschickt. Und ihr gratuliert. – Vielleicht erst am Tag drauf.«

Genau das war der Fall. Dorothea erzählte, sie und Röbbi seien nach Lausanne gefahren, allerdings ohne Tochter Elise, was Rickie nicht überraschte. Ihre Mutter hatte ein halbes Dutzend Leute zum Abendessen eingeladen, und es ging ihr anscheinend prächtig.

»Du klingst irgendwie traurig, Rickie.«

»Traurig? Ich? Wieso? Ich hab doch gar nichts gesagt.«

»Eben.«

Rickie lachte. Solche Dialoge führten sie öfters, und er fand sie tröstlich. Dorothea wußte natürlich über Petey Bescheid, sie hatte die entsprechenden mitfühlenden Worte gesagt und auf ihre Art ehrlich gemeint. Schließlich war Petey über ein Jahr lang in Rickies Leben präsent gewesen. Diese Zeit mochte intensiv, auch vielversprechend gewesen sein, aber eine richtige Ehe war das in den Augen seiner Schwester und der Allgemeinheit trotzdem nicht, das wußte Rickie.

»Kopf hoch. Komm uns bald mal besuchen. Schau zum Abendessen vorbei und bring einen Freund mit, wenn du Lust hast. Elise würde sich auch freuen.« Dorothea lachte. »Dann lernst du vielleicht ihren neuen Schwarm kennen.«

»Kann es kaum erwarten.«

»Ohne Witz, Rickie. Ruf uns an. Versprochen? Platz genug zum Übernachten haben wir, das weißt du ja.«

»Versprochen. Danke, Schwesterchen.« Sie legten auf.

Rickie ließ den Blick über die sichtbar ordentlicheren Tische schweifen, die verschiedenen Chromteile im Raum, die ungerahmten Vergrößerungen an den Wänden, die Metallpapierkörbe, das kleine Waschbecken und den Kühlschrank mit den Herdplatten, die ein bißchen nach Krankenhaus aussahen. Es gab Zeiten, da war Rickie stolz auf seinen Arbeitsplatz, und solche, da schämte er sich dessen. Jetzt gerade schämte er sich.

Blöder Minderwertigkeitskomplex, sagte er sich. Er wohnte nicht hier, er arbeitete hier.

Und heute abend ging er ins ›Small g‹, und dort war wahrscheinlich der gute Philipp Egli – trotz seines Examens –, außerdem sicher Ernst und vielleicht die goldige Luisa. Ganz vielleicht. Und der gräßliche Willi. Bei dem Gedanken an einen Samstagabend, an dem sich alle amüsierten, während Willi sauertöpfisch herumstand, mußte Rickie grinsen. Er schloß das Atelier ab und schlenderte zu seiner Wohnung, grüßte auf dem Weg die alte Frau Riester, eine Witwe, die zwei Stockwerke über seinem Atelier wohnte. Sie trug einen beigen Mantel und einen flotten Hut und hatte zwei ausgebeulte Jute-Einkaufstaschen in der Hand.

»Wie geht's denn immer, Frau Riester?«

Sie lächelte ihn mit ihrem faltigen Gesicht an. »Recht gut, Rickie. Und für Sie heiße ich Ruth, wissen Sie noch?«

»Wie könnte ich das vergessen – Ruth.«

»Kommen Sie auch mit Ihrer Wäsche zurecht?«

Vor über einem Jahr war Rickie ein paar Tage mit Grippe im Bett gelegen, und Ruth Riester hatte seine Wäsche abgeholt, bei sich in der Wohnung gewaschen und wieder gebracht, mit gebügelten Hemden und sogar gebügelten Socken. »Kann man wohl sagen. Ich bin der beste Bügler von Zürich.« Rickie schwang ein imaginäres Bügeleisen. »Sie sollten öfters in unsere Stammkneipe kommen, zum ›Jakob‹.« Ruth schaute praktisch nie vorbei. »Zur Aufmunterung.« Rickie war halb auf dem Sprung.

»Ach, ich bin munter genug, das sagt man mir jedenfalls nach.«

Kurz vor zehn Uhr abends brach Rickie dann zum ›Jakob‹ auf, in einem neuen weißen Baumwolljackett, einer dunkelblauen Sommerhose und blankpolierten schwarzen Schuhen. Eigentlich mochte er Turnschuhe lieber, aber in seinem Alter wirkten Turnschuhe so pseudo-jugendlich. *Ich seh mich heute abend bloß ein bißchen um*, sagte er sich, als er mit Lulu eintrat, deren hellblaues Halsband zufällig genau zu seinem Hemd paßte.

»Lulu!«

»Hallo, Lulu! Guten Abend!«

»Hallo, Rickie. Setzt du dich zu uns?« Das kam von einer Sechsergruppe an dem Tisch, an dem morgens immer Renate und Luisa ihren Espresso schlürften.

Zwei der Männer kannte Rickie; das blonde Mädchen, das mit dabei saß, hatte er noch nie gesehen. »Im Augenblick nicht, danke, vielleicht später.«

Ein Junge und ein Mädchen tanzten zu Musik, die aus einem Radio hinter der Bar kam; ein zusätzlicher Lautsprecher war auf der anderen Seite der Tanzfläche angebracht. Rickie schlenderte zur hinteren Terrasse, um nachzusehen, wer noch da war.

*»Rickie!«* Hinten rechts in der Ecke saß Ernst Kölliker, beziehungsweise war er halb aufgesprungen, um Rickie zu begrüßen. Fünf oder sechs andere teilten mit ihm den Tisch. *»Abend!* ... Nachher vielleicht!«

»Na, heute wieder auf Kreuzfahrt?«, rief eine Stimme neben ihm, als er die Terrasse fast erreicht hatte. Der Mann war ungefähr fünfunddreißig, in Jeans und Jeanshemd, mit einem leeren, aber aggressiven Blick – ein Drogentyp. Mit möglichst neutralem Gesicht ließ Rickie ihn links liegen.

»Hey, wie heißt dein Hund?«

Wenn er das immer noch nicht wußte, dann Pech für ihn, dachte Rickie.

Auf der Terrasse war die Stimmung laut und angetrunken. Und ganz hinten in der Ecke saß doch glatt Luisa! Ein braunhaariger Jüngling belegte sie mit Beschlag, doch sie hatte Rickie gesehen und strahlte ihn an.

»Teuerste Luisa!« sagte Rickie mit einer kleinen Verbeugung. »Ich bin Rickie«, sagte er zu dem jungen Mann.

»Uwe«, erwiderte der junge Mann, dem Rickies Ankunft nicht in den Kram zu passen schien, doch wenn Rickie ein Freund von Luisa war...

»Möchtest du dich zu uns setzen?« fragte Luisa.

»N-nein – ich dreh mit Lulu eine kleine Runde, dann komm ich nochmal vorbei.« Rickie warf einen Blick auf den Durchgang, wo vor ein paar Tagen Willi gelauert hatte. »Hast du unseren gemeinsamen Freund gesehen?« fragte er grinsend. Luisa nickte in Richtung Garten. »Eben war er hier, dann ist er dort raus.«

»Ich geh außen rum und setz mich zu Ernst in die Gaststube. Bis später, Luisa.« Nach einem neuerlichen Blick über die Terrasse nahm Rickie dann den kleinen Weg, der zum Gartentor an der Seite führte. Er schlenderte den Bürgersteig entlang, wo heute mehr Autos parkten als sonst. Bevor er mit Lulu wieder beim Haupteingang anlangte, schlug hinter ihnen eine Wagentür zu, und zwei junge Männer in weißen Hosen und Hemden eilten an ihnen vorbei auf die vordere Terrasse des ›Jakob‹.

»... und beide... in *Weiß*!«, sagte der eine junge Mann in echauffiertem Tonfall, dann lachte er.

Die beiden sahen gut aus, besonders der eine. Als Rickie die Tür aufmachte, standen sie am anderen Ende der Bar; die Barhocker waren bereits alle besetzt.

Im Augenblick lief ein Tango, an dem sich mehrere Paare versuchten, manche herumalbernd, was die große Gaststube zu Gegacker reizte. Rickie hätte zu gern ein Bier bestellt, aber Ursi und Andreas hatten hinter der Bar alle Hände voll zu tun, und Tobi war nirgends zu sehen. Obwohl er gerade eben noch herumgeschwirrt war.

»Möchtest du tanzen?« Das kam von einem leicht beschwipsten, aber nicht schlecht aussehenden Typ Mitte zwanzig, der die Arme schon ausgestreckt hatte.

»Tanzen? Ich bin gerade hinter meinem ersten *Bier* her!« erwiderte Rickie grinsend. »Vielleicht später… falls bei meiner langen Verehrerliste dann noch ein Tänzchen frei sein sollte.«

Der jüngere Mann lachte. »Na, dann kann ich nur hoffen…«

»Andreas!« Rickie hatte sich bemerkbar gemacht, schließlich war er nicht der Kleinste. »Ein Bier, bitte! …Danke!«

»Jawohl, Rickie!«

Rickie fand an der Bar zwar eine Lücke, wo er immerhin einen Ellbogen aufstützen konnte, doch Lulus Sicherheit ging jetzt vor. Sie wich trampelnden Füßen geschickt aus, aber wenn es beim ›Jakob‹ unmöglich wurde, brachte er sie nach Hause und kam allein wieder.

Die Hälfte der Kundschaft heute abend kannte Rickie flüchtig, beziehungsweise vom Sehen. Erstaunlich, wie sich das mit dem ›Small g‹ durch Mundpropaganda herumsprach, so daß es an den Samstagen immer gesteckt voll war. Sein Bier wurde mit einer schönen Krone vor ihn hingestellt – von Ursi, die sich die Zeit nahm, um ihm zuzunicken, bevor sie herumwirbelte, um die nächsten Bestellungen zu erledigen. Jetzt konnte er in Ruhe die beiden Knaben in Weiß rechts drüben in Augenschein nehmen. Der eine sah aus wie fünfundzwanzig – blonde Kräusellocken, tolle Figur, die Ärmel eines dunkelblauen Pullovers um den Hals geschlungen. Mit einem Bier in der Hand redete er auf seinen Freund ein, der Rickie den Rücken zuwandte. Der Freund war eher schlank und hatte glatte schwarze Haare. Der Blonde blickte immer wieder zur Tür, als erwarteten sie noch jemand.

Lulu könnte eigentlich bei Luisa bleiben, für ein halbes Stündchen oder so, da hätte sie mehr Luft, und dann vielleicht nach Hause mit ihr? Rickie hatte gerade sein Bier angesetzt, als der dunkelhaarige Junge sich umdrehte und mit beklommenem Blick an Rickie vorbei zur Tür sah. Aber was für ein schönes Gesicht!

»Rickie!« Ernst Kölliker tauchte auf Rickies anderer Seite auf. »Kann ich Lulu fünf Minuten ausleihen oder kommst du…«

»Was willst du denn mit ihr?«

»Hast du ihre Sonnenbrille dabei?«

Rickie schüttelte den Kopf. »Heute keine Sonnenbrille, mm-mm. Nimm sie mit, aber trag sie da rüber…« Er deutete auf die dröhnende Tanzfläche. »Lulu? Du gehst mit dem Ernst. Hopp!«

Lulu sprang Ernst auf den Arm und blickte von ihrem Aussichtspunkt aus sofort cool in die Runde.

»Ich hole Luisa«, sagte Rickie und deutete mit dem Bierglas nach hinten. »Bist du in der Ecke?« Ernst nickte und trug Lulu weg.

Auf halbem Weg zur Terrasse kam Luisa ihm entgegen. »Hier rüber.« Rickie gestikulierte.

Doch Luisa wollte sich an der Bar noch etwas holen. Während er auf sie wartete, bekam Rickie mit, wie der Junge, der mit ihr auf der Terrasse gesessen hatte, sie mit entmutigter, aber doch entschlossener Miene verfolgte und wie die beiden jungen Männer in Weiß sie anstarrten. Den hübscheren der beiden nahm Rickie noch mal genauer unter die Lupe. Er sagte etwas Unverständliches zu seinem Freund. Dann schauten beide wieder zur Tür. Luisa erschien mit einer Cola.

»Möchtest du dich zu Ernst und mir in die Ecke setzen? Mit deinem Freund?«

Luisa zuckte die Achseln, mit einem Blick, der besagte, sie wäre ihren neuen Freund gern los. »Den hab ich gerade erst kennengelernt.«

Plötzlich traf Rickies Blick den des hübscheren Jungen, der sich umgesehen hatte. Im nächsten Augenblick machte sein blonder Kumpel kehrt, lief auf die Tanzfläche zu und verschwand im Gewühl. Dann kamen zwei Polizisten zum Vordereingang herein – unübersehbar mit ihren Mützen und ihrer blauen Uniform und nahmen die Menge kritisch ins Visier.

»Hat jemand einen Wagen mit dem Zürcher Kennzeichen vier sechs eins, eins neun eins?« rief der eine laut und deutlich über den Lärm hinweg. Einige an der Bar sahen sich zwar um, doch es meldete sich niemand.

»Kann mich nicht erinnern!« sagte eine angetrunkene Männerstimme.

Unterdrücktes Kichern.

»Dunkelblauer Opel«, sagte der Beamte und wiederholte die Nummer.

»Was ist denn passiert?« fragte eine Frau die Polizisten. Der eine winkte ab; die Frage würde er nicht beantworten.

Rickie sah den Dunkelhaarigen in Weiß erst auf die Tanzfläche zuschlendern und dann gemächlich weiter nach hinten.

»Bin gleich wieder da!« sagte Rickie zu Luisa. »Setz dich schon mal zu Ernst.«

Rickie schlängelte sich durch die Menge bis zur Hinterterrasse, wo der Junge vermutlich abgeblieben war, falls er nicht auf halbem Weg die Toilette angesteuert hatte. Doch weder er noch sein blonder Freund waren auf der vollbesetzten Veranda zu finden. Rickie warf einen Blick in den finsteren Garten, in dem nur eine einzige Lampe kurz vor dem Gartentor stand. War das eine weißgekleidete Gestalt oder spielte ihm das Licht einen Streich? Sehen wir mal nach, sagte er sich und stellte sein Bier auf den nächstgelegenen Tisch. Er müsse wohl schrecklich dringend pinkeln, hörte er jemand sagen, als er ins Dunkel des Gartens tauchte.

Jetzt konnte er die Gestalt erkennen. Vielleicht weil er auf ihn zukam, schlüpfte der Junge durchs Gartentor und bog nach links. Rickie folgte ihm. Waren die beiden auf der Flucht vor der Polizei?

Die weiße Gestalt rannte nicht, schritt nur zügig voran. Rickie beschleunigte.

»He, ich bin kein Bulle!« rief er halblaut.

Stirnrunzelnd blieb der Junge stehen. Rickie schaute sich um: kein Mensch. »Hallo. Guten Abend.«

Der Junge warf einen Blick in Richtung ›Jakob‹. »Abend«, sagte er mechanisch. »Ich bin auf dem Nachhauseweg. Laß mich in Ruhe, ja?« Er ging weiter.

Rickie lief ihm nach. »Ich laß dich ja in Ruhe, ich...« Er mußte lachen, weil er ihn eben nicht in Ruhe ließ. »Ich heiße Rickie – und ich hätte eigentlich gern ein Bier mit dir getrunken.«

Belustigt blieb der Junge stehen. »Ja, klar... verstehe.« Wieder ein Kontrollblick Richtung ›Jakob‹. »Ich muß von diesem Lokal weg, deshalb...« Er ging wieder weiter.

Rickie schloß sich an. »Was war denn mit der Polizei?«

»Nichts. Und das soll auch so bleiben.«

»Und dein Freund? Will die Polizei was von dem?«

»Ach, die können mich mal, alle miteinander«, sagte der Junge nervös. Er behielt sein rasches Tempo bei.

Sie waren fast bei Rickies Wohnung angelangt. Noch ein letzter Versuch, sagte sich Rickie. Wenn er ehrlich war, hatten seine Avancen den Jungen nicht gerade vom Hocker gerissen. Rickie dämpfte seine Stimme etwas, schließlich schliefen die meisten hier schon. »Ich wohne gleich da vorn.« Er klimperte mit seinem Schlüsselbund. »Keiner zu Hause außer mir, falls du reinkommen willst –, um ein paar Minuten lang aus der Schußlinie zu sein.«

Schon standen sie vor seinem Gartentor, und Rickie öffnete es. Zögernd folgte ihm der Junge und entspannte sich sichtlich, als er durch die hohe dunkle Hecke von der Straße abgeschirmt war.

»Ich gehe in ein paar Minuten zurück zum ›Small g‹. Mein Hund ist noch da, bei einem Freund.« Rickie unterbrach sich, weil der Junge so unschlüssig von einem Fuß auf den anderen trat. »Ich weiß was«, flüsterte er. »Ich ruf von oben meinen Freund Ernst im ›Jakob‹ an und frag ihn, ob die Polizei immer noch dort ist.« Er ging auf die Tür zu. »Okay?«

Der Junge kam mit.

Im Hauseingang brannte die Deckenlampe, die meistens bis Mitternacht an blieb. Als die Haustür hinter den beiden zufiel, kam es Rickie vor, als ginge damit ein Traum zu Ende, ein Wunder, das im ›Small g‹ begonnen hatte, als er dem hübschen Boy gefolgt war und ihn überredet hatte, mit zu ihm zu kommen. Gleich ginge das Licht in seiner Bude an, der Junge würde auf die Uhr sehen, Rickie würde ihn zum ersten Mal richtig zu Gesicht bekommen (und umgekehrt), der Vorhang der Wirklichkeit würde fallen. *End of fun, end of hope. End of story.*

Rickie schloß seine Wohnungstür auf. Ein kleines Licht hatte er brennen lassen. »Komm rein!«

Der Junge trat ein. Er war nicht ganz so groß wie Rickie. Die Gesäßtasche seiner weiten weißen Hose, zu der er einen schwarzen Gürtel trug, war von einem Geldbeutel ausgebeult.

»Also...« Der Knabe sah haargenau so gut aus, wie Rickie sich beim ›Jakob‹ gedacht hatte: leuchtende dunkle Augen und ein intelligenter Mund. »Setz dich, wenn du möchtest – ich ruf inzwischen Ernst an, wie gesagt. Je früher desto besser, was?« Er biß sich auf die Lippen, das klang ja so, als hätte er den Jungen am liebsten möglichst schnell wieder aus der Wohnung. »Wie heißt du eigentlich, wenn die Frage nicht zu indiskret ist?«

»Georg«, antwortete der Junge gleichmütig, während er sich zur Eßecke umdrehte. »Wohnst du hier allein?«

»O ja. Keine Sorge.« Rickie ging zum Telefon; die Nummer vom ›Jakob‹ stand ganz oben auf seiner laufenden Liste. »Möchtest du dich mit einem Bier hinsetzen?«

»N-nein. Danke.«

Rickie drehte sich noch einmal um. »War die Polizei auf der Suche nach deinem Freund?«

Der Junge wand sich etwas und holte tief Luft. »Eigentlich schon. Er hat vorhin ein Auto geklaut.«

»Hat er die Schlüssel gehabt?«

»Kurzgeschlossen.«

»Und du?«

»Ich bin mit eingestiegen. Keine Ahnung, wieso.«

»Seid ihr eng befreundet?« fragte Rickie wie beiläufig, um nicht zu neugierig zu wirken.

»Nein. Er arbeitet in einem Fitneßcenter für Männer bei mir um die Ecke. Ich kenne ihn bloß flüchtig.«

»Bevor ich Ernst anrufe…, mach ich mir ein Bier auf. Und für einen kleinen Chivas Regal wird's auch langsam Zeit – mein erster heute abend.« Rickie hob die Flasche hoch, aber Georg schüttelte den Kopf. Rickie schenkte sich einen Schluck ein, dann holte er ein Pils aus dem Kühlschrank und hielt Georg ein volles Glas hin.

»Okay. Danke«, sagte der Junge mit einem höflichen Lächeln.

Rickie wählte die Nummer des ›Jakob‹, und eine hektische Ursi nahm ab. »Hallo Ursi, hier ist Rickie. Den *Ernst* bitte!« Er mußte deutlich reden, fast brüllen.

Ernst kam überrascht ans Telefon: »Versteckst du dich vor den Bullen?«

»Logisch! Deshalb ruf ich auch an – sind sie noch da?«

»N-nein. Vor fünf Minuten sind sie wieder weg.«

»Was war denn los?«

»Irgendwer hat ein Auto geklaut und hier in der Nähe abgestellt, deshalb haben sie den Laden beäugt. Haben aber niemand gefunden. Wo bist du denn…?«

Lulu ging es gut, und Rickie sollte doch wiederkommen.

Rickie legte auf und überbrachte Georg die freudige Nachricht. »Ich geh wieder zurück. Kommst du mit, oder…? Wenn dir immer noch mulmig ist, kannst du auch hierbleiben. Ich bin höchstens eine Stunde oder so weg.«

Georg blickte ihn einigermaßen verblüfft an. »Nein, also, wenn die Polizei weg ist…«

»*Du* hast doch den Wagen nicht gestohlen.«

»Nein.«

»Habt ihr ihn irgendwie beschädigt?«

»Nein, aber Hermi hat wohl seine Fingerabdrücke nicht abgewischt. Ich schon, hab's jedenfalls versucht. Hermi hatte das Gefühl, wir werden verfolgt. Deshalb haben wir die Kiste einfach abgestellt und sind losgelaufen – in den Biergarten eben.« Der Junge trank aus und sah Rickie an. »Okay, ich geh mit, noch für ein Weilchen. Wenn's sehr spät wird, nehm ich ein Taxi nach Hause.«

Viel später als Mitternacht, meinte er damit offensichtlich, denn ab da fuhren die Straßenbahnen nicht mehr.

Wenn er doch… »Du kannst auch gern bei mir übernachten, wenn du Bedenken hast«, platzte Rickie plötzlich heraus. Was für Bedenken wohl? Er wollte einfach mit dem Jungen zusammensein, aber eigentlich hatte er überhaupt keinen Grund anzunehmen, daß er schwul war oder daß er selber die geringsten Chancen bei ihm hatte – abgesehen davon, daß sein Freund in einem Fitneßstudio für Männer arbeitete.

»Nein, das tu ich wohl nicht. Aber danke.«

Rickie holte seinen besten Pullover, einen aus schwarzem Kaschmir, aus dem Schlafzimmer. »Mit dem Hemd allein wird dir bestimmt kalt.«

»Danke. Den leih ich mir gern. Sieht gut aus. Du kriegst ihn garantiert wieder zurück, kannst dich drauf verlassen.«

## 9

Rickie betrat das ›Small g‹ mit Georg an seiner Seite so stolzgeschwellt, daß ihm fast die Luft wegblieb. Hocherhobenen Hauptes ging er auf die hellerleuchtete Bar zu, reagierte hier und da auf ein »Salü, Rickie!« und machte Georg per Gesten begreiflich, daß er die hintere Ecke ansteuern solle.

Inzwischen war es noch voller; man mußte noch lauter schreien, um sich verständlich zu machen. Und da, an »ihrem« Stammtisch, saß doch tatsächlich Renate, die alte Schachtel, in einer pinkfarbenen Bluse und zog kühl an ihrer langen Zigarettenspitze. Wahrscheinlich hatte sie glatt jemanden dort weggescheucht auf ihre arrogante Art. Wenn Rickie nicht alles täuschte, lag vor ihr auf dem Tisch ihr kleiner Skizzenblock, damit sie gleich festhalten konnte, was die schrägen Vögel so trugen.

»Georg«, stellte Rickie seinen Begleiter vor, als sie an dem Tisch in der Ecke angelangt waren, ganz knapp und lässig, so als sei ein Fang wie dieser bildschöne Knabe für ihn nichts Besonderes, nur ein weiterer seltener Schmetterling in seiner Sammlung.

»Georg«, echoten ein paar am Tisch mit großen Augen.

»Abend, salü«, erwiderte Georg.

»Luisa«, sagte Rickie mit einer schwungvollen Handbewegung. »Das ist Georg.«

Luisa erwiderte fröhlich irgendetwas Unverständliches.

Stühle waren keine mehr frei, aber Rickie stand ganz gern, sofern er sich irgendwie aus dem Durchgangsverkehr halten konnte. Irgendwer hatte ein paar Bier bestellt, die jetzt kamen. Rickie blieb nicht verborgen, daß Georgs Aussehen von Ernst einer genauen Prüfung unterzogen wurde.

»Tanzt du?« fragte Georg Luisa, und als sie aufstand, setzte er sein Bier mitten in einem großen Aschenbecher ab.

Philipp Egli, der besser hinkam als Rickie, rettete das Glas sofort und stellte es vernünftig hin. »Wo hast du denn den Goldknaben her?« schrie er Rickie zu.

Rickie holte tief Luft und verdrehte grinsend die Augen, nach dem Motto, den verdanke er wie üblich seinem unverschämten Glück. Er beobachtete Luisa und den Jungen beim Tanzen, Georg locker und graziös, Luisa mit strahlendem Gesicht. Es lief ein ziemlich flottes französisches Chanson. Georg hatte sich Rickies schwarzen Pullover umgehängt und die Ärmel zusammengeknotet. Aus lauter Befangenheit traute sich Rickie nicht, mit den beiden ein Trio zu bilden, obwohl das hier durchaus gang und gäbe war. Eigentlich tanzte er nicht schlecht.

Er warf Lulu, die bei Ernst in der Ecke saß, einen Blick zu, und sie fing aufgeregt an zu zappeln.

»Laß sie los!« sagte er zu Ernst.

»Von der Leine?«

»Ja! Hopp, Lulu!«

Wie eine Rakete schoß Lulu von der Eckbank hoch, über den Tisch und in Rickies Arme. Feine Beute.

»Bravo, Lulu!«

Rickie schwang sie sich um den Hals und hielt sie an den Pfoten fest, so daß sie fast aussah wie ein Pelzkragen. »*Dam-dam-dam* – dam – *dam-dam-dam* – dam«, sang er und tanzte mit ihr im Kreis herum.

Von links hinten starrte Renate ihn eisig an. Hatte sie noch nicht gemerkt, daß ihr geliebter Schützling mit einem jungen Mann tanzte? Rickie wiegte sich in der Mitte der Tanzfläche im Rhythmus der Samba und summte dazu. Lulu war spürbar in ihrem Element, wenn sie so im Mittelpunkt stand und alle lachend auf sie deuteten.

»Was der modebewußte Schwule in diesem Jahr trägt«, sagte Rickie zu einem grinsenden Paar. »Seinen Hund!«

Luisa hatte bestimmt gemerkt, daß Renate gekommen war. Das Verhältnis zwischen ihnen war so eine Art Osmose, eine ungesunde Symbiose, falls man so sagen konnte.

Kurz darauf waren das Stück und der Tanz zu Ende. Rickie beobachtete, wie Georg von einem schwulen Mann zum Tanzen aufgefordert wurde und ablehnte. Er war zum Tisch zurückgekehrt und ergatterte diesmal sogar einen Sitzplatz, da inzwischen ein paar Leute gegangen waren. Auch Georg saß jetzt.

»Mußt du nicht zu Renate an den Tisch?« fragte Rickie Luisa. »Natürlich wunderbar, wenn nicht!«

»Sagen wird sie bestimmt was«, erwiderte Luisa. »Aber wenn ich schon den ganzen Tag...« Ein paar Wörter wurden vom Lärm verschluckt. »...nicht auch noch den ganzen Abend.«

»Wer ist denn diese Renate?« fragte Georg stirnrunzelnd.

»Eine... *Damenschneiderin*«, sagte Rickie, »Luisa ist bei ihr angestellt. Renate kommt bloß zum Zuschauen hierher... und um zu schnüffeln und unsereinen – ach, eigentlich alle – zu bekritteln.«

Rickie gackerte plötzlich los. Renate kam ihm auf einmal so urkomisch vor.

Immerhin lächelte Georg ihn jetzt an.

Inzwischen drehte sich der Junge auch nicht mehr dauernd hektisch um, vielleicht machte er sich einfach keine Gedanken mehr. Es war nach Mitternacht – ob er wohl wirklich ein Taxi nahm oder... Aus Renates Ecke tauchte jetzt Willi auf, in seinem speckigen Anzug und dem breitkrempigen Hut; mit finsterer Miene schlängelte er sich durch die Tanzenden. Willi, der Unglücksbote, der Künder des Unheils!

»Willi!« Rickie hatte immer noch Lulu um den Hals

drapiert. »Na, schlechte Nachrichten? Suchst du Luisa? Gleich hier!« Er lachte. »Sind wir aber heute abend wieder gut drauf!«

Willis langes Gesicht blieb unbewegt. Er beugte sich hinunter, sagte etwas zu Luisa und schlurfte wieder davon. Den Rest des Tisches behandelte er wie Luft.

»Was gibt's denn?« fragte Rickie.

»Renate geht nach Hause, und ich soll mit«, erwiderte Luisa.

»Du hast aber doch deinen eigenen Schlüssel, oder nicht?«

»Ach, die schiebt glatt von innen den Riegel vor. Hauptsache, sie kann mich irgendwie...« Luisa machte ein Gesicht, als hätte sie schon zu viel gesagt. »Manchmal ist es schon unangenehm«, schloß sie mit einem gezwungenen Lächeln.

»Bei mir bist du jederzeit willkommen«, sagte Rickie.

Das quittierte Luisa mit einem netten, amüsierten Lächeln, das ihre schönen Zähne, die hübsche Stirn und die ruhigen braunen Augen zur Geltung brachte. Georg verschlang sie mit den Blicken. Mit ihren Getränkebons in der Hand stand sie auf. »Neun vierzig.« Obwohl sie ein Handtäschchen dabei hatte, wühlte sie in ihrer Hosentasche.

»Bloß nicht«, sagte Rickie. »Laß nur!«

»Schon passiert.« Georg zog einen Zehnfrankenschein heraus und legte ihn auf den Tisch. »Kann ich dich nach Hause begleiten?«

»Lieber nicht«, sagte Luisa. »Aber danke, Teddie. Und dir auch, Rickie.«

»Die alte Hexe würde dir den Kopf abreißen!« sagte Rickie zu Georg, neuerdings Teddie. »Ich bring dich noch zu Renate.«

Rickie bahnte Luisa den Weg zwischen Tischen und Tänzern hindurch, auf den Tisch der alten Schachtel zu. Lulu auf seinen Schultern verhielt sich ganz ruhig, sie hatte von dort oben ja auch den besten Ausblick.

»Schaut mal, die Lulu!« rief jemand.

»Guten Abend«, sagte Rickie betont höflich und machte eine Verbeugung, so gut das mit Lulu ging.

Renate, die sich herausgeputzt hatte, mit offensichtlich echten goldenen Ohrringen, einer schlanken Halskette, der pinkfarbenen Bluse und einem langen Satinrock, nahm nicht einmal die Zigarettenspitze aus dem Mund. Ohne Rickie eines Blickes zu würdigen, stand sie auf und schob sich mühsam um die Tischecke. Willi Biber, der am anderen Ende des Tisches stand, kam natürlich nicht auf die Idee, ihn zu sich heranzuziehen, damit Renate sich leichter tat.

»*Bonne* nuit«, sagte Rickie liebenswürdig zu ihr. »Und schönen Sonntag!«

Ihn wie Luft zu behandeln war für Renate wohl der Ausdruck ihrer äußersten Verachtung. Luisa schaffte es noch, ihm kurz zuzulächeln, bevor sie sich gänzlich ihrer Chefin widmen mußte. Die beiden gingen auf den Ausgang zu, die gedrungene, steife Renate und daneben die geschmeidige junge Luisa, die höflich Renates Tiraden über sich ergehen ließ.

Da war ja Dorrie Wyss! Mit einem Mädchen, das Rickie nicht kannte. Die beiden tanzten – mit einer unbändigen

Energie wirbelte die blonde kurzgeschorene Dorrie herum, schnellte hoch wie eine aufgezogene Feder. »Eins – zwei – drei – *vier*!« riefen die Umstehenden ihr zu.

»Dor*rie*!« rief Rickie, doch das hörte sie nicht. Die Brünette ihr gegenüber war um die zwanzig, ziemlich hübsch, mit großen runden Silberringen in den Ohren. Vermutlich eine neue Flamme. Dorrie war schon lange nicht mehr im ›Small g‹ aufgetaucht.

Bevor Rickie wieder an seinem Tisch anlangte, verstummte die Musik, so daß er noch mal versuchte, sich bei Dorrie bemerkbar zu machen, diesmal mit einem Winken.

Erfreut streckte sie zwei Finger in die Luft, erst den Zeigefinger, dann lachend den Mittelfinger dazu.

Rickie deutete auf seine Ecke, damit sie ihn bei Bedarf fand, und sie nickte. Auf der Bank rückte man zusammen, damit Rickie und Lulu Platz hatten. Georg stand am anderen Tischende und überblickte die Szene.

»Ist dein süßer Freund heute abend schon voll und ganz belegt?« flüsterte Ernst Rickie ins Ohr.

»Hast du das noch nicht herausgefunden?« erwiderte Rickie. »Wozu läßt man dich denn die ganze Zeit allein hier sitzen?«

»Möglich ist alles. Ist jedenfalls mein Motto. Philipp ist auch interessiert. Er ist sich nur gerade die Nase pudern.«

»Philipp ist viel zu viel auf Achse«, sagte Rickie betont prüde. »Dabei hat er bald Prüfungen…« Ernsts Blick schweifte träumerisch wieder zu Georg-Teddie ab.

Dorrie kreuzte am Tisch auf, allein. »Rickie! Ich bin wieder im Lande! Hab dich ja ewig nicht…«

Da kam Philipp wieder. Rickie stellte ihn dem Mädchen und über den Tisch hinweg auch Georg vor; Ernst kannte Dorrie schon. Sich zu ihnen setzen wollte sie aber nicht.

»Wer war denn die Süße bei dir vorhin?« fragte sie und zeigte auf Renates Tisch.

»Tja, siehst du? Du kommst eben nicht oft genug her«, sagte Rickie. »Wir haben reizende Mädels hier.«

»Los, sag schon!« Dorrie zupfte an ihrer Weste. Sie war heute direkt gestylt, mit dunkelblauer Cordhose, weißem Hemd und einer roten Weste mit Messingknöpfen.

»Luisa«, sagte Rickie schließlich. Georg hob den Kopf.

»Eine von uns?« fragte Dorrie.

»Bin mir nicht sicher«, meinte Rickie. »Aber man kann ja nie wissen.« Er fühlte sich jetzt richtig wohl und genoß den Lärm ringsum.

»Kim«, sagte Dorrie, als ihre dunkelhaarige Freundin mit den Ohrringen nun herüberkam. Im Gegensatz zu Dorrie, deren glatte blonde Haare und blaue Augen schon alle Blicke auf sich zogen, trug Kim Lippenstift, und ihre kurzen Haare waren oben mit Spray bearbeitet, während die Seiten eher nach Knastschnitt aussahen. »Sie arbeitet zur Zeit mit mir zusammen. Als meine Assistentin«, sagte Dorrie.

»Wie praktisch«, antwortete Rickie. Kims Haar erinnerte ihn an eine Schuhbürste.

Dorrie Wyss war Schaufensterdekorateurin und arbeitete für einige der ersten Zürcher Adressen. Verrückte Beschäftigung, Vorbeigehende zu animieren, sich überteuerte, vollkommen überflüssige Sachen zu kaufen. Aber war seine Arbeit nicht exakt das gleiche?

»Darf ich euch wunderschönen Mädels was zu trinken holen?« fragte Rickie.

»Danke, Rickie, aber wir tanzen lieber noch.«

»Kommt doch wieder!« rief Rickie gestikulierend und wußte selber nicht genau, ob er heute abend meinte oder nächste Woche oder beides.

»Wenn du Luisa mitbringst«, schrie Dorrie über die Schulter zurück.

## 10

Kurz nach eins standen Rickie und Teddie dann draußen vor dem ›Jakob‹ und plauderten noch ein bißchen. Er hieß Teddie Stevenson, seine Mutter war Schweizerin, der Vater Amerikaner. Rickie hatte er vorhin einen falschen Namen gesagt, weil – tja, warum? – weil er ab und zu gern jemand anders spielte.

»Ich mein's nicht böse«, verteidigte sich Teddie. »Und will damit auch nichts vertuschen oder so.«

»Versteh schon«, sagte Rickie, obwohl er es nur halb verstand.

Teddie hatte nach absolvierter Matura und Rekrutenschule seiner Mutter erklärt, er wolle ein paar Monate lang pausieren und sich überlegen, was er mit seinem Leben anfangen wollte, ob sie ihm das zugestehen und ihn bei sich wohnen lassen würde? Ganz viel Geduld mit ihm haben würde, hatte er wörtlich gesagt. Seine Mutter war einverstanden gewesen. Anscheinend setzte sie große Hoffnungen in ihren Sohn. Teddies Vater war Management Consultant, ein Begriff, der Rickie nur verschwommen etwas sagte.

»Er hat eine Firma in New York, aber er reist viel herum, nach Paris, Mailand, sogar Miami. Nach Zürich auch, aber wenn er hier ist, trifft er sich trotzdem nicht mit meiner Mutter, die beiden telefonieren höchstens. Sind ja auch geschieden.«

Aus dem ›Jakob‹ drang betrunkenes Gejohle.

»Große Familie?« fragte Rickie, um Zeit zu schinden. Teddie würde sicher gleich ein Taxi rufen.

Dem Jungen ging die Fragerei anscheinend auf die Nerven. »Eine Schwester, verheiratet, lebt in Boston.«

»Hör mal...« Rickie holte Luft. »Wie gesagt – Teddie – du kannst gern bei mir übernachten. Ich hab viel Platz.«

Teddie zögerte nur ein paar Sekunden. »Okay. Wieso nicht? Danke, Rickie.« Sie gingen los.

*»Rickie!«* Ein letzter angesäuselter Ruf aus dem ›Jakob‹. »Tschüß, Rickie... Lulu!«

Rickie drehte sich halb um und winkte, Lulu reckte die Nase einen Moment in die Richtung des Rufers. »Du kannst von meiner Wohnung aus gern deine Mutter anrufen, wenn du möchtest.«

Teddie nickte. »Mach ich.«

Zu Hause angelangt, wurde Rickie ganz der großzügige Gastgeber. »Das Telefon«, sagte er mit einer ausladenden Geste.

Der Junge schnitt eine Grimasse, rief dann aber brav an.

Mit einiger Mühe schnappte Rickie ein paar Worte auf: »...Tut mir wirklich leid, daß es so spät ist, aber... ganz toll... Doch... auf alle Fälle...«

»In Ordnung, oder?« fragte er, als Teddie aufgelegt hatte.

Sein Besucher nickte. »Ja. Kein Problem. Am Samstag liest meine Mutter meistens noch ewig, es war also nicht halb so schlimm.«

Rickie hatte inzwischen ein frisches Handtuch und einen Waschlappen geholt. »Das leg ich dir ins Bad. – Hast du Hunger?«

»Nein, danke.«

Zwanzigjährige hatten doch immer Hunger. Leicht beschwipst, wie er war, hatte Rickie sich entschlossen, Teddie sein Bett zu geben, das Doppelbett, er selber konnte dann das große Sofa im Wohnzimmer nehmen. Er teilte Teddie diesen Entschluß mit, schlug sein Bett auf und bezog es unter Teddies schwachem Protest neu. Als der Junge unter die Dusche ging, zog Rickie schnell seinen Schlafanzug an und legte einen blauen für Teddie ans Fußende des Bettes.

Teddie kam in der Unterhose aus dem Bad, atemberaubend schön, eine lebende Statue, barfuß, geschmeidig – Rickies Blicke bemerkte er gar nicht.

Dann duschte Rickie und kehrte in Pyjama und Hausschuhen wieder zurück.

Teddie hatte den blauen Schlafanzug angezogen und die Nachttischlampe angeknipst, saß auf der Bettkante und las. »Also dann, gute Nacht, Rickie. Und danke. Bist du sicher, daß das so in Ordnung ist?« Die Sache mit Rickies Bett, meinte er.

»Keine Widerrede«, sagte Rickie, der Mustergastgeber. Er ging in die Küche, holte das Wachspapier mit dem italienischen Schinken aus dem Kühlschrank, kippte ihn auf einen Teller und brachte ihn ins Schlafzimmer. »*Einen* Happen sollten wir doch noch essen«, sagte er. »Zum Einzug, als Schlafmittel, statt Baldrian...«

Lachend nahm Teddie ein Stück mit den Fingern, schüttelte es und legte den Kopf zurück wie zum Spargelessen.

Rickie stellte den Teller auf die Kommode und bediente sich ebenfalls. »Nicht schlecht, was?«

»Köstlich!«

»Noch eins.«

»Nein, danke«, sagte Teddie.

»Schluck Wein?« fragte Rickie. »Cola?«

»Danke, ich kann nicht mehr. Ein Glas Wasser vielleicht.«

»Mineralwasser? Aus dem Kühlschrank?«

»Vom Faß!« sagte Teddie, grinsend und müde.

Rickie holte ihm ein Glas Leitungswasser. »Milch? Ist alles da.«

»Nein, wirklich nicht. Und danke für den Schlafanzug.«

Mit leicht glasigem Blick betrachtete Rickie das Bild des Goldknaben, wie Ernst oder sonstwer heute abend Teddie genannt hatte. »Ich hätte zu gern ein Foto von dir – so wie du jetzt bist«, entfuhr es ihm. »Gute Nacht, Teddie.« Rickie drehte sich um, bloß eine Spur wackelig, und kam sich dabei sehr edel vor.

»Gute Nacht.« Der Junge griff nach dem Lichtschalter.

Rickie kroch zwischen die Laken auf dem großen Sofa nebenan und zog eine dünne Decke über sich. Er wollte den Abend auskosten, bis ins Mark spüren, daß Teddie

Stevenson, der Schöne mit den dunklen unergründlichen Augen, dem Rekrutenhaarschnitt und einem fast unwirklich schönen Körper – daß dieses Traumwesen im Nebenzimmer, in Rickies eigenem Bett schlief! In solchen Gedanken schwelgend schlief er ein.

Früh am Morgen wachte er auf, weil er auf die Toilette mußte, und dann fiel ihm wieder ein, daß *Teddie* im Nebenzimmer schlief. Leise stand er auf – wobei es bei dem Teppichboden sowieso schwierig gewesen wäre, Lärm zu machen.

Ohne durch die offene Tür einen Blick auf sein Bett zu werfen, ging er durch die Diele. Was, wenn er nur geträumt hatte, daß Teddie dort lag, wenn er gestern eine Fata Morgana dort ins Bett gebracht hätte? Vielleicht war Teddie auch schon aufgestanden und gegangen – über den Balkon? Gab es ihn überhaupt? Bei den Chancen, die Rickie bei ihm als Lover hatte, konnte er sowieso genausogut ein Hirngespinst sein.

Rickie schlief wieder ein, und im Halbschlaf träumte er, er sei mit Teddie in Venedig. Teddie trug einen blauweiß gestreiften Leinenanzug und war so schön, daß alles, inklusive der Tauben, sich den Hals nach ihm verrenkte. Er stand in einer Gondel und lüftete den Strohhut.

Rickie wachte auf. Er hatte die Vorhänge zugezogen und mußte auf die Uhr sehen. Fünf vor halb neun. Teddie. Wirklich Teddie? Erstmal einen anständigen Kaffee. Brot, Eier und den Schinken hatte er im Haus. Nachdem er in der Küche die Kaffeemaschine eingeschaltet hatte, ging er ins Schlafzimmer, um sich etwas zum Anziehen zu holen.

Jetzt warf er einen Blick aufs Bett. Doch, da lag Teddie,

im Tiefschlaf und anscheinend mit einer Erektion, die das Laken ausbeulte. Ganz normal, dachte Rickie, vor allem in dem Alter. Wie herrlich wäre es, jetzt in das große Bett zu kriechen und Teddie, ohne ihn aufzuwecken, sozusagen in Besitz zu nehmen, bevor er richtig zu sich kam. Fast hätte Rickie es versucht, besann sich dann eines Besseren. Das verdarb womöglich alles, falls es was zu verderben gab.

Rickie rasierte sich, zog sich an, richtete das Sofa wieder her und deckte in der Eßecke den Frühstückstisch, komplett mit Servietten und Orangensaft.

Kurz nach neun wachte Teddie auf und setzte sich im Bett auf, gut sichtbar durch die offene Tür.

»Guten Morgen!« rief Rickie. »Kaffee?«

»Ja.«

Der Traum dauerte an. Kaffee, und Teddie verschwand ein paar Minuten im Bad und kam wieder heraus. Ein weiches Ei für jeden. Toast und Rickies beste Erdbeermarmelade, eine englische Marke. Da saß er, in Rickies blauem Schlafanzug! Er hatte ein kleines Muttermal an der rechten Wange und schwerere Augenbrauen, als Rickie im Gedächtnis hatte, aber insgesamt fand Rickie seine Erscheinung einfach überwältigend.

»Hast du heute schon was vor?« erkundigte sich Rickie mutig.

»Meine Mutter und ich… wir sind bei einer Freundin zum Mittagessen eingeladen.« Verlegen leckte sich Teddie Kaffee von der Oberlippe. »Ich hab's versprochen.«

Rickie konzentrierte sich auf den Flaum beziehungsweise die paar dunkleren Härchen an Teddies Kinn. Regelmäßig rasieren mußte er sich wohl noch nicht. Er räusperte sich. »Ich freue mich, daß du... deiner Mutter was zuliebe tust.« Dann mußte er wirklich lachen, und das Eis war gebrochen.

Der Junge lachte auch. »Manchmal«, sagte er achselzuckend. »Als ich noch in der Schule war, hat sie mir immer die Stange gehalten, wenn mein Vater schimpfte, ich wäre zu faul...« Unruhig warf Teddie einen Blick auf die Uhr. »Entschuldige. Ich bin gern pünktlich. Mein Vater hatte mich mehr oder weniger abgeschrieben, weil ich in ein paar Fächern fast durchgefallen wäre, aber meine Mutter hat immer an mich geglaubt.«

»Gut.« Rickie blickte auf seine leere Eierschale; er kam sich blöd vor. »Hoffentlich sehen wir uns mal wieder. Zum Beispiel im ›Small g‹. So nennen wir den ›Jakob‹, wo du gestern gelandet bist, weil er in schwulen Stadtführern ein kleines g gekriegt hat, also nicht rein schwul ist, sondern teilweise. Am besten ist es da samstags, die Freitage sind auch nicht schlecht. Und... du mußt dir mein Atelier anschauen. Es ist hier gleich ein paar Schritte weiter, in derselben Straße. Falls du noch ein paar Minuten Zeit hast.«

»Atelier? Bist du Maler?«

Rickie winkte beschwichtigend ab. »Ein mittelmäßiger. Bloß sowas.« Er wies auf seine weißen Vögel im Segelflug. »Die Vögel.«

»Die hast du gemacht?«

Teddie war beeindruckt. Er stand auf, um sie sich genauer anzusehen. Die Bilder machten etwas her, weil sie, auf Leinwand gemalt und richtig aufgezogen, schön zur Geltung kamen. Großartig waren sie wirklich nicht.

Allzu schnell standen die beiden unten auf der Straße.

Der Junge trug die weißen Klamotten vom Abend zuvor, leider ohne sich einen Pullover leihen zu müssen, denn es war schon warm. Gleich nahm er wohl die Straßenbahn nach Hause.

Rickie schloß die Ateliertür auf.

»Oh, die find ich gut!« kommentierte Teddie spontan die beiden Klatschweiber aus Gips.

Rickie zeigte ihm sein aktuelles Projekt – Lippenstift, die soundsovielte – seine Zeichengeräte, die Küchenecke und das kleine Nebenzimmer mit der Couch, die man zu einem kleinen Bett ausziehen konnte, sowie das winzige Bad. Er nahm eine Visitenkarte aus dem Schächtelchen und schrieb seine Privatnummer dazu. »Hier. Falls du mal Lust auf Abwechslung hast, auf ein Essen vielleicht, einen Abend im ›Jakob‹...«

»Danke.« Teddy steckte die Karte in eine Gesäßtasche.

»Hast du deinen Geldbeutel?«

»Klar«, sagte Teddie und klopfte auf eine Tasche vorn.

»Genügend Kohle? Falls du ein Taxi brauchst...«

»Brauch ich nicht. Ich hab eine Tramhaltestelle gesehen...« Er hatte es langsam eilig.

Lulu, die neben den beiden Gipsdamen saß, hatte die Ohren gespitzt.

»Ruf doch mal an«, sagte Rickie.

»Mach ich. Interessantes Lokal, dieser ›Jakob‹.« Er trat von einem Fuß auf den anderen.

»Darf ich dir einen Abschiedskuß geben – auf die Wange?« Ein schüchternes Lächeln huschte über Teddies Gesicht, dann umarmte er Rickie, drückte ihn herzhaft und ließ ihn lachend wieder los, bevor dieser reagieren konnte.

»*Danke* für alles. Ich ruf dich an.«

Und dann war Teddie draußen und sprang die Betontreppe hinauf, immer zwei Stufen auf einmal.

Rickie schloß die Tür, schaute erst zu der aufmerksamen Lulu hinüber und ließ dann den Blick über das leere Atelier schweifen. War das alles tatsächlich passiert?

Ein paar Minuten später war er wieder in seiner Wohnung und räumte gedankenverloren auf, wobei er das zerwühlte Bett bis zum Schluß aufsparte. Das Bettzeug würde er so schnell nicht wechseln.

Mist, er hatte Teddie nicht nach *seiner* Nummer gefragt! Andererseits legte er auch keinen gesteigerten Wert darauf, Teddies Mutter an den Apparat zu bekommen. Seine Stimme klang nun wirklich nicht nach Teenager. Teddies Umarmung vorhin hatte sich so verdammt kumpelhaft angefühlt, als mache er sich auf zur Polarexpedition oder an die Erstürmung des Matterhorns. Und für Luisa war er ja Feuer und Flamme gewesen. Na, um so besser, dann ließ er sich bestimmt mal wieder in der Gegend blicken.

Rickie machte ein kleines Bier auf und zwang sich, über eine anstehende Entscheidung bezüglich eines flüssigen Allzweckreinigers namens BlitzBlank nachzudenken.

Das Telefon schrillte so laut, daß ihm fast die Flasche aus der Hand fiel. Vielleicht war *er* das, er mußte inzwischen doch längst zu Hause sein. Mit leicht zitternder Hand nahm er den Hörer ab. »Hallo?«

»Salü, Rickie«, sagte seine Schwester. »Was tust du gerade?«

»Och…« Das kam zögerlich.

»Ich möchte dich zum Mittagessen einladen… Komm schon! In die ›Kronenhalle‹. Laß dich mal verwöhnen. Röbbi ist mit seinem Freund Ruedi mit dem Motorboot auf den See hinaus…«

Rickie schwankte. Immerhin war es Sonntag, und Dorothea klang so herzlich. »In die ›Kronenhalle‹…« Eins der feinsten Lokale der Stadt. »Okay. Mit Vergnügen. Wann?«

»Um eins. Ich bestell einen Tisch. Du, ich freu mich! Ich kann Aufmunterung gebrauchen.«

Rickie fragte nicht, was los war. Dorothea war nie richtig trübsinnig, das sah ihr gar nicht ähnlich.

Für die ›Kronenhalle‹ und weil Sonntag war, zog Rickie seinen zweitbesten Anzug an, einen dunkelblauen Sommeranzug aus feinstem Kammgarn, das frische Hemd ließ er an und ergänzte es mit einer rot-cremefarben gestreiften Krawatte, ganz klassisch gediegen. Lulu, die nicht mitdurfte, bekam zum Trost einen Napf vorgesetzt und dann zum Abschied einen Kuß auf die Nase.

Rickie ging zu Fuß. Er war voller Schwung und Optimismus, und jeder Schritt brachte ihn weiter weg vom Revier des schnüffelnden Willi Biber und der ollen Renate Hagnauer. Er knöpfte sein Jackett auf und legte noch an Tempo zu. Zwei Bekannte aus der Nachbarschaft, Adolf, ein Bankier im Ruhestand, und Beata, eine Witwe, die ihren altersschwachen Zwergspaniel spazierenführte, wurden im Vorbeigehen gegrüßt. Schließlich blieb er am Straßenrand stehen und ließ in der leichten Brise den leichten Schweiß trocknen, der sich auf seiner Stirn und unter den Achseln gebildet hatte. Vor ihm, hinter den hohen Bäumen auf dem Trottoir, saß eine Frau auf ihrem Fensterbrett und putzte die Scheiben. Er entschloß sich, den Rest der Strecke mit dem Taxi zu fahren, falls zufällig eines vorbeikam oder er einen Stand sah, doch da war er schon an einer Straßenbahnhaltestelle, zog eine Tramkarte aus der Brieftasche und stieg in die Acht, Richtung Bellevue.

Vertraute Straßen glitten vorüber, Wohnhäuser mit ihren ordentlichen, ein wenig pingeligen Blumenkästen, graue, mit roten Geranien gesprenkelte Betonfassaden, dann immer häufiger Gebäude mit Geschäften unten drin: Haushaltswaren und -geräte, Schaufensterpuppen im Hochzeitsstaat, ein Ledergeschäft mit Handtaschen und Koffern, ein Herrenausstatter. Zwei Haltestellen vor dem Bellevue stieg Rickie aus. Er hatte noch Zeit, außerdem Lust zu laufen. Es war so ein herrlicher Tag!

Eine auffallende Männergestalt kam näher und wurde von Rickie unter die Lupe genommen: um die dreißig, sah aus wie ein männliches Model in seinem cremefarbenen Trenchcoat mit den lässig aufgeknöpften Manschetten, einem Filzhut, dezentem Karohemd mit gelber Seidenkrawatte und Gucci-Schuhen. Rickie hielt schon nach einem Fotografen Ausschau – aber nein. Ein paar Meter weiter lehnten ein paar bekiffte Hippies in abgewetzten Jeans und schmuddeligen kurzen Jeansjacken an einer Hausmauer und ließen mit zitternden Fingern irgendwas herumgehen. Einen Joint? Eine Nase Koks? Kein Mensch nahm von ihnen Notiz, genausowenig wie sich irgendwer nach der protzigen Männermodenreklame umgedreht hatte. Typisch Zürich.

Ein Stück weiter vorn stand ein Mann auf der Leiter und hantierte mit dem Schraubenzieher am Sockel einer Fahnenstange herum. Rickie zögerte nur kurz – unter einer Leiter durchzugehen war immer eine Versuchung – und spazierte seelenruhig darunter durch, sorgfältig darauf bedacht, nicht anzustoßen.

Ein Passant, der das beobachtet hatte, lächelte ihm zu. Als Rickie sich noch einmal umdrehte, stieg der Mann wieder ab, und dabei rutschte die Leiter ganz langsam an der Hausmauer entlang nach unten.

*Peng!* Die Leiter fiel flach auf den Gehweg.

Der Mann rollte sich verblüfft ab. Ein Kollege streckte ihm die Hand hin, um ihm aufzuhelfen, und noch einer lehnte die Leiter wieder ans Haus.

Rickie hatte die Leiter nicht berührt, das wußte er ganz genau. Wenn er nun zufällig ein paar Sekunden später drunter durchgegangen wäre, hätte er ganz schön was abgekriegt.

Dann die massive Eingangstür der ›Kronenhalle‹ mit ihrem Messinggriff, ein paar Stufen hinauf bis zum Restaurant, die dunkle, gediegene Wandverkleidung, Trennwände, weiß gedeckte Tische, dunkle Deckentäfelung – nicht gebeizt von uraltem Zigarettenrauch und Ofenruß, sondern absichtlich dunkel eingelassen. Silbernes Besteck glitzerte, langstielige Gläser blinkten, und dezentes Sonntagmittagsgemurmel war zu hören, ein krasser Gegensatz zu einem Samstagabend im ›Small g‹.

»Für Frau Keller«, sagte Rickie zu einem Oberkellner in Schwarz, der ihm entgegengekommen war. »Sie hat einen Tisch bestellt.«

»Ah, Frau Keller!« Dorothea war hier bekannt, im Gegensatz zu ihm. »Hier entlang bitte, der Herr.«

Weiter nach hinten, vorbei an den vornehm gekleideten Stammgästen, auf einen gemütlichen Ecktisch zu. Dorothea sah ihn zuerst.

»Salü, *Rickie*!«

»Dorothea! Wie geht's dir denn?« Rickie setzte sich auf den Stuhl, den der Oberkellner für ihn vorgezogen hatte. »Danke.«

»Mir geht's gut, und du siehst *blendend* aus«, erwiderte Dorothea. Sie trug ein hellblaues Baumwollkleid mit weißem Pikeebesatz – klassisch, frisch und hübsch – dazu eine schwere Halskette aus vielen zusammengedrechselten Goldkettchen.

Modeschmuck, wie Rickie wußte, aber der Effekt war sagenhaft. »Und du«, sagte Rickie, »siehst kein bißchen deprimiert aus.«

Seine Schwester seufzte. »Es ist bloß wegen Elise, und die kriegt ja dann doch immer wieder die Kurve. Oder?« Dorothea redete sich gleich die ganze Geschichte von der Seele, bevor ihr gemeinsamer Lunch richtig anfing. »Sie ist nach Zermatt gefahren, da hat ein Freund von ihr eine Wohnung. Sie bräuchte bloß Tapetenwechsel, meinte sie, und die Arbeit hat sie immerhin mitgenommen ...«

Nein, es sei keine neue Affäre, sie sei immer noch in ihren Jean-Paul verliebt, aber die jungen Leute machten aus allem immer ein solches Drama. »Dabei ist jung zuviel gesagt, Elisa ist schließlich fünfundzwanzig und Jean-Paul dreißig, er macht dieses Jahr seinen Doktor.«

»Mir gefällt der Name nicht, Jean-Paul klingt so nach Papst.«

Dorothea lachte.

Deshalb traf sie sich eben gern mit ihm, er konnte sie zum Lachen bringen. Das Familiendrama war überhaupt nicht tragisch: Elise zögerte den Abschluß ihrer Doktorarbeit noch um ein paar Monate hinaus? Na und?

»Ich muß dir was erzählen«, setzte Rickie an. »Gestern abend…«

Ein Kellner hielt ihm eine steife weiße Speisekarte hin, steckte sie ihm praktisch in die Hände, und Dorothea widerfuhr dasselbe.

»Einen Drink vorher, Rickie?« fragte sie.

»Gern. Eine Bloody Mary bitte. Das wird ein erfreulicher Anblick – zusammen mit dir.«

»Zwei Bloody Mary bitte«, sagte Dorothea mit einem liebenswürdigen Lächeln zum Kellner. »Dann möchten wir bestellen. – Gestern abend, hast du gesagt?«

Sie blickte Rickie mit ihren dunklen Augen an. Ihre Frisur schmeichelte ihrem Gesicht, und für ihre Fünfzig sah sie phantastisch aus. Rickie holte Luft, obwohl seine Schwester ihn wahrscheinlich aufziehen würde, platze er heraus. »Ich habe einen wunderschönen… Knaben kennengelernt. Na ja, zwanzig ist er mindestens.«

»Oho.« Mitfühlend, gespannt auf mehr. »Ein wenig arg jung, was!«

»Wohnt bei der Mama in der Stadt – und ist womöglich nicht mal schwul.«

»Ach. Dann…« Dorothea sah aus, als hätte sie eine Orgie erwartet und sei nun enttäuscht.

»Er sieht umwerfend gut aus, kommt scheint's aus gutem Hause und hat die Matura«, fuhr Rickie fort und dachte gleichzeitig, daß Teddies Aufkreuzen in Begleitung eines Autodiebes der seriösen Wirkung eher abträglich war.

»Und was macht er?«

Das alte Lied, das alte Problem. Rickie sprach es ohne Beschönigung aus. »Er probiert herum.«

Dorothea schüttelte den Kopf. »Immer dieselbe Geschichte?«

»Seine Mutter stört das offenbar nicht. Teddie hat sie gestern abend angerufen, daß er erst heute früh nach Hause kommt. Übrigens... hat er ziemlich gute Manieren, wie ich betonen möchte.« Das war für Dorothea natürlich ein Pluspunkt. Er nippte wieder an der ausgezeichneten Bloody Mary. »Er hat chez moi übernachtet.«

»Tatsächlich? Und du weißt nicht...« Ihre Mundwinkel verzogen sich zu einem herausfordernden Lächeln.

Er klärte Dorothea über seine heldenhafte nächtliche Zimmerverteilung auf. Seine Schwester staunte.

»Du paßt aber wirklich auf, wegen... du weißt schon«, sagte sie und meinte das ärztliche Verdikt.

Bevor Rickie antworten konnte, kam der Kellner wieder, und diesmal suchten sie sich etwas aus und bestellten.

»Stimmt«, sagte Rickie, als der Kellner fort war. Jedenfalls seit etwas über einem Monat.

»Nimmst du auch deine Vitamintabletten?«

»Klar.« Er zuckte die Achseln. »Vitamine, Safer Sex. Was man eben tun kann.« Er war unerhört dankbar gewesen, daß seine Schwester zu ihm gehalten hatte, als er von seiner HIV-Infektion erfahren hatte. Es war ja wie ein Todesurteil, nur auf Raten. Keiner von beiden mußte das aussprechen.

»Welchen Wein?« Dorothea studierte die Weinkarte mit einem Monokel an einem schwarzen Band. Rickie wurde unangenehm an Renate erinnert, wie sie beim ›Jakob‹ vor dem Bezahlen ihre kleinen Zettelchen betrachtete. Nachdem sie den Wein ausgesucht hatten, erzählte er seiner Schwester von dem Zwischenfall mit der Leiter.

Dorothea regte sich auf, bis Rickie ihr versicherte, der Mann habe sich überhaupt nichts getan. »Er ist sofort wieder aufgestanden – putzmunter!«

»Aber du machst immer solche gewagten Sachen, Rickie, und eines Tages...«

Als die Lammkoteletts und die Tournedos kamen, nahm man Familienangelegenheiten durch, was sich in Dorotheas Villa am Zürichsee so alles tat. Röbbi hatte sich wieder ein paar tropische Fische gekauft, was bedeutete, daß nun noch ein Aquarium im Wohnzimmer stand. Rickie betrachtete gern die winzigen königsblauen oder praktisch durchsichtigen milchigen kleinen Fische in ihrem leuchtenden Blubberwasser.

»Als Radiologe macht es Röbbi wahrscheinlich Spaß, ihr Rückgrat zu sehen, ohne daß er sie röntgen muß«, meinte Rickie.

»Da könntest du recht haben. Er redet immer von Aufhören... aber dabei bleibt's. Mit neunundfünfzig! Er könnte es sich leisten. Doch nein, frühmorgens muß er raus, springt ins Auto, und ab ins Spital. Er liest nichts außer seinen Ärzteblättern. Aber...«

»Aber?«

»Er ist ein großzügiger Ehemann. Liest mir jeden Wunsch von den Augen ab. Und das will was heißen.«

In der kurzen Zeit mit seiner Schwester wurde Rickie endgültig bewußt, daß er sich in Teddie verliebt hatte. Genau. Dieser gewichtige Ausdruck. Dieses Gefühl, das nicht jedes Jahr kam, bei manchen angeblich nie. Dieser Wahn, der nicht darauf gründete, wie nett oder gut jemand aussah, diese geheimnisvolle Kraft – unter deren Einfluß stand er nun: schön, aber zugleich gefährlich.

Praktisch gesehen hatte er noch nicht einmal Teddies Telefonnummer. Doch da Stevenson in der Schweiz kein Allerweltsname war, hatte er die besten Chancen, wenn er im Telefonbuch nachschlug.

Ungefähr um die gleiche Zeit sahen sich Luisa Zimmermann und Renate Hagnauer im Kunsthaus, einen halben Kilometer von Rickie und seiner Schwester entfernt, eine Ausstellung mit dem Titel »Deutsche Malerei« an. Abgesehen von ihrer eigenen Freude an den Schätzen aus Malerei, Bildhauerei und Fotografie, die das Kunsthaus bot, betrachtete Renate es auch als ihre Pflicht, sich um Luisas Bildung zu kümmern. Unfaßbar, die Lücken, die das Mädchen hatte – und nicht bloß auf dem Gebiet der bildenden Kunst. Man könnte meinen, sie stamme aus irgendeinem gottverlassenen Tal, wo man nie ein Buch zur Hand nahm, selten irgendwohin ging und wo die generationslange Inzucht erschreckende Folgen gezeitigt hatte. So rückständig war Luisas Kindheit nun nicht gewesen, aber ihre Eltern hatten beide keinen Sinn für Kunst, gute

Musik oder Literatur gehabt, das war offensichtlich. Luisa redete überhaupt nicht gern über ihre Familie. Gottlob hatte das Mädchen eine Vorliebe für klassische Musik, das war ein Segen. Das Übrige bedurfte des Anstoßes.

»Schau mal, dieser Kandinsky, diese Spirale, so zart und so vollkommen im Gleichgewicht. Wahrscheinlich nicht seine erste. So perfekt könnte das keine Maschine! Er konnte es – freihändig, ohne Vorzeichnen.«

Luisa studierte das Bild mit sichtlichem Vergnügen. Renate hatte leise gesprochen, um andere nicht mit Bemerkungen zu stören, die nach Nachhilfeunterricht klangen.

Renate machte eine schnelle, fast flüchtige Skizze des beigen Kleides einer Dame. Italienisch, maßgeschneidert, das sah man quer durch den Raum. Sie machte Luisa auf ihren Fund aufmerksam und wartete geduldig, bis die Frau sich umdrehte und sie das Kleid von vorn zu sehen bekam. Interessanter Kragen, ein Knopf, zwei Taschen. Renate zeichnete.

Kurze Zeit später tranken sie an einem der Tischchen in dem Café im Erdgeschoß Cappuccino und aßen Apfelkuchen. Renate wollte ihrem Schützling etwas Gutes tun. Luisa wirkte heute richtig entspannt und fröhlich, interessiert an der Ausstellung und nicht das kleinste bißchen ungeduldig, als ihre Chefin auch noch den letzten Winkel davon betrachten wollte. Genausowenig hing sie irgendwelchen Gedanken nach. Oder träumte sie insgeheim von dem Jungen, den sie am abend zuvor kennengelernt hatte? Von dem gutaussehenden Dunkelhaarigen?

Renate steckte eine Zigarette in ihre Spitze, zündete sie

an. Wie sollte sie das ansprechen? Kopf voraus hinein, beschloß sie. »Hör mal, Luisa, wenn du von diesem Jungen träumst, mit dem du gestern abend getanzt hast…«

»Tu ich nicht!« sagte Luisa hochfahrend. »Ich hab an ganz was anderes gedacht.«

»Willi hat gesehen, wie er gegen ein Uhr morgens mit Rickie aus dem ›Jakob‹ ging, und zwar zu Rickies Wohnung. Wo er gewiß übernachtet hat.« Renate seufzte, es war vergebene Liebesmüh. »Es wäre wieder genau dasselbe Lied, wenn du… diesen Jungen näher kennenlernen würdest. Oder so dumm wärst, dich in ihn zu *verlieben.*« Renate steigerte sich immer mehr hinein, lachte gezwungen. »Ein Homo ist und bleibt ein Homo!«

Luisa blickte sie an und sagte, jedes Wort einzeln betonend: »Ich habe an etwas anderes gedacht.«

Renate rückte ungemütlich auf ihrem Plastikstuhl hin und her. »Wie redest du denn mit mir? Ich verbitte mir diesen Ton!«

## 11

Montag morgen. Mit als erstes erledigte Rickie endlich den Anruf beim Schlosser, wegen seiner Balkontür. Dorothea hatte sich gestern danach erkundigt, und Rickie hatte zugeben müssen, daß er noch nicht dazugekommen war. Seine Schwester war entsetzt, sie hatte doch bei einem Besuch vor einem halben oder dreiviertel *Jahr* schon über deren desolaten Zustand gestaunt, und er hatte immer noch nichts unternommen? Dann folgte eine Standpauke von wegen, wie gefährlich die Drogensüchtigen jetzt seien, nachdem die Polizei sie vom Platzspitz vertrieben hatte, wo sie wenigstens an saubere Nadeln gekommen waren und ihre Dealer treffen konnten. Jaja, Rickie wußte schon. Der Park war wirklich so verslumt, zu einem solchen Dealerparadies und einer öffentlichen Toilette verkommen, daß die Polizei die Anweisung erhalten hatte, ihn zu säubern, ganze Busladungen von Junkies wieder dorthin zu karren, wo sie hergekommen waren, sprich in die Provinz. Viele davon hatten sich aber wieder bis nach Zürich durchgeschlagen und hingen immer noch herum, laut Zeitungsberichten waren es mindestens dreihundert, die sich täglich durch die Zürcher Straßen treiben ließen. Es gab wieder Raubüberfälle auf offener Straße, sogar bewaffnete. Ganz zu schweigen davon, daß praktisch zu jeder Tages- und Nachtzeit um die Jakobskirche herum Leute entweder in irgendeiner Ecke schliefen oder an die Kirche gelehnt auf dem Trottoir saßen, zu weggetreten, um aufzustehen und zu betteln.

Jedenfalls hatte Rickie um halb neun in der Schlosserei angerufen und gleich für halb elf einen Termin vereinbart. Es sei dringend, hatte er gesagt, denn bestimmt rief Dorothea abends noch an, um nachzuhaken. Dann frühstückte er beim ›Jakob‹, mit Zeitung und Appenzeller, und wie fast jeden Morgen kamen kurz vor zehn Renate und Luisa und setzten sich an ihren Tisch. Im Hinausgehen ergab es sich, daß Rickie Luisa diskret zuwinken konnte, und sie schenkte ihm ein strahlendes Lächeln, dann war er mit Lulu an der Leine auch schon zum Haupteingang hinaus.

*BlitzBlank*. Seine Ideen. Rickie legte drei Skizzen auf

den Tisch. Es waren kaum mehr als Kritzeleien, aber manchmal kam er dadurch auf die Lösung. Die hier hatten Schwung.

Mathilde öffnete die Post.

»Wenn der *BlitzBlank*-Mensch anruft, Mathilde, machen Sie einen Termin mit ihm aus –jederzeit heute nachmittag.«

»Ach ja? Ich dachte, am Freitag?«

Rickie war erfreut, daß sie sich das gemerkt hatte. »Es hat sich was geändert. Falls ich bis Mittag noch nicht wieder da bin, ruf ich an, okay? Komm, Lulu.«

Der Schlosser kam fast auf die Minute pünktlich. Rickie ließ ihn ein und erklärte das Problem, das natürlich auf der Hand lag: Im Schloß war etwas abgebrochen, der Schlüssel drehte durch, ohne den Riegel mitzunehmen. Ein neues Schloß. Also gut.

Rickie hatte den Mann wie üblich schnell taxiert – war er schwul? Sicher nicht. Ohnehin nicht der gutaussehende Typ. So viele waren ja schwul, und wenn Rickie mal vergaß, sich einen genauer anzusehen, dann passierten die seltsamsten Dinge, wie bei dem schwulen Polizisten, der neulich nachts noch an seine Tür geklopft hatte. Aber selbst wenn der Schlosser irgendwie hätte anbandeln wollen, wäre Rickie nicht darauf eingegangen, dazu träumte er zu sehr von Teddie.

Mindestens eine halbe Stunde würde es dauern, meinte der Schlosser. Rickie setzte Wasser für einen Instant-Espresso auf. Der Handwerker wollte keinen. Mit der Tasse an den Lippen stand Rickie am Schlafzimmerfenster, als er plötzlich verärgert feststellte, daß direkt gegenüber Willi der Schnüffler stand und zu seinem Balkon hinaufgaffte. Der Kerl hatte natürlich nichts Besseres zu tun, als durch die Nachbarschaft zu patrouillieren und seine Nase überall hineinzustecken – auf Staatskosten, versteht sich, denn sicher bezog dieser Schwachkopf Invalidenrente.

Rickie versuchte, seine Wut runterzuschlucken. Na, immerhin würde Renate innerhalb der nächsten paar Stunden erfahren, daß Rickies Balkontür repariert war – vorausgesetzt, Willi war so gewieft, daß er kapierte, was der Handwerker trieb. Als Tip für Willi stand unten ein weißer Lieferwagen mit der roten Aufschrift »Schlosserei Kobler«.

Angriffslustig öffnete er das Fenster und stützte sich auf dem Fensterbrett auf. »Hallo, Willi!«

Willi sah und hörte ihn todsicher, reagierte jedoch mit keiner Bewegung, keinem Wort. Die klobigen braunen Schuhe rührten sich keinen Millimeter.

Rickie starrte ihn unverwandt an. Dieser Trottel hatte also das Märchen verbreitet, ein Mörder sei durch die kaputte Balkontür in seine Wohnung gelangt, beziehungsweise durch sie entkommen. Nun verzog sich der Gaffer langsam, drehte sich nach ein paar Schritten noch einmal um und warf einen Blick zurück, als sei Rickies Balkontürreparatur das Interessanteste der Welt. Hoffentlich verbreitete er die Kunde davon nun auch in der ganzen Nachbarschaft.

Als der Schlosser fast fertig war, nahm er doch ein kleines Bier an. Schließlich packte er zusammen, kehrte mit Rickies Besen ein paar Metallspäne auf, und weg war er. Großartig! Perfekt! Jetzt fühlte Rickie sich tatsächlich sicherer, und seiner Schwester könnte er stolz Bericht erstatten.

»Auf geht's, Lulu!«

Lulu sprang auf und wartete darauf, angeleint zu werden.

Im Atelier teilte Mathilde Rickie mit, der Mann von *BlitzBlank* habe angerufen und sie habe für drei Uhr einen Termin vereinbart. Das paßte.

»Sonst noch irgendwas?«

»Diese Rechnung... müßte bezahlt werden. Und ein gewisser Georg hat angerufen, so um halb zwölf. Er meldet sich wieder.«

»Bloß Georg?« fragte Rickie beiläufig nach, obwohl sein Herz einen Satz gemacht hatte.

Das Telefon klingelte, und Rickie legte die Rechnung hin.

»Ich geh schon ran«, sagte er ohne Hast. »Hallo?«

»Salü, Rickie. Teddie. Ich... ähm... wie geht's?«

»Gut, danke«, erwiderte Rickie. »Wo bist du denn? Zu Hause?«

»Nein, ich bin im ›Jakob‹.«

Rickie sah sofort die kleine offene Zelle – sofern man das Kabäuschen als Zelle bezeichnen konnte – neben den Toiletten vor sich. »Aha – hm... ich hab grade noch zu tun. Aber in ein paar Minuten bin ich fertig. Könntest du...« Mathilde war an ihrem Schreibtisch beschäftigt und achtete nicht auf ihn. »Du weißt ja meine Adresse.«

»Bloß die Telefonnummer.«

Rickie gab ihm die Hausnummer. »Sagen wir, um eins?«

»In Ordnung, Rickie. Danke.«

Beschwingt legte Rickie auf. Höflich, der Junge, bedankte sich sogar. Hoffentlich steckte er nicht irgendwie in Schwierigkeiten. Ach was. War doch auch möglich, daß Teddie ihn ein kleines bißchen mochte.

Er nahm seinen Ersatzschlüssel aus einer Schublade. »Mathilde, ein Schlüssel für Sie. Ich bin zu dem *Blitz-Blank*-Termin um drei wieder da, aber vielleicht nicht vorher. Sie haben ja für heute nachmittag genügend zu tun, denke ich.«

»Allerdings«, versetzte sie – nach einem kräftigen Schluck Dubonnet. »Guten Appetit!« fügte sie etwas bessergelaunt hinzu. Rickie winkte zum Abschied.

Er sah den Jungen schon von weitem unter einem Baum stehen, in Jeans, Turnschuhen und einer braunen Jacke. Teddie grüßte fröhlich herüber.

»Salü, Rickie.« Ein mannhafter Händedruck von dem Knaben.

Rickie lief es kalt über den Rücken. »Möchtest du raufkommen? Hast du schon mittaggegessen?«

»Nein. Wär nett, wenn wir uns ein Weilchen unterhalten könnten.« Teddie schien bester Laune.

Sie gingen nach oben in Rickies Wohnung.

»Willkommen... noch mal!« sagte Rickie mit einem breiten Grinsen.

Teddie nickte. »Danke. – Ich habe heute mit meiner Mutter geredet. Jetzt ist mir wohler.«

Rickie wurde hellhörig. »Geredet? Worüber?«

»Was ich mit meinem Leben anfangen könnte. Vielleicht sollte ich Journalist werden. Heute früh hab ich eine Glosse geschrieben – bloß zwei Seiten, aber immerhin.«

»Sehr gut«, sagte Rickie. »Möchtest du dich setzen? Was zu trinken? Eine Cola?«

Die Fragen schienen gar nicht bis zu dem Jungen durchzudringen. Mit leuchtenden Augen starrte er Rickie an. »Ich wollte einfach mit dir reden. ...Ich will versuchen, eine Kolumne zu starten, zweimal die Woche vielleicht. ›Georgs Schluckauf‹ oder so. Was für junge Leute, obwohl ich den Ausdruck ›junge Leute‹ nicht ausstehen kann. Einfach... über Sachen, die ich erlebt habe.«

Rickie verstand. »Schluckauf... hm. Wie wär's mit ›Georgs Geistesblitze‹, oder ›Georgs Abenteuer‹?«

»Abenteuer? Das wär möglich. Ich überleg's mir.«

»Hast du dein Werk dabei?«

»Ich hab's grade abgeschickt.« Teddie grinste. »An den ›Tages-Anzeiger‹. Wenn schon, denn schon.«

»Nicht schlecht! Mein Leib- und Magenblatt. Aber du hast doch eine Kopie von deinem Artikel?«

»Zu Hause. Er geht... über Samstag abend, die Spritztour...« Er lachte. »Und wie wir dann in einer völlig fremden Gegend landen und in eine nette Kneipe geraten und...«

»Hast du vom ›Jakob‹ geschrieben?« Irgendwie war der ›Jakob‹ etwas Privates, fast wie ein Club.

Teddie lachte. »Bei mir heißt er ›Arthur‹. Und wie ich... nette Leute kennengelernt habe wie dich und ein nettes Mädchen, mit dem ich getanzt habe. Das ist eine ganz neue Welt für mich!«

Was ein neues Stadtviertel alles bewirken konnte, dachte Rickie.

»Auch wenn ich nichts weiter davon habe«, fuhr Teddie

fort. »Es war ein Abenteuer für eine Nacht, wie du gesagt hast. Eine Episode, verstehst du?«

»Ja«, erwiderte Rickie verwirrt. »Sag mal, kann ich dich auf einen Bissen in den ›Jakob‹ einladen? Ich hab nämlich nichts Gescheites im Haus.«

Mittags ging Rickie besonders gern in den ›Jakob‹, denn da war er vor Renate Hagnauers Argusaugen genauso sicher wie vor diesem Tölpel Willi. Der hatte in einem Café ein paar Straßen weiter irgendeinen Job, wo er vermutlich auch aß. Gemeinsam traten Teddie und Rickie beim Haupteingang ein und gingen durch bis zur Hinterterrasse; Rickie wurde auf dem Weg wie üblich von ein paar Stammgästen begrüßt.

Bratwurst und Sauerkraut für Teddie, Kartoffelsalat mit Schinken für Rickie, eine Cola und ein Bier. Wieder ein schöner Tag, durch die Weinranken über ihren Köpfen schien die Sonne.

»Kommt Luisa manchmal zum Mittagessen hierher?« fragte Teddie.

Rickie schmunzelte. »Das läßt ihr alter Drachen wohl nicht zu.« Er genoß sein Essen und den Umstand, daß ihm gegenüber der schöne Teddie saß.

»Und abends?«

Rickie nahm einen kräftigen Schluck Bier. »Zum Abendessen hab ich die beiden noch nie hier gesehen. Später schon – wenn die Leute interessant werden. Vor allem am Wochenende.«

Teddie runzelte die Stirn. »Stecken die immer zusammen?«

»Nein. Aber Renate ist schon sehr gluckig. Benimmt

sich, als wäre Luisa ihre Tochter... Sie soll sehr eifersüchtig sein, was man so hört«, fügte er hinzu. »Paß also auf, falls du Luisa wiedertreffen willst.« Das sah natürlich ein Blinder, daß Teddie Luisa wiedertreffen wollte, und daß er deshalb hier war.

»Und... wieso hat diese Renate so den Daumen drauf?«

Rickie antwortete nicht sofort. »Luisa... ihre Eltern wohnen wohl in Brig. Renate hat ihr eine Arbeit verschafft, vor einem Jahr oder so... bei ihr kann sie ihre Lehre weitermachen und hat einen Platz zum Schlafen. Aber Renate nutzt das aus und kommandiert sie herum. Das weiß jeder«, fügte er hinzu, als würde das Situation erklären.

»Ich würde nämlich... Luisa ganz gern wiedersehen«, sagte Teddie schüchtern, während er sein Besteck zusammenlegte. »Das war gut. Ein tolles Lokal!«

Rickie lächelte dünn. Aus unerfindlichen Gründen fiel ihm der Abend ein, an dem er es, betrunken und mit einem Streifenwagen im Schlepptau, in seinem Benz fast nicht mehr nach Hause geschafft hätte, Er hatte dann direkt vor dem ›Jakob‹ geparkt und war hineingetorkelt, und Ursi hatte ihn in der Küche versteckt. Doch, regelrecht ›versteckt‹, während die Polizei sämtliche Räumlichkeiten des Lokals vergebens durchkämmt und schließlich aufgegeben hatte. Seltsamerweise war ihm nie ein Strafzettel ins Haus geflattert, obwohl die Polizei doch seine Autonummer gehabt haben mußte.

»Diese Renate... steht sie im Telefonbuch?«

Rickie griff nach seinem fast leeren Bierglas. »Glaub schon. Und wenn du Luisa anrufen willst, hast du wahrscheinlich sie an der Strippe.« Er lachte.

Teddie legte unbekümmert den Kopf schief. »Probieren kann ich's ja. Wird schon schiefgehen!«

Rickie sah auf die Uhr. »Ich hab um drei einen Termin«, murmelte er, als wäre er im Geist schon woanders, was auch der Fall war.

»Meine Mutter sagt, ich krieg das Auto mehr oder weniger, wann ich will«, sagte Teddie, »weil mein Zeugnis so gut ist. Heute bin ich allerdings ohne da.«

Und es wäre natürlich nett, Luisa zu einer kleinen Tour einzuladen, nebst Abendessen irgendwo auf dem Land. Teddies hübsches junges Gesicht wirkte genauso ruhelos wie seine Finger, mit denen er auf den alten Holztisch trommelte. »Mit dieser Kolumne ist es mir ernst. Ich werd's ein paar Monate lang versuchen. Mit Übung wird's bestimmt immer besser.«

Rickie zündete sich eine Zigarette an. »Klar. Und wenn der ›Tages-Anzeiger‹ ablehnt, probierst du's woanders.«

»Im Gymnasium hab ich immer mal einen Artikel und auch ein paar Kurzgeschichten geschrieben. Ich glaube, Journalistisches liegt mir mehr. Das soll natürlich nicht heißen, daß ich gut bin.«

Teddie sah Rickie anerkennungsheischend an, als wäre dieser so etwas wie eine Vaterfigur für ihn. Rickie blickte verdrossen auf den Aschenbecher. »Hör mal, vielleicht solltest du Luisa lieber schreiben, statt sie anzurufen, denn wenn Renate ans Telefon geht…« Er hatte die Stimme gesenkt, als ob die alte Schachtel am Nebentisch säße. »…Dann wird sie dir Luisa nicht geben. Sie wird dich fragen, wer du bist und was du willst.«

»Ach. So schlimm?«

»Jawohl.«

Teddie stand auf. »Entschuldige. Ich seh mal nach, im Telefonbuch. ... Hagnauer.«

»Jawohl«, sagte Rickie etwas unwillig und genauso leise wie Teddie. Dann nahm er die vier Rechnungszettel in die Hand und griff nach seiner Geldbörse.

Teddie war schnell wieder zurück. »Alles schon notiert.«

»Dann schreibst du ihr also?«

»Meinetwegen. Aber das dauert so viel länger.«

Rickie mußte lachen. »Kaffee?«

»Für mich nicht, danke. Ich hab heute früh beim Arbeiten schon so viel getrunken.«

Teddie griff energisch nach den Zetteln. »Ich zahle. Das bringt mir vielleicht Glück.«

Ursi war in Sichtweite und kam auf Rickies Winken an den Tisch. Sie trug eine leicht angeschmutzte Schürze über einem blauen Kleid und hatte Block und Bleistift gezückt.

»So, meine Liebe«, sagte Rickie in scherzhaftem Ton. »Wir zahlen. Besser gesagt, mein Freund zahlt.«

»Ah – unser Freund von Samstag abend!« sagte Ursi freundlich, als sie Teddie erkannte. »Willkommen!«

»Danke«, sagte Teddie.

Ursi senkte ihre hellen blauen Augen auf den Block und verkündete den Betrag.

»Vielen Dank, Teddie«, sagte Rickie.

Sie nahmen den Weg durch den Garten bis zum Tor an der Seite.

»Sag mal, Teddie, stehst du eigentlich im Telefonbuch? Deine Mutter?«

»Klar. Unter K. J. Stevenson. Hier.« Er zückte noch einmal seine Geldbörse und nahm eine kleine Visitenkarte heraus. »Eine alte von meinem Vater, aber sie stimmt.«

An der Postleitzahl und am Straßennamen erkannte Rickie das Viertel, eine gute Wohngegend. »Nicht daß ich dich anrufen würde. ... Aber es ist irgendwie schön zu wissen, wo du bist.«

»Du kannst mich ruhig anrufen«, sagte Teddie offen. »Wieso denn nicht?«

Genau in dem Augenblick sah Rickie, wie Willi Biber hinter Teddie über die Straße ging, offensichtlich auf den Haupteingang des ›Jakob‹ zu, den Kopf mit dem breitkrempigen grauen Hut gesenkt, als ob er Angst hätte, in Hundehaufen zu treten. Am Trottoir angelangt, warf er einen Blick in ihre Richtung. Schwer zu sagen, was sein langsames Gehirn registriert hatte, und deprimierend, daß Rickie eigentlich von Glück reden könnte, wenn Willi der alten Schachtel sein Treffen mit Teddie hinterbrachte, denn Renate würde Luisa nur um so eindringlicher ermahnen, sich mit Teddie zu treffen hieße mit einem Homosexuellen verkehren.

Teddie drehte den Kopf, um zu sehen, was Rickie da hinten interessierte. Willi starrte ihn ein paar Sekunden lang an, dann verschwand er im Gebüsch am Eingang zum ›Jakob‹.

»Schon wieder der«, sagte Teddie. »War der nicht Samstag abend hier? Na klar, bei Renate am Tisch. Seltsamer Typ.«

Rickie schlenderte in Richtung Atelier, und Teddie kam mit. »Jedes Dorf hat seinen Trottel, nehm ich an.«

Als die beiden fast an Rickies Wohnung angelangt waren, faßte Rickie einen Entschluß. »Komm doch mal kurz mit rauf, Teddie. Ich möchte dir was erzählen, und das geht hier unten nicht.«

»Was denn?« fragte Teddie widerstrebend.

»Es dauert bloß einen Augenblick, und es ist wichtig.« Rickie zog entschlossen seinen Schlüsselbund heraus.

Der Junge folgte ihm. Rickie ging in die Wohnung und machte die Tür zu. Noch vierzehn Minuten bis Blitz-Blank.

»Also... ähm... wegen dieser Renate«, begann Rickie. »Ich hab dir doch gesagt, daß sie Luisa bewacht wie eine Glucke. Ich hatte einen jungen Freund, Peter Ritter. Der, den du hier auf den ganzen Fotos siehst. Er wurde im Januar ermordet. Er...«

»Ermordet?«

»Erstochen, als er nachts aus dem Kino kam. Mitten in Zürich. Erstochen und ausgeraubt. Er ist verblutet, bevor er ins Spital kam. Ich war nicht bei ihm, er war allein.«

»Das ist ja entsetzlich, Rickie. Es tut mir so leid.« Teddies Blick wanderte unsicher zu dem Bild mit Petey auf dem Motorrad, dann wieder weg.

»Und das ganze erzähl ich dir jetzt, weil Luisa Petey sehr gemocht hat, ein paar Wochen lang sogar in ihn verliebt war. Renate hat sich furchtbar aufgeregt, weil Petey schwul war. Ich weiß schon, daß das jetzt eine andere Situation ist, aber Renate hat Luisa erzählt, Petey wäre von einem One-Night-Stand erstochen worden, der hier durch die Balkontür eingestiegen sei oder sowas, als ich weg war – daß es also hier mitten in meiner Wohnung passiert wäre.«

Teddie runzelte die Stirn. »Aber stand die Geschichte nicht in der Zeitung?«

Rickie nickte. »Doch, samt Ort und Uhrzeit und dem Krankenhaus, in das man ihn gebracht hat. Keine große Meldung, das hat natürlich nicht jeder gelesen. Und die Leute glauben, was sie glauben wollen. *Gewisse* Leute. Willi zum Beispiel, der ja praktisch debil ist. Den hat Renate weitgehend in der Hand.«

»Und die Leute hier? Im ›Jakob‹?«

»Ach, Ursi und die Kellner im ›Jakob‹, die wissen schon Bescheid. Aber Leute, die bloß auf ein Bier vorbeikommen, die glauben so ein Ammenmärchen wie den Mord in meiner Wohnung, weil das so schön dramatisch ist. Renate erzählt sicher sehr überzeugend. Luisa hat's ihr jedenfalls abgenommen, der mußte ich das erst mal ausreden.«

»Schwer vorstellbar, daß Renate so übergeschnappt ist«, sagte Teddie ernst.

Rickie zögerte kurz. »Sie ist nicht übergeschnappt, sondern raffiniert. Vielleicht auch machtgierig. Im Augenblick hat sie Luisa in den Krallen. Sie will aus ihr eine erstklassige Modedesignerin machen.«

»Ob sie eine Lesbe ist?«

»Pah! Höchstens eine verkappte. Jedenfalls ist alles an ihr verquer. Sie soll mal verheiratet gewesen sein, jahrelang sogar. Allerdings wohl keine Kinder.«

Teddie nickte. »Das soll's ja geben, manche haben ihr Schwulsein angeblich hundertprozentig verdrängt. Männer *und* Frauen.«

»Und vor Willi Biber wollte ich dich auch warnen. Ein Schnüffler, wie er im Buche steht, und verlogen noch dazu.

Renate hat ihm offenbar eingeredet, er habe vor Jahren mal in der Fremdenlegion gedient. Den Witz hab ich von Ursi.« Rickie konnte ein Grinsen nicht unterdrücken. »Ich war leider noch nie dabei, aber Willi bindet es scheint's allen möglichen Leuten auf die Nase.«

Teddie trat lachend einen Schritt zurück. »In der Fremdenlegion! Diese Vogelscheuche!«

Rickie machte die Tür wieder auf, den Schlüssel noch in der Hand. Unten traten sie ins Freie und sprangen die paar Steinstufen hinunter.

»Ich verstehe nicht, wie dir diese Renate ins Gesicht sehen kann.«

»Sie würdigt mich normalerweise keines Blickes. Das hast du wahrscheinlich noch nicht mitgekriegt. Für die existiere ich gar nicht... So. Hier bin ich bei meiner Fabrik angelangt. Ruf mich doch mal an, wenn du Lust hast.« Rickie kam sich sehr edel vor, mit seiner Beiläufigkeit, seinem netten Lächeln.

»Klar. Ich hab sicher Lust.«

Sie standen am Treppengeländer neben den Stufen, die hinunterführten zu Arbeit, Disziplin, dem Telefon und Mathilde.

»Und ich würde wirklich gern mal eines von ›Georgs Abenteuer‹ lesen. Schick mir doch mal eine Kopie, wenn du Lust hast, du kriegst sie auch zurück.«

Eine unbestimmte Geste, ein gemurmeltes Wort und ein Lächeln, und Rickies Vision von Vollkommenheit – durchtrainierter Körper, schönes Gesicht – drehte sich um und eilte wieder auf den ›Jakob‹ zu.

## 12

Zwei Tage später traf Luisa sorgfältige Vorbereitungen für ihre erste Verabredung mit Teddie – alias Georg – Stevenson. Sie sollte sich mit ihm eine Straße weiter an der Ecke treffen. Falls ihr sein brauner Audi nicht ins Auge springe, müßte sie Teddie auf und ab schlendern sehen, in einer hellen Jacke.

> …Kannst Du Dir irgendwas ausdenken, daß Du eine Weile wegbleiben darfst, richtig zum Abendessen usw.? Eine kranke Freundin? Einen Film, den Du sehen möchtest? Ich bin auf alle Fälle um Viertel nach sieben da, und dann warte ich. Und zwar eine ganze Weile!
>
> Bis dann, XX
>
> G.

Irgendeinen Vorwand zu erfinden, war schwierig für Luisa, schließlich hatte sie nur einen kleinen Freundeskreis, außerdem betrachtete Renate jegliche Unternehmung außer der Reihe mit Argwohn. Wieso sie ausgerechnet jetzt spazierengehen wolle? Weil sie den ganzen Tag noch nicht aus dem Haus gekommen sei, mochte Luisa antworten, was zwar stimmte, Renates bohrenden Blicken jedoch keineswegs abhelfen würde.

Aus diesem Grund hatte Luisa es darauf ankommen lassen und um sieben verkündet, sie fände es noch zu heiß zum Essen und wolle lieber noch eine Weile an der Sihl spazierengehen. Bis zehn wäre sie wahrscheinlich wieder zu Hause. Das war natürlich gewagt, aber jetzt war sie draußen, tatsächlich *draußen,* frisch geduscht, in einem selbstgenähten fülligen blauen Baumwollrock und einer weißen langärmeligen Baumwollbluse, unter dem Arm eine kleine Handtasche, in der sich ihr Schlüssel, etwas Geld, Papiertaschentücher und ein Kamm befanden, und darüber einen schwarzen Pullover für später, wenn es kühl wurde. Ob Renate sie irgendwie ködern wollte, die Angelschnur ganz weit ausrollen ließ, um sie mit einem besonders dicken Fang wieder einzuholen? Bisher hatte Renate noch jeden jungen Mann auseinandergenommen, den Luisa in den letzten... – na, seit sie bei ihr wohnte, also fast seit einem Jahr – kennengelernt hatte. Irgendeine vernichtende Bemerkung kam immer: »Schäbig angezogen«, »Sieht aus wie ein Stallknecht« oder »Primitiv! Bloß weil er dir schöne Augen macht und mal eine Cola spendiert, willst du dich gleich mit ihm verabreden?«

Luisa schlenderte weg von Renates Wohnung und vorbei am verabredeten Treffpunkt mit Georg-Teddie – es war ja noch zu früh. In Gedanken ging sie ihren »Freundeskreis« durch: Elsie, das eine Lehrmädchen, das in der Nachbarschaft wohnte, würde sie sicher decken. Sie konnte immer noch bei ihr zu Hause anrufen und sagen: »Ich war heute abend bei euch zum Essen, falls Frau Hagnauer mich ausquetscht, okay?« Vera wäre sicher auch hilfsbereit. Nie und nimmer hätte Luisa so ein Alibi während der Arbeitszeit vorbereiten können, so lange Renate irgendwo in der großen Wohnung herumschwirrte. Die Wände dort hatten Ohren, und außerdem hatte Renate die Eigenschaft, trotz ihres Klumpfußes plötzlich aus dem Nichts aufzutauchen und jedes Wort mitgehört zu haben. Teddies Brief hatte Luisa nur deshalb wohlbehalten erreicht, weil sie an dem Tag zufällig die Post aus dem Kasten geholt hatte.

Sieben nach sieben. Vielleicht war Georg schon da? An der Ecke bog sie rechts ab in die verabredete Straße und schlenderte, immer noch gemütlich, unter den Birken und Platanen entlang. Von ferne sah sie ein paar dunkelgekleidete Gestalten, und dann stach ihr ein heller Fleck ins Auge, der beim Näherkommen zu einer Jacke wurde.

»Salü, Luisa!« sagte Georg-Teddie leise. »Du hast es geschafft!«

»Ja!«

»Der Wagen steht da drüben.« Er redete immer noch leise. »Um die Ecke. …Ich freu mich so, daß du da bist!«

»Pschscht!«

Munter öffnete er die Beifahrertür an einem großen, glänzenden Wagen, der Luisa eher schwarz als braun vorgekommen war.

Sie stiegen ein, und Luisas Blick fiel auf ein kompliziert aussehendes Armaturenbrett mit bunten Anzeigen und Instrumenten.

»Ganz schön dicker Schlitten!«

»Findest du? Ach wo… Was hat denn deine… ähm, deine Freundin für ein Auto?«

»Renate?« Luisa sprach den Namen nur ungern aus. »Einen Golf-Automatik, mit speziellen Brems- und Gashebeln am Lenkrad, wegen ihrem Klumpfuß.« Luisa nannte die Behinderung beim Namen. »Vielleicht ist dir aufgefallen, daß sie hinkt«, fügte sie hinzu, in der Hoffnung, das Thema sei damit erledigt.

»Falls ja, dann weiß ich es nicht mehr«, sagte Teddie, als sei ihm das nun wirklich egal. »Magst du Schisch Kebab?«

»Und wie!«

»Da kenn ich nämlich einen guten Laden, so zehn, ach was, acht Kilometer weit weg. Ist das okay?«

Die Sommerluft wehte ihr ins Gesicht und über die Arme, und das Auto glitt dahin wie im Flug. »Klar. Ein arabisches Lokal?«

»Ich glaub, es ist französisch, aber sie machen ein super Kebab. Es heißt ›Chez Henri‹. Hat auch eine Terrasse – echt gut. Sogar mit Live-Kapelle…« Teddie lachte. »Du tanzt doch so gern.«

Der Fahrtwind übertönte seine Stimme fast. Teddie hatte sein weißes Jackett aufgeknöpft, und die rote Weste drunter erinnerte Luisa an das Mädchen namens Dorrie letztes Wochenende im ›Small g‹. Kommenden Samstag war der 1. August, der Schweizer Nationalfeiertag, da war beim ›Jakob‹ sicher einiges los. Ob Renate wohl ihre Lehrmädchen abends dorthin einlud, zu Bratwurst, Cervelat, Wein und Bier? Hoffentlich nicht, betete Luisa, laut Vera hatten sie letztes Jahr allerdings groß feiern müssen.

»Du bist so still. Was hast du denn heute gemacht?«

»Willst du die Wahrheit hören?«

»Die reine.«

»Der Höhepunkt des Tages war, daß ich es geschafft habe, von unterwegs aus Rickie anzurufen und ihm von unserer Verabredung zu erzählen.«

»Na, immerhin.« Teddie blendete kurz auf und überholte an einer leichten Steigung. »Und sonst?«

»Sonst habe ich gearbeitet. Und zwischendurch gebrütet, wie ich das heute abend schaffen soll. Mit welcher Ausrede ich ausreißen kann.«

»Ausreißen! Darfst du nicht mal mit jemand essen gehen? Wieso läßt du dir das gefallen?«

Luisa sah zwei peinliche Geständnisse auf sich zukommen. »Ich hab dir das wohl noch nicht erzählt. Es ist auch nicht so wichtig, aber Renate hält dich für schwul, weil sie – beziehungsweise Willi – dich mal mit Rickie zusammen gesehen hat.«

Teddie lachte schallend. »Dann richt ihr aus, ich find sie kleinkariert. Und hinterfotzig. Ich mag Rickie, andersrum oder nicht ... Ach, sag ihr lieber gar nichts.«

Luisa schwieg. Sie mochte Rickie ja auch. Er war sicher ein guter Freund in der Not, das spürte man. Jetzt holte sie Luft für das zweite Geständnis. »Und außerdem bin ich abhängig von ihr, weil sie mir letztes Jahr einen Job und ein Dach überm Kopf verschafft hat, als ich von zu Hause ausgerissen bin. Renate mußte bei der Schneiderin, bei der ich in Brig in der Lehre war, ein gutes Wort für mich eingelegen. Meine Eltern – das heißt meine Mutter und mein Stiefvater – wissen nämlich meine Adresse gar nicht, und das soll auch so bleiben. Ich hab ihnen geschrieben, ich bin in Zürich und es geht mir gut, der Rest interessiert sie wohl nicht. Sind sowieso bloß vernarrt in meinen kleinen Stiefbruder. ... Tja, so sieht's aus, Teddie. Oder heißt du heute abend Georg?«

»Teddie. Hast du bei Renate eigentlich einen Vertrag?«

»Noch nicht. Sie meint, ich unterschreib dann schon. Wir brauchen erst noch die Papiere von meiner Meisterin in Brig, weißt du. Renate hat ihr geschrieben, war aber mit der Antwort nicht zufrieden. Irgendwas muß noch geklärt werden.«

»Unterschreib lieber nichts bei ihr, überhaupt nichts. Sie ist ein komischer Kauz, richtig verschroben. Und lügt wie gedruckt. Rickie hat mir da ein paar Sachen erzählt…«

Das konnte Luisa sich vorstellen. »Meinst du das mit seinem Freund Petey?«

»Genau. Ich war gestern mal im Zeitungsarchiv und hab die Sache nachgelesen. Peter Ritter, im Januar in Zürich auf offener Straße erstochen, bei der Ankunft im Spital bereits tot. Wenn man sich vorstellt, daß ein angeblich normaler Mensch wie Renate über so einen Mord Lügenmärchen verbreitet! … Jetzt muß ich aber aufpassen, damit wir nicht vorbeirauschen! Das Lokal kommt irgendwo hier links.« Er konzentrierte sich.

Teddie hatte recht, und Rickie auch, das war Luisa schon klar.

Bei einem kleinen weißen Schild, das zu schnell vorbei war, als daß Luisa die Aufschrift hätte lesen können, bog Teddie ab, und sie fuhren eine schmale Straße mit ein paar Kurven hoch bis zu einem Plateau. Vor ihnen lag ein langgestrecktes, niedriges Gebäude mit einer Terrasse und einem Parkplatz. In einer Reihe von vielleicht fünfzehn Autos parkte Teddie ein.

Zu gern hätte Luisa jetzt ihr neues rosa Kleid angehabt, aber in dem wäre sie Renate nie im Leben entwischt.

Der Oberkellner kam ihnen entgegen und begrüßte sie.

Teddie hatte einen Tisch für zwei auf den Namen Stevenson bestellt, und man schien ihn hier zu kennen. »Ist's dir auf der Terrasse recht?«

Natürlich.

»Zu trinken?« fragte Teddie, als sie sich gesetzt hatten. »Bitte such dir was aus, zur Feier des Tages!« Das klang, als hätte einer von ihnen Geburtstag. »Heut' war so ein schöner Tag für mich. Und jetzt sitzt auch noch du mit mir hier!«

»Ich hätte gern einen Gin Tonic«, sagte Luisa in einem Anfall von Übermut.

»Wunderbar. Und bei dem Tonic schließ ich mich an.« Teddie bestellte.

»Kein Alkohol am Steuer – sehr brav.« Das war als Kompliment gemeint.

»Ach, einen Schluck würd ich schon vertragen. Aber ich hab's meiner Mutter versprochen.« Kritisch nahm er die Speisekarte unter die Lupe. »Also, das Kebab ist wirklich gut, aber warten wir lieber noch, vielleicht magst du ja noch einen Gin Tonic… Ich hab übrigens schon wieder eine Glosse geschrieben, meine dritte oder vierte. ›Georgs Abenteuer‹ nenn ich die Dinger vorläufig. Blöderweise hat der ›Tages-Anzeiger‹ die ersten zwei abgelehnt, die ersten drei, wenn man's genau nimmt.«

»Was für eine Glosse?«

»Über… jemand wie mich. Kleine Begebenheiten, einfach, was unsereinen so beschäftigt. Vielleicht sogar unser kleines Date hier, wer weiß?«

Unser kleines Date. Teddie Stevenson erschien Luisa als die Eleganz in Person; wie ein junger Millionär kam er ihr vor, in seinem vornehmen, leinenweißen Jackett mit der schwarzen Fliege. Und sie sah aus, als wäre sie nur mal um die Ecke zum Milchholen. Immerhin saubere Fingernägel, aber von Nagellack keine Spur. Na ja, Teddie schien das alles nichts auszumachen, anscheinend saß er nicht ungern mit ihr hier.

»Rickie hab ich's schon am Montag erzählt: ich will das mit dem Journalismus jetzt mal ein paar Monate ausprobieren. Meine Mutter findet, mein Geschreibsel könnte durchaus irgendwo Chancen haben. Hat sie jedenfalls behauptet. Na denn prost.« Die Getränke waren da.

»Auf dich. Auf uns«, sagte Teddie und hob sein Glas mit dem mit einer Zitronenscheibe garnierten Tonic.

»Auf uns«, wiederholte Luisa und trank einen Schluck. Der Gin stieg ihr sofort in den Kopf. »Warst du eigentlich...«

»Du erinnerst mich irgendwie...« fiel Teddie ihr schmunzelnd ins Wort. »...an eine Kastanie«, schloß er verwegen. »Du glänzt irgendwie so.«

»An eine Kastanie?« Luisa zog verlegen den Kopf ein. »Warst du eigentlich schon mal in Amerika? Wahrscheinlich, oder?«

»Zwei-, nein dreimal. In New York. Und einmal in Kalifornien... Auf Kastanie bin ich deshalb gekommen, weil dein Haar so glänzt wie eine...«

Der Kellner war wieder da und erkundigte sich höflich nach ihren Wünschen. Jetzt wollte Teddie bestellen, da das Schisch Kebab eine Weile brauchte. Mit Reis. Knoblauch? Ruhig etwas. Einen grünen Salat. Eine kleine Flasche guten Rotwein für Mademoiselle. Teddie warf einen Blick in die Karte.

»Ein Glas«, sagte Luisa.

»Nein nein. Eine halbe Flasche«, sagte Teddie energisch. »Vielleicht etwas Kaviar?«

Kaviar. Na gut. Unweigerlich mußte Luisa daran denken, wie Renate letztes Jahr um Weihnachten herum ausnahmsweise Kaviar gekauft und dabei ständig betont hatte, was für ein seltsamer Luxus das sei.

»Jetzt können wir tanzen«, sagte Teddie. »Falls du Lust hast.«

Luisa hatte flache Schuhe an, Renate sollte ja denken, sie gehe spazieren. Wieder spürte sie den beschämenden Kontrast zwischen Teddies Aufzug und ihrem, aber als er sie dann um die Taille faßte und ihre rechte Hand nahm, kehrte ihr Selbstbewußtsein zurück.

»Zu einem Walzer«, deklamierte Teddie, »muß man doch einfach tanzen.«

Es war altmodisch, elegant, wunderschön. Teddie hatte eine gute Haltung, den Kopf hoch erhoben. Ein paar der Leute an den Tischen schauten zu ihnen her. Luisa kam es vor wie ein Traum, und genau wie in diesem Traum neulich war sie eben falsch angezogen und im Vergleich zu Teddie unansehnlich. Trotzdem lächelten die Leute auch ihr zu. Dann standen sie wieder vor ihrem Tisch, und Teddie hielt ihren Stuhl, bis sie saß. Der Kellner kam mit dem Kaviar.

»Noch einen Gin Tonic bitte«, sagte Teddie, »und ein Tonic. Danke.«

»Nein, Teddie, das schaff ich nicht! Einer ist wirklich genug.« Sie hatte den ersten noch nicht einmal ausgetrunken.

Teddie gab nach und bestellte den Gin wieder ab.

Kaviar. Luxussymbol.

Teddie erzählte inzwischen von seinen Tauchabenteuern mit fünfzehn. Luisa sah sich selber in dem Alter vor sich, deutlich wie im Film, in einer scheußlichen grauen Latzhose, mit kurzen, ausgefransten Zotteln, wie sie ihr Moped aufbockte, den Kopf zurückwarf und mit der Jungensclique herumjohlte. Man traf sich am Wegener Platz, wartete noch auf diesen oder jenen – oft auf Franz, der immer zu spät kam – und dann ging's los, mit Karacho und so laut wie möglich durch die schmalen Gassen, dicht vorbei an Wohnhäusern, so daß Katzen verschreckt Reißaus nahmen und entgegenkommende Autofahrer in stummer Wut die Scheinwerfer aufblendeten. Wie hatte sie es immer als »Erfolg« verbucht, wenn Fremde bei ihr genauer hinguckten, ob sie ein Mädchen oder ein Junge war. Sie hatte sich einen ruppigen Gang angewöhnt, eine jähe Kopfbewegung, mit der sie eine Stirnfranse zurückwarf, und eine draufgängerische Art, auf ihr Moped zu steigen. Verdreckte, ungepflegte Fingernägel – sowieso. Aber mit Hilfe dieser ganzen Manöver hatte sie sich immerhin von ihrem Stiefvater befreit, jedenfalls hatten die dazu beigetragen. Anfangs hatte er versucht, sie mit ihrem Halbstarkengetue lächerlich zu machen, doch sie hatte unbeirrt ihr Ziel verfolgt: weg von zu Hause! Ab in die Freiheit!

Inzwischen hatten sie die köstlichen Kebabs verspeist und tanzten nun zu einem richtig guten Stück. Teddie hatte sein Jackett aufgeknöpft, es flatterte nur so, und seine Lackschuhe wirbelten über die Tanzfläche.

Zum Nachtisch gab's noch Himbeereis, darauf hatte Teddie bestanden. Dann verkündete Luisa:

»Jetzt muß ich aber nach Hause. *Ehrlich!*«

Zehn vor elf. Die Nervosität war wieder da. Es hatte sich ausgefeiert für heute abend, noch mal traute sie sich beim besten Willen nicht auf die Tanzfläche.

»Ich weiß, ich weiß«, sagte Teddie beschwichtigend, aber auch eine Spur verärgert.

Zu weit darf ich's auch wieder nicht treiben, wollte Luisa schon sagen, verkniff es sich aber.

Kurze Zeit später saßen sie im Auto und fuhren im Eiltempo Richtung Aussersihl, der Zauber war verflogen, die Wirklichkeit hatte sie wieder eingeholt. Luisa übte im Geist ihre Ausreden, falls Renate sie ausfragte. Sie sei müde geworden und habe besonders lang auf eine Tram warten müssen? Nein. Auf so billiges Geflunker fiel Renate nicht herein.

»Ich begleite dich noch bis vors Haus«, sagte Teddie kühn, als er Motor und Licht ausschaltete. Er hatte in der Nähe ihres Treffpunkts von vorhin geparkt.

»Aber... Lieber nicht. Was ist, wenn sie aus dem Fenster schaut und dich sieht?« Luisa blickte sich um; kein Mensch kam den dunklen Bürgersteig unter den Bäumen entlang. Sie wollte schon die Tür aufmachen.

»Krieg ich einen Gutenachtkuß?«

Er gab ihr erst einen flüchtigen Kuß, dann einen längeren, zärtlichen, bei dem er ihr mit der Zunge schnell zwischen die Lippen fuhr. Ihre Hand drückte er dabei sanft an das Sitzpolster zwischen ihnen. Luisa zog am Türgriff. Schon stand Teddie neben ihr und hielt ihr die Tür auf.

»Setz dich wieder rein!« Er hatte doch so ein auffälliges weißes Jackett an. »Ich verabschiede mich hier von dir. Danke, Teddie.«

»Ich habe zu danken. Hinfort mit dir – wenn's denn sein muß!« sagte er mit einer theatralischen Geste.

Luisa machte sich auf den Weg. Eine Weile erwartete sie noch, Teddies großen braunen Wagen vorbeifahren zu sehen; er mußte ja in diese Richtung, wenn er nicht mitten auf der Straße umgekehrt war. Er kam aber nicht, und sie bog an der nächsten Ecke rechts ab und wappnete sich innerlich für eine Begegnung mit Renate, falls die auf einem späten Abendspaziergang – womöglich in der vagen Hoffnung, Luisa nachschnüffeln zu können – noch zu einem Espresso beim ›Jakob‹ eingekehrt war. Im Schein einer Straßenlaterne warf sie einen Blick auf die Uhr. Zwanzig nach elf. Nicht haarsträubend, aber schlimm genug. Bloß ein Spaziergang an der Sihl? Doch, das war möglich, wenn sie zum Beispiel irgendwo auf eine Cola und ein Paar Wiener Würstchen eingekehrt wäre. Kaviar und Schischkebab! Und sie spürte den Gin Tonic und den Wein.

Schon stand sie bei Renate vor dem Haus. Nervös beäugte sie eine dunkle Gestalt, die aus der Richtung des ›Jakob‹ kam: ein Mann, aber keiner, den sie kannte. Oben im Fernsehzimmer brannte Licht. Und sie hatte ihren Schlüssel. Gut. Sie schloß die Haustür auf.

»Salü, Luisa!« Das kam von Francesca, einer untersetzten Frau in den Fünfzigern, mit der Renate öfters beim ›Jakob‹ tratschte. Sie führte gerade noch einmal ihren Spitz Gassi.

»Abend, Francesca«, erwiderte Luisa mit einem netten Lächeln.

Sie stieg die Treppe hinauf. Die alte weißgestrichene Holztür ließ sich leicht öffnen. Der Fernseher lief, eine Männerstimme tönte herüber.

Da tauchte auch schon Renate in ihrem rosaweißen, bodenlangen Negligée in der Fernsehzimmertür auf, mit besorgter Miene, die Haare offen und nur im Nacken zusammengefaßt. »Aha… na, das war aber ein langer Spaziergang. Wie war's denn an der Sihl?«

Luisa kannte diesen durchwachsenen Ton: Er war unberechenbar. Sie straffte die Schultern. »Sehr schön, angenehmer Wind. …Ich hab mir noch Wienerli und eine Cola geleistet.«

»Tatsächlich? Wo denn?«

»Ach, irgendwo an einem Platz. Bei einem Kiosk mit ein paar Tischen und Stühlen.« Sie sah den Ort direkt vor sich und wurde beim Reden immer sicherer.

»Wo warst du wirklich?« Renates hagere, steife Gestalt hatte sich zwischen Luisa und den hinteren Teil des Korridors, wo Luisa hinwollte, geschoben.

Ohne das geringste Zögern bekräftigte Luisa lachend: »Ich war wirklich spazieren. Es war herrlich! Und jetzt entschuldigen Sie mich bitte.«

Sie schlüpfte an ihr vorbei, den Gang entlang und in ihr Bad. Da war doch etwas Neues gewesen in Renates Gesicht, in ihrer Stimme. Nicht einfach Zweifel oder Skepsis, eher so etwas wie Furcht. Bizarrer Gedanke. Renate hatte keine Angst. Das hatte sie schon so oft selber festgestellt, nicht prahlerisch, sondern ganz nüchtern, als Tatsache.

Jawohl, Luisa hatte sich mit Teddie Stevenson getroffen, na und? Und sie würde ihn Samstag wiedertreffen. Verabredet hatten sie sich zwar nicht, aber er kam bestimmt. Der ›Jakob‹ war ein öffentliches Lokal, und Renate konnte nicht bestimmen, wer dort eingelassen wurde und wer nicht. Vielleicht tanzte sie wieder mit Teddie, vielleicht tanzte er auch mit anderen. Was war denn dabei? Genüßlich stellte sie sich unter die warme Dusche. Renate hatte sich anscheinend wieder vor den Fernseher gesetzt.

Mit einem wohligen Gefühl fiel Luisa ins Bett, den Kopf voller Teddie – wie er sie zart an der Hand zur Tanzfläche gezogen hatte, wie er meinte, sie müßte unbedingt seine Mutter kennenlernen, wie er so viele nette Bemerkungen gemacht hatte. Sie mußte lächeln. Was er wohl gerade machte? Ob sie ihn immer an eine Kastanie erinnern würde? Was hieß immer? Zwei Monate lang?

## 13

Samstag abend. Rickie hatte fast den ganzen Tag allein im Atelier gearbeitet und war in der Stille gut vorangekommen. Gegen vier hatte ein leichter Schauer die Luft wunderbar abgekühlt. Bis nach acht saß Rickie an den Blitz-Blank-Entwürfen. Schließlich ließ er sich für ein paar Minuten auf das schmale Bett im Kämmerchen fallen und verschränkte die Hände hinter dem Kopf.

Ob Teddie heute abend ins ›Small g‹ kam? Vielleicht sollte er dort essen, statt sich zu Hause eine Kleinigkeit zu machen? Falls Teddie tatsächlich kam, dann natürlich wegen Luisa, vielleicht war er sogar mit ihr dort verabredet.

Das Normalste von der Welt, redete Rickie sich ein. Dann sah er ihnen eben beim Tanzen zu. Er selber konnte selbstverständlich nicht mit Teddie tanzen, auf keinen Fall. Das würde Teddie nicht wollen, und Rickie würde ihn gar nicht erst auffordern. Mit einem Gemisch aus realen und zusammenphantasierten Szenen mit Teddie Stevenson im Kopf, in denen der hübsche Knabe nackt vor sich hin tanzte und irgend etwas trällerte, schlief Rickie ein.

Als er den Kopf hob, um auf die Uhr zu sehen, war es erst fünf nach neun. Er packte zusammen, rief Lulu, leinte sie an und ging hinüber zu seiner Wohnung. Dort gab er der Hündin ihr Fressen, legte eine Kassette mit der Dietrich ein – er liebte das »Johnny, wenn du Geburtstag hast« –, duschte und zog sich um. Ein gelbes Leinensakko für heute abend, ein schönes weißes Hemd, statt Krawatte ein gutes Halstuch, eine blaue bügelfreie Baumwollhose. Nicht rasend elegant, aber irgendwie *flott.* Das Wort hatte für ihn sowas Gepflegtes, Schickes, zugleich aber auch Legeres. Als ob er mit seinem Aufzug ausdrücken wollte, er ziehe heute abend zwar nicht unbedingt alle Register, aber falls sich irgendwas ergeben sollte…

Rickie hatte die Hand schon auf der Klinke, als das Telefon schrillte.

»Hallo?«

»Hoi, Rickie! Hab's schon zweimal bei dir probiert. Hier ist Fredy. Fredy Schimmelmann, weißt du noch?« Ein herzhaftes Lachen. »Der Bulle.«

Rickie schwirrte der Kopf. Natürlich, Fredy, der Bulle, der ihn hatte laufenlassen. Mein Gott, mit dem Mann war er im Bett gewesen! »Fredy – klar. Wie geht's dir?« Er sah die eher gedrungene Gestalt vor sich, das freundliche Gesicht mit den tausend Lachfältchen.

»Gut. Ich hab heute abend frei und dachte mir, ich frag mal, was du vorhast. Was *hast* du denn vor?« Das Grinsen in Fredys Stimme unterstellte wüste Orgien.

Rickie überlegte blitzschnell. »Ähm, ich …« Eigentlich wollte er doch Teddie treffen, und das klappte höchstwahrscheinlich auch. Da wollte er nicht an Fredy Schimmelmann gebunden sein, wollte ihn nicht mit einladen ins ›Small g‹, das würde dann ja so aussehen, als ob … »Ehrlich gesagt bin ich verabredet.«

»Ach so. Und da kann ich wohl nicht einfach mit, oder? Bist du später auch schon beschäftigt?«

Die erste Frage mußte Rickie verneinen, die zweite bejahen. Gleichzeitig wollte er nett zu Fredy sein, schließlich war der auch nett zu ihm gewesen, außerdem konnte er ihm in künftigen brenzligen Situationen noch sehr hilfreich sein. »Ein andermal gern. Aber im Augenblick bin ich etwas im Streß. Ich hab den ganzen Tag gearbeitet, weißt du, deshalb war ich auch nicht zu Hause.«

Da hatte er sich recht glatt aus der Affäre gezogen. Fredy wollte wissen, ob Rickie seine Visitenkarte noch habe, mit seiner Dienst- wie auch Privatnummer. Hatte er.

Dann machte sich Rickie auf den Weg ins ›Small g‹. Eine Schönheit war Fredy ja wirklich nicht. Saß er deshalb so schlimm auf dem Trockenen, daß er ihn, Rickie, anrief? Oder machte Rickie sich da wieder unnötig schlecht, machte sich alt und häßlich, wo doch die Wahrheit längst nicht so bitter aussah? Mit hocherhobenem Kopf und optimistischem Blick betrat er durch den Haupteingang den ›Jakob‹. Die sechs Tische auf der Vorderterrasse waren fast schon voll. Zur Feier des Tages flatterten Schweizer Fähnchen mit dem weißen Kreuz auf rotem Grund an einer Schnur von den Bäumen. Irgendwo in der Ferne, wie von einem finsteren Berg herunter, gingen ein paar Kracher los. Das dunkelbraune Interieur des ›Jakob‹ war ebenfalls mit Rotweiß dekoriert. Hier hingen größere Flaggen, allerdings nur ein paar.

»Salü, *Rickie*!« tönte es von jemand am Tresen.

»Rickie und Lulu! Huhu!«

Das Übliche. Rickie grüßte flüchtig ein paar bekannte Gesichter und ging auf die noch leere Tanzfläche zu, wo von den Tischen ringsum und hinter den Trennwänden hervor Gemurmel, Rufe und zwischendurch spontanes Singen zu hören war. Auf der Suche nach Philipp oder Ernst warf er einen Blick auf ›Renates Tisch‹, und da saßen sie – Renate heute in Weiß und Luisa...

Sie sah ihn, strahlte auf und winkte. Renate, die Luisa anscheinend wiedermal eine Predigt hielt, hatte ihn vor lauter Eifer nicht bemerkt. Neben ihr saß noch eine Frau, die er nicht kannte.

»He, Rickie! Hierher!« Das kam von Ernst, der in einem auffälligen gestreiften Matrosenpulli von einem kleineren Tisch aufgestanden war. Dort saßen Philipp Egli und Claus Bruder mit offenbar einem neuen Fang, einem jungen Blondschopf.

Man machte für Rickie Platz auf einer Bank an der

Wand, und für Lulu daneben. Ein Bier, Begrüßungen, Fragen, wie's allen ging. Claus' blondes Törtchen hieß René und hatte den Haarschnitt, der bei den Jüngeren zur Zeit so in Mode war: an den Seiten raspelkurz und oben buschig. Er sah dumm aus, fand Rickie, aber immerhin treuherzig. Natürlich hätte auch Rickie mit einem neuen, am Bahnhof frisch aufgegabelten Gesicht heute abend hier auftauchen können, aber wen reizte das schon? Einen, der es für Geld machte, der einem vielleicht bei der ersten Gelegenheit auch noch die Kohle aus der Tasche klaute? Und was für ein Abstieg, im Vergleich zu Petey. Nein, am Bahnhof drehte Rickie wirklich keine Runden. Dann eher am Bahnhofquai, auch wenn ihn das junge Gemüse da abblitzen ließ. Dann lieber Fredy Schimmelmann!

»Was zu essen, Rickie?« Ernst wollte bestellen, Andreas waretete mit seinem Tablett. Bald standen vor Rickie eine gegrillte Cervelat, Schwarzbrot, ein Senftöpfchen und ein grüner Salat. Es ging auf elf Uhr zu.

Renate hatte wieder angefangen zu skizzieren, und zwar offensichtlich eine junge Frau in einer langen schwarzen Tunika über orangen Leggins, die auf die Tanzfläche gegangen war. Renates weißes Kleid hatte zwei breite rote Bänder von den Schultern bis zur Taille, ein sehr effektvoller Kontrast und ungewöhnlich gewagt für die alte Schachtel mit ihrer Vorliebe für die Jahrhundertwende. Prompt kam Willi Biber auf sie zugesteuert, den Hut ausnahmsweise in der Hand, worauf sie mit einer Geste Luisa und die dritte Frau auf der Bank ein Stück zur Seite scheuchte, so daß Willi neben ihr sitzen konnte und einen Überblick übers Lokal hatte.

»Hoi, Rickie! Hast du ihre *Brille* dabei?« Das kam von zwei Tischen weiter rechts. Ein Mann zeigte auf Lulu.

»Ihre Brille? Nein«, erwiderte Rickie mit einem flüchtigen Lächeln. »Sorry!« Er kannte die Leute an dem Tisch nicht, nicht mal vom Sehen.

Wegen des Feiertags war es heute noch voller und lauter als sonst. Rickie hielt Ausschau nach Dorrie Wyss, obwohl die vermutlich irgendwo in der Stadt zu einer coolen Party eingeladen war. Als er fertiggegessen, sich eine Zigarette angesteckt und noch ein Bier bestellt hatte, entdeckte er Teddie, und sein Herz machte einen Satz. Teddie, im taubenblauen Jackett mit Fliege, der so unverschämt gut aussah, daß ihn jeder als sein persönliches Goldkind reklamieren wollte – Rickie, die Mädels, die Jungs, nicht zu vergessen: seine Mama. Rickie senkte den Blick, schnippte seine Asche in den Aschenbecher, und als er wieder aufsah, hatten Teddie und Luisa einander gerade bemerkt. Ein paar Tänzer waren zwischen ihnen. Teddie blieb stehen, reckte den Hals und lächelte Luisa zu, als ob er auf ihren Tisch lossteuern wollte, bog dann aber in Rickies Richtung ab. Luisa ließ ihn nicht aus den Augen.

»Teddie?« rief Rickie und winkte.

Der Junge hatte ihn offenbar bis dahin noch nicht gesehen.

Rickie schaffte Platz, bat sogar einen der Jungs, sich einen Stuhl zu holen, und hob Lulu auf seine andere Seite, damit Teddie sich neben ihn setzen konnte. »Hoi, Teddie! Du kennst eigentlich schon alle, oder?«

Nicken und Salüs allerseits.

»Du bist aber heut' in Schale«, sagte Rickie.

Teddie zuckte die Schultern. »Essen im Lokal mit meiner Mutter. Und noch so einer – meiner Patin«, sagte Teddie lachend. »Da muß man sich schon rausputzen. Die Patin hatte Geburtstag. Hast du meinen Artikel gekriegt?«

Rickie wurde ein bißchen flau. Er hatte Teddies eineinhalb Seiten bekommen und war nicht begeistert gewesen. Es ging ums Motorradfahren, Wettfahrten mit einem Freund. »Ja-a.«

»Und? Gut?« fragte Teddie geradeheraus wie ein Kind. Dann: »Sei ruhig ehrlich.«

»Tja, ehrlich gesagt – ich weiß ja nicht, ob das bei so vielen Anklang findet. Bei Motorradfreaks schon, aber sonst… Und die Art, wie du über das Gerase und den Lärm schreibst, auch über riskante Überholmanöver…«

»Na, klar.«

»Interessant«, machte Rickie noch einen Anlauf, »aber ich würde meinen, der Mehrheit wird's weniger gefallen.«

Teddie grinste. »Da hast du recht. Heut' früh hab ich ihn zurückgekriegt. Vielleicht hätt' ich die frankierten Rückumschläge nicht gleich beilegen sollen.« Er lachte gezwungen.

»Hat der Redakteur irgendwas dazugeschrieben?«

»Ach, ›Zielpublikum begrenzt‹, ›sprachlich wenig geformt‹ oder so. Muß ja zugeben, daß ich es ziemlich hingehauen habe – um in der Übung zu bleiben, verstehst du?«

Rickie war wieder wohler. »Was möchtest du trinken? Cola?«

»Muß ich wohl, bin nämlich mit dem Auto da.«

Soviel zu dem. Na gut, dachte Rickie und hob die Hand,

um Andi oder Ursi herzuwinken, oder vielleicht hatte ja auch Tobias heute Dienst. Keiner in Sicht. Claus Bruder widmete sich ganz seinem Freund, der hinten in der linken Ecke saß, an die Wand gelümmelt, einen Fuß auf der Bank.

»Ich würde zu gern Luisa auffordern, aber die alte Schachtel sitzt da wie ein Wachhund.« Teddie lachte knapp.

»Geh doch trotzdem hin«, sagte Rickie angriffslustig; er spürte langsam seine diversen Biere. »Wer ist die denn, daß sie Luisa das Tanzen verbieten kann – beim ›Jakob‹!«

»Hat Luisa dir erzählt, daß wir diese Woche ein richtig schönes Date hatten?« fragte Teddie sichtbar stolz.

»N-nein. Ich seh sie auch nicht jeden Tag. Ein Date? Wo?«

*Peng!* Dann ein paar Sekunden Stille. Ein Schuß?

Das Geräusch war aus dem Raum hinter Rickie und der Trennwand gekommen. Rickie stand auf, andere ebenfalls.

»Wer hat hier eine Waffe?« fragte eine schrille Frauenstimme.

Irgendwer lachte, dann kam ein Wutausbruch. Fluchen. Eine Schlägerei.

»Hugo!« Das war Ursi hinter dem Tresen.

Als erster erschien laut schreiend und gestikulierend der große blonde Tobias, und dann bahnte sich Hugo, der Koch, ein massiger Mann mit einer langen Schürze, den Weg über die Tanzfläche und packte einen der Männer unter den Achseln. Rickie stand inzwischen auf der Bank und schaute über die Trennwand. Zwei Männer wurden hinausgeschleift und vor die Tür verfrachtet.

»Prima Feuerwerk heute abend!« rief einer. Gelächter.

»Outsider«, sagte Rickie und setzte sich wieder. Er hatte sie nicht gekannt. Betrunkene Fremde. Lulu, die ruhig geblieben war, bekam von Rickie den Kopf gekrault.

»Ich geh mal rüber und frag, ob Luisa mit mir tanzt«, verkündete Teddie optimistisch.

Luisa blickte ihm von weitem entgegen, dann stand er mit einer kleinen Verbeugung vor ihr.

»Guten Abend«, sagte er zum ganzen Tisch. »Möchtest du tanzen, Luisa?«

Luisa glitt von der Bank. Willi Biber starrte Teddie aus kleinen wäßrigblauen Augen durchdringend an. Renate blickte mit steinernem Gesicht geradeaus.

Es war ein schnelles Stück. Teddie faßte Luisa an beiden Händen. Ich glaub's einfach nicht, daß du *hier* bist, hätte Luisa am liebsten gesagt, hielt das dann aber für genau den Satz, den ein Dummchen aus der Provinz von sich geben würde.

»Na, heute in den Landesfarben.« Teddie deutete mit einer Kopfbewegung auf ihre Kleidung. »Mit Absicht?«

Sie trug eine weiße Baumwollhose und ein rotes Hemd.

»Hast du am Mittwoch dein Fett abgekriegt?« fragte er.

»Nein!« Luisa schnappte richtig nach Luft. »Ich hatte unheimlich Glück.«

»Ich hab über uns geschrieben – gestern und heut' vormittag«, sagte Teddie.

»Wie meinst du das, ›über uns‹?«

»Über Mittwoch, den schönen Abend. Also, ich fand ihn jedenfalls schön. Eineinhalb Seiten. Und ich hab's an den ›Tages-Anzeiger‹ geschickt.«

Luisa erschrak. »Das heißt doch nicht, daß das gedruckt wird?!«

»Weiß man's?« erwiderte Teddie kokett. »Du heißt bei mir J. Einfach J. Und was haben wir schon angestellt?« Die Stimme schnappte ihm über, und er mußte lachen.

Angestellt? Nichts. Nur, daß sie sich überhaupt mit ihm getroffen hatte Renate und Willi Biber gafften immer noch herüber, als seien Teddie und sie von einem anderen Stern.

»Komm, gehen wir…« setzte sie an.

»Wohin du willst.« Teddie hielt sie fest.

»Vorläufig bloß an die Bar.«

Teddie bahnte den Weg zum Tresen beim Haupteingang. In dem Gedränge schafften sie es nur bis knapp davor, aber immerhin bildeten jetzt andere stehende Gäste einen Schutzwall zwischen ihnen und Renates Tisch.

Im selben Augenblick tuschelte Renate – außer Hörweite von Francesca, die so etwas nicht interessierte – Willi zu: »Hast du gesehen, wie er sie angehimmelt hat? Tss!« Kopfschütteln. »Dabei ist dieser kleine Hübsche ein Homo, ein Freund von diesem Rickie. Weißt du ja selber.«

Willi nickte und stierte dumpf in das Gewühl am Tresen, in dem der junge Mann und Luisa untergetaucht waren.

»Das wird wieder dieselbe Geschichte«, schimpfte Renate weiter, »genauso wie mit Petey. Wieso machen die das, diese Buben?« Bei den letzten Worten wurde ihre Stimme hoch und schrill, überschlug sich fast.

Willi Biber schaute sie verwundert an. Seine dünnen Lippen bewegten sich langsam, dann hob er sein Glas Bier und trank.

»Eitle Fatzkes. Schlimmer als Mädchen!« bekräftigte Renate mit einem zynischen Grinsen. »Der braucht mal einen Denkzettel, der da drüben.« Sie nickte in Richtung Tresen, obwohl sie nicht sicher war, ob Luisa und der ›Bub‹ noch dort standen oder auf die Vorderterrasse hinausgegangen waren. Nach einem Seitenblick auf die offenbar taube Francesca – der Lärmpegel war, wenn möglich, noch heftiger angestiegen – stachelte sie Willi auf: »Verpaß ihm einen Denkzettel, ja? Geh ihm heute nach. Ist er mit dem Wagen da?«

Willi ließ sich Zeit mit der Antwort. »Ich glaube schon.«

Renate traute seinen Auskünften nicht hundertprozentig. Das war natürlich das Dumme mit ihm. »Erschreck ihn ein bißchen. Dir fällt schon was ein. Du bist schließlich größer als dieser Bub.«

Inzwischen hatten Teddie und Luisa ihre Colas ergattert, allerdings war kein Zentimeter Platz an der Bar, weshalb sie beide mit einer Flasche in der Hand im Gedränge standen.

»Endlich allein!« sagte Teddie und mimte einen Ohnmachtsanfall. Er sah auf die Uhr. »Ich muß um eins zu Haus sein. Bin mit dem Auto da.«

»Mittwoch abend war schöner, was?«

»Stimmt. Müssen wir bald wiederholen!«

Luisa spürte aus heiterem Himmel einen Schwall Optimismus, als ob alles sich zum Guten wenden würde. Teddie wirkte so zuversichtlich, und diese Zuversicht übertrug sich auf sie.

»Ich hab noch fast eine Stunde Zeit. Wir könnten eine

Runde drehen, ganz kurz. Dann bring ich dich wieder zurück.«

»Wo steht denn dein Auto?« Eine Spritztour wäre herrlich, kam aber nicht in Frage. Renate würde es merken und sich furchtbar aufregen.

»An derselben Ecke wie am Mittwoch. Hast du Lust?« Er blickte sich schon nach einer Stelle um, an der er seine Cola absetzen könnte.

Luisa schüttelte den Kopf.

Teddie riß sich zusammen. »Kannst du ihr nicht einfach sagen, daß du dich ab und zu mit mir treffen willst? Du bist doch nicht im Knast!«

Luisa wand sich und ärgerte sich dabei schwarz. »Sie würde es mitkriegen, wenn wir jetzt wegfahren. Außerdem hat sie gesehen, wie du dich vorhin zu Rickie an den Tisch gesetzt hast.«

»Aber ich konnte doch nicht gleich zu dir, weil *sie* da gesessen hat! Natürlich hätte ich mich viel lieber zu dir gesetzt!«

In dem Moment fiel Luisa auf, die den Haupteingang im Blickfeld hatte, daß Willi sich verdrückte. Auf der Türschwelle schob er mit der einen Pranke seinen alten Hut zurecht, und dann war er verschwunden.

An Rickies Tisch war ein Streit über die deutsche Asylgesetzgebung im Gange, kein intelligenter, fand Rickie, denn einer fragte immer wieder: »Schön und gut, aber wieso haben sich die Deutschen überhaupt so ein Gesetz aufs Auge drücken lassen? Daß jeder aufgenommen wird?« Und der andere: »Deutschland hat schließlich den Krieg verloren, die konnten nicht einfach...«

Die waren neu hier, Rickie wußte nicht mal ihre Namen, Claus Bruder war mit René auf der Tanzfläche, ein geschmeidiges Paar, der Junge groß und dünn, richtig schlaksig. Rickie spürte den Alkohol ein wenig. *Bier* – wie stillos, dachte er gerade, als der Lärmpegel im ›Jakob‹ einen neuen Höhepunkt erreichte.

Mitternacht! Böller aus der Ferne. Ein vages Hallo unter den Gästen.

Teddie und Luisa waren anscheinend verschwunden. Andreas kam, und hinter ihm Dorrie Wyss mit Kim im Schlepptau. Man begrüßte sich fröhlich, aber setzen wollten sich die beiden nicht, und einen Drink auch nicht.

»Deine kleine Freundin hat ja einen ganz allerliebsten Freund«, sagte Dorrie.

»Luisa?«

»Wer denn sonst?«

Wollte ihn Dorrie aufziehen? Das letzte Mal war Teddie noch sein Freund gewesen. »Kein Kommentar«, sagte Rickie.

»Wer wird denn so schüchtern sein?« stichelte Dorrie. »Das gilt aber nicht!« Sie drohte ihm mit dem Finger. »So kommt kein Fisch ins Netz!«

Rickie trank sein Bier aus.

Teddie ging in der stockfinsteren Allee, wo er geparkt hatte, auf seinen Wagen zu und fischte in der Hosentasche nach dem Schlüssel. Luisa hatte sich ja leider nicht mehr zu einem Ausflug überreden lassen. Ein paar Straßen weiter sang jemand ein unidentifizierbares Lied, gab auf und lachte.

Kaum hatte er den Schlüssel herausgezogen, da traf ihn von hinten ein Gegenstand, wie ein großer Hammer, ziemlich tief, knapp über der Taille. Teddie blieb die Luft weg, er klappte zusammen und fiel vornüber. Ohne daß er den Sturz mit den Armen nennenswert abfangen konnte, schlug er erst mit der Brust, dann mit dem Gesicht an einem Baumstumpf auf, alles im Bruchteil einer Sekunde. Er stöhnte, rang nach Luft. Der Schmerz an seinem Rücken wurde noch stärker, griff um sich wie Feuer. Was war passiert? Keuchend kämpfte er gegen eine Ohnmacht an. Er konnte das Gesicht kaum von dem Baumstamm heben. Der Schmerz hört nicht auf, dachte er, und wenn er nun blutete? Er versuchte, um Hilfe zu schreien, brachte aber nur ein Röcheln zustande.

Stimmen kamen näher. Zwei junge Männer. Fragen.

»He, was ist denn passiert?«

»Meinst du, der ist betrunken?«

Sie zogen ihn ungeschickt hoch, versuchten, ihm auf die Beine zu helfen, und Teddie stöhnte wieder, die Augen zusammengekniffen vor Schmerz. Ohne fremde Hilfe konnte er nicht stehen.

»Hab nen Schlag abgekriegt«, sagte Teddie. Sahen die das nicht?

»Wo denn?«

»Am Rücken.«

»Wo wohnst du?«

Teddie dachte nicht an zu Hause, sondern an den ›Jakob‹, der lag näher. Er habe Freunde im ›Jakob‹, ob sie ihm dorthin helfen könnten?

Natürlich, den ›Jakob‹ kannten sie. Dann begann ein

beschwerlicher Weg. Teddie bemühte sich krampfhaft mit zusammengebissenen Zähnen, bis einer der Jungs sagte: »Laß dich einfach gehen.« Sie hatten ihn an den Ellbogen gefaßt, die weh taten, allerdings nicht so sehr wie sein Rücken. Und sie nahmen nicht den kürzesten Weg, sondern gingen um den Block, so daß Teddie, als das hell erleuchtete, lärmende Lokal endlich in Sichtweite kam, keuchte: »Die Hinterterrasse. Schneller. Danke.«

Einer der Jungs lachte. »Wo sind deine Freunde? Wie heißen sie?«

»Rickie...«

»Rickie? Der mit dem Hund?«

»Rickie!« sagte der andere. »Ich hol ihn.« Augenblicke später stand er vor Rickie. »Du, ein Freund von dir... sitzt auf der Terrasse. Er ist verletzt!«

»Wer?« Rickie sprang auf. »Verletzt?«

»Komm mit.«

Teddie hing schlaff auf einem Stuhl, umringt von ein paar Leuten. Seine Wange war dreckverschmiert und hatte einen Kratzer, aus dem es rot sickerte. »Mein Gott! Teddie! Was ist denn passiert? Ein Überfall?«

Teddie blickte mühsam zu ihm hoch. »Nein. Irgendwas ist mir in den Rücken gedonnert. Ein Ziegelstein oder so, keine Ahnung.« Er trank einen Schluck Wasser aus dem Glas, das ihm einer an den Mund hielt.

»Du blutest...« sagte eine Männerstimme.

»... war schon fast am Auto«, sagte Teddie. »Direkt davor ist es passiert.«

»Blutest ja«, ergänzte der Mann hinter Teddie. »Kannst du die Jacke mal ausziehen?«

»Ich helf ihm.« Eine Frauenstimme.

Ob vielleicht zufällig ein Arzt im ›Small g‹ war? überlegte Rickie. Ein Mann und eine Frau zogen vorsichtig Teddies Arm aus dem Jackenärmel. Sein weißes Hemd war über dem Gürtel blutverschmiert, die weiße Hose am Bund ebenfalls.

Teddie machte eine vage Kopfbewegung.

»Genau, zieht ihm das Hemd aus.« Rickie half mit. Teddie war inzwischen etwas weniger benommen und bewegte die Arme, um das Hemd abzustreifen.

Die Wunde saß links neben seinem Rückgrat, war drei, vier Zentimeter breit und nicht sehr tief und stammte offenbar von einem stumpfen Gegenstand.

»Wow! Als ob dich ein Felsbrocken erwischt hätte«, sagte einer der jungen Männer.

Rickie ging durch die breite Tür zur Tanzfläche. »Ist ein Arzt hier?« schrie er. Dann, noch lauter: »Ist heute abend ein Arzt hier?«

Die Tanzenden blieben allmählich stehen.

»Ist wohl einer aus den Latschen gekippt!« rief ein Witzbold.

»Ich bin Arzt«, sagte eine zurückhaltende Stimme von links. Ein etwa fünfzigjähriger Mann in Hemdsärmeln und mit Brille kam auf Rickie zu. »Was gibt's denn?«

»Kommen Sie!« sagte Rickie.

Teddie beugte sich vor, stöhnte dabei vor Schmerz. Der Doktor inspizierte die Wunde.

»Das war nicht ohne. Muß saubergemacht und verbunden werden. Ich hab leider meine Tasche nicht dabei.«

»Dann ruf ich meinen Hausarzt an«, sagte Rickie

schnell. »Ich wohne um die Ecke. Er kommt bestimmt, ansonsten gehen wir ins Krankenhaus.«

Inzwischen war auch Ernst Kölliker zu der Gruppe auf der Terrasse gestoßen.

Der Anrufbeantworter von Rickies Hausarzt Dr. Oberdorfer gab die Nummer eines Auftragsdienstes durch, und Rickie fluchte schon laut, als sich eine nüchterne Frauenstimme meldete.

Rickie erklärte, wer er sei, und umriß die Situation.

»Bitte! Es ist dringend. Dr. Oberdorfer kennt meine Adresse. Die Wohnungsadresse.« Zur Sicherheit gab Rickie sie trotzdem an.

Es klang, als könnte der Arzt in wenigen Minuten hier sein: Er sei auf einer Party in der Nähe und müßte nur schnell zu Hause seine Tasche holen.

Zurück auf der Terrasse, bekam Rickie gerade noch mit, wie Ursi Teddie eine Tasse Tee hinstellte. »*Danke*, Ursi!«

»Was ist mit dem Jungen passiert?«

*Willi*, dachte Rickie plötzlich. Was Minuten zuvor als Verdacht aufgekeimt war, schien auf einmal Tatsache. Willi Biber war der Täter. »Überfallen worden«, erwiderte Rickie stirnrunzelnd. »Hier um die Ecke.« In der Richtung, in der auch Willi wohnte. Rickie hatte zufällig gesehen, wie der Tölpel gegangen war, der uralte Hut über dem Gewimmel war ihm aufgefallen. Die Zeit paßte.

Ursi drehte sich wieder um, sie wurde woanders gebraucht. Teddie hatte sein Hemd wieder übergezogen, ohne es zuzuknöpfen. Er hatte eine goldene Halskette um.

»Zu mir«, ordnete Rickie an. »Los!«

»Wie weit… Ein Taxi! Soll ich…«

»Mein Auto steht da drüben!« rief ein anderer, auf die Straße deutend.

Viele hilfsbereite Hände, die Teddie aufhalfen. Der Junge warf den Kopf zurück und kniff die Augen zusammen. Zwei Männer, einer davon der stämmige Ernst Kölliker, hatten ihn an den Armen gefaßt und trugen ihn praktisch hinaus. Philipp Egli kam ebenfalls mit. Ein vierter wollte zu Fuß zu Rickie gehen.

Rickie kümmerte sich darum, daß Teddie möglichst bequem auf dem Beifahrersitz saß. Er selber stieg mit Lulu hinten ein. Wem der Wagen wohl gehörte?

Bei Rickie angelangt, trugen die Jungs Teddie die Treppe hoch und erklärten ihm zu Rickies Leidwesen, er sei in Nullkommanichts wieder okay.

»In mein Bett! Hier!« Rickie schlug die Decke zurück.

Teddie mußte natürlich auf dem Bauch liegen. Einer hatte ihm das Hemd ausgezogen, ein anderer wollte ihm die Hose abstreifen, ein dritter warf ein, der Arzt könne die Wunde auch so sehen. Die weiße Tasche unterhalb des Gürtels war braunrot verschmiert, aber inzwischen blutete es fast nicht mehr.

Kaum hatte Rickie sich einen kleinen Chivas Regal eingeschenkt und die Flasche mit ins Schlafzimmer genommen, falls sonst noch jemand einen wollte, klingelte es. Der gute Dr. Oberdorfer stand lächelnd vor der Tür und erkundigte sich beim Hereinkommen besorgt:

»Was ist denn passiert, Herr Markwalder?«

Alle machten dem Arzt mit der braunen Ledertasche Platz. Auf seine Bitte hin brachte Rickie ein sauberes Handtuch und einen Kochtopf voller Wasser.

»Bitte kommen Sie. Ein Freund von mir...«

»Ein Überfall auf offener Straße!« Erst jetzt kam Rickie darauf, nachzusehen, ob Teddies Brieftasche noch da war. »Er hat den Täter nicht gesehen.«

Dr. Oberdorfer hatte sich die Hände gewaschen und tupfte nun vorsichtig die Gegend um die Wunde herum ab. Teddie zuckte zusammen.

»... aus Metall oder ein Holzprügel«, beantwortete der Doktor die Frage eines der Umstehenden.

Ein quadratischer Verband kam auf die Wunde und wurde mit weißem Klebeband befestigt. Mit einer gemurmelten Entschuldigung für den Piekser gab der Arzt Teddie eine Tetanusspritze in den Arm. Teddies Gürtel wurde aufgemacht, die verschmierte Hose ausgezogen, dann der ebenfalls verschmierte Slip. Dr. Oberdorfer deckte Teddie zu und gab ihm zwei Tabletten.

»Eine gegen die Schmerzen, die andere zum Einschlafen«, sagte er und nahm Rickie das Glas Wasser aus der Hand, das dieser schnell geholt hatte.

Die zweite Tablette fiel Teddie auf die Decke; er hob sie auf und schluckte sie mit Wasser, bevor er seinen Kopf wieder ins Kissen sinken ließ. Die linke Gesichtshälfte mit den Kratzern war ebenfalls verarztet worden.

Dann ließ sich Dr. Oberdorfer von Rickie Teddies Namen und Alter geben: zwanzig oder einundzwanzig. Die Adresse?

»Schreiben Sie vorläufig mal meine auf. Er wohnt in Zürich, aber ich weiß seine Adresse nicht auswendig.«

»Falls er Blut im Urin haben sollte, verständigen Sie mich bitte sofort, Herr Markwalder.«

»Ich muß meine Mutter anrufen«, sagte Teddie plötzlich laut und deutlich, als hätten die Tabletten ihn munter gemacht. »Wie spät ist es?«

»Dreizehn Minuten vor zwei«, antwortete Ernst.

Rickie ging zum Telefon. »Kannst du mir die Nummer sagen, Teddie? Die Schnur reicht nicht so weit.«

»Nein!« rief der Arzt. »Sie dürfen sich noch nicht aufsetzen, sonst fängt's ja wieder an zu bluten.«

Rickie, dem plötzlich der Telefonstecker an seinem Bett eingefallen war, zog die Schnur im Wohnzimmer heraus und brachte das Telefon herein. Er hatte es vor Monaten aus seinem Schlafzimmer verbannt, weil es ihn zu sehr an die nächtlichen Gespräche mit Petey erinnerte. Sorgfältig wählte er die von Teddie diktierte Nummer.

»Darf ich zuerst mit ihr reden?« fragte er bestimmt.

Teddies Mutter klang schrill und nervös.

»Frau Stevenson – Rickie Markwalder. Ihr Sohn ist ein bißchen spät dran, aber ihm ist nicht viel passiert und...«

»Und dem Auto auch nicht«, murmelte Teddie in die Bettdecke. »Gib mal her.«

Rickie gehorchte.

»Hoi, Mami... Ähm, also, einer ist auf mich losgegangen, von hinten. Erster August und so, du weißt schon... Mir ist *nicht* viel passiert... Nein, Mami, so schlimm ist es nicht, aber ich bleibe lieber erst mal, wo ich bin, und übernachte hier... Doch, wir haben einen Arzt da, Rickies Hausarzt.«

Dr. Oberdorfer machte Zeichen, Teddie solle zum Ende kommen. *Ruhig, ganz ruhig*, beschwichtigten seine ausgebreiteten Hände.

»Er hat es bloß schnell verbunden... Ich war doch überhaupt noch nicht im Auto, Mami.«

Zu Rickies Erleichterung nahm der Arzt Teddie den Hörer aus der Hand. Der Junge habe eine Schürfwunde am Rücken, nichts Tiefes, eher eine Prellung. Man tauschte Namen und Adressen aus. Der Doktor kritzelte mit und versicherte Frau Stevenson, er würde morgen noch einmal nach ihrem Sohn sehen und ihr Bescheid geben.

In der Zwischenzeit hatte Rickie Kaffeewasser aufgesetzt. Dr. Oberdorfer wollte keinen.

Teddie hatte die Augen geschlossen und war wohl eingeschlafen.

»Ich mach mich auf den Weg, Herr Markwalder«, sagte der Doktor. »Neben der Nachttischlampe liegen zwei Schmerztabletten. Kann sein, daß er in ein paar Stunden mit ziemlichen Schmerzen aufwacht. Vier Stunden Abstand dazwischen.«

Dann war der Doktor fort.

## 14

Sie waren alle mit dem Arzt zusammen ins Wohnzimmer gegangen. Eine kleine Weile herrschte Stille, dann sagte Ernst grinsend zu Rickie:

»War das nicht ein Dusel, daß...«

»Rickie! Mann Gottes! So ein verrückter Abend!«

»Der Arzt hat ihm doch zwei Spritzen verpaßt, oder?«

Gelächter. »Rauhe Gegend, was!«

»Pschscht. Ruhe jetzt!« sagte Rickie bestimmt. »Bei dem Krach kann kein Mensch schlafen! Pscht!«

Einer ging. Kaffee wollte außer Rickie und Philipp niemand.

»Die Nacht ist noch jung«, sagte Rickie zu Ernst. »Was hältst du davon, wenn wir ein paar Mann hoch Willi Biber einen Besuch abstatten? Ihm einen fröhlichen 1. August wünschen?« Rickie gluckste. Was Willi wohl im Augenblick tat?

»Wo wohnt er denn? Ich hab keinen Schimmer«, meinte Ernst.

»Hinter diesem Café. Wie heißt es nochmal?«

»Die Pisse der gnä' Fra-hau!« flötete einer im Falsett, vermutlich Philipp, denn der hob grinsend seine Tasse.

»*Irgend* jemand hat Teddie eins übergebraten. Wir könnten Willi zum Beispiel einfach danach fragen«, meinte Rickie.

»Klar«, erwiderte Ernst, als sei Rickies Vorschlag vollkommen logisch. »Ich bin dabei, Rick.«

»Also dann...« Blieb nur noch Philipp. »Wartest du hier, Philipp? Wegen Teddie. Du kannst dich ja aufs Sofa legen, wenn...«

»Klar, Rickie«, sagte Philipp. »Gern. Wie lange braucht ihr – so ungefähr?«

»Ach, eine Stunde. Oder weniger. Und falls... du hast ja vielleicht gehört, was der Arzt gesagt hat, falls Teddie Blut im Urin hat, soll ich ihn anrufen. Sag das Teddie, wenn er aufwacht.«

»Alles klar«, bestätigte Philipp.

Philipp döste vielleicht ein oder las noch, doch auf ihn

war Verlaß. Beruhigt marschierte Rickie mit Ernst in ziemlich flottem Tempo Richtung ›Jakob‹ beziehungsweise ›Small g‹, das immer noch hell erleuchtet war, aber wohl bald schließen würde. Die Tische auf der Vorderterrasse waren alle schon leer. Rickie überlegte, ob sie drinnen nach Willi suchen sollten, entschied sich aber dagegen: so spät war der nie unterwegs.

»Weißt du, wo wir hin müssen, Rickie?«

»Ich find zu dem Café, wo er arbeitet. Übrigens nicht als Zuckerbäcker: Er bringt den Müll weg.«

Ernst grinste. »Dann wecken wir die Leute vom Café auf?«

»Wir müssen sie nach der genauen Adresse fragen. Vielleicht wohnt er auch direkt dort.«

Im ›L'Eclair‹ – so hieß das Café – war alles dunkel, und von der Glastür aus war weit und breit nichts von einem Wohnungseingang zu entdecken. Rickie klopfte mit zunehmender Lautstärke und schickte zum Schluß einen Fußtritt hinterher.

Ernst lachte nervös. »Die werden sich freuen!«

Rickie klopfte erneut und schloß diesmal mit einem »Hallo-o?« anstelle des Fußtritts.

Endlich rief eine Frauenstimme von einem dunklen Fenster im ersten Stock herunter: »Wer ist da?«

»Markwalder«, meldete sich Rickie nüchtern, als wäre er von der Polizei. »Ich habe eine Frage, tut mir leid, daß ich Sie stören muß. Können Sie mir sagen, wo Willi wohnt? Willi Biber?«

»Er… Hat er was angestellt?«

»Nein, nein. Ich habe bloß ein paar Fragen an ihn.«

»Wissen Sie, ich bin nämlich nicht verantwortlich für den Willi. ... Links in der kleinen Gasse, zweite Tür rechts, in der Mauer.«

Nach den ersten paar Schritten in die Gasse wären beide um ein Haar gestolpert.

»Taschenlampe wär jetzt nicht verkehrt«, murmelte Ernst.

Rickie hatte immerhin ein Feuerzeug dabei. Die Gasse war schmal, und als nächstes versperrten ihnen zwei Mülltonnen den Weg. Vor der zweiten Tür knipste Rickie sein Feuerzeug noch mal an. Links davon befand sich ein dunkles, ziemlich verdrecktes Fenster.

»Willi! Fröhlichen 1. Augu-hust! Mach a-hauf!« rief Rickie, zunächst auf die freundliche Tour. Willi erkannte seine Stimme sicher nicht.

»Willi-i?« schickte Ernst hinterher.

Stille.

Rickie hämmerte mit der Faust gegen die Tür. Seine Augen hatten sich an die Dunkelheit gewöhnt, so daß er das Feuerzeug nicht mehr brauchte.

»Wer ist da?« fragte Willi, etwas schrill.

»Mach *auf!«* Rickie trat mit Schwung gegen ein unteres Türbrett; es knackste.

»He!« schrie Willi.

Rickie packte den Knauf und stemmte sich gegen die Tür. Sie knarzte bloß.

Ernst ging mit einem Tonnendeckel auf den Eingang los.

Mit einem Knacken sprang die Tür auf. Wieder war es stockfinster, und das Feuerzeug kam zum Einsatz. Links vorne ging blitzschnell eine weitere Tür zu. Es sah so aus, als hätte die überhaupt kein Schloß, und Rickie stieß sie einfach auf.

»Mach das Licht an, Willi!« befahl Rickie. Noch einmal nahm er das Feuerzeug zu Hilfe. Im flackernden Schein sah er Willi gebückt dastehen, mit aufgerissenen Augen, wie ein Wahnsinniger auf einem Munch-Gemälde, vor einem ungemachten Bett mit einer Lampe daneben. »Das Licht, mach schon an!«

Willi gehorchte.

Das Zimmer sah aus wie aus dem letzten Jahrhundert. Die Lampe hatte einen zerschlissenen beigen Schirm, der Teppich war bis auf die blanken Fäden abgewetzt, und aus dem Lehnstuhl quoll die Polsterung. Es stank nach Schweiß und Urin. Der magere Willi stand in einer kurzen Unterhose und einem unbeschreiblichen Hemd zitternd vor ihnen.

»Du hast doch vorhin jemand eins verpaßt, oder?« fragte Rickie, die rechte Faust parat. »Dem Jungen in der blauen Jacke? Hast ihm an seinem Auto aufgelauert, was?«

»Das könnt ihr nicht machen... ihr dürft mir nicht einfach die Tür eintreten, ihr Homos! Schwuchteln! Das sag ich meiner Vermieterin!«

Rickie lachte. »Womit hast du ihm denn eins drübergezogen, hm, Willi? Mit einem Holzprügel? Oder einer Eisenstange?«

»Ist doch nicht viel passiert! Wieso wollt ihr... *Raus* hier! Raus aus m-m-m-meinem Haus!«

Ernst stand mit geballten Fäusten im Hintergrund bereit. »Rickie, die Vermieterin – womöglich holt die die Polizei?« stieß er leise hervor.

»Schafft Renate dir was an, Willi? Gibt die dir Aufträge? Und Geld? Ein bißchen Geld vielleicht?«

»Ein bißchen«, echote Willi, als wollte er sich damit aus der Schlinge ziehen.

»Komm, Rickie, hauen wir ab«, sagte Ernst.

Rickie deutete einen Boxhieb an, ohne tatsächlich zuzuschlagen, worauf Willi zurückzuckte, stolperte und auf sein durchhängendes Bett fiel.

»Du gibst also zu, daß du ihm eins verpaßt hast?«

»Ja.« Augenblicke später: »Nein.«

Ernst machte ein paar Schritte Richtung Tür, und Rickie folgte ihm widerstrebend.

»Bis bald, Willi«, sagte Rickie.

In der Gasse war alles still. Stumm machten sich die beiden auf den Weg nach Hause, zu Rickie. Wieder kam der warme Schein des ›Small g‹ in Sichtweite, ein schwaches Leuchten, aber immer noch vorhanden. Rickie hatte auf nichts mehr Lust, nicht auf die kleinste Kleinigkeit, dabei hätte er bei Ursi oder Andi sicher noch etwas bekommen. Er fühlte sich topfit, mit Bärenkräften, doch plötzlich schwankte er, und Ernst mußte ihn auffangen.

»Du hast es doch mitgekriegt, Ernst, er ist unser Mann! *Willi!*«

In der Ferne hörten sie eine Polizeisirene. Dann war sie hinter ihnen, kam aus der Richtung des Cafés.

Endlich waren sie zu Hause.

Philipp fuhr verschlafen vom Sofa hoch.

»Wie geht's Teddie?« fragte Rickie.

»Ist noch nicht aufgewacht.« Philipp redete leise und sah ziemlich hinüber aus. »Seine Mutter hat angerufen – wollte nur sichergehen, daß sie Adresse und Telefonnummer richtig notiert hat. Habt ihr irgendwas rausgefunden, auf eurer Tour?«

»Willi, der Fiesling... er hat's zugegeben! Stimmt's, Ernst?« Rickie sah Ernst triumphierend an. »Er kriegt ›ein bißchen‹ Geld von Renate Hagnauer, sagt er.«

»Mensch, Rickie, ich muß mir die Pfoten waschen. Schau bloß!« Ernst hielt ihm seine kohlschwarze Handflächen hin.

Rickies waren keine Spur sauberer. Er warf einen Blick ins Schlafzimmer; der Junge lag noch genauso da wie zuvor, zur Wand gedreht. Eine schwache Nachttischlampe brannte. »War er pinkeln?« flüsterte Rickie.

Philipp schüttelte den Kopf. Ernst wusch sich im Spülbecken die Hände, Rickie ebenfalls. Irgendwer hatte bereits die Kaffeemaschine eingeschaltet.

»Hast du ein Stück Käse da? Oder Kuchen?« fragte Ernst.

»Beides!« verkündete Rickie stolz.

Ernst trug Kaffeebecher ins Wohnzimmer, Philipp den Rest. Alles kam auf den Couchtisch.

»Und was willst du jetzt unternehmen wegen diesem Willi? Das ist doch der Spinner, der neulich bei meiner Party aufgetaucht ist, oder?«

»Genau. Ich geh zur Polizei. Sollen die sich doch damit rumschlagen. Und morgen früh...«

»Hört ihr das!« Ernst deutete mit einer Kopfbewegung aufs Fenster.

In der Ferne hörte man eine Polizeisirene.

»Vielleicht mach ich mich lieber mal vom Acker«, sagte Ernst und setzte den Kaffeebecher ab.

Die Polizei wußte von Willis Vermieterin vermutlich Rickies Namen, nicht aber den von Ernst.

Kurz vor der Tür machte Ernst wieder kehrt. »Nein, ich bleib doch hier. Falls sie überhaupt kommen.«

»Was war denn los bei Willi?«

»Wir haben ihm die Tür eingetreten«, erwiderte Rickie.

Der Streifenwagen hielt vor dem Haus an. Rickie schielte nervös auf die Uhr. Kurz nach vier.

Es läutete. Rickie strich sich die Haare glatt, zog den Bauch ein und warf einen Blick ins Wohnzimmer.

»*Wir* sehen ausgesprochen ehrbar aus«, meinte Philipp feierlich und deutete auf ihr nächtliches Kaffeekränzchen.

Unten an der Haustür wiesen die Polizisten sich aus, und Rickie bestätigte, daß er Herr Markwalder sei.

Während Rickie die beiden Beamten die Treppe hinaufführte, ging er im Geist die Sachlage durch. Sicher bekam er ein Bußgeld fürs Eintreten der Tür, und das würde er auch bezahlen. Aber diesem Fiesling, der auf Teddie losgegangen war, hatte er kein Härchen gekrümmt, das konnten sie ihm nicht anhängen.

Oben angelangt, folgten die beiden Polizisten Rickie ins Wohnzimmer, wo sie Ernst und Philipp kurz zunickten.

»... im Café Leckler vor circa einer Stunde ...«

Rickie gab gelassen alles zu, die nächtliche Ruhestörung durch Klopfen, das Aufbrechen einer Tür.

»Von zwei Türen.«

»Meinetwegen. Ich wollte mit Willi Biber sprechen. Und freiwillig hätte er mich bestimmt nicht eingelassen.«

»Außer Ihnen war noch eine männliche Person dabei, sagt Frau Wenger.«

»Das war ich«, meldete sich Ernst und gab seine Personalien an.

»Aber ich trage die volle Verantwortung«, sagte Rickie zu den beiden Beamten, von denen der eine mit Schreiben, der andere mit Starren beschäftigt war.

»Sie haben sich wahrscheinlich für den Schaden zu verantworten, Herr Markwalder, und dafür, daß Sie diesen... Willi Biber... tätlich angegriffen haben. In dieser Sache werden Sie wohl vor Gericht erscheinen müssen.«

Rickie runzelte die Stirn. »Tätlich angegriffen?«

»Sie hätten ihn niedergeschlagen, sagt er, so daß er rückwärts auf sein Bett gefallen ist.«

»Ich war doch dabei«, warf Ernst ein. »Mein Freund hat ihn nicht angerührt. Er ist von allein umgekippt. Fragen Sie lieber mal, wieso wir ihn sprechen wollten. Er hat nämlich einen jungen Mann überfallen...«

»Ernst...« Rickie bekam plötzlich einen Beschützerinstinkt gegenüber Teddie, und er traute den beiden Polizisten nicht zu, den Hintergrund der ganzen Geschichte zu erfassen.

»Überfallen?« fragte der eine Polizist.

»Zeig's ihnen doch, Rickie!« Ernst deutete auf das Schlafzimmer, dessen Tür einen Spalt offenstand. »Wenn du das nicht erklärst...«

»Na gut. Kommen Sie. Hier liegt ein junger Mann...

wir hatten vorhin einen Arzt da.« Rickie fand die Situation gräßlich.

Ernst winkte die Polizisten ins Schlafzimmer. Er zog das Laken bis zu Teddies Hüften hinunter.

Die beiden Beamten staunten.

»Diesen Überfall werde ich vor Gericht zur Sprache bringen«, sagte Rickie.

»Wollen Sie damit sagen, daß dieser Willi den jungen Mann angegriffen hat?«

»Nein. Aber wir haben gute Gründe zu der Annahme, daß er es gewesen sein könnte. Ich danke Ihnen, meine Herren.«

Die Polizisten traten ungemütlich von einem Fuß auf den anderen. Es schien ihnen warm geworden zu sein; trotz abgenommener Mützen schwitzten sie. Die Nacht hatte wenig Abkühlung gebracht.

»Hier.« Einer der Beamten riß einen Zettel von seinem Block, einen Durchschlag. »Sind Sie in den nächsten Tagen hier zu erreichen?«

»Selbstverständlich. Außerdem arbeite ich ein paar Häuser weiter, dort habe ich ein Atelier. Ich stehe natürlich auch im Telefonbuch.«

Fort waren sie.

»Ich bin erledigt«, sagte Ernst. »Ich glaub, ich ruf ein Taxi.«

Aus dem Schlafzimmer drang ein tiefes Ächzen, dann ein: »Aua!«

Rickie eilte hinein, gefolgt von Philipp.

»Du sollst dich doch nicht aufsetzen, Teddie, weißt du noch? Hier ist eine Tablette, falls du Schmerzen hast.«

»Schmerzen! ... Herrgott!« Vorsichtig legte sich Teddie wieder hin. »Ich muß ... pinkeln.«

Darauf war Rickie vorbereitet. »Sekunde mal.« Er ging in die Küche und holte eine italienische Literkaraffe aus dem Schrank. »Schaffst du das mit der?«

Mit zusammengekniffenen Augen machte er sich gequält an die Arbeit. »Danke, Rickie.«

Rickie nahm die Flasche. Klar, befand er, hielt sie aber im Bad trotzdem noch gegens Licht, ehe er sie ausleerte und spülte. Klar.

Teddie war noch wach, und Rickie überredete ihn, eine der Schmerztabletten zu nehmen.

Ernst legte den Hörer auf. Er wollte unten auf sein Taxi warten. »Alles Gute, Rickie, ich meld mich wieder.«

Philipp wollte noch ein Weilchen bleiben. »Ich hau mich in den Sessel. Nimm du das Sofa.« Er knipste die Lampe aus, es wurde bereits wieder hell. »Keine Widerrede. Ich hab schließlich vorhin schon eine Mütze genommen.«

Rickie widersprach nicht. Mit einem gemurmelten »Pardon« in Philipps Richtung zog er seine Hose aus, hängte sie ordentlich über eine Stuhllehne und legte sich aufs Sofa. Er bekam gerade noch mit, wie Philipp einen Kaffeebecher brachte und auf den Couchtisch stellte. »Wasser.«

# 15

Am Morgen klingelte es, und vor der Haustür stand eine schlanke, dunkelhaarige Frau von circa vierzig Jahren, in himbeerroter Leinenhose und Sandalen; neben ihr eine Dame im gleichen Alter mit auftoupiertem rotem Haar, die Frau Stevenson als Jessica vorstellte – den Nachnamen bekam Rickie nicht mit.

»Sehr erfreut«, erwiderte Rickie.

»Entschuldigen Sie, daß wir einfach so hereinschneien«, sagte Frau Stevenson zu Rickie, »aber als Mutter macht man sich natürlich Sorgen.«

»Überhaupt kein Problem. Bitte hier hinauf.«

Wieder gegenseitiges Vorstellen, diesmal zwischen Philipp und den Damen und von Rickie abgekürzt, indem er sagte:

»Teddie liegt da drüben.«

»Teddie!« rief seine Mutter, die ihm zum Verwechseln ähnlich sah oder besser gesagt, umgekehrt. »Na, immerhin ißt du was. Was hat dich da bloß getroffen?«

Die beiden Frauen standen im Zimmer und starrten Teddie mit seinem breiten Verband am Rücken an. Teddie hatte sich mit dem rechten Ellbogen aufgestützt und aß mit der Gabel in der Linken.

»Ich hab's nicht gesehen, Mami, es kam ja von hinten.« Nackt wie er war, achtete Teddie sorgfältig darauf, daß das Laken bis zur Hüfte hochgezogen blieb.

»Ist es genäht worden?« fragte Jessica.

»Ähm, nein… oder, Rickie?«

»Nein. Es ist eine böse Prellung, von der die Haut etwas

aufgeplatzt ist. Mein Hausarzt hat die Wunde gestern nacht versorgt. Er kommt heute noch mal, um nach Teddie zu sehen.«

»Und du warst fast am Auto, als es passiert ist, oder?« fragte Teddies Mutter.

»Ich hatte die Schlüssel schon in der Hand. Es war stockdunkel. Dann kam dieser Schlag, und ich bin hingefallen. Ich glaub, ich war kurz weg.«

Frau Stevenson warf kopfschüttelnd erst Rickie, dann Jessica einen Blick zu. »Ich sag's ja, dieses Viertel hier ist nicht ganz koscher. Hat der Arzt gesagt, wann er kommt, Herr Markdorfer?«

»Markwalder. N-nein, ich soll ihn anrufen, jetzt wäre es sogar gerade günstig. Möchten Sie vielleicht...«

Wieder klingelte es.

Rickie unterdrückte einen Fluch und ging mit einem »Entschuldigen Sie mich« an die Tür. Er hörte noch, wie Frau Stevenson fragte: »Weiß die Polizei irgendwas von der Sache?«

Vor der Haustür stand Luisa. »Salü, Rickie. ...Wie geht's Teddie?«

»Besser.« Rickie hielt ihr die Haustür auf. »Er frühstückt gerade.«

»Ursi hat uns alles erzählt. Ich war vorhin mit Renate dort. ... Mit einem Messer?« fragte sie leise in der Diele.

Sie dachte wohl an Petey. Die beiden stiegen die Treppe hoch. »Nein. Mit einem stumpfen Gegenstand. Aber so heftig, daß die Haut aufgeplatzt ist.«

»Und das mit Willi«, flüsterte sie. »Was war denn da los? Ich würd gern deine Version hören.«

»Wir haben ihn besucht, Ernst und ich.« Rickie hatte die Hand am Knauf seiner Wohnungstür.

»Ihr habt seine Tür eingetreten, sagt Ursi.«

»Stimmt. Aufgemacht hätt er uns nicht.«

»Und ihn zusammengeschlagen«, flüsterte sie mit einem diebischen Grinsen.

»Wir haben ihn nicht angerührt, Luisa, das schwör ich dir! ...Teddies Mutter ist gerade da. Vermutlich möchte sie ihn mit nach Hause nehmen.«

»Ach!« Luisa zuckte zusammen. »Kann ich ihm vielleicht trotzdem guten Tag sagen?«

»Das denk ich doch«, sagte Rickie und machte die Tür auf. Sie gingen ins Wohnzimmer. »Philipp, Luisa ist da.«

»Hoi, Philipp«, sagte Luisa.

»Philipp, bist du ein Engel und gehst mit Lulu runter? Ihre Leine liegt da auf dem Stuhl.«

»Mit Vergnügen, Rickie.«

»Lulu – geh mit dem Philipp. Sei ein braver Hund.« Rickie klopfte an die angelehnte Schlafzimmertür.

Teddies Mutter hatte eine frische weiße Hose über eine Stuhllehne gehängt und hielt Teddies taubenblaues Jackett in den Händen.

»Schaut euch das an. Das muß man...« Sie brach ab, als Luisa und Rickie hereinkamen.

»Frau Stevenson – Luisa Zimmermann«, sagte Rickie.

»Salü, Luisa!« Das kam von Teddie, der sich umgedreht hatte, um sie zu begrüßen. »Kann mich kaum rühren, sorry!«

»Guten Tag, Frau Stevenson«, sagte Luisa artig.

»Das Mädchen, von dem ich dir erzählt hab, Mami«, erklärte Teddie.

»Ich weiß. Guten Tag, Luisa... Herr Markwalder, das haben Sie doch gesehen, oder?« Sie zeigte auf einen L-förmigen Riß in dem taubenblauen Stoff.

Um den Riß herum war eine braun-graue Schmierspur von irgendeinem schmutzigen Gegenstand. Rickie wurde bei dem Anblick ganz schwummrig. »Gestern nacht waren wir so beschäftigt damit, uns um Teddie zu kümmern...« Und nun spielte Frau Stevenson hier Detektiv und deckte Dinge auf, die er übersehen hatte.

Er trat ans Telefon, das auf einer Kommode stand, und wählte die Nummer seines Hausarztes. Zum Glück nahm dessen Frau ab – kein Anrufbeantworter. Rickie nannte seinen Namen. »Ich sollte mich bei Ihrem Mann melden. Kann er...«

»Er ist nicht zu Hause, aber er hat gesagt, er will heute vormittag bei Ihnen vorbeikommen.«

Beruhigt legte Rickie auf und verkündete, der Doktor würde noch vor zwölf vorbeischauen.

»Rickie«, sagte Teddie bittend.

Rickie trat ans Bett und beugte sich zu Teddie hinunter, der ihm etwas ins Ohr flüstern wollte. Er ahnte schon, worum es ging.

»Nachdem Teddie nicht aufstehen und auf die Toilette gehen kann, muß ich ihm... was bringen.«

Die drei Damen trippelten auf Zehenspitzen hinaus, wie im Ballett. Rickie reichte Teddie die Karaffe, die neben dem Nachttisch am Boden stand, und machte die Tür zu. Nach einer Weile sagte Teddie:

»Okay, Rickie. Danke. Sorry.«

Durch die Tür zur Diele kam Rickie ungesehen ins Bad. Immer noch kein Blut. Mit der gespülten Flasche in der Hand kehrte er zurück.

»Mann, Rickie, allein der Gedanke, aufzustehen...« Teddie legte sich vorsichtig wieder flach, die Wange aufs Kopfkissen.

Den Stimmen im Wohnzimmer zufolge war der Hausarzt inzwischen eingetroffen. »Jetzt kriegst du noch mal 'ne Ladung Schmerztabletten, wenn du willst. Der Arzt ist da.« Rickie ging hinaus.

Dr. Oberdorfer kam ihm bereits entgegen. »Was macht der Urin?«

»Kein Blut, sonst hätte ich Sie angerufen.«

Erst ein Schmerzmittel, darauf bestand Rickie. Dr. Oberdorfer wirkte zuversichtlich: Doch, schmerzhaft sei es schon, aber das würde sich schnell bessern. Heute sei der schlimmste Tag. Frau Stevenson und Jessica waren ins Schlafzimmer gekommen, Luisa wartete im Wohnzimmer.

Der Verband wurde vorsichtig zurückgeschält, und Teddie zuckte ein paarmal zusammen.

Seine Mutter schnappte nach Luft.

Sowohl der rosafarbene Rand als auch die rote Mitte waren dunkel geworden, so daß das Ganze aussah wie eine surrealistische Blume, eine Art Mohnblume. Dr. Oberdorfer puderte die Wunde und klebte einen neuen Verband fest.

Frau Stevenson wechselte ein paar Worte mit dem Doktor. Natürlich könne ihr Sohn heute nach Hause, allerdings wäre die Autofahrt für ihn eine Qual, und es ginge dem Jungen hier doch prächtig.

»Ich habe den ganzen Tag Zeit«, warf Rickie ein. Frau Stevenson musterte ein vergrößertes Foto eines lächelnden Petey vor einer Palme, und Rickie konnte sich vorstellen, was ihr durch den Kopf ging.

Man gelangte zu einem Kompromiß: Frau Stevenson würde jetzt den Wagen nach Hause fahren und gegen sieben wiederkommen, um Teddie abzuholen. Dann hätte er noch den ganzen Tag Zeit, sich zu erholen.

Frau Stevenson nahm Teddies Hose und Hemd von gestern abend. »Ruh dich aus, mein Schatz, und wenn du was zu essen brauchst...«

»Oh, hier um die Ecke ist gleich ein Lokal«, flocht Rickie ein. »Ich kann ihm was holen – was er will. Er braucht bloß bei mir zu bestellen.«

»Sag mal, Teddie, die Straße, wo du geparkt hast...«, sagte Teddies Mutter.

»Stimmt.« Teddie erklärte den Weg zum Auto. Rickie hörte zu.

War das nicht die Feldenstraße? Doch, Luisa glaubte es auch und war sich endgültig sicher, als Teddie sagte, der Wagen stünde an derselben Stelle, an der sie sich getroffen hätten. Rickie bot Frau Stevenson an, sie zu begleiten, um den Tatort nach etwaigen als Schlagwaffe geeigneten Gegenständen abzusuchen.

»Herr Markwalder, ich mach mich auf den Weg«, sagte Dr. Oberdorfer. »In dem Schächtelchen liegen noch mal vier Schmerztabletten – vier Stunden Abstand, nicht vergessen. Damit müßte er das Schlimmste überstehen.

Guten Tag allerseits.« Zu Rickie drehte er sich noch einmal um: »Ich ruf Sie an. Vielleicht morgen oder übermorgen. Muß Ihnen noch was mitteilen.« In neutralem Ton, aber doch ein ungutes Gefühl hinterlassend. Dann war er fort.

Rickie gab es einen Stich. Was denn für Neuigkeiten? Positive hätte er ihm auch jetzt sagen können, hier in der Diele.

Frau Stevenson fragte ruhig und ernst: »Wissen Sie, was die Polizei … zum Beispiel unternehmen wird? Überhaupt was? *Ich* kann ja hingehen.«

Rickie holte tief Luft, zögerte, als er Teddies Mutter in die dunklen Augen blickte, die denen ihres Sohnes so frappierend ähnlich sahen. Er gab sich einen Ruck. »Als erstes werden sie mir noch mal auf die Pelle rücken, weil ich gestern bei jemand die Tür eingetreten habe. Zusammen mit einem Freund. Die Polizei war in der Nacht sogar noch hier.«

»Was für eine Tür?«

Luisa horchte auf.

»Bei jemand, den ich im Verdacht habe. Wissen Sie …« Rickie rang nach den passenden Worten. »Da ich nicht gesehen habe, wie es passiert ist …, ist es wohl am besten, wenn ich jetzt nichts weiter sage.« Er warf Luisa einen Blick zu, die den Mund hielt. Rickie war ihr dankbar. Das nannte man gute Nachbarschaft.

Jessica wollte Frau Stevenson zu ihrem Wagen fahren und bot Rickie an, ihn mitzunehmen. Luisa fragte, ob sie auch mitkommen könne, falls es nicht zu eng würde, doch der Wagen war groß genug.

Philipp sollte bei Teddie bleiben.

# 16

Sie stiegen in Jessicas komfortablen dunkelroten BMW und fuhren langsam in Richtung ›Jakob‹. Nach kurzem Zögern sagte Rickie:

»Das Lokal hier an der Ecke – der ›Jakob‹ – das ist unsere Stammkneipe, da war Teddie gestern abend.«

»Ah ja«, erwiderte Frau Stevenson unverbindlich mit einem Blick aus dem Fenster.

»Jetzt links bitte«, sagte Rickie, »und dann sind es noch drei Straßen.«

Nach einer neuerlichen Linkskurve sahen sie den Audi. Sie parkten ein paar hundert Meter weiter und gingen zu Fuß zurück, Luisa vor lauter Neugier ein paar Schritte voraus.

Zu viert suchten sie den Rinnstein und das Erdreich um die großen Bäume herum ab.

»Hier muß es gewesen sein«, sagte Rickie und deutete auf einen Baumstumpf unweit der Wagentür. »Teddie hat gesagt, er ist mit dem Gesicht auf einen Baumstumpf aufgeschlagen.« Er suchte nach Blutspuren, fand aber keine. Das Wichtigste war jetzt die Waffe.

Luisa ging ein Stück weiter den Straßenrand entlang und suchte den Rinnstein ab. Rickie tat dasselbe in der anderen Richtung, auf Willis Wohnung zu. Nichts, bloß ein paar Blätter und Steinchen. Als er sich umdrehte, kam Luisa schon wieder auf ihn zu, den Blick auf die niedrigen Gartenmauern und die Wege zu den Häusern geheftet. Sie nahm einen losen Ziegelstein von einem Mauerkamm und legte ihn wieder hin.

Jetzt war sie an dem Wagen vorbei, an dem die beiden Frauen standen und redeten. Plötzlich entdeckte sie hinter einem Gartentor eine Metallstange – knapp einen Meter lang, gelb und etwas angerostet. An einem Ende hing ein Kabel mit einem Stecker heraus. Luisa griff danach, dachte im selben Augenblick an Fingerabdrücke, aber da war es schon zu spät.

»Rickie?« Das Ding wog mindestens ein Kilo.

Frau Stevenson schaute herüber. »Wo haben Sie das gefunden?«

»Bloß... ein paar Meter weiter hinten. Auf einem Gartenweg.«

Rickie identifizierte das Ding als Stativfuß. Damit konnte man natürlich saftige Schläge austeilen. Er nahm ihn Luisa aus der Hand. Praktisches Gewicht. »Wäre schon möglich..., oder?«

Alle stimmten zu, doch.

Luisa suchte weiter hinter Gartenmäuerchen und auf Wegen, ohne zu merken, daß eine Frau sie von ihrem Parterre-Fenster aus neugierig beobachtete.

Frau Stevenson warf einen nachdenklichen Blick auf den Stativfuß. »Ich könnte das Ding vorerst sicher aufbewahren.«

Rickie gab ihr die Stange in die ausgestreckte Hand. Mit der anderen schloß sie gleichzeitig die Wagentür auf, ohne sich von Rickie helfen zu lassen. Luisa erklärte, sie wohne ganz in der Nähe und würde zu Fuß nach Hause gehen.

»Und wo ist das Haus, bei dem Sie die Tür eingetreten haben?«

»Da vorn«, sagte Rickie und deutete in Fahrtrichtung

ihres Wagens. »Von hier aus sieht man es aber nicht.« Frau Stevenson hatte vorhin Teddies Geldbörse aus der Innentasche seines Jacketts genommen, die Scheine halb herausgezogen und wieder zurückgesteckt. Willi hätte bestimmt nicht versucht, Teddie auszurauben, er hätte sich eher schleunigst aus dem Staub gemacht.

»Hat mich gefreut, Luisa«, sagte Frau Stevenson.

Höfliche Verabschiedungen allerseits, dann begleitete Rickie Luisa noch ein Stück.

»War Willi Biber heute früh eigentlich im ›Jakob‹?«

»Nein«, sagte Luisa. »Ich hab ihn nicht gesehen.«

»Und Renate… wie hat die sich benommen?«

»Wie meinst du das?«

»Als ob ihr das alles ganz neu wäre?«

Luisa begriff. So entsetzlich der Gedanke war – er hatte sich ihr am Morgen schon selbst aufgedrängt, noch bevor sie von der Sache mit Willis Tür hörte. Womöglich hatte Reante Willi angestachelt, Teddie eins zu verpassen. »Hm, schon.«

Sie waren fast bei Luisa angelangt. Da mußte sie jetzt wieder rauf. Rickie spürte, wie ihm die Wut kam, er hätte am liebsten geflucht. Stattdessen senkte er die Stimme, flüsterte fast. »Wir bleiben in Kontakt.«

Natürlich. Rickie wollte auf dem laufenden bleiben, wollte wissen, wie Renate reagierte. »Alles klar. Bis jetzt erzählt sie bloß, daß du dich mit zwielichtigen Leuten abgibst. Und natürlich, daß du gestern nacht betrunken warst. … Jetzt muß ich aber gehen. Kann ich dich später anrufen? Vielleicht schaff ich's sogar vorbeizukommen.«

»Aber gern.«

Sie trennten sich.

Schon fast eins. Das Mittagessen im ›Jakob‹ war bestimmt in vollem Gang. Ursis Koch Hugo machte sonntags ein ausgezeichnetes Gulasch. Rickie ging zum Haupteingang hinein.

Ursi stand hinter dem Tresen, ein bißchen müde um die Augen. »Salü, Rickie! Wie geht's deinem Freund?«

Rickie kam einen Schritt näher an den Tresen und stützte sich kurz mit beiden Ellbogen darauf, wie um sich demonstrativ breitzumachen. »Besser«, erwiderte er. »Krieg ich ein schönes Bier, Ursi, mit einer hübschen Krone? Und wie ist das Gulasch heute?«

»Ach, phantastisch, aber wir haben nicht viel gemacht, wegen der Hitze. Dafür gibt's Hummersalat...«

»Kannst du mir drei Portionen Gulasch zum Mitnehmen machen?« Rickie hatte plötzlich einen Riesenhunger. »Mit Nudeln, hoff ich?«

Eigentlich sollte er Fredy Schimmelmann anrufen, der könnte ihm vielleicht weiterhelfen, obwohl er ja für Außersihl nicht zuständig war. Was sie ihm wohl für die Tür von diesem verdammten Willi und das »mindere Delikt« an sich abknöpfen würden? Ach, scheiß drauf. War doch egal, was es kostete. Allein die Idee, eine eingetretene Tür aufrechnen zu wollen gegen das, was Teddie zugestoßen war! Wenn der Schlag in die Nieren gegangen wäre, hätte der Junge im Krankenhaus landen können. Hier war auch schon das Bier, und Rickie bat Ursi um die Rechnung. Kaum hatte er ausgetrunken, kam eine große Plastiktüte an: das Mittagessen. Rickie legte drei Zehn-Franken-Scheine auf den Tresen.

»Danke, Ursi, du bist ein Schatz! Grüß Andi!«

»Der hat heut' frei.« Ursi lächelte. »Ciao, Rickie!«

Rickie ging über die Hinterterrasse hinaus, nachdem dieser Weg zu seiner Wohnung kürzer war, und wurde im Vorbeigehen hier und dort gegrüßt, freundlich wie eh und je.

Unten schloß er die Haustür auf und klopfte oben dann beschwingt an seine Wohnungstür, es war ja schließlich jemand da.

»Stoff!« sagte er und drückte Philipp die Plastiktüte in die Hand. »Gutes Gulasch. Kannst du's aufwärmen, während ich schnell unter die Dusche hüpfe? Und wie geht's unserem kranken Frosch?«

Philipps Miene hellte sich auf. Er trug dieselbe Hose und dasselbe Hemd wie am Vortag, sah aber frisch geduscht aus, die Haare frisch gewaschen. »Der konnte sich schon selbständig die Unterhose anziehen. Und er hat von mir ein nasses Handtuch gekriegt, damit er sich ein bißchen frischmachen kann. Schau nur rein.«

Teddie lag auf einen Ellbogen aufgestützt im Bett, sah schon viel munterer aus und meinte, er hätte es allein auf die Toilette geschafft.

»Sehr gut.« Philipp hatte ihm auch einen von Rickies Bademänteln aufs Bett gelegt. »Hoffentlich hast du Hunger, ich hab nämlich was zu essen besorgt.«

Unter der Dusche ließ Rickie sich erst kühles Wasser über den Kopf laufen, wusch sich dann mit wärmerem Wasser die Haare und duschte noch mal kühl. Aus dem Dielenschrank holte er sich eine andere Hose und ein frisches Hemd.

»Philipp – du bist ein Goldstück! Du mußt mich sofort heiraten«, sagte Rickie, als er den Eßtisch sah, der komplett mit Gläsern und gelben Servietten liebevoll gedeckt war. Aus der Küche duftete es köstlich nach Gulasch. »Zu dritt am Tisch?«

Teddie startete einen Versuch, mußte aber einsehen, daß er noch nicht so lange sitzen konnte; worauf Rickie im Schlafzimmer einen Klapptisch aufstellte, damit sie alle zusammen essen konnten. Teddie bekam ein Tablett und konnte im Bett bleiben. Bier, sogar für den Patienten. Das Fleisch war so weich, daß man kein Messer brauchte.

»Ich hab da einen Bullen kennengelernt«, sagte Rickie zu Philipp.

Philipp kicherte. »Aach? ...Wo denn? Und wie?«

»Darüber wollen wir lieber schweigen. Er ist wahrscheinlich bloß für Verkehrssünder zuständig, aber... ich dachte, ich ruf ihn heute nachmittag mal an. Und erzähl ihm die ganze Geschichte. Er ist nett.«

Philipps blaue Augen blitzten auf. »Kann nicht schaden. Wenn ihr befreundet seid.«

Befreundet. Ob Fredy mit dem netten Lächeln ein richtiger Freund war? Rickie beschloß, ihn auszuhorchen, aber mit Vorsicht zu genießen. »Wie läuft das mit der linken Hand, Teddie?«

»Geht schon. Langsam gewöhn ich mich dran. ...Aber jetzt genügt's wohl wieder«, sagte er, legte die Gabel auf den Teller und ließ sich langsam aufs Kissen sinken.

Rickie stand auf. »Ich nehm deinen Teller weg. Ursi hat uns noch Krautsalat mitgegeben, wahrscheinlich als kleines Extra. Magst du was davon?«

»Später vielleicht, danke.«

Philipp wollte gern Krautsalat. »Ich pack's jetzt langsam, Rickie. Bis sieben kommst du doch allein zurecht, oder?« Sein Lächeln war eine winzige Spur verschmitzt.

»Ich denke schon. Ich schlaf wahrscheinlich wie ein Stein auf meiner Couch.«

Das Telefon schrillte.

»Ach ja, Ernst hat vorhin angerufen und gefragt, wie's steht, hab ich ganz vergessen«, sagte Philipp. »Vielleicht ist er das noch mal.«

Es war Frau Stevenson. Er sehe viel besser aus, erklärte ihr Rickie, ob sie mit ihm sprechen wolle?

Rickie und Philipp verzogen sich ins Wohnzimmer, damit der Junge ungestört reden konnte.

»Hast du beim ›Jakob‹ irgendwas Neues erfahren?« fragte Philipp. »Wegen Willi, meine ich?«

»Nein. Ein paar Leute wissen anscheinend, daß ich ihm die Tür eingetreten habe. Ach ja, und Luisa hat was gefunden...« Er trat ans Fenster, ein paar Schritte weiter weg vom Schlafzimmer. »Das Ding, mit dem Teddie womöglich getroffen wurde. Eine Stange. Ungefähr so lang. Sieht aus wie der Fuß von einem Kamerastativ. Luisa hat ihn auf einem Gartenweg gefunden, und Teddies Mutter hat ihn mitgenommen.«

»Dann können wir die Fingerabdrücke vergessen.«

»Stimmt, aber das Ding ist ziemlich verrostet, so daß mit Fingerabdrücken sowieso nicht viel gewesen wäre.« Andererseits gab es auch bei der Spurensicherung immer wieder neue Methoden, vielleicht lag Philipp doch nicht falsch. »Jedenfalls kommt das Teil als Tatwaffe in Frage.«

»Interessant«, meinte Philipp. Dann, mit einem Grinsen: »Zeig's doch Willi.« Er klaubte seine Sachen zusammen, seinen Pullover und einen amtlich aussehenden Uni-Block, den er am Abend zuvor die ganze Zeit mit sich herumgeschleppt hatte. »Ob man wohl je was beweisen kann? Es ist ja fast ein Vorteil, wenn Willi nicht ganz dicht ist. Vorteil für ihn.«

»Traurig, aber wahr.«

Philipp ging. Rickie hatte, schon im Schlafanzug, den Fernseher so hingerückt, daß Teddie vom Bett aus hinsah und wollte gerade seinen Wecker auf Viertel vor sieben stellen, als das Telefon wieder klingelte. Es war Luisa.

»Ich kann nicht lang reden«, sagte sie. »Geht's irgendwie, daß du mir Teddie gibst?«

Selbstverständlich. Teddie hatte schon mitbekommen, daß es Luisa war. Rickie räumte noch rasch die Küche auf, bis Teddie rief:

»Also sowas! ... He, Rickie!«

Rickie stellte sich in die Schlafzimmertür. Luisa habe plötzlich auflegen müssen, meinte Teddie, weil Renate aufgetaucht sei.

»Stell dir mal vor! Sie läßt Luisa nicht aus dem Haus, seit sie weiß, daß ich hier bin.«

»Sieht ihr ähnlich. Noch eine Pille? Gegen die Schmerzen?«

# 17

Der Wecker riß Rickie aus einem schweren Schlaf. Ach ja, Frau Stevenson. Und Fredy Schimmelmann hatte er immer noch nicht angerufen. Er warf einen Blick ins Schlafzimmer. Teddie lag bäuchlings auf dem Bett und sah fern.

»Du mußt dich anziehen, Teddie.«

»Weiß schon. Könntest du mir bitte meine Hose geben?«

Rickie reichte sie ihm. Es war immer noch warm und stickig, obwohl die Fenster sperrangelweit offenstanden. Er holte ein frisches Handtuch, machte es naß und gab es Teddie. »Bringt das was?«

Teddie ächzte zustimmend. »Danke. Kann ich brauchen.« Mit einer Grimasse rieb er sich den Nacken ab, versuchte, einen Fuß hochzuheben, und verwarf den Plan wieder. Statt dessen wusch er sich die Brust und einen Oberschenkel.

»Ich mach das schon«, sagte Rickie, nahm das Handtuch und rubbelte Teddie rasch die Füße ab.

»Weißt du, wo meine Turnschuhe sind?«

Rickie holte die teuren schwarzen Lederturnschuhe aus seinem Schrank. »Socken brauchst du nicht. Ich zieh dir die Schuhe an, sobald du ...«

Es klingelte.

Frau Stevenson. Neben ihr stand ein Mann ungefähr in ihrem Alter, den sie als David vorstellte, den Nachnamen bekam Rickie wieder mal nicht richtig mit.

»Ich glaube, dem Patienten geht's besser«, sagte Rickie.

Sie trug ein blaues Hemd über dem Arm. »Wir kommen

schon zurecht«, sagte sie über die Schulter mit einem kleinen Lächeln, wie um ihn abzuschütteln.

Also half eben David Soundso Teddie beim Anziehen.

»Okay, aber bitte langsam! Aua! Schon gut, das mach ich selber.«

Eine gemurmelte Rüge von seiner Mutter, etwas Unverständliches von David. Ob David Frau Stevensons Freund war? Ihr Geliebter? Was auch immer. Die beiden – er ein schlanker Typ mit blondem Haar und einer randlosen Brille – hatten Teddie in die Mitte genommen und untergehakt. Rickie hielt sich zur Verfügung, doch seine Hilfe wurde offenbar nicht gebraucht. Teddie schien David gut zu kennen.

»Rickie war wahnsinnig nett zu mir, Mami. Und sein Freund auch… Philipp.«

Frau Stevenson lächelte frostig. »Ich danke Ihnen vielmals, Herr Markheimer.«

»Markwalder.«

Das Lächeln wurde wärmer. »Mit dem Namen habe ich irgendwie Schwierigkeiten, ich weiß nicht warum. Sie waren sehr freundlich zu meinem Sohn. Herzlichen Dank.«

Rickie winkte ab. »Ist doch selbstverständlich. Es ist schließlich in meiner Nachbarschaft passiert, so leid mir das tut.«

Teddie wechselte vorsichtig das Standbein.

»Darf ich fragen… haben Sie im Lauf des Tages irgendwas von der Polizei erfahren?« schaltete sich David ein.

»Nein.« Wir waren eigentlich mit Teddie beschäftigt, wäre Rickie beinahe herausgerutscht.«

»Als Sie heute vormittag was von einem Verdächtigen erwähnten, dachte ich, Sie würden zur Polizei gehen«, sagte Frau Stevenson. »Sollen wir das übernehmen?«

Rickie überlegte. Würde die Polizei reagieren, wenn Frau Stevenson erklärte, jemand verdächtige Willi Biber der Körperverletzung? »Ich finde, man sollte Willi ruhig ein paar Fragen stellen und ihm den Stativfuß zeigen.«

»Würden Sie uns seine Adresse geben?« fragte David.

»Die können wir uns auch telefonisch geben lassen«, sagte Frau Stevenson. »Ich möchte jetzt möglichst bald nach Hause.«

»Das Dumme ist nur, ich hab ihn nicht auf frischer Tat *ertappt*«, betonte Rickie noch einmal.

Frau Stevenson sah ihren Freund an. »Ich finde, wir sollten zur Polizei gehen, David. Du nicht?«

David murmelte irgend etwas. Man drängte zum Aufbruch.

»Ich komme mit nach unten.« Mit dem Hausschlüssel in der Tasche begleitete Rickie die drei zu dem braunen Audi. Teddie machte immer längere Schritte. Frau Stevenson schloß den Wagen auf und öffnete eine der hinteren Türen. Teddies Stirn glänzte, und er biß sich auf die Lippen.

»Die andere Seite geht besser, Mami. Ich muß praktisch liegen, und zwar auf der rechten Seite.«

Rickie hielt ihm die andere Tür auf, mußte ihn schließlich an der linken Hand packen, damit er sich mit schmerzverzerrtem Gesicht auf den Rücksitz gleiten lassen konnte.

»Aua! O Mann!« sagte Teddie kläglich.

Bloß Frau Stevenson hatte ihn ja unbedingt nach Hause verlegen wollen, ging Rickie durch den Kopf. Zu guter Letzt, nach neuerlichen Dankesbekundungen, fuhr der Wagen ab.

Rickie ging wieder hinauf in seine Wohnung, machte die Tür zu und spürte eine riesige Leere – die altbekannte Einsamkeit. Einen Moment lang vergrub er das Gesicht in den Händen, doch das änderte nichts an dem flauen Gefühl, dem bösen Schock der zerwühlten weißen Laken auf dem Bett.

Bei Fredy sollte er es probieren. Wo rutschte er da hinein? Polizei war immer gefährlich. Tat zuerst freundlich, und dann… Er holte Fredys Karte aus einem Schächtelchen mit mindestens einem Dutzend anderen auf seinem Schreibtisch. *Deine Arbeit*, mahnte eine innere Stimme. Nächster Auftrag – die Sache mit der trockenen Haut. Konnte denn zum zigtausendsten Mal eine neue Feuchtigkeitscreme auf den Markt geworfen werden? Anscheinend schon. Während Rickie das Telefon anstarrte, sah er plötzlich Davids schlanke Mitte vor sich, mit einem braunen Krokogürtel drumherum. Fitneß. Geld. Skifahren und Schwimmen in der jeweiligen Saison, fettarme Kost. Klar. Ach was, er könnte bei dem Lebensstil jederzeit mithalten, sagte er sich, er wollte bloß nicht.

Lulu winselte, stand auf und leckte ihm die Hand.

»Ich weiß, mein Engel, du hast ja recht! Bloß noch einen winzigen Anruf vorher.«

Rickie wählte.

Eine Frau nahm ab – o Schreck –, dann fiel ihm ein, daß Fredy ja verheiratet war. »Fredy ist im Moment nicht da, müßte aber spätestens in einer halben Stunde zurück sein. Kann ich ihm…«

»Ich ruf dann wieder an. Danke.«

Als er es wieder probierte, war Fredy zu Hause und klang freudig überrascht, daß der Anrufer Rickie war.

»Ich hab da ein Problem«, begann Rickie. »Bist du – sozusagen – allein?«

Er müsse nur eine Tür zumachen, sagte Fredy.

Rickie erzählte ihm, wie Teddie am Abend zuvor von zwei Unbekannten verletzt zum ›Jakob‹ zurückgebracht wurde, und von Willis eingetretener Tür. »Dem Willi sollte man mal einen gepfefferten Schrecken einjagen – mit den entsprechenden polizeilichen Mitteln, mein ich.«

»Bist du dir sicher mit Willi? Daß er's war?«

»N-nicht hundertprozentig – aber fast. Da sind auch noch ein paar andere Dinge…, mein ich, über die ich mir schon sicher bin. Sag mal, können wir uns heute abend vielleicht noch treffen?«

Fredy wollte mit seiner Frau rasch etwas essen, aber danach konnte er bei Rickie vorbeikommen, gegen neun.

Das paßte. Fredy sollte seinen Block mitbringen, bat ihn Rickie. »Irgendwas, womit du Strafzettel ausstellst. Was amtlich aussieht. Vielleicht statten wir gleich noch jemand einen Besuch ab.«

Kaum hatte Rickie aufgelegt, fiel ihm seine nächste Pflicht ein: Dr. Oberdorfer anrufen. Was ihm der Arzt wohl sagen wollte? Irgendeine Verschlechterung in bezug aufs Tabuthema? Irgendwas Neues? Morgen.

Um Viertel nach neun klingelte es. Ein lächelnder Fredy

Schimmelmann in Zivil stand vor der Tür, mit seinen lustigen Fältchen um die Augen, seiner scheuen und doch selbstbewußten Art. Ein Block schaute dick und fett aus der Gesäßtasche der schwarzen Hose.

»Heineken oder Hopfenperle?« fragte Rickie.

Hopfenperle. Beim Bier am Eßtisch klärte Rickie Fredy über Renates Einstellung zu Teddie und ihre Kontrolle über Willi Biber auf.

»Ich glaub, die Frau könnt ihm einreden, er wär der Kaiser von China, wenn sie's drauf anlegt.«

»Was hat denn der für eine Schraube locker?«

»Er ist einfach schwachsinnig. ›Geistig behindert‹, wenn das netter klingt.«

»Und du bist in Teddie verschossen.«

Rickie wand sich, nicht unglücklich. »Verschossen würd ich nicht sagen. Er ist halt nett. Scheint mich zu mögen.«

»Und ist in Luisa verliebt. Rickie, du kriegst noch Trouble.«

»Oder eben leider nicht!« Rickie lachte.

Als er sein Bier ausgetrunken hatte, schlenderte Fredy in dem großen Wohnzimmer herum, die Hände in den Hosentaschen. »Wer ist das gleich wieder? Der hübsche Blonde?«

Rickie holte tief Luft. »Petey Ritter. Ich...« Er hatte ihm erzählt, wie Petey umgekommen war, denn Fredy hatte sich an dem ersten Abend bei ihm schon nach den Fotos erkundigt. »Stell dir vor«, fuhr er fort und erzählte Fredy von dem Märchen, das Renate in Umlauf gebracht hatte, wonach Petey hier in Rickies Schlafzimmer von einem One-Night-Stand erstochen worden sei.

Fredy hörte ernst zu. Zum ersten Mal sah ihn Rickie mit bedenklicher Miene, als mache ihm ein Problem tatsächlich zu schaffen.

»Na dann, gehen wir!«

»Wohin denn?«

»Zum ›Jakob‹, hab ich mir gedacht. Ins ›Small g‹. Hast du eigentlich deinen Dienstausweis dabei?«

Fredy nickte. »M-hm. Warum?«

»Ich wollte dich mal als ... Freund von mir vorstellen. Es sei denn, du hast was dagegen. Mein Freund bei der Polizei.«

Fredy überlegte. »Nein. Das geht schon in Ordnung ... Alsdann!«

Auf dem Weg zum ›Jakob‹ hörten sie schon von fern eine Drehorgel. Genau, da stand der Mann, jetzt sah man ihn durch ein paar Bäume und Büsche hindurch vor der Hinterterrasse des ›Jakob‹.

»Eine Drehorgel! Sieht man auch nicht alle Tage.« Es war eben ein rundum ungewöhnlicher Tag, dachte Rickie, während er nach Kleingeld fischte. *An der schönen blauen Donau*, kitschiger ging's nicht. Er entschied sich für eins der schweren Fünffrankenstücke. »Keinen Affen dabei?« fragte er, als er das Geld in den Blechteller warf.

Fredy legte auch eine Münze dazu.

»Danke, die Herren! Schönen Sonntag noch!«

Sie gingen hinein. Rickie steuerte die Bar an. Ob Fredy nach Bulle aussah? Mit seiner braunen Baumwolljacke und ohne Mütze eigentlich nicht.

»Rickie! Schon wieder zurück? Wie war das Gulasch?« fragte Ursi von hinter dem Tresen.

»Sagenhaft, Ursi. Und du fällst noch mal tot um, wenn du dich nicht bald ausruhst.«

Ursi lachte. »Was hätten die Herren denn gern?«

»Für mich... ein kleines Bier. Und du, Fredy?«

»Dasselbe.«

Bevor sich Ursi wieder ihren Zapfhähnen zuwandte, flocht Rickie ein: »Darf ich vorstellen: mein Freund von der Polizei, Wachtmeister Fredy Schimmelmann. Ursi, Königin und guter Geist von ›Jakobs Bierstube‹.«

Ursis Miene verriet, daß sie beeindruckt war, oder jedenfalls überrascht. »Freut mich. Ein Wachtmeister?«

»Zeig doch mal, Fredy.«

Fredy zückte seine Brieftasche, klappte sie auf und hielt Ursi ein Plastikfenster hin. Ihre hellblauen Augen weiteten sich. »Echt«, witzelte Rickie.

»Ruth hat mir erzählt, daß dein junger Freund inzwischen wieder zu Hause ist«, sagte Ursi, während sie den Zapfhahn bediente.

»Er wurde nach Hause geholt. Praktisch geschleppt. Aber er ist auf dem Weg der Besserung.« Rickie blickte sich nach links zu Renates Tisch um: keine Renate, keine Luisa. Und auch weit und breit kein Willi Biber.

Die Biere kamen. Rickie legte das Kleingeld dafür hin. Über Fredys Protest hinweg.

Als Ursi wieder in der Nähe war, sagte Rickie: »Wir gehen mal rüber zu Willi – falls er zu Hause ist. War er heute nachmittag hier?«

Nicht, soweit Ursi gesehen hatte. »Zu *Willi*?« fragte sie neugierig. Schließlich hatte Rickie einen Polizisten dabei.

»Nur so zu Besuch. Fredy möchte ihn gern kennenlernen«, sagte Rickie ruhig. »Wie heißen die Leute von diesem Café noch mal. Wängler?«

Ursi überlegte einen Augenblick, die Hand auf dem Zapfhahn. »Wenger.« Schon wirbelte sie wieder herum.

Eine Viertelstunde später gingen Rickie und Fredy auf das Café ›L'Eclair‹ zu, wo alles dunkel war.

»Willi wohnt da hinten«, sagte Rickie. Aus einem Fenster im ersten Stock drang ein schwacher Lichtschein. Die Eigentümer des Cafés waren also zu Hause. »In dieser Gasse da.«

Aus einem Fenster in der Gasse drang etwas mehr Licht, aber bei Willi war alles dunkel. Fredy zog eine Taschenlampe im Kugelschreiberformat hervor. »Nicht schlecht!« kommentierte Rickie. Er klopfte an die Haustür, an der eines der unteren Bretter fehlte. Nichts rührte sich. Rickie drückte auf die Klinke. Die Tür ging sofort auf. Wieder der dunkle Vorplatz. Rickie wies auf die Tür links vorn. »Vielleicht schläft er ja.« Rickie klopfte. »Willi? Besuch für dich! Da ist jemand, der dich sprechen will!«

Immer noch keine Antwort, und Rickie wollte sein Glück schon mit dieser Tür probieren, als eine Frauenstimme aus der Richtung des erleuchteten Fensters rief: »Wer ist da?«

Rickie drückte trotzdem gegen die Tür. Abgeschlossen. Zusammen mit Fredy trat er auf die Gasse hinaus. »Guten Abend, Frau Wenger. Wir möchten bitte gern mit Willi sprechen.«

»Wer ist da?« Frau Wenger hatte sich aufs Fensterbrett gestützt.

»Markwalder ist mein Name. Ich habe einen Polizeibeamten dabei. Ist Willi zu Hause?«

Pause. »Wollen Sie damit sagen, er hat heute nachmittag was angestellt? Wir sind nicht verantwortlich... mein Mann und ich.«

»Nein, nein. Die Polizei möchte ihn nur gern mal sprechen. Ist er bei Ihnen?«

»Polizei, gnädige Frau«, sagte Fredy und hielt die Brieftasche mit dem Ausweis hoch, den Rickie anleuchtete, unlesbar für Frau Wenger auf die Entfernung natürlich, aber eindrucksvoll genug.

»Dann... kommen Sie herauf«, sagte sie.

Der Summer ertönte, und die beiden standen in einer wohnlich eingerichteten kleinen Diele mit einem Tisch, einem Spiegel und einer mit Teppich belegten Treppe nach oben. Sie gingen hinauf, Fredy mit dem Ausweis griffbereit in der Tasche.

Frau Wenger, eine mollige Fünfzigjährige mit blondiertem Haar, erkannte Rickie sofort wieder und machte aus ihrer Abneigung keinen Hehl. Rickie sagte ihr Gesicht überhaupt nichts.

»Wachtmeister Schimmelmann«, stellte Rickie vor. »Frau Wenger.«

Und da war Willi Biber – wie eine verschreckte Vogelscheuche stand er am Ende der Wohnzimmercouch, sichtlich zitternd, die trüben blauen Augen hohl vor Müdigkeit. »Willi Biber«, stellte ihn Rickie seinem Begleiter vor.

Neben Willi stand Herr Wenger. Rickie und er sagten sich Guten Abend. »Wegen gestern Mitternacht, beziehungsweise kurz danach, hätte ich gern eine Frage gestellt«, sagte Rickie zu Fredy.

»Herr Markwalder«, sagte Frau Wenger, die die Sprache wiedergefunden hatte, »gestern nacht gegen zwei oder drei Uhr morgens haben Sie in meinem Haus zwei Türen aufgebrochen. Sie …«

»Für die ich aufkommen werde«, sagte Rickie beschwichtigend.

»Sie haben Willi niedergeschlagen … eingeschüchtert …«

Rickie hatte Fredy auf eine mögliche solche Anschuldigung gegen ihn vorbereitet. »Ich habe einen Zeugen, daß ich Willi nicht angerührt habe«, erwiderte Rickie.

»Der Mann, der Ihnen geholfen hat, die Tür einzuschlagen? Nennt sich das ein unbefangener Zeuge?« fragte Frau Wenger.

Da hatte die Frau natürlich nicht ganz unrecht. »Ich möchte Willi gern fragen, ob ihm eine gewisse Metallstange was sagt …« Rickie drehte sich zu Willi. »… Ungefähr so lang, Willi? Ein bißchen angerostet, gelb gestrichen? Hast du damit Teddie eine verpaßt?«

Willi bemühte sich sichtlich um Fassung, trat von einem Fuß auf den anderen, lächelte schief und blickte unsicher von Frau Wenger zu Rickie und wieder zurück. »Den hab ich überhaupt nicht gesehen.«

»Bei seinem Wagen, Willi? Einem großen Wagen. Unter den Bäumen? Ein junger Mann mit einem hellblauen Jackett … erinnerst du dich? In der Feldenstraße.« Rickie deutete in die Richtung. Die Straße war nicht weit von hier.

»Ich… ich war gestern abend beim ›Jakob‹.« Willi steckte die Daumen in den Bund seiner Baumwollhose und zog sie bis zur dünnen Taille hoch.

»Ich auch. Und ich hab gesehen, wie du kurz nach Mitternacht gegangen bist. Zum Haupteingang raus, Willi.«

»Herr Markwalder, Sie reden ihm da was ein«, murmelte Frau Wenger, als ob ein Kind nicht mithören sollte. »Sie sehen ja selbst, Herr Wachtmeister…, Willi ist nicht gerade der… Begabteste, aber er hat auch seine Rechte. Man sollte ihm nicht einflüstern, er hätte was angestellt, wenn er's nicht war, falls Sie verstehen, was ich meine.« Sie warf Fredy einen scharfen Blick zu.

»Durchaus, gnädige Frau«, sagte Wachtmeister Schimmelmann. »Wir werden aber ein paar weiteren Personen genau dieselben Fragen stellen, ihrem Gedächtnis auf die Sprünge helfen. Das ist die übliche Vorgehensweise.« Er hatte seinen Block gezückt und schrieb ständig mit.

Es klingelte. Frau Wenger hob die Hände und ließ sie wieder fallen, als wäre ihr der Abend ohnehin bereits zuviel. »Wahrscheinlich…« Sie warf ihrem Mann einen unschlüssigen Blick zu.

»Ich mach das schon, Therese«, sagte Herr Wenger und sanft und ging zum Türdrücker.

Gemurmel an der Tür, und dann kam zu Rickies Überraschung Renate herein, eine nervöse Wolke aus Rose-Pink-und-Blau in einem langen Kleid mit weitem Rock. »Therese, ich…« Sie entdeckte Rickie, blickte zu Herrn Wenger und dann zu Willi Biber, der dastand wie angewurzelt. »Ach, ihr habt Besuch!«

»Jaja, und gestern abend auch«, sagte Therese Wenger.

»Willis Türen sind eingeschlagen worden, das hab ich dir doch schon erzählt.«

»Was für ein Glück, Wachtmeister Schimmelmann«, sagte Rickie, »da können Sie ja gleich meine Nachbarin kennenlernen – Frau Hagnauer. Gnädige Frau – Wachtmeister Schimmelmann. Wir sind wegen Willi hier.«

Fredy nickte Renate zu und zeigte noch einmal seine aufgeklappte Brieftasche.

Eingehend verglich Renate den Mann vor ihr mit dem Mann auf dem Foto. »Soso, wegen Willi. Und hoffentlich auch wegen Frau Wengers Türen. Herr Markwalder und sein Freund haben gestern nacht anscheinend tüchtig gefeiert.« Das sagte sie in Fredys Richtung. »Einfach Leuten die Tür einzuschlagen! Betrunkene Randaliererei!«

»Aber, Renate«, beschwichtigte sie Herr Wenger, »Herr Markwalder zahlt doch die Reparaturen.«

»Gern«, warf Rickie ein. »Wir wollten Willi nur eine Frage stellen«, sagte er zu Renate. »Nämlich, ob er irgendwas weiß von einem jungen Mann, der gestern nacht, beziehungsweise heute morgen gegen halb eins, verletzt wurde. In der Feldenstraße. Teddie Stevenson. Durch einen Schlag in den Rücken.« Renate wandte den Blick mit ihren violett getuschten Wimpern Willi zu.

»Und was hast du gesagt, Willi?« fragte sie ihn.

Willi schüttelte langsam den Kopf. »Den hab ich noch nie gesehen... diesen Jungen. Welcher überhaupt? ...Nein.« Er schüttelte weiter den Kopf.

Renate nickte langsam, zustimmend, und gab sich wieder einen Ruck. »Sie sollten sich woanders umhören, Herr Markwalder – unter ihren eigenen sonderbaren Bekannten zum Beispiel – und andere Leute *samt* deren Eigentum in Ruhe lassen. Sonst bringen Sie sich bloß in Schwierigkeiten.« Jetzt, da sie nicht mehr in der Defensive war, bekam sie wieder Oberwasser. Nicht zu stark vorpreschen, sagte sie sich, nur so, daß der Feind aus dem Gleichgewicht kommt. »Wachtmeister, Herr Markwalder hält sich anscheinend für die Polizei höchstpersönlich. Konnte nicht erwarten, bis Willi die Tür aufmacht, und ist einfach eingebrochen!«

Rickie warf einen Blick über die Schulter auf die zwei offenen Fenster, deren dünne Gardinen sich keinen Millimeter bewegten, und wischte sich mit dem Handrücken über die nasse Stirn. »Vielleicht hast du schon mal von Peter Ritter gehört, Willi... oder kannst dich sogar noch an ihn erinnern? Ein junger Mann – erstochen? Vor sieben... nein, acht Monaten ist er umgekommen.«

Willi blickte weiterhin verständnislos, nicht mehr als zuvor, aber auch nicht weniger.

»Was wollen Sie ihm denn da einreden?« fragte Renate säuerlich. »Mit diesen ganzen Namen?«

»Hab ich vorhin auch gesagt.« Frau Wenger richtete sich auf. »Willi kann man einreden, er hätte was angestellt – oder ihn beschuldigen, wenn er's gar nicht war.«

Rickie witterte eine Gelegenheit. »Stimmt genau. Sie wissen ja vielleicht, Frau Wenger, daß manche Leute glauben, mein Freund Peter Ritter sei in meiner Wohnung erstochen worden. Das ist die Geschichte, die Willi erzählt, obwohl in allen Zeitungen stand, daß er auf offener Straße erstochen aufgefunden worden ist.« Rickie warf den Wengers und Willi einen Blick zu.

Renate wandte sich hocherhobenen Hauptes dem Ehepaar zu. Herr Wenger lauschte mit kritischem Blick. »Seht ihr? Das sind doch Hirngespinste. Willi und von einer Messerstecherei erzählen?« Sie setzte ein amüsiertes Lächeln auf. Natürlich war sie ein kleines Risiko eingegangen, als sie Willi dieses Märchen aufgetischt hatte, aber er hatte es so ohne weiteres geschluckt! Das hatte ihr gutgetan und außerdem das Vergnügen eingebracht, Rickie eins auszuwischen – Gangster in seiner Wohnung! Die Geschichte würde sich herumsprechen, hatte sie sich damals gedacht, und so war es dann auch gewesen – gerade weit genug. Renate lachte gekünstelt, und ihre dünnen Lippen kräuselten sich kurz. »Könnt ihr euch das vorstellen?«

»Nein«, sagte Herr Wenger, immer noch stirnrunzelnd.

»Eben«, sagte Rickie. »Apropos Willi etwas einreden. Französische Fremdenlegion... Heldentaten... Haben Sie ihm das erzählt, Frau Hag...«

»Da war ich!« fiel Willi, plötzlich munter, ihm ins Wort. »Frankreich! Die Fremdenlegion!« Er nickte selbstsicher. »Jawohl, Herr Kommandant!«

»Frau Wenger, erzählt Ihnen Willi manchmal von der Fremdenlegion?« fragte Rickie.

»Einmal... hat er das wohl.«

»Und Sie haben ihm das abgenommen – daß er dabei war?«

Therese Wenger blickte milde lächelnd auf ihren Teppich. »Ehrlich gesagt nicht. Aber ich weiß ja, wie er ist.«

»Was hat das damit zu tun, daß Herr Markwalder Willi in der eigenen Wohnung tätlich angegriffen hat?« fragte Renate.

»Möchtest du dich nicht setzen, Renate?« fragte Frau Wenger, »es ist doch lächerlich, wenn wir alle so herumstehen.«

Renate Hagnauer schien das überhört zu haben. Sie blickte zu Willi, der sie unverwandt anstarrte und wie angenagelt an seinem Platz am Sofaende stand. »Danke, Therese. – Was Herr Markwalder da erzählt, sind Hirngespinste, sogar Verleumdung, würde ich meinen. Gut, daß wir einen Polizeibeamten hier haben.« Mit einer schwungvollen Drehung marschierte Renate auf die Tür zu, so daß ihr Rock kurz hochwirbelte und ein Schnürstiefel zum Vorschein kam. Dann besann sie sich eines Besseren und blieb.

»Herr Markwalder«, sagte Karl Wenger mit einem Schritt auf ihn zu. »Heute abend ist doch die Hauptsache, daß ein Polizeibeamter unsere beschädigten Türen gesehen hat – oder?«

»Ganz recht, Herr Wenger«, sagte Wachtmeister Schimmelmann.

»Und Herr Markwalder erklärt sich einverstanden, für den Schaden aufzukommen. Ich glaube, damit ist fürs erste alles geklärt, von unserer Seite aus jedenfalls.« Sein Ton war höflich.

Rickie warf ihm einen ungnädigen Blick zu. »Herr Wenger, *ich* bin hier, um mich wegen Teddie Stevenson zu erkundigen, der gestern nacht am Rücken böse verletzt wurde... Und zwar zwei Straßen von hier entfernt.«

»Aber wieso meinen Sie, daß Willi das getan hat?« fragte Frau Wenger.

Weil Renate Hagnauer ihm Haß auf Teddie eingeimpft

hat, hätte Rickie am liebsten gesagt, doch würden diese Leute ihm das glauben? Rickie hatte das Gefühl, die besten Beweise in der Hand zu haben, allesamt zu seinen Gunsten, sie aber nicht richtig zu präsentieren. »Willi läßt sich von dem beeinflussen, was Frau Hagnauer ihm erzählt, wenn ich das so sagen darf, und ich weiß, daß Frau Hagnauer etwas gegen Petey Ritter hatte und jetzt etwas gegen Teddie Ste...«

»Unsinn!« fiel Renate ihm ins Wort. »Halbwüchsige Freunde von Luisa! Wieso sollte ich gegen die was haben? Für solche Kinkerlitzchen ist mir meine Zeit zu schade.«

»Trotzdem könnten Sie Willi dazu bringen, sie nicht zu mögen«, beharrte Rickie.

Hier schüttelte Karl Wenger bedenklich den Kopf, wie um zu sagen, Rickies Argumentation sei rein persönlich und die Beweise hoffnungslos dürftig.

»Wachtmeister, wieso notieren Sie diese aus der Luft gegriffenen Vorwürfe überhaupt?« fragte Renate.

»Das ist meine Pflicht, Madame. Darf ich Sie um Ihre Adresse bitten?«

»Natürlich, warum nicht? Sie steht ja auch im Telefonbuch.« Während sie ihre Adresse diktierte, warf sie Therese Wenger ein aufmunterndes Lächeln zu.

»Herr Markwalder«, sagte Therese Wenger, »mein Mann und ich sind überzeugte Vertreter einer toleranten Haltung. Leben und leben lassen. Wenn Sie genau hinsehen...«

»Von Ihnen hab ich ja auch nicht gesprochen, Madame«, unterbrach sie Rickie. »Sondern von Frau Hagnauer.«

»Ich muß doch sehr bitten!« Ein Zurückwerfen des Kopfes, noch ein Humpelschritt auf die Tür zu, Herrn Wenger im Schlepptau, der ihr schon die Tür öffnen wollte, doch dann drehte sich Renate noch einmal um. »Was ich noch sagen wollte, Wachtmeister…«

»Schimmelmann.«

»Schimmelmann, Sie dürfen Willis Worte nicht auf die Goldwaage legen. Er ist ein wenig behindert… wie Sie sehen.« Der Nachsatz kam sanft und leise, wie eine Mahnung, auf die Schwächeren solle man Rücksicht nehmen.

»Das ist mir klar, gnädige Frau.«

Renate rauschte davon. In der Stille, die auf das Schließen der Tür folgte, holte Rickie tief Luft.

»Frau Wenger, ich danke Ihnen, daß Sie uns heute abend so viel Zeit geopfert haben.«

Als Rickie und Fredy bereits vor der Dielentür standen, sagte Frau Wenger:

»Darf ich fragen, wo Sie eigentlich diese Geschichte gehört haben, Herr Markwalder – daß Ihr Freund in Ihrer Wohnung erstochen wurde? Ihr Freund Peter?«

Das kam laut genug, daß Willi es hören konnte. »Beim ›Jakob‹. Von irgendeinem Gast, der mich gefragt hat, ob der Mörder gefaßt worden sei. … Willi, *du* kennst doch die Geschichte, daß jemand bei mir eingestiegen ist, als die Balkontür kaputt war?«

»Ja«, sagte Willi seelenruhig.

»Und daß angeblich eine Zufallsbekanntschaft von Petey ihn erstochen hat.« Bei den letzten Worten mußte er schwer schlucken.

»Ja«, sagte Willi wieder.

Rickie machte Frau Wenger ein Zeichen, das so viel hieß wie: »Da sehen Sie's.« Er räusperte sich. »Wer hat dir das erzählt, Willi? Weißt du das noch?«

Hier kam wieder das langsame Kopfschütteln.

Es war, als hätte Renate das mit ihm einstudiert, dieses langsame Kopfschütteln, sobald die Gefahr bestand, daß ihr Name ins Spiel kam. »Jemand, den du nicht kennst?«

Nach einer Pause nickte Willi.

Rickie lächelte in sich hinein. »Ich kenne sie eben auch nicht richtig, Frau Wenger, diese Balkongeschichte. Aber sie kursiert, hängt in der Luft wie ein undefinierbares Gas. Luisa hat sie mal gehört – von Renate.« Rickie legte die Hand auf die Klinke. »Gute Nacht.«

»Gute Nacht«, echote Fredy.

Draußen in der etwas kühleren Nachtluft steuerten sie auf Rickies Wohnung zu. Mit einem kurzen Blick nach oben stellte Rickie fest, daß hinter den Hagnauerschen Fenstern Licht brannte. »Dort oben wohnt sie.«

»Wer?«

»Die alte Schachtel. Renate. Und Luisa auch. Hab ich dir doch erzählt, da ist das Näherinnen-Fließband.«

Fredy enthielt sich des Kommentars. Beim ›Jakob‹ an der Ecke fragte er: »Sollen wir noch?«

»Nein, ich bin richtig kaputt.«

»Dann bring ich dich nach Hause.«

Fredy kam noch einen Sprung mit hinauf. Er mußte auf die Toilette. Als er wieder heraustrat, fragte er:

»Kann ich bei dir übernachten, Rickie?«

Rickie mußte wieder die verhaßte Art von Stärke herauskehren. »Nein. Tut mir leid, Fredy.«

»Bloß zum Schlafen, Ehrenwort… meine Frau ruft hier sicher nicht an.«

Fredys Frau machte Rickie keinen Kummer. »Ich möchte einfach lieber allein sein.«

Irgendwie umarmten sie sich. Ein paar Sekunden lang drückten sie sich fest, und Rickie spürte eine Welle von Dankbarkeit in sich aufsteigen, auch von Kraft, wie übertragen von Fredys festem kleinem Körper. Fredy hatte sich heute abend wirklich als Freund erwiesen. Beschämt fiel Rickie ein, wie er ihn am Samstag abgewimmelt hatte, nur weil Teddie im ›Jakob‹ auftauchen wollte und Rickie womöglich irgendeinen hübscheren Mann kennenlernte.

»Gute Nacht, Rickie. Du kannst jederzeit bei mir anrufen.« Fredy ging.

## 18

Kurz vor acht am nächsten Morgen wurde Rickie vom Telefon geweckt.

»Tut mir leid, daß ich so früh anrufe«, sagte Luisa. »Ich bin in der Zelle beim ›L'Eclair‹ – auf dem Weg zum Einkaufen. Ich hab gestern abend noch mit Teddie gesprochen, als Renate weg war.«

»Und?«

»Also, erstens will seine Mutter nicht, daß er noch mal nach Außersihl kommt.«

»Kann ich mir vorstellen. War Frau Stevenson bei der Polizei?«

»Ja. Beziehungsweise hat sie die Polizei zu sich bestellt, um ihr diese Stange zu zeigen. Sie hat auch die Adresse von dem Haus angegeben, wo ich das Ding gefunden habe. Anscheinend wohnt da im Augenblick kein Mensch, jedenfalls war niemand aufzutreiben. Die Polizei wollte nachfragen, ob irgendwer dort rumgelungert hat.«

Rickie runzelte die Stirn. »Weißt du, was die Polizei unternehmen will?«

»Nein. ...Teddie sagt, er gibt dir sofort Bescheid, wenn es was Neues gibt. Du, ich muß Schluß machen.« Es klickte.

Teddie durfte also nicht mehr in ihr Viertel kommen, jedenfalls nicht mit dem Wagen seiner Mutter, vielleicht auch sonst nicht. Na, Liebende fanden immer einen Weg.

Rickie ging wieder ins Bett, um noch ein Stündchen zu schlafen. Lulu sprang zu ihm hoch, leckte mit ihrer rosa Zunge ins Leere und rollte sich dann auf dem Laken zusammen. Auf dem Unterleintuch war ein dunkelroter Fleck von Teddies Blut, so groß wie ein Fünffrankenstück.

Wieder das Telefon.

»Dorrie Wyss«, sagte die Stimme, und Rickie hatte sofort das Bild des quirligen Mädchens mit roter Weste und kurzgeschorenen blonden Haaren vor sich. »Hab's gestern abend schon bei dir probiert. Na, wie geht's unserem Herzblatt?«

Ihn meinte sie damit bestimmt nicht. »Ganz gut. Er ist wieder zu Hause, unter Mutters Fittichen.« Dorrie hatte ja den verletzten Teddie auf der Hinterterrasse beim ›Jakob‹ noch mitgekriegt.

»Und Luisa?«

»Die hat mir vorhin erzählt, daß Teddies Mutter ihn nicht mehr in unser Viertel lassen will.«

»Kann ich verstehen. ... Du, ich hab eine Idee. Könnten wir nicht Teddie besuchen? Wir beide und Luisa, ihm ein paar Blümchen vorbeibringen? ... Wie ist denn seine Nummer? Ich ruf mal an. Du kannst ja schlecht – oder solltest besser nicht.« Sie lachte. »Ich hab doch den Kombi, da könnt ich euch heute nach fünf aufsammeln und uns alle dorthinkarren.«

Sie heckten einen Plan aus. Rickie würde Luisa irgendwie Bescheid geben. Dorrie sollte in der Nähe vom ›Small g‹ mit dem Wagen warten. Sie würde Frau Stevenson fragen, ob sie Teddie gegen sechs besuchen könnten. Rickie schrieb sich Dorries Nummer in der Arbeit auf und vergewisserte sich, daß Dorrie seine Ateliernummer hatte.

Kurz vor fünf machte Rickie den Laden dicht, um sich zu Hause noch umzuziehen. Er duschte, zog eine schwarze Hose an und entschied sich für das gelbe Jackett, das noch sauber war. Ein weißes Hemd... und statt der Krawatte ein flottes Seidentuch.

»Tschüß, Lulu! Bis acht bin ich auf alle Fälle wieder da.« Wieso nahm er sie eigentlich nicht mit? Sie konnte doch in Dorries Auto warten, während sie Teddie besuchten. Lulu war begeistert.

Der glänzende schwarze BMW Kombi von Dorrie Wyss stand direkt vor dem ›Jakob‹, als Rickie um fünf vor halb sechs dort eintraf. Und da kam auch schon Luisa über die Straße getrabt.

»Na, was habt ihr vor?« fragte sie strahlend.

»Wir fahren zu Teddie. Zu dritt.«

»Wenn er uns nicht besuchen kann, besuchen wir eben ihn. Dorries Idee«, sagte Rickie. »Hallo, Dorrieschatz! Jetzt aber nichts wie weg hier.« Schließlich konnte jeden Augenblick Renate auftauchen.

Sie fuhren los in Richtung Innenstadt, Rickie mit Lulu im Fond, Luisa vorne auf dem Beifahrersitz.

»Sag mal, Rickie«, fragte Dorrie, »weißt du eigentlich, wie man da hinkommt?«

Rickie hatte im Atelier auf dem Stadtplan nachgesehen und konnte Dorrie dirigieren.

Es war ein großes beiges Mehrparteienhaus, vielleicht zehn Stockwerke hoch, mit ein paar Bäumen davor. Sie mußten eine Straße weiter parken, und Rickie achtete darauf, daß alle Türen abgeschlossen waren und Lulu genügend Luft hatte. In der Sonne stand der Wagen sowieso nicht. Auf dem Weg hatte Rickie in einem Blumenladen noch zwei Sträuße gekauft, einen für Luisa zum Verschenken, einen für sich.

»Feudal, feudal«, meinte Dorrie, als sie durch eine Glastür in die Lobby kamen. Pünktlich auf die Minute brachte der Lift sie nach oben in den neunten Stock.

Als sie ausstiegen, ging schon die Wohnungstür auf, und Teddie stand da, in Jeans, einem weißen T-Shirt und Sandalen.

»Willkommen, geschätzte Gäste, kommt rein! ... He, ich bin doch noch nicht tot!« sagte er, als Rickie ihm die Blumen entgegenstreckte.

Frau Stevenson begrüßte sie vom Wohnzimmer aus mit einem strahlendem Lächeln. Die Wohnung hatte Air-Condition und breite Fenster; in einer Ecke stand ein

Stutzflügel, und eine Wand war ganz mit Büchern bedeckt.

»Dorrie Wyss«, stellte Rickie vor, »Frau Stevenson.«

»Freut mich«, sagten beide.

Dorrie sah richtig schick aus, dachte Rickie, mit den kleinen grünen Ohrringen, einem schönen Hemd und einer schmalen schwarzen Hose.

»Bitte, Frau Stevenson«, sagte Luisa und streckte Teddies Mutter ihren Strauß entgegen.

»Oh, danke, Luisa! Augenblick, ich hol nur schnell eine Vase, besser gesagt zwei.«

»Ich geh schon, Mami«, kam Teddie ihr zuvor, der so aussah, als ob er seine Blumen möglichst schnell loswerden wollte.

»Turn nicht so rum, Teddie! Du hast's doch versprochen«, rügte die Mutter und machte ein strenges Gesicht.

»Ich turn überhaupt nicht rum. Setzt euch doch, bitte – irgendwohin«, bat Teddie, um Gelassenheit bemüht. »Ich helf meiner Mutter. Bin gleich wieder da.«

Rickie sah den dicken Verband unter dem T-Shirt, als Teddie aus dem Zimmer ging. »Wenn die Damen sich nicht setzen…«

Die Damen lächelten. Sie blickten sich im Zimmer um.

»…dann mach ich eben den Anfang!«

»Gewonnen!« sagte Dorrie, stürzte auf einen Sessel zu und ließ sich hineinfallen, ehe Rickie das braune Ledersofa noch berührte. Die Blumen wurden in Vasen wieder hereingebracht, gefolgt von Eistee und Zitronenkuchen.

Frau Stevenson erkundigte sich, was Dorrie beruflich mache. Sie sprach sie mit Vornamen an und siezte sie.

»Ich ziehe Schaufensterpuppen an«, sagte sie. Dann, lachend: »Und stell sie in Positur. Meistens weibliche, aber nicht immer. Außerdem mach ich die Dekorationen, zusammen mit meinem Kollegen Bert.«

Rickie scharrte nervös mit den Füßen. Bert! Er sah ihn vor sich: entweder langhaarig oder kahlgeschoren, und wahrscheinlich mit gezupften Augenbrauen.

»In Zürcher Geschäften? Wo denn zum Beispiel?«

Dorrie nannte ein paar in der Bahnhofstraße. »Ich arbeite freiberuflich.«

»Frau Stevenson... wegen dieser Stange... was hat die Polizei gesagt?« begann Rickie.

»Ach!« Sie hatte sofort aufgehorcht. »Tja, sie haben sie mitgenommen. Besonders optimistisch sind sie nicht. Auch nicht, was Fingerabdrücke betrifft. Aber sie ziehen die Stange zumindest als Tatwaffe in Betracht. Sie hätte solch einen Riß verursachen können wie in Teddies Jackett. Und so eine Verletzung.« Sie hielt inne. »Daß sowas direkt am Auto passiert, und kurz nach Mitternacht, so früh! Vielleicht mag das Viertel Teddie nicht... oder irgendwer von dort... weil er *nicht* aus dem Viertel stammt.«

Luisa wechselte einen Blick mit Rickie. »Das Viertel gilt nicht als gefährlich, Frau Stevenson«, sagte sie ernst. »Wirklich nicht. Wir kennen uns eigentlich alle untereinander.«

Rickie sah wieder Willis hagere Gestalt beim ›Jakob‹ durch die Menge schlüpfen, rechtzeitig, um Teddie niedergeschlagen haben zu können. Hatte er die Tatwaffe womöglich schon vorher in dem Garteneingang bei Teddies Wagen bereitgelegt? Vielleicht trug er auch eine Taschenlampe bei sich, schließlich wohnte er ja in dieser dunklen Gasse. »Frau Stevenson, haben Sie …«

»Wir könnten ruhig von was anderem reden«, setzte Teddie gleichzeitig an. Er beugte sich auf seinem Sessel vor, die Teetasse in beiden Händen. »Entschuldige, Rickie.«

»Ähm, ich wollte fragen, ob Sie den Namen des Polizeibeamten wissen, der hier war?«

»Ja schon«, erwiderte Frau Stevenson gedehnt, sichtlich nicht drauf erpicht, ihn einzuweihen. Sie runzelte genausooft die Stirn wie ihr Sohn.

»Ich habe nämlich einen Freund bei der Polizei«, sagte Rickie mit einem stolzen Unterton. »Das mag unter Umständen hilfreich sein, wissen Sie … damit man sich dort dahinterklemmt. Mein Freund könnte sich zum Beispiel nach dem Verlauf der Ermittlungen erkundigen.« Rickies gefaltete Hände öffneten sich kurz. Seine Teetasse stand noch auf dem Couchtisch, und vom Kuchen hatte er gar nicht erst genommen. Er hatte Lust auf eine Zigarette, traute sich aber nicht, eine anzuzünden.

»Augenblick bitte mal.« Frau Stevenson ging in die Diele und kehrte mit einer Visitenkarte in der Hand wieder.

Rickie schrieb sich auf: Thomas A. Senn, 73. Polizeirevier Zürich Eggstraße. 01/275 4556 App. 5. »Danke.« Er stand auf und gab ihr die Karte zurück.

»Und wie heißt Ihr Freund?« fragte sie.

»Friedrich Schimmelmann«, erwiderte Rickie deutlich. »Er ist zur Zeit bei der Verkehrspolizei, sitzt aber oft am Schreibtisch. Leicht zu erreichen.«

Frau Stevenson bot noch einmal Kuchen an, erst Dorrie, dann Luisa. »Nicht mal ein klitzekleines Stück?« fragte sie Luisa, die sich breitschlagen ließ. »Dich, Teddie, frag ich erst gar nicht.«

Teddie nahm sich mit den Fingern ein Stück und legte es auf seinen Teller. »Ich hätte die Platte rumreichen sollen, entschuldige, Mami.«

»Du... bleibst *sitzen*«, befahl seine Mutter sanft, aber bestimmt, und es klang, als hätte sie das in den letzten Tagen öfter sagen müssen. Sie setzte sich wieder aufs Sofa, neben Rickie. Die Sache bereitete ihr offenbar Kopfzerbrechen. »Ich hab ja kein großes Vertrauen, daß die Polizei was unternimmt oder unternehmen kann. Es geht mir nicht so sehr um die Strafe, aber ich finde, wer sowas tut, muß gestellt und verwarnt werden. ...So eine sinnlose Tat. Nicht mal, um was zu rauben! Was macht man mit solchen Menschen?« Sie zuckte hilflos die Achseln.

Sekundenlang herrschte Stille.

Luisa fragte Teddie, ob er Klavier spiele.

»Schon, aber nicht besonders gut. Eigentlich spielt meine Mutter.«

»Luisa, du mußt mir sagen, wann wir wieder fahren sollten«, sagte Dorrie. Und zu Frau Stevenson gewandt, mit einem gewinnenden Lächeln: »Ich bin heute die Chauffeuse.«

»Ihr wollt doch nicht schon fahren?« entrüstete sich Teddie. »Du mußt unbedingt noch mein Zimmer ansehen, Luisa – müßt ihr alle.« Er war aufgestanden und drängte sie.

Dorrie erhob sich ebenfalls und streckte Luisa, die in

einem tiefen Ledersessel saß, über Kreuz ihre Hände hin. Luisa faßte zu, und Dorrie zog sie hoch.

»Wo er doch extra aufgeräumt hat«, hänselte Frau Stevenson ihren Sohn, der ihr zum Dank eine Grimasse schnitt.

Für Luisa hatte das Zimmer einen Matrosenlook, blau-weiß, mit lauter strengen Linien. Auf dem breiten Bett, das an der Wand stand, lag eine dunkelblaue Tagesdecke.

Rickies Blick fiel auf den CD-Spieler, ein Kurzwellenradio auf einem Regal am Bett, Bücher, die offenbar mit Technik zu tun hatten, eine neu aussehende dunkelrote Olivetti-Schreibmaschine und einen Bierkrug voller Bleistifte und Kugelschreiber.

»Cool«, sagte Dorrie beeindruckt.

»Schau, Luisa, von hier aus kann ich mit dir flirten«, sagte Teddie und zeigte auf sein eigenes Telefon.

»Irgendwelche Neuigkeiten vom ›Tages-Anzeiger‹?« fragte Rickie.

Teddie zog den Kopf ein. »Keine guten, falls du das meinst.«

Sie pilgerten zum Wohnzimmer zurück, und dann verabschiedete und bedankte man sich allerseits in der Diele.

»Sie haben wirklich eine wunderschöne Wohnung«, sagte Luisa treuherzig zu Frau Stevenson. »Vielen Dank, daß wir vorbeikommen durften.«

»Danke, Frau Stevenson. Ihre Klimaanlage war ein Genuß«, meinte Dorrie Wyss lächelnd. »Mach's gut, Teddie.«

Rickie verbeugte sich nur. »Danke sehr.« War er tatsächlich zu scheu, Teddie zu bitten, ihn morgen anzurufen, weil dessen Mutter danebenstand?

Schweigend fuhren sie im Lift nach unten, doch draußen auf dem Trottoir schütteten sie sich aus vor Lachen.

»Tja, wie die oberen Zehntausend leben…« keuchte Dorrie Wyss.

»*So* feudal nun auch wieder nicht«, schränkte Rickie ein. »Mittelfeudal.«

An dem schwarzen BMW angelangt, rief Rickie Lulu heraus und ließ sie ein bißchen herumlaufen. Dann mußte sie wieder zurück ins heiße Auto. Dorrie verkündete, sie würde die Kühlung einschalten, hätte allerdings bloß ein Gebläse zu bieten.

»Das war doch ein tolles Zimmer, was?« schwärmte sie. »Teddies, meine ich. Wetten, da drin hätte meine gesamte Wohnung Platz.«

Luisa dachte daran, daß es kurz vor halb acht war und wie sie Renate erklären sollte, wieso sie zu spät zum Abendessen kam oder jedenfalls zu spät, um beim Kochen zu helfen. Wenn sie behauptete, sie sei beim ›Jakob‹ gewesen, sagte Renate wahrscheinlich, sie hätte dort vorbeigeschaut und Luisa nicht gesehen.

»Übrigens, Luisa, wenn ich dich in Teddies Gegend fahren soll, jederzeit. Ist überhaupt kein Akt, dich in Außersihl abzuholen und hierherzubringen«, erbot sich Dorrie. »Ich geb dir meine Karte, wenn wir beim ›Jakob‹ sind.«

Eine Visitenkarte! dachte Rickie. Dorrie machte ihren Weg, kleine Wohnung hin oder her.

»Und Teddie kann dich dann im Taxi wieder heimbringen«, fuhr Dorrie fort, »solang er nicht aussteigen muß!«

Rickie wußte nicht recht, ob er die Frage stellen sollte, obschon sie ihm auf der Zunge lag: »Sag mal, Luisa, hat

Renate irgendwas von gestern abend erwähnt? Wegen Willi und so?«

Luisa zuckte zusammen und drehte sich zu Rickie um. »Nein. Aber die Wengers haben mich angesprochen, als ich dich von dort angerufen habe. Sie meinten, du wärst mit einem Polizisten bei ihnen vorbeigekommen.«

»Wir glauben... *ich* glaube, Willi hat Teddie mit dieser Stange niedergeschlagen, die Luisa gefunden hat. Aber nachdem wir nichts Genaues wissen...«.

Luisa beschrieb Dorrie den Stativfuß.

»Habt ihr Willi zur Rede gestellt?« fragte Dorrie.

»Ja, und er behauptet, er hätte Teddie nie gesehen«, erwiderte Rickie.

»Die Wengers glauben natürlich, wir wollen Willi die Tat anhängen, weil wir einen Sündenbock brauchen«, vermutete Luisa.

»Obwohl das praktisch aussichtslos ist, mit jemand, der so unterbelichtet ist wie der.« Das kam von Rickie.

»Aussichtslos?« fragte Dorrie.

»Man kann einen geistig Behinderten nicht so belangen wie einen gesunden Menschen. Selbst wenn ich mehr Beweise hätte, oder die Polizei«, sagte Rickie entmutigt, »zu einem Geständnis würde man Willi wahrscheinlich nie kriegen. ... Man merkt ihm zwar das schlechte Gewissen an, aber er ist wie ein Roboter, dem das Sprüchlein einprogrammiert wurde, er hätte den Jungen nie im Leben gesehen.«

Wieder Stille.

»Renate war heute ganz besonders nervös. In einer Stinklaune mir gegenüber. Und jetzt gibt's ein Donnerwetter, weil ich spät dran bin.« Luisa verdrehte die Augen. »Das Übliche halt.«

»Wie lange dauert deine Lehre eigentlich noch?« fragte Dorrie.

»Ein gutes halbes Jahr.«

»Kannst du nicht zu einem anderen Modeatelier wechseln? Ist das nicht erlaubt?«

»Erlaubt vielleicht schon«, antwortete Luisa. »Aber wie ich Renate kenne, würde sie mir das denkbar schlechteste Zeugnis schreiben.« Den dramatischen Zusatz, daß Renate sie einfach nicht gehen lassen würde, sparte sie sich. Mit einem Schlag realisierte Luisa, daß sie in ihrem Viertel angekommen waren. »Die letzten paar Meter kann ich laufen. Ist besser so, Dorrie.«

»Wenn du meinst. Ich fahr noch vor bis zum ›Jakob‹ und dreh dann um. Hör mal, kannst du dieser Renate nicht einfach sagen, daß du Teddie besuchen wolltest und die Gelegenheit hattest, mit Freunden mitzufahren? Hat sie denn gegen einen Freund auch was einzuwenden, die alte Schwulenhasserin?«

»Hm... ja«, sagte Luisa und stieg aus.

»Halt, meine Karte!« Dorrie wühlte in einem Aktenkoffer, beugte sich über den Beifahrersitz und reichte Luisa ihre Visitenkarte durchs Fenster. »Mach's gut, Sweetie. Du kannst mich jederzeit anrufen.«

Das hatte Fredy Schimmelmann auch gesagt, erinnerte sich Rickie. »Mich auch! Viel Glück mit der alten Hexe.« Er blickte Luisa nach, die auf Renates Wohnung zuhetzte, während Dorrie wendete.

»Willst du gleich nach Hause, Rickie?«

Das wollte er, und Dorrie war um halb neun noch verabredet. Vor Rickies Wohnung trennte man sich.

Rickie rief sofort bei Fredy an und hatte ihn zum Glück gleich am Apparat. Er erzählte ihm, daß seine Kollegen der Meinung seien, bei dem abgebrochenen Stativfuß könnte es sich um die Tatwaffe handeln. Dann gab er ihm den Namen und die Personalien von Thomas Senn.

Etwa zur selben Zeit mußte sich Luisa von Renate ins Gebet nehmen lassen. Wieso sie so lange gebraucht habe? Renate hätte bereits gegessen. Morgen sei schließlich ein normaler Arbeitstag, und man müsse seinen Rhythmus einhalten.

»Du hättest doch zumindest anrufen können«, rügte Renate milde – geradezu zuckersüß, verglichen mit sonst. Sie trug einen rotgoldenen Kimono mit weiten Ärmeln, die sie sogar beim Kochen geschickt pieksauber hielt.

»Ich war bei Teddie. Es hat sich so ergeben, ich konnte bei jemand mitfahren«, sagte Luisa ruhig.

»Ach! Und die haben wohl kein Telefon, was! ...Wer hat dich denn hingefahren, dieser Markwalder oder wie er heißt?«

»Nein. Eine Frau.«

»Wer?«

»Ich weiß nicht, wie sie heißt. Beatrix, glaube ich.«

»Eine Freundin von dem? War er auch dabei?« fragte Renate scharf.

»Ja«, gab Luisa patzig zurück. »Ich mag gar kein Abendessen, es ist so warm. Höchstens ein Glas Milch.«

»Du ißt was«, befahl Renate, froh, einen konkreten Angriffspunkt zu haben. »Du hast den ganzen Tag gearbeitet, morgen arbeitest du wieder, und du mußt was essen. Ich hab dir ein Schweinekotelett übriggelassen. Kartoffelsalat ist auch noch da. Nimm dir.«

Luisa, die deswegen keinen Streit anfangen wollte, würgte das Essen brav hinunter.

## 19

Ein paar Tage später, als Rickie gerade im ›Jakob‹ in sein Hörnchen biß, fiel sein Blick auf einen Namen, der ihn stutzig machte. Georg Stefan. Wieso kam ihm das bekannt vor? Er starrte auf die Seite im ›Tages-Anzeiger‹. Georg Stefan hatte einen kleinen Artikel mit dem Titel »Ein altmodisches Tête-à-tête in einer abgebrühten Welt« geschrieben, und Rickie fing an zu lesen. Schmerzhaft durchzuckte ihn die Erkenntnis, daß hier Teddie über seinen Abend mit Luisa in einem Lokal in den Bergen schrieb, wie sie unterm Sternenhimmel getanzt hatten: ein erstes Date mit einem hübschen Mädchen, das, schlimmer als Aschenputtel, noch *vor* elf wieder zu Hause sein mußte. Der große Wagen, der seiner Mutter gehörte, sein Versprechen, kein einziges Gläschen Wein zu trinken, seine Freude, mit dem Mädchen zusammenzusein... Doch: Würde, konnte sie sich je wieder mit ihm treffen, zu einem zweiten Rendezvous? Bei Teddie war der gestrenge Zuchtmeister »ihr Vater« – darüber mußte Rickie grinsen. Kaviar, ein gewagter Gin Tonic für das Mädchen mit den Augen und Haaren wie glänzende Kastanien.

*Allein, allein*, schloß der Artikel, nach der Rückfahrt in

die Stadt, als das Mädchen sicher zu Hause abgeliefert war. Komisch, dachte Rickie, daß die Zeitung sowas druckte, obwohl: die Naivität und die Intensität sprachen für sich. Teddie platzte heute morgen wahrscheinlich vor Stolz. Und letzten Montag hatte er wohl noch keine Ahnung gehabt, daß er gedruckt werden würde.

Gerade als Rickie – ausnahmsweise – unter dem Tisch ein knuspriges Stück Hörnchen in Lulus spitze Schnauze gesteckt hatte und den Blick hob, kamen Renate und Luisa herein, und Andi stellte ihm seinen Appenzeller hin. »Ich danke Ihnen, James«, sagte Rickie näselnd.

»Es war mir kein Vergnügen, Sir«, erwiderte Andi ebenso distinguiert.

Rickie nickte Luisa fröhlich zu, was aus der Entfernung auch für Renate hätte gelten können, doch diese konzentrierte sich bereits darauf, eine Zigarette in ihre Spitze zu stecken. Er wollte mit dem Finger auf seine Zeitung zeigen, um Luisa neugierig zu machen, aber sie schaute schon nicht mehr her. Als Rickie beim zweiten Schluck Appenzeller war, kam Fredy Schimmelmann herein, in Uniform. Der Tag ließ sich wieder mal prächtig an.

»Fredy – guten Morgen!« Rickie genoß jede Sekunde, die Renate die Uniform anstarrte. »Setz dich, alter Kumpel. Kommst du vom Dienst?«

»Ja, vor ein paar Stunden.« Fredy setzte sich zu Rickie. »Wieder mal Verkehrsstreife, zweiundzwanzig Uhr bis sechs, hübsch, was?« Er nahm die Mütze ab und legte sie auf den großen Tisch. »Ich bin bei dir zu Hause vorbeigegangen, aber da rührte sich nichts, also dachte ich, ich schau mal hier rein.«

»Frühstück. Fast jeden Morgen.«

»Ich hab heute früh mit Thomas Senn gesprochen, bin extra aufs Revier«, sagte Fredy. »Gewissenhafter Typ, hatte die Hausnummer, Fotos vom Tatort.«

»Ist er Kommissar?«

»So was Ähnliches. Er ist bei einer Sonderkommission. Macht sich allerdings nicht besonders große Hoffnungen, den Täter zu finden. »Aber…« Fredy senkte die Stimme. »… ich hab ihn wegen Willi gefragt, wie man am besten vorgeht, wenn man einen geistig Behinderten verhört. Ob man vielleicht einen Arzt zuziehen sollte?« Er sah Rickie mit seinen blaugrauen Augen direkt an. »Und Senn sagt, es ist absolut legal, ihn zu vernehmen, ein Arzt mit dabei wäre eine gute Idee – unauffällig dabei, verstehst du? Der könnte dann bestätigen, daß wir Willi nicht zu sehr in die Zange nehmen.«

»Stimmt«, murmelte Rickie, obwohl er noch einen Haken sah. Ursi kam auf sie zu, um Fredys Bestellung aufzunehmen.

»Ah, unser Wachtmeister! Guten Morgen, Monsieur.«

»Guten Morgen. Einen Cappuccino, bitte.«

»Unser *Freund*«, sagte Rickie, erfreut, daß Ursi Wachtmeister Schimmelmann offenbar wohlgesonnen war. Als Ursi wieder weg war, flüsterte er Fredy zu: »Das klappt schon, wenn wir Willi irgendwie zu fassen kriegen, ohne daß Renate Hagnauer dahinterkommt und dazwischenpfuscht.«

»Sie sitzt hinter mir, ich weiß«, flüsterte Fredy zurück, den Blick auf die glatte, mit Flecken und Kratzern übersäte Tischplatte gesenkt. »Stehen die sich so nah?«

»Ach, sie spielt sich bloß als sein Schutzengel auf. Wenn Willi auch nur eine Stunde vorher erfährt, daß die Polizei ihn sprechen will, erzählt er ihr das. Oder den Wengers.«

»Dann müssen wir ihn überraschen – irgendwo. Mit Senn und einem Arzt vom Revier.«

Rickie bekam allein bei dem Gedanken gute Laune: »Du... Themawechsel: Stell dir vor, mein Freund Teddie hat einen Artikel beim ›Tages-Anzeiger‹ untergebracht.« Rickie blätterte in der Zeitung am Stab die Seite auf.

»Ist er Journalist?« fragte Fredy und nahm die Zeitung an sich.

»Er will gerade einer werden. Das hier geht über seine erste Verabredung mit Luisa. Ein bißchen naiv... aber rührend.«

Fredy warf einen Blick darauf. »Du würdest den Artikel auch rührend finden, wenn er hundsmiserabel wäre.«

»Kann sein. Aber wenn er hundsmiserabel wäre, würde er nicht im ›Tages-Anzeiger‹ stehen.«

Rickie kam zugleich mit Mathilde bei seinem Atelier an.

»Sie strahlen heute aber«, bemerkte sie.

»Och, ich hab auch gute Neuigkeiten«, erwiderte Rickie, während er aufsperrte. Mathilde war sichtlich neugierig, und er wollte sie nicht auf die Folter spannen. »Mein Freund Teddie – der Junge, der verletzt wurde – von dem ist heute ein Artikel im ›Tages-Anzeiger‹ abgedruckt. Hab ihn grade beim ›Jakob‹ gelesen.«

»Einen Artikel? Dabei ist der noch so jung! Worüber denn?«

»Über ein erstes Date. Unter dem Namen Georg Stefan.«

»Den les ich. Wir haben ihn abonniert.«

Kaffee. Immer noch einen Kaffee. Mathilde schlitzte Briefumschläge auf.

Rickie war noch aus einem anderen Grund fröhlich: Er hatte eine Idee für die trockene Haut. Natürlich gab es Dinge, die trocken besser waren – Champagner, manche Weißweine, Dry Sack und Martini –, aber doch nicht die eigene Haut. Auf Rickies Entwurf für die Feuchtigkeitscreme sollte ausnahmsweise keine schöne Frau zu sehen sein, sondern nur edle Wein- und Cocktailgläser. Mit seinem Kaffee vor sich und einer Zigarette in der Hand begann er zu zeichnen.

»Ach, Rickie, hier ist was weniger Schönes.« Mathilde kam herüber und hielt ihm ein Blatt Papier hin.

Es war eine Rechnung mit ein paar handgeschriebenen Zeilen von den Wengers darunter, sie seien sicher, Rickie wolle das so bald wie möglich in Ordnung bringen. Über zweitausendsechshundertfünfundvierzig Franken waren für die beiden Türen von Willi Biber veranschlagt worden – sie müßten maßangefertigt werden, weil das Haus so alt sei.

»*Zwei* Türen. Sollen mich am Arsch lecken, diese Ganoven«, murmelte Rickie und mußte grinsen, als er sah, daß Mathilde das gehört hatte. »Für ein paar windige Holzbretter, die jedes Kind eintreten konnte. Und mich hat's zufällig getroffen!«

Sie lachten beide.

»Aber der Spaß war's wert? Stellen Sie denen einen

Scheck aus, ich unterschreib dann.« Er machte sich wieder an die Arbeit.

Eine Weile später blätterte er in einem zerfledderten Adreßbuch nach Dorries Nummer. Er hatte drei verschiedene und probierte es bei einer in der Bahnhofstraße. Man kannte sie dort, meinte aber, sie sei wohl in einem anderen Geschäft, dessen Name Rickie bekam. Und er konnte eine Nachricht hinterlassen: Sie möge ihn bitte anrufen.

Was Dorrie kurz vor zwölf auch tat.

Rickie erzählte ihr von Teddies Artikel. »Ich würd es so gern Luisa erzählen, aber ich trau mich nicht anzurufen.« Das war die reine, absurde Wahrheit: Er traute sich nicht.

»Ich ruf sie an! Natürlich erst, wenn ich ihn selber gelesen habe«, sagte Dorrie lachend. »Wie heißt die alte Schachtel gleich wieder?«

Als in der Hagnauerschen Wohnung das Telefon klingelte, saßen Renate und Luisa im Wohnzimmer beim Mittagessen. Renate wollte selber abnehmen, obwohl der Wohnzimmerapparat kaputt war und Vera gerade in der Diele stand.

»Dorrie?« sagte Renate.

Luisa sprang auf.

»Wir haben Mittagszeit«, sagte Renate unterkühlt wie eine Stimme vom Band.

»... dauert nicht lang ... was *ausrichten*«, hörte man Dorries Stimme.

»Sie sind doch mit Herrn Markwalder befreundet, oder? Dann wäre ich Ihnen sehr verbunden, wenn Sie hier *nicht* mehr anrufen würden.« Renate legte auf. »Kein Benehmen«, schnaubte sie Luisa an und humpelte in Richtung Wohnzimmer.

»Sie wollte doch nur kurz was ausrichten, hat sie gesagt«, begann Luisa.

Renate setzte sich und aß weiter. »Falls das Telefon noch mal klingeln sollte...«

Das tat es, eben dann.

»*Dann* gehst du hin«, sagte Renate und stand auf. »Erklär du dieser Peson, sie soll hier nicht mehr anrufen. Los, sag's ihr!«

Luisa ging an der unheimlich stillen Küche vorbei, wo Stephanie, Vera und Elsie gemeinsam zu Mittag aßen. Sie nahm den Hörer ab. »Hallo?«

»Hallo, Sweetie! Teddie hat einen Artikel im ›Tages-Anzeiger‹! Unter dem Namen...«

»Sag's ihr!« rief Renate.

»Dorrie...«

»Georg Stefan. Alles klar? Über dich und...«

»Dorrie, ich muß dich bitten, nicht mehr hier anzurufen. Das kommt von...«

»Weiß schon. Sag ihr, sie kann mich mal!« sagte Dorrie laut und deutlich. »Ich schreib dir... oder sonstwas. Und du weißt ja, wo du mich erreichen kannst.«

»Leg auf!« kommandierte Renate.

Luisa legte auf. Hoffentlich hatte Renate gehört, was Dorrie gesagt hat. Luisa trottete zurück ins Wohnzimmer, obwohl ihr der Appetit vergangen war.

»Das hat hoffentlich gesessen«, sagte Renate. »So eine Frechheit! Unerhört!«

Wieso eigentlich, überlegte Luisa. Bei jemand während

der Mittagszeit anzurufen? Sie war neugierig auf Teddies Artikel, andererseits war ihr auch etwas mulmig: Teddie hatte ja erzählt, daß er über ihr Rendezvous geschrieben hatte.

»Iß auf.«

Luisa gab sich einen Ruck, spülte den Rest mit Eistee hinunter, in dem das Eis schon geschmolzen war, und schluckte. Seltsamerweise war Teddies Artikel zu einem weiteren Hindernis an diesem Tag geworden. Renate beobachtete sie jetzt. Luisa hätte am liebsten mit Rickie geredet; doch was konnte der schon tun? Er war zwar ein verständnisvoller Freund, aber was konnte er *tun*?

Eine Viertelstunde später saß Luisa an ihrer Nähmaschine über einem Rock, den sie in Renates Auftrag entworfen hatte. Für die Taille der Jacke und die schmalen, ausgefallenen Revers war sie schon gelobt worden. Ab und zu ließ Renate sie etwas »kreieren«, einmal sogar ein Nachthemd. Luisa überprüfte noch einmal die Heftnaht am Reißverschlußeinsatz. Vorhin hatte sie auf der Bank, wo die Mädchen ihre Handtaschen und sonstigen Sachen ablegten, einen ›Tages-Anzeiger‹ entdeckt. Als Renate einen Augenblick aus dem Zimmer war, lief sie hin und hielt die Zeitung in die Höhe.

»Kann ich mir den kurz ausleihen? Wem gehört er?«

Es war Stephanies, die ihn ihr natürlich borgte.

Eilig, aber vorsichtig huschte Luisa damit über einen kurzen Gang mit Fenstern auf die von den Mädchen benutzte Toilette. Sie suchte die Seite im Stehen und las so schnell, daß sie nach ein paar Absätzen wieder von vorn anfangen mußte, um alles zu kapieren. Da war sie wieder, die Aufregung von dem Abend, als sie Teddie heimlich getroffen hatte, bei dem großen Wagen, der seiner Mutter gehörte und den er nur ausleihen durfte, wenn er versprach, keinen Alkohol zu trinken. Der Tanz unter dem Sommerhimmel, Teddie, der sich so elegant und unwirklich vorkam, in seinem hellen Jackett, der Bügelfaltenhose und den Lackschuhen. Und erst das Mädchen! Luisa zwang sich, weiterzulesen. Sie mußte lächeln. Man konnte sie für eine Märchenkönigin halten, mit leuchtenden Augen und allerliebst. Sie hatte sogar eine schöne Stimme und konnte gut tanzen! (Rickie hatte sich beim Lesen wahrscheinlich gekugelt, dachte Luisa.) Das Essen, das so himmlisch klang, der Wein für sie, und dann, allzu früh, die Fahrt zurück in die Stadt, um sie rechtzeitig zu Hause abzuliefern. Der kurze Abschiedskuß. Der Audi, mit dem Georg die Flucht zu ergreifen schien, allein Richtung Heimathafen.

Ob Renate die Wahrheit erriet, wenn sie das las? Wohl kaum. Und wenn – na und? Was war an der Sache so schlimm?

Automatisch zog Luisa an der Kette mit dem alten schwarzen Knopf, um des realistischen Klangeffekts willen. Die Zeitung unter den Arm geklemmt, wusch sie sich die Hände in dem viel zu kleinen Waschbecken, in dem es nur kaltes Wasser gab – im Winter eisig, aber jetzt angenehm. »Danke«, sagte sie zu Stefanie und legte die Zeitung wieder auf die Bank. Im selben Augenblick betrat Renate wieder den großen Raum.

»Na, auf Jobsuche?« fragte Vera leise, zu Luisa gebeugt. Ihre Schultern zuckten vor unterdrücktem Gekicher.

Luisa grinste. Ein neuer Job. Genau, das klang allmählich nicht schlecht. Sie beugte sich wieder über ihre Arbeit.

Renate drehte ihre Runden, kontrollierte, kommentierte, äußerte hier einen Vorschlag, dort einen kritischen Kommentar, selten ein lobendes Wort. Heute morgen war Luisa nach dem Aufwachen noch ein paar Minuten im Bett liegengeblieben und hatte sich hineinziehen lassen in einen Strudel der reinen… Mutlosigkeit.

Da war Renates feindselige Haltung gegenüber Teddie, obwohl sie ihn überhaupt nicht kannte. Dann Luisas eigene, sehr klare Erinnerung an Teddies schöne Wohnung, an seine Mutter, die zwar im Augenblick sehr freundlich war, aber vermutlich nie gutheißen würde, daß Teddie es mit einem Mädchen wie ihr wirklich ernst meinte. Teddie hatte seine Matura, er war mehrmals in Amerika gewesen, er speiste in feinen Häusern – nicht, daß er das behauptet hätte, aber er konnte sich immerhin in einer solchen Umgebung benehmen, während sie von Renate bei Tisch immer noch oft korrigiert wurde, besonders, wie das eine Mal an Renates Geburtstag, in einem guten Restaurant. Das konnte man eben *nicht* alles durch guten Willen wettmachen. Wie lange würde sich Teddie überhaupt für sie interessieren? Vielleicht nicht mal das halbe Jahr, das ihre Lehre noch dauerte, vielleicht nicht mal die Hälfte davon.

»Das ist recht gut«, sagte Renate, während sie den Reißverschluß unter die Lupe nahm, den Luisa gerade fertig eingenäht hatte. »*Sehr* schön.« Sie ging weiter.

Die anderen Mädchen arbeiteten an beigen oder blauen

Hosenanzügen, alle nach demselben Modell. Vier Stück, in drei Größen.

Teddie schwebte jetzt bestimmt auf Wolken, vielleicht traute er sich ja heute anzurufen. Hoffentlich nicht, dachte Luisa.

Sie hatte ja auch Dorries Telefonnummer. Sogar zwei Nummern. Das war ein Trost. Jemand, mit dem man reden konnte. Wie mit Rickie, eigentlich sogar besser, weil Dorrie ein Mädchen war. Und so witzig! Wann sie es wohl bei ihr probieren könnte? Vor allem: von wo aus? Die nächste Telefonzelle war das Kabäuschen im ›L'Eclair‹.

Vielleicht am nachmittag gegen drei, da schickte Renate sie ja manchmal los, um Brot fürs Abendessen oder zu besonderen Gelegenheiten für die Mädchen beim ›L'Eclair‹ einen Kuchen zu kaufen. Womöglich konnte sie sich sogar heute abend mit Dorrie treffen. Wunderbar! Im nächsten Augenblick tauchte die alte Frage wieder auf: *Wie*, besser gesagt, mit welcher Ausrede konnte sie Renate entkommen?

Vielleicht war es am einfachsten, sich mit Dorrie bei Rickie zu treffen? Dann konnten Dorrie und sie in irgendein Café gehen, was Kühles trinken und sich immerhin ein halbes Stündchen unterhalten.

»Luisa – du träumst ja!« Stephanie hielt ihr ein Tablett mit Fadenrollen in verschiedenen Farben hin.

»Oh! Gut, ich nehm einen schwarzen. Danke, Stephanie.«

Bei jedem Anruf zuckte Luisa zusammen. Da Renate öfter auf den Beinen war als die anderen, nahm sie meistens ab. Nach dem vierten Klingeln kam Renate in die Werkstatt zurück.

»Luisa, für dich.«

Luisa ging hinaus in die Diele. Renate ließ sie nicht aus den Augen, folgte ihr bis ans Telefon.

»Luisa!« sagte Teddie. Dann, leiser: »Hast du meinen Artikel gesehen?«

»Ja. Du, ich kann jetzt nicht reden...«

»Können wir heute abend essen gehen? Irgendwo in der Stadt? Wenn ich dich gegen sieben mit einem Taxi abhole? Bitte!«

»Das ist nicht so einfach!«

»Mach jetzt Schluß!« bedeutete Renate mit einer barschen Handbewegung, Luisa den Rücken zugekehrt. Dann drehte sie sich wieder um und horchte.

»Es... geht einfach nicht!« sagte Luisa mit einem Seufzer. »Probier's bei Rickie!« Das war noch das Beste, was sie im Moment in Richtung Verständigung unternehmen konnte. Sie legte auf und quittierte Renates starren Blick ebenso starr. Dann ging sie hocherhobenen Hauptes an Renate vorbei in die Werkstatt zurück.

»Genau, bei Rickie soll er's probieren. Am besten gleich bei ihm einziehen!« keifte Renate grimmig, aber leise, damit man es in der Werkstatt nicht hörte.

Luisa ignorierte diese Bemerkung. Rickie, jawohl. Für sie war er wie eine Festung, zu der sie sich flüchten konnte. Im wörtlichen Sinn sogar, denn Renate würde nie im Leben seine Wohnung oder sein Atelier betreten, die waren für sie regelrecht »verseuchtes« Terrain.

Renate hatte am Nachmittag noch einen Termin. Frau

Huttmann, Einkäuferin für ein teures Zürcher Geschäft, wollte sich die Hosenanzüge ansehen. Gegen vier sollte sie kommen. Also wurde Luisa losgeschickt, um eine Torte zu kaufen – eine ganze Torte, das Beste, was ›L'Eclair‹ zu bieten hatte. Bei der Gelegenheit rief sie in Rickies Atelier an, dessen Nummer sie schon auswendig wußte.

»Du hast also mit Teddie nichts ausgemacht?« fragte Rickie ungläubig.

»Konnte ich nicht, Renate hat doch jedes Wort mitgehört! Sag mal, kann ich nachher bei dir vorbeikommen? Vielleicht... vor dem Abendessen?«

»Aber klar. Meinst du, im Atelier?«

Luisa zögerte. »Ich möchte mit dir allein sein.« Das klang so romantisch, daß es schon komisch war. Noch dazu hatte sie es richtig leidenschaftlich gesagt.

»Wenn es so gegen sechs ist, möchtest du dann bei mir in der Wohnung vorbeikommen? Das ist von dir aus sowieso näher.«

Luisa machte den Tee und deckte den Teetisch, samt der großen blauen Papierservietten.

Die Zeit schlich nicht, sondern raste, und schon war es Viertel vor sechs. Stephanie und Elsie waren bereits fort, nur Vera war noch da. Frau Huttmann machte sich bereit zum Gehen. Luisa räumte die blaue Teekanne weg. Abschiedsgrüße und gegenseitiges Bekunden, man habe sich gefreut und werde sich bald wiedersehen – bei Lieferung der Ware nämlich.

»Ich gehe noch ein paar Minuten raus«, sagte Luisa fast im selben Moment, als die Tür hinter Frau Huttmann zuging.

»Wohin denn?« fragte Renate.

»Bloß frische Luft schnappen«, verkündete Luisa im Brustton der Überzeugung, und dann war sie draußen, ohne einen Pfennig Geld in der Tasche.

»Luisa!«

Sie rannte in ihren Turnschuhen die Treppe hinunter. Hatte Renate sie gerufen? Träumte sie, hatte sie einen Alptraum? Egal, einholen konnte Renate sie nicht, würde es gar nicht erst versuchen.

## 20

Rickie war zu Hause, das erkannte Luisa an der halboffenen Balkontür. Sie klingelte.

Gleich darauf machte Rickie unten auf. Luisa mußte sich zurückhalten: Am liebsten hätte sie ihn umarmt. Statt dessen ergriff sie seine linke Hand und drückte sie, während sie auf seine Wohnungstür zugingen.

»Luisa – was ist denn los?«

»Nichts!« Sie lächelte Lulu zu. »Hallo, Lulu.«

»Ruff!« Lulu erkannte sie und wedelte zur Begrüßung mit dem ganzen Hinterteil.

»Du bist ja ganz außer Atem«, sagte Rickie.

»Ich bin bloß schnell gerannt. Wir hatten eine Präsentation. Eine wichtige Kundin. Ich mußte den Tee kochen und die Torte servieren.«

Rickie sah sie an. »Und sonst?«

»Nichts! Ich wollte dich einfach sehen. Deshalb bin ich schnell rübergerannt.«

»A-ha. Ich fühle mich geehrt. Setz dich doch irgendwohin. Cola?«

»Nein, danke. Oder… doch. Danke.«

Luisa lehnte sich auf dem Sofa zurück und atmete tief durch.

Rickie kam mit ihrer Cola und einem Scotch on the rocks für sich zurück. »Auf dich!« Er hob sein Glas.

»Prost.« Sie seufzte tief. »Ach – wieso ist das Leben bloß so kompliziert?«

Rickie zuckte die Achseln. »Noch ein halbes Jahr, hast du gesagt… bei Renate?«

Luisa nickte. »Ja. Klingt für mich manchmal wie eine Ewigkeit.«

Rickie zündete sich eine Zigarette an und fuhr in betont sachlichem Ton fort: »Aber du bist doch fast neunzehn. Du mußt woanders wohnen, Luisa.«

»Und weiter bei Renate arbeiten?« Luisa lachte. »Ganz zu schweigen davon, daß ich mir von meinem Lehrlingslohn sowieso keine Wohnung leisten kann.«

Das war Rickie klar. Luisa konnte natürlich gern bei ihm auf dem Sofa schlafen, doch dann wäre der Teufel los, Renate würde die Polizei rufen und die abartigsten Geschichten erfinden. »Weißt du eigentlich, daß ich im Atelier eine Dusche, eine Kochnische und ein kleines Schlafzimmer habe? Wo ich *nie* übernachte und auch tagsüber nur ganz selten mal ein Nickerchen mache? Da bist du herzlich willkommen, Luisa. Kostenlos.«

»Danke, Rickie.« Ihre Stimme klang kläglich, obwohl sie den Dank aufrichtig meinte. »Das wäre himmlisch… allein schon nicht mehr mit ihr essen zu müssen! Aber…

es gehört doch dir. Es...« Luisa gestattete sich ein paar Sekunden lang zu träumen: In Rickies Atelier zu wohnen, sich ein paar der Romane und großen Kunstbücher auszuleihen, die sie dort gesehen hatte, nach der Arbeit *nicht* mit Renate Schach spielen zu müssen, das Atelier am Abend ganz für sich zu haben. Selbständigkeit! Und Rickies Atelier war so hübsch mit den weißen Wänden, der schönen Beleuchtung und den an die Wand gepinnten Skizzen und Cartoons.

»Überleg's dir«, sagte Rickie.

»Sie würde einen Anfall kriegen! Wahrscheinlich würde sie mich rausschmeißen, weil... sie würde sagen, ich verkehre mit, naja, vielleicht nicht gerade Kriminellen, aber mit Homosexuellen.«

»Stimmt doch. So schnell erwischt die mich nicht mit einem Mädchen im Bett.«

Sie lachten beide. Luisa fand die Vorstellung plötzlich sehr komisch.

Obwohl Rickie froh war, daß sie wieder lachte, bedauerte er, daß sie auf seine Idee mit dem Atelier nicht eingegangen war.

Luisa hatte eigentlich über Teddie reden wollen, wieso es nicht der ganzen Mühe wert schien, sich mit ihm zu treffen, solange sie bei Renate in der Lehre war. Doch dann hätte sie bestimmt auch Petey erwähnt, und an den wollte sie Rickie jetzt nicht erinnern. Das Problem war nicht, daß sie noch immer in Petey verliebt gewesen wäre, sondern daß Teddie bei weitem nicht so ein Gefühl in ihr wachrief wie Petey, dieses Gefühl, die Welt hätte sich mit einem Schlag verwandelt, man atme eine neue, besondere Luft, und gehe auf einer neuen Erde, und was man sich vornehme, gelinge einem spielend. Das hieß Verliebtsein, und das hatte sie nur bei Petey gespürt.

Es läutete.

Renate ist mir nachgelaufen, und jetzt gibt es Krieg! war Luisas erster Gedanke. Der nächste, daß Rickies Wohnung in Renates Augen ja verseucht war, Sperrgebiet.

»Dorrie kommt auf einen Drink rüber, hab ich ganz vergessen, dir zu sagen«, meinte Rickie und stand auf. »Also lächeln!« fügte er augenzwinkernd hinzu, bevor er zur Tür ging.

»Hoi, Luisa!« sagte Dorrie beim Hereinkommen. »Was für eine nette Überraschung!«

»Allerdings«, bemerkte Rickie. »Luisa hat einen happigen Tag hinter sich, jetzt bin *ich* der Glückliche und krieg sie zu Besuch. Was trinkst du, Dorrie?«

»Erst mal Wasser, bitte«, sagte Dorrie zu Rickie, und zu Luisa: »Ist das nicht toll mit Teddies Artikel?«

»Doch, schon«, antwortete Luisa.

Was Rickie zu der Bemerkung veranlaßte: »Renate muß dich aber heute besonders traktiert haben. Entspann dich doch mal!«

»Meine Probleme, immer bloß *meine* Probleme«, sagte Luisa verlegen. »Ich hab schon genug erzählt.«

»Luisa meint, mein Angebot, sie kostenlos im Atelier wohnen zu lassen, ablehnen zu müssen«, erklärte Rickie trocken, »weil Renate keine Schwulen mag. Sie ist vorhin weggelaufen und hat sich zu mir geflüchtet. Ich fühle mich sehr geschmeichelt. Aber hoffentlich hast du deinen Schlüssel, mein Kind.«

»Der liegt zu Hause in meiner Handtasche.«

»Prächtig. Du hast also hier ein Bett und in meinem Atelier ebenfalls«, sagte Rickie. »Was ist dir lieber?«

»Ich hab auch noch ein freies Bett! Mehr eine Liege, aber immerhin... Macht insgesamt drei Betten. Meinst du vielleicht, das alte Mistweib läßt dich nicht mehr rein? Wieso denn?« fragte Dorrie.

Luisa holte tief Luft. »Weil ich längst wieder dort sein und ihr beim Abendessenmachen helfen sollte.«

»Ruf sie an. Sag, du bist zum Abendessen eingeladen, was, Rickie?«

Gegen die beiden gemeinsam kam Luisa nicht an. Sie ging zum Telefon, wählte, sagte »Hallo, Frau Hagnauer« und fing an, ihr Sprüchlein aufzusagen.

»Von wo aus rufst du an?« Knapp und verärgert.

»Ich möchte heute abend woanders essen. Ich habe eine...«

»Bei wem bist du?«

»Ich bin... vor elf wieder da.« Luisa brach langsam der Schweiß aus.

»Was fällt dir eigentlich ein?«

»Auf Wiedersehen«, sagte Luisa mitten in Renates Frage und legte auf.

»Wow! Nicht schlecht, Frau Specht!« meinte Dorrie. »Ich hab sie keifen hören. Und sie hat keine Ahnung, wo du bist?«

»Nein. Vielleicht ahnt sie was.«

»Was hältst du davon, wenn wir Teddie anrufen, und zusammen essen gehen, irgendwohin mit Klimaanlage? Ich hab das Auto dabei. Wie ist Teddies Nummer?«

»Ich will Teddie heute abend… eigentlich lieber nicht sehen«, sagte Luisa.

Rickie verkniff sich zu fragen, warum nicht. Luisas Stimmung konnte schwanken, sie hatte bestimmt ihre Gründe.

Dorrie sah sie überrascht an. »Okay, dann eben wir drei. Komm, Rickie.«

»Kann nicht. Will nicht.«

Dann saß Luisa mit Dorrie im BMW, und sie fuhren Richtung Zürich Zentrum. Dorrie meinte, sie kenne ein Lokal namens ›Der Fang‹.

»Hummersalat – eine Spezialität des Hauses«, sagte Dorrie.

Sie stießen mit langstieligen Weingläsern an. Das Restaurant hatte Klimaanlage und großzügig Platz zwischen den Tischen, ein wahrer Luxus. Dorrie fragte Luisa nach ihrer Familie aus, wie sie zu Renate gestoßen sei, aber auf nette Art, nicht wie bei einem Verhör.

»Und dein Stiefvater?«

»Ach… ein Kinderschänder«, erwiderte Luisa unverblümt. »Das ging bis… ich glaube, ich habe ihm irgendwie gedroht, als ich vierzehn oder fünfzehn war. Komisch, daß ich das nicht mehr weiß, wahrscheinlich hab ich's verdrängt.«

»Wirklich ein Kinder*schänder*?« fragte Dorrie mit großen Augen. »So richtig im Bett und so?«

Allerdings. Ein Wunder, daß sie nicht schwanger geworden sei, obwohl sie danach immer versucht hatte, sich gründlich zu waschen. Das kam ganz nüchtern. Ihre biologischen Kenntnisse seien wahrscheinlich genausowenig wasserdicht wie die von vielen Mädchen und Frauen, die schwanger wurden, obwohl sie sich in Sicherheit wiegten (davon hatte sie gelesen), und schließlich habe es sich bei ihr um handfeste Tatsachen gehandelt.

»Mein Gott«, sagte Dorrie beeindruckt. »Dafür siehst du aber beachtlich normal aus!«

Luisa mußte lachen. Sie erzählte Dorrie von den Jahren zwischen fünfzehn und siebzehn, als sie sich nach Kräften bemüht hatte, verlottert zu wirken, mit den Jungs Motorrad fuhr, rauchte und soff, um ihre Mutter und ihren Stiefvater – aus unterschiedlichen Gründen – zur Weißglut zu treiben.

»Ich wollte hart drauf sein, und das hat auch geklappt. Ich seh mich noch, wie ich mit den Jungs und der Dorfnutte am Wegener Platz stehe – und die Leute mich anstarren, weil sie nicht wissen, ob ich ein Junge bin oder ein Mädchen.«

»Klingt, als hättest du dich absichtlich unattraktiv gemacht, für Mädels *und* Jungs.«

Das stimmte damals. Auf alle Fälle unattraktiv für den Stiefvater.

»Ich wollte vorhin noch was wegen Petey sagen.«

»Petey? Rickies Freund?«

»Genau. Den hab ich nämlich sehr gemocht.«

»Ich weiß. Ich hab sowas läuten hören.«

»Manchmal glaub ich, daß ich noch nicht drüber weg bin. Bin ich natürlich im Grunde schon, aber ich hab einfach seitdem nie wieder sowas empfunden.«

Luisa versuchte, die paar Wochen zu beschreiben – vielleicht sechs oder sieben –, in denen sie so glücklich war und sich so stark gefühlt hatte. Daß Petey nicht in sie verliebt gewesen war, hatte dabei gar nichts ausgemacht. Sie war sich so außergewöhnlich vorgekommen, wie jemand, nach dem sich alle auf der Straße umdrehen – obwohl das eigentlich keiner getan hatte. *Glücklich* war sie gewesen, und sie hatte Angst, dieses Gefühl kehre so niemals wieder. Luisa erzählte Dorrie, wie Petey so ernst und zartfühlend gesagt hatte: »Verlieb dich nicht in mich... Ich will nicht, daß du traurig bist.« Das machte nichts. Sie sei nicht traurig, hatte sie Petey versichert, und wäre nicht enttäuscht, egal, was käme. Und das hatte gestimmt – bis Petey ermordet worden war.

Danach habe sie gedacht, ihre Liebe sei eben noch lebendig, obwohl es Petey nicht mehr gebe, das sei doch ganz normal, eine Weile jedenfalls, vermutlich sogar eine ganze Weile. Aber jetzt frage sie sich, ob sie bei jemand anders je wieder dieses Gefühl empfinden könne.

»Meinst du, das erlebt man bloß einmal?«

Dorrie blickte eine Zeitlang versonnen in eine Ecke. »Keine Ahnung. Vielleicht einmal... vielleicht aber auch dreimal. Du bist schließlich noch keine zwanzig.«

Dorrie war höchstens vierundzwanzig. Luisa wollte nicht nachfragen. »Vorhin wollte ich sagen... mit Teddie ist das nicht so. Könnte es nie werden. Ich hätte das alles auch vor Rickie erzählen können, aber ich wollte Peteys Namen nicht aussprechen. Obwohl er sicher weiß, was ich für Petey empfunden habe.«

»Tatsächlich? Ich hab Petey auch gekannt. Ein netter, ernsthafter Mensch, aber wovon du redest, das ist doch völlig einseitig, dein ganz persönliches Bild von Petey, oder? Du warst ihm ja nie besonders nah, wenn wir ehrlich sind. Deshalb ist das Ganze bloß ein Traum.«

»Ich weiß«, sagte Luisa mit fester Stimme, als würde sie diesen Traum niemals aufgeben wollen, wieso auch?

»Weißt du, das ist jetzt der Punkt, wo ich nichts mehr dazu sagen kann. Deshalb wechsle ich das Thema. Das Baiser schmeckt hier ganz besonders köstlich.«

Sie bestellten beide eins, danach einen Espresso.

»Ich hab eine Idee. Komm doch mit zu mir, ich würd dir gern meine Wohnung zeigen. Ruf Renate an, wenn du möchtest, damit sie dich nachher reinläßt.« Dorrie mußte lachen. »Wenn nicht, dann kannst du bei mir auf der Liege schlafen, und ich fahr dich morgen früh so rechtzeitig hin, daß du mit einer von deinen Kolleginnen reinwitschst.«

Das hatte Luisa sich auch schon überlegt. Plötzlich war ihr wohler.

Als die Rechnung kam, sagte Dorrie: »Ich lad dich ein, okay? ... Und wenn sie jetzt am Telefon scheißfreundlich ist und will, daß du schnell nach Hause kommst?«

»Ich glaub, ich ruf nicht an.«

»Sehr gut. Du machst Fortschritte.«

Selbständigkeit. Genauer gesagt wollte Luisa bloß nicht Renates nörgelige Stimme am Telefon hören. Verschieb's auf morgen, dachte sie sich, und ruinier den Abend nicht. Sie stiegen ins Auto und überquerten zunächst eine große belebte Straße, bevor es in dunklere Wohnstraßen mit Bäumen zu beiden Seiten ging.

»Da sind wir«, sagte Dorrie, während sie den Wagen am Straßenrand abstellte. »Mit Parkplatz vor dem Haus, ein seltenes Glück. Obwohl ich auch eine Garage habe.«

Dann schloß sie eine Haustür mit viel Glas auf und drehte das Licht an. Sie nahmen den Lift bis zum dritten Stock, währenddessen das Flurlicht wieder ausschaltete. Dorrie schloß die Wohnungstür auf und knipste eine gemütliche Lampe an.

»Ist ein ziemlicher Saustall – aber auch nicht schlimmer als sonst. Willkommen!«

Auf eine kleine Diele mit einem offenen Garderobenschrank folgte das eine Zimmer, von dem Dorrie erzählt hatte. Auf einem niedrigen Doppelbett türmten sich weiße Laken.

»Das Bett ist nicht gemacht, heute früh war bei mir ziemliche Hektik.« Dorrie lachte. »Ich würde dir gern einen Platz anbieten, aber das Bett ist zugleich das Sofa, wenn es zusammengeklappt ist. Moment... setz dich doch hierhin.« Sie deutete auf einen weißen Sessel. »Entschuldige mich kurz.«

In der Ecke bei den Fenstern stand eine nackte, kahlköpfige Schaufensterpuppe, ein Bein angewinkelt, als würde sie eine Stufe hinaufsteigen. Ein rotblaues Geschirrtuch hing ordentlich über ihrem Unterarm. Außerdem befanden sich in dem Zimmer zwei hohe Bücherregale, ein Plattenspieler und ein kleiner Fernseher.

Mit etwas, das aussah wie ein Bündel Feuerholz unter dem Arm kam Dorrie zurück. Es war die Liege. Luisa half ihr. Endlich war sie aufgestellt, straff gespannt, hart wie der Fußboden, dachte Luisa amüsiert. Dann kam ein hellblaues Laken, so groß, daß Luisa vorschlug, es zu falten und als Laken und Decke zugleich zu nehmen. Dann ein Kissen.

»Jetzt check ich mal das Zubehör.« Dorrie verschwand wieder und schwenkte beim Zurückkommen einen Pyjama und eine noch verpackte Zahnbürste. »Die sei dein. Gehört hier zur Standardausrüstung, für den Überraschungsgast.«

Luisa stellte sich unter die herrlich kühle Dusche. Im Bad klebten an drei Wänden Cartoons, viele von Rickie. An der Tür hing ein Poster von japanischen Ringern in Aktion, die durch dezentes Retouchieren der Brüste und Rotschminken der Lippen überzeugend in Frauen verwandelt worden waren. Luisa zog den Schlafanzug an.

Dorrie ging ins Bad.

Luisa starrte auf den Fernseher, den Dorrie angedreht hatte, und dachte an morgen. Ein Impuls, Renate anzurufen, verschwand so schnell, wie er gekommen war: Der Schaden war angerichtet, und so spät noch anzurufen würde alles nur verschlimmern.

»So, Uhrenvergleich«, sagte Dorrie, die in einem blauen Schlafanzug wiederkam und sich ihre Uhr umband. »Bei mir ist es zehn vor zwölf. Normalerweise stehe ich um sieben auf. Wann kommen deine Mädels?«

»Gegen acht. Nicht superpünktlich, aber …«

»Spätestens zehn vor acht sind wir dort. Okay?«

»Perfekt. Danke.«

»Noch ein Glas? Irgendwas … Wasser?«

Luisa wollte nichts. »Schöne Wohnung hast du.«

»Wirklich? Na, das hoff ich doch.«

Licht aus.

Luisa lag da und horchte auf das gleichmäßige Geräusch

des Verkehrs und die einzelnen ganz nahe vorbeirauschenden Autos. Dorrie schlief auch nicht, das spürte sie – beide lagen sie mit ihren Gedanken beschäftigt wach und versuchten einzuschlafen, weil sie morgen früh aufstehen mußten. Blinzelnd sah Luisa zu, wie die Scheinwerfer wellenartig über die Decke fluteten. Selbständigkeit war etwas Herrliches, dachte sie. Morgen mußte sie allerdings darum kämpfen, sie verteidigen. Da hatte eine Schlacht wohl eben erst begonnen.

## 21

Genau sieben Minuten vor acht hielt Dorrie Wyss mit ihrem Wagen praktisch vor Renates Haus an. »Wenn das kein Timing ist!« sagte sie stolz.

Luisa machte bereits ihre Tür auf. Die Mädchen sollten Dorrie nicht sehen, sonst erzählten sie Renate womöglich noch davon. Da kam auch schon Vera.

»Tschüß, Sweetie. Und ruf an, wenn dir danach ist, okay? Anytime!« Dorrie hauchte ihr einen Kuß zu.

Luisa nickte flüchtig und warf die Tür zu.

»Na, du bist ja schon unterwegs«, sagte Vera und strich ihr langes dunkles Haar zurück. »Oder noch?«

»Morgen, Vera. Schon«, sagte Luisa beiläufig. Sie ließ Vera auf die Klingel drücken.

Der Summer ertönte, und sie gingen die Treppe hinauf.

Ein Mann kam ihnen entgegen, auf dem Weg zur Arbeit. »Guten Morgen«, murmelte man allerseits, denn namentlich kannte man sich nicht.

Renate hielt ihnen die Tür auf. »Guten Morgen, Vera. Wird wieder ein heißer Tag heute, wie's aussieht.«

»M-hm, Pech für uns«, sagte Vera in ihrer frischen Art.

»Morgen«, sagte Luisa unwillkürlich, bevor ihr auffiel, daß Renate die Ich-seh-dich-überhaupt-nicht-Taktik eingeschlagen hatte. Auch gut, besser als geschimpft zu werden. Wobei das Schimpfen dann eben später kam, denn verkneifen konnte es sich Renate bestimmt nicht.

Luisa setzte sich an ihre Arbeit. Bei Dorrie hatte sie eine Tasse Kaffee getrunken, ein halbes Brötchen gegessen und eine von Dorries Zigaretten geraucht. Und die Betten hatten sie einfach so gelassen! Was für eine fröhliche Atmosphäre bei Dorrie, verglichen mit dem hier! Heute morgen würde Renate bestimmt ohne sie zum ›Jakob‹ gehen, nahm Luisa an, doch nein, gegen halb zehn sagte die Chefin:

»Kommst du mit auf eine zweite Tasse Kaffee, Luisa?« Es klang seltsam unbeholfen.

»Ja, natürlich«, erwiderte Luisa, und da erst dämmerte es ihr: Renate wollte wahrscheinlich beobachten, ob sie aus Rickies Verhalten irgendwelche Schlüsse ziehen könnte.

»Ist das heute wieder warm«, sagte Luisa auf dem Weg. »Noch schlimmer als gestern, finde ich.« Wie immer paßte sie ihr Tempo Renates schleppendem Schritt an, wobei sich Renate in der Öffentlichkeit ja mehr Mühe gab, normal zu gehen, als zu Hause.

»Hm-m«, lautete die Antwort.

Im ›Jakob‹ holte Luisa gleich die ›Neue Zürcher Zeitung‹ vom Zeitungsständer. Als sie sich umdrehte, um zu Renates Tisch zurückzugehen, kam Rickie mit Lulu an der Leine herein.

»Hoi, Luisa!« rief Rickie.

»Hoi! Hallo, Lulu!«

Beim Klang ihres Namens stellte sich Lulu begeistert auf die Hinterpfoten, um Luisa zu begrüßen.

»War's schön gestern abend?« fragte Rickie mit harmloser Stimme, als wüßte er nicht, daß Renate in Hörweite saß.

»*Sehr* schön. Danke«, sagte Luisa. »Wir sehen uns vielleicht später noch, okay?«

»Ist gut!« Ein kurzes Lächeln, und Rickie ging an seinen angestammten Tisch.

Renate hatte Rickie scharf ins Auge gefaßt. Irgendwie fühlte Luisa sich heute morgen merkwürdig selbstbewußt. Was hatte sie denn angestellt? Bei einer Freundin übernachtet, na und? Und Dorrie Wyss hatte sich als prima Gastgeberin erwiesen, dabei war ihre Wohnung wirklich sehr klein.

Andreas wünschte ihnen einen guten Morgen und nahm die übliche Bestellung auf: Espresso mit Sahne.

»Hast du bei Rickie übernachtet?« fragte Renate.

»Nein«, erwiderte Luisa langsam.

»Wo dann?«

Renate kannte Dorrie wahrscheinlich vom Sehen, als eine Freundin der Schwulenszene im ›Jakob‹, dachte Luisa. »Ist das so wichtig? Ich war doch rechtzeitig zur Arbeit wieder da.«

»Das ist allerdings wichtig, weil du bei mir in Diensten

stehst«, sagte Renate, mühsam beherrscht. »Ich könnte dich anzeigen.«

»Und warum?« fragte Luisa höflich.

»Weil du verschwunden bist... mir nicht sagst, wo du abends bist, wo du übernachtest.«

Andreas servierte und steckte zwei kleine Zettel unter Renates Untertasse.

»Es geht nicht an –«, fuhr Renate fort, als Andreas außer Hörweite war, »außer, du sagst mir vorher, wo du hingehst –, daß du die ganze Nacht wegbleibst!«

Die letzten vier Worte sagte sie, als wär's schon eine Sünde, sie auszusprechen.

»Ich bin kein Hotel, Luisa. In einem Hotel hättest du natürlich deine Freiheit.«

Wo das wohl alles geschrieben stand, fragte sich Luisa. Sie setzte gerade zu einer Antwort an, als von links Willi Biber auftauchte und Renate mit Blicken Zeichen machte, er wolle mit ihr sprechen.

»Frau Hagnauer«, murmelte er und deutete mit zittriger Hand auf die Tür. »Heute wollen...«

»Was ist denn, Willi?«

Luisa starrte in Willis hageres blasses Gesicht, fasziniert von dem Kampf, der sich darin spiegelte. Was wollte er sagen?

»...Männer zu mir kommen«, sagte Willi.

Renate wurde ungeduldig. »Die reparieren wahrscheinlich deine Tür. Hat Frau Wenger dir nicht Bescheid gesagt?«

Willi schüttelte langsam und umständlich den Kopf.

»Luisa, könntest du uns einen Augenblick alleinlassen?

Ich glaube, Willi tut sich leichter, wenn wir zu zweit sind«, sagte Renate mit gequälter Miene. »Setz dich, Willi.« Sie deutete auf die Bankecke mit der Trennwand dahinter.

Luisa schlüpfte am anderen Ende hinaus. Sie hatte sich große Mühe gegeben, nicht zu Rickie hinüberzuschauen. Jetzt ging sie auf ihn zu.

»Na«, sagte er leise, »bist wohl verbannt worden. Setz dich.«

Renate, die Willi konzentriert zuhörte, bedeutete ihm gerade mit einer Handbewegung, leise zu sprechen.

»Und was habt ihr gestern abend gemacht?«

»Ach... wir waren ganz toll essen. Dorrie hat mich eingeladen, ich hatte ja keinen Rappen in der Tasche. Ich war mir sicher, daß Renate mich nicht so leicht ins Haus läßt, und da hab ich eben bei Dorrie übernachtet.«

»Tatsächlich? Sagenhaft! Heißt das, du hast Renate nicht noch mal angerufen?« fragte er im Flüsterton.

»Nein.« Luisa mußte grinsen.

Kichernd ließ Rickie den Blick zu Renate und Willi schweifen, die immer noch in ihr Gespräch vertieft waren. Er griff nach seinen Zigaretten. Wie es aussah, erzählte Willi von etwas Wichtigerem als Türreparaturen, vielleicht stand ihm ja die Polizei ins Haus. Aber die hatte sich extra nicht anmelden wollen! Rickie entschloß sich, Luisa nichts von seiner Vermutung zu sagen. Am besten rief er gleich mal Fredy Schimmelmann an. Renate schien zum Abschluß kommen zu wollen und drängte Willi zum Gehen.

»Ich glaube, deine Gefängniswärterin bittet wieder um das Vergnügen deiner Anwesenheit.«

Renate winkte sie zwar nicht direkt zu sich, aber die Kopfbewegung, mit der sie versuchte, Luisa auf sich aufmerksam zu machen, bedeutete: »Komm her, und zwar sofort.«

»Ich wünsch dir einen schönen Tag, Herzchen, und halt mich auf dem laufenden, ja? Ruf mich heut abend oder morgen an«, sagte Rickie.

Luisa stand auf. »Ich werd's versuchen.«

Willi Biber schlurfte Richtung Haupteingang und verschwand aus Rickies Blickfeld. Renate mußte ihm irgendwelche Anordnungen erteilt haben. Immer wieder hatte ihr knochiger Zeigefinger beim Reden auf die Tischplatte geklopft. Es wurde Zeit, daß Rickie ins Atelier kam, also legte er ein paar Münzen auf den Tisch und ging mit Lulu hinaus, und zwar bewußt, ohne einen Blick auf Renates und Luisas Tisch zu werfen.

»Du hast mir immer noch nicht erzählt, wo du gestern nacht warst«, sagte Renate.

Luisa hatte den letzten kalten Tropfen Espresso ausgetrunken. Patzig, schon halb im Aufstehen, sagte sie: »Bei einer Freundin.« Sie hatte doch nichts angestellt, höchstens Renate um das Vergnügen gebracht, sie gestern abend auszusperren oder zumindest einige Zeit vor der Tür stehen zu lassen! Trotz Renates saurer Miene hatte Luisa das Gefühl, es würde ein fröhlicher, glücklicher Tag für sie werden. Und ein großer Teil ihres Glücksgefühls – jawohl, Glücksgefühls! – kam daher, daß sie jetzt auch auf Dorrie Wyss als Freundin zählen konnte, genau wie auf Rickie als Freund – da war jemand, der einem notfalls Geld, einen Schlüssel oder ein Bett zur Verfügung stellte.

*Ich bin nicht mehr mutterseelenallein auf der Welt*, schoß Luisa durch den Kopf.

Mathilde stellte Rickie eine Tasse Kaffee vor die Nase. Er blätterte gerade nach den beiden Nummern von Fredy, die er sich im Geschäftsadreßbuch notiert hatte.

Bei Fredy zu Hause ging niemand dran. Bei seiner Dienstnummer hieß es, Wachtmeister Schimmelmann sei auf Streife, ob die Nachricht dringend sei?

»Ja«, sagte Rickie. »Wenn Sie ihn erreichen können, bitten Sie ihn doch freundlicherweise, Rickie Markwalder bei Gelegenheit anzurufen – einfach Rickie. Möglichst vor zwölf, bitte.«

Dann zwang sich Rickie mit gezücktem Bleistift zur Konzentration auf seine Arbeit.

Beim dritten Klingeln an diesem Vormittag war Fredy dran. »Ich wollte dich sowieso anrufen«, sagte Fredy. »Senn knöpft sich heute nachmittag um drei zusammen mit einem Arzt unseren Freund vor. Jetzt doch mit Voranmeldung – Thomas fand das besser.

»Das hab ich mir schon gedacht.«

»Bei Willi«, fuhr Fredy fort. »Beziehungsweise bei den Wengers. Ich würde gern dazustoßen, kann aber nicht garantieren, daß ich's schaffe.«

»Bitte probier's«, sagte Rickie wie aus der Pistole geschossen. »Ich kann ja schlecht. Könnte nämlich durchaus sein, daß unsere Freundin mit dem Faible für lange Kleider auch kommt, um ihrem Schützling beizustehen, verstehst du?«

»Alles klar, Rickie.«

»Ich hab das leise Gefühl, sie hat ihn heute früh im ›Small g‹ präpariert. Wo kann ich dich erreichen – sagen wir, gegen sechs?«

»Hm… gar nicht. Ich ruf wieder bei dir an. Bist du abends zu Hause?«

»Höchstwahrscheinlich. Also – wär schön, wenn du's schaffen würdest. Und danke, Fredy!«

Unmittelbar nachdem sie und Luisa vom ›Jakob‹ zurückgekehrt waren, ging Renate zum Telefon, um Therese Wenger anzurufen, deren Nummer im ›L'Eclair‹ sie erst im Telefonbuch nachschlagen mußte. Sie setzte sich an den Apparat im Wohnzimmer, der inzwischen repariert war, denn da war man ungestörter als in der Diele.

Therese nahm ab.

»Unser Willi bekommt heute nachmittag um drei Besuch, wie ich höre?«

»Ja-a, er hat eine Mitteilung gekriegt – eine schriftliche –, mit der ist er zu uns gekommen, damit wir sie ihm vorlesen. Und angerufen haben sie auch. Ein Herr Senn, Inspektor Senn. Und noch einer, ein Arzt.«

»Ach? Was für ein Arzt denn?«

»Das habe ich nicht gefragt. Aber wir sind ja da, wir helfen ihm schon. Es macht ihn natürlich nervös«, sagte Therese ruhig.

»Natürlich! Ich weiß nicht, wieso die ihn *schon wieder* sprechen wollen. Wenn's dir recht ist, komme ich rüber, so kurz vor drei.«

Selbstverständlich war es Therese recht.

Um zwanzig vor drei sagte Renate den Mädchen, sie

ginge kurz fort, voraussichtlich für eine knappe halbe Stunde, ob sie im Augenblick irgendwelche Fragen hätten?

Hatten sie nicht.

Als Luisa das ersehnte Klicken der Wohnungstür hörte, sprang sie auf. Sofort bei Rickie nachfragen. Irgendwas war im Busch.

»Wer will noch Kaffee?« rief Vera.

»Mit Kuchen? Klar! Wer deckt den Tisch?« fragte Stephanie grinsend. Ihre blonden Haare waren am Ansatz über der Stirn dunkel vor Schweiß.

»Ich«, sagte Elsie und stand bereits auf.

Luisa wählte vom Wohnzimmer aus Rickies Ateliernummer. Nach ein paar Sekunden war er am Apparat.

»Sag mal, Rickie, ist heute irgendwas los... jetzt im Augenblick...?«

»Um drei stellt man unserem simplen Freund ein paar simple Fragen. Hat mir Fredy erzählt. Und zwar im ›L'Eclair‹. Von... ähm, behördlicher Seite.«

»Ich glaube, da ist Renate grade hingegangen«, sagte Luisa.

»Wundert mich nicht. Kannst du mich gegen sechs noch mal zu Hause anrufen?«

»Ich werd's probieren. Zum Telefonieren muß ich mich natürlich irgendwie absetzen.«

In Karl und Therese Wengers Café saßen fünf Damen bei Kaffee und Kuchen, zwei jeweils mit Gegenüber und eine allein an einem Tisch. Willi Biber war in der geräumigen Küche dahinter damit beschäftigt, im großen Spülbecken Schüsseln und Backbleche zu schrubben. Auf Anordnung von Frau Wenger trug er über seinem ausgeleierten T-Shirt heute ein weites gelbes Hemd, dessen Ärmel er allerdings schon naßgemacht hatte, weil sie zwar aufgekrempelt, im Eifer des Gefechts aber wieder heruntergerutscht waren. Immerhin, als die Polizei in der Küche des ›L'Eclair‹ auftauchte, befand sich Willi bei einer respektablen Arbeit, unweit seiner bescheidenen Wohnstatt.

»Willi?« sagte Frau Wenger, als sie die Männer in die Küche führte, »deine Freundin Frau Hagnauer ist da. Und hier ist...«

»Thomas Senn«, sagte der stämmige Blonde in Zivil mit einem höflichen Lächeln.

»Wachtmeister Schimmelmann«, sagte Fredy. Er hatte ein braunes längliches Paket unter dem Arm.

»Dr. Faas«, sagte ein kleinerer Mann in den Vierzigern mit einem Schnurrbart.

Willi blickte sie an, gab aber nicht im entferntesten zu erkennen, daß er die Namen registriert hatte.

»Willi, wenn du dir mal die Hände abtrocknest... ich dachte, wir gehen am besten rauf in meine Wohnung.«

»Nein, Frau Wenger«, sagte Thomas Senn, »wir würden gern an die Stelle gehen, wo der Unfall passiert ist. Soviel ich weiß, war das in einer Straße hier in der Nähe.« Senn war schon bei der Tür.

Gemeinsam traten sie hinaus in die Sommerhitze – alle, bis auf Frau Wenger. Die Feldenstraße mit ihrer Reihe von Platanen befand sich zwei Straßen weiter. Willi, ausnahmsweise ohne Hut, überragte die anderen, selbst Inspektor Senn, der auch nicht gerade der Kleinste war.

»So«, sagte Senn nach einem Blick auf eine Hausnummer zu seiner Linken. »Hier, an diesem Baum…«

Renate stach sofort das verblaßte, aber noch gut sichtbare Kreidekreuz auf dem Pflaster bei dem Baum ins Auge. Sie sah Willi an, nickte und lächelte ihm beruhigend zu, zwinkerte fast. Er schwitzte vor Aufregung.

»Wachtmeister…« Senn deutete auf das Paket.

Wachtmeister Schimmelmann schob die Schnur von einem Ende des Pakets herunter und zog das zerkratzte, gelb angestrichene Stück Stativfuß heraus.

»Kennen Sie diesen Gegenstand, Herr Biber«, fragte Inspektor Senn. »Haben Sie ihn schon mal gesehen? Er wurde in diesem Garteneingang da gefunden – gleich hinter Ihnen.«

»Ich finde, Sie sollten ihm nicht irgendwas suggerieren, Herr Inspektor. Sie sehen doch, daß er behindert ist«, schaltete Renate sich ein. Wenn nur Therese – die Willi so freundlich gesinnt war, ihn so gut kannte – mitgekommen wäre. Aber die war im Café geblieben.

»Deshalb bin ich ja da«, sagte Dr. Faas liebenswürdig, »um sicherzustellen, daß Herr Biber fair behandelt und nicht unter Druck gesetzt wird. Ich bin mit der Situation genauso vertraut wie Sie. Trotzdem müssen wir einfach ein paar Fragen stellen.«

»Sehr richtig«, sagte Senn. »Zunächst geht es bloß um ein paar Namen… Kennen Sie jemand namens Teddie?«

Willi schüttelte langsam den Kopf. »Nein.«

»Oder Petey«, sagte Wachtmeister Schimmelmann. »Sie haben doch einen jungen Mann namens Petey gekannt, soviel ich weiß, … das ist schon ein paar Monate her.«

Renate stampfte mit dem Fuß auf. »Worüber sprechen wir hier eigentlich – und über wen?« Sie schoß Schimmelmann einen wütenden Blick zu, diesem Kumpanen von Rickie Markwalder – ein windelweicher Typ, bestimmt weder ihr noch Willi freundlich gesinnt, und wieso wohl diesem Markwalder? Ob er von Markwalder Schmiergeld bekam? »Ich dachte, wir reden über einen jungen Mann namens Teddie... den Willi nun mal nicht *kennt*. Das hat er vor ein paar Tagen schon dem Wachtmeister erklärt. Erinnern Sie sich, Herr Wachtmeister?«

»Jawohl, gnädige Frau«, sagte er.

»Es gibt hier ein paar Zufälle«, sagte Kommissar Senn. »Peter Ritter war ein Freund von Herrn Markwalder. Teddie Stevenson ebenfalls. Herr Markwalder hat guten Grund zu der Annahme, daß Willi Biber... beide kannte, jedenfalls vom Sehen. Willi Biber war letzten Samstag abend in ›Jakobs Bierstube‹ und verließ das Lokal zu einer Uhrzeit, zu der er Teddie Stevenson gefolgt sein könnte – *könnte*, sage ich.«

Wachtmeister Schimmelmann hatte den Stativfuß mit dem einen Ende auf den Boden gestellt und hielt ihn am anderen Ende fest.

»Ich zeige mal, wie es passiert sein könnte.« Senn streckte die Hand nach der Stange aus, und Wachtmeister Schimmelmann reichte sie ihm hinüber. Seinen Block hatte der Inspektor in die Tasche gesteckt. Er ging ein paar Schritte in den Garteneingang, drehte sich um und hielt den Stativfuß, als wolle er ihn als Rammbock benutzen oder über eine kurze Distanz werfen. Dann machte er einen schnellen Schritt Richtung Trottoir.

Renate zuckte zusammen.

Willi verzog keine Miene.

»Etwa so«, erklärte Senn seelenruhig und sah Willi Biber dabei direkt, aber nicht durchdringend an. »Natürlich sind wir nicht sicher, daß das die Tatwaffe war…« Er trat wieder auf den Gartenweg. »…bloß, weil sie hier gefunden wurde. Können Sie uns dazu irgendwas sagen, Herr Biber?« fragte Senn beiläufig.

Renate warf Willi einen Blick zu, aber er schaute sie nicht an.

»Nein«, sagte Willi.

»Haben Sie diesen gelben… Stativfuß schon mal gesehen?«

»Nein«, sagte Willi kopfschüttelnd.

Renate stöhnte ungeduldig. »In diesem Viertel gibt es genügend Gammler, die Samstag abends hier randalieren.« Das war an Senn gerichtet.

Über ihnen klapperte ein Fenster. Ein Mann äugte neugierig vom zweiten Stock des Nebenhauses herunter. Senn beachtete ihn nicht.

»Was isch los?« fragte der Mann.

»Nüt«, fertigte ihn Senn nach einer kurzen Pause ab.

Der Mann beobachtete sie weiter.

»Willi, wußten Sie, daß Teddies Wagen hier stand«, fragte Wachtmeister Schimmelmann und deutete auf das Kreidekreuz auf dem Pflaster.

»Ja«, sagte Willi.

»Er… Dann kennen Sie Teddie, Herr Biber? Vom Sehen, meine ich. …Erkennen Sie ihn wieder, wenn er vor Ihnen steht?«

Willi blickte hilfesuchend zu Renate, die mit finsterer Miene tief Luft holte.

»Sie versuchen schon wieder, ihm zu suggerieren, was er weiß oder nicht weiß!« sagte Renate. »Dr. Faas…«

»Nein, diese Frage ist zulässig«, sagte Dr. Faas. »Herr Biber, erkennen Sie Teddie, wenn er vor Ihnen steht?«

Willi sah heillos verwirrt aus. Ja oder nein und warum, schien ihm durch den Kopf zu gehen. »Ja«, stieß er schließlich entschieden hervor.

»Gut«, sagte Kommissar Senn, sichtlich erleichtert. »Immerhin etwas!« fügte er mit einem Lächeln in Richtung Renate und Wachtmeister Schimmelmann an. »Herr Biber, wissen Sie noch, ob Sie Teddie letzten Samstag abend in ›Jakobs Bierstube‹ gesehen haben? An dem Abend, als das Feuerwerk war?«

»Ja«, sagte Willi und nickte.

»Wissen Sie noch, wann er den ›Jakob‹ verlassen hat? Wann er gegangen ist?«

Willi überlegte. »Nein.«

»Wann Sie den ›Jakob‹ verlassen haben?«

»Wann?« fragte Willi.

»Wie spät war es – ungefähr –, als Sie den ›Jakob‹ verlassen haben?«

»Nein«, sagte Willi mit ausdrucksloser Stimme.

»Sein Zeitbegriff ist sehr vage«, murmelte Renate. »Die Frage ist zwecklos.«

Senn wischte sich mit einem Taschentuch über die Stirn und machte eine Notiz.

»Als Sie am Samstag den ›Jakob‹ verlassen haben, was haben Sie da gemacht?«

Renate nickte zustimmend, was Willi aber wohl nicht sah. Das hatte sie ihm eingepaukt.

»Ich bin nach Hause gegangen.«

Renate atmete auf. Hier blieb Willi sicher standfest.

Damit schien die Vernehmung vorbei zu sein. Senn warf dem Arzt einen Blick zu, der seinen Block zuklappte.

Sie gingen los, in Richtung ›L'Eclair‹ und Renates Straße. Willi – durchaus praktisch veranlagt – hatte seine gelben Hemdsärmel heruntergekrempelt, damit sie während des Verhörs trockneten, und jetzt krempelte er sie zur Vorbereitung aufs Abspülen wieder hoch.

Man verabschiedete und bedankte sich allerseits unter gezwungenem Lächeln – bis auf Willi, der sich weder mit dem einen noch mit dem anderen aufhielt.

Der Zivilwagen war in der Nähe des ›L'Eclair‹ geparkt, mit einem »POLIZEI«-Schild hinter der Windschutzscheibe. Renate ließ sich Zeit und blickte den dreien so lange nach, bis sie mitbekam, daß Wachtmeister Schimmelmann zusammen mit dem Arzt und Senn in den Wagen einstieg.

Kurz nach sechs, Rickie war noch keine zehn Minuten zu Hause, rief Fredy Schimmelmann an.

»Keine so tollen Neuigkeiten«, sagte er. »Ich war dort, Renate auch. Hab's für klüger gehalten, nachher nicht bei dir vorbeizukommen, mit Senn und dem Arzt dabei. Nicht, daß die glauben, wir wären so dicke.«

»Und was kam raus?«

»Nicht viel. Willi leugnet, den Stativfuß je gesehen zu haben, den wir mitgebracht hatten. Zugegeben hat er bloß, daß er wußte, daß Teddies Wagen dort geparkt war ... und daß er Teddie vom Sehen kennt. Aber der Rest ... Renate war die ganze Zeit dabei und hat versucht, ihn auf Kurs zu halten. ... Du, ich hab das Gefühl, es ist am besten, die Sache zu vergessen. Schließlich ist Teddie nicht schwer verletzt. Es ist ...«

Rickies Gedanken schweiften ab. Klar, Teddie würde sich wieder erholen, mit einer häßlichen, wenn auch nicht besonders großen Narbe an der Stelle.

»... passiert öfter, daß wir den Täter nicht finden, der zugeschlagen hat oder das Auto gestohlen hat ... oder daß wir ihm nichts nachweisen können. Dann müssen wir aufgeben. Natürlich bleibt der Vorfall in den Akten.«

»Ich weiß. Verstehe schon.«

Rickie legte mit dem Gefühl auf, Renate habe schon wieder einen kleinen Etappensieg errungen. Und gar keinen so kleinen, nachdem Willi kein Härchen gekrümmt wurde – vielleicht vernahm ihn die Polizei überhaupt nicht mehr. Danach hätte er Fredy fragen sollen. Und Teddie war verscheucht, hatte Außersihl-Verbot von seiner Mutter gekriegt. Nicht schlecht, Frau Hagnauer.

Unwillig richtete er sich auf und zog den Bauch so weit wie möglich ein. Er fühlte sich hundsmiserabel.

Wieder klingelte sein Telefon.

»Hallo Rickie, Luisa. ... Hast du Neuigkeiten?«

»Willi behauptet, er hätte die Stange nie gesehen und wäre an dem Abend vom ›Jakob‹ aus direkt nach Hause. Aber weißt du, Renate ist mir einfach zu eifrig hinter der Sache her. Wieso macht sie so ein Theater, wenn er unschuldig ist?«

»Eben.«

»Möchtest du vorbeikommen, auf ein Cola?«

»Würd ich gern, geht aber nicht. Ich bin im ›L'Eclair‹ beim Kuchenholen, und mir ist schon mulmig, wenn ich hier telefoniere.«

Rickie konnte es ihr nachfühlen. »Weißt du was, Herzchen, schau doch einfach bei mir rein, im Atelier oder zu Hause, wann immer du ein paar Minuten Zeit hast. Brauchst nicht vorher anzurufen.«

## 22

»Es ist eine frohe Botschaft«, sagte Dr. Oberdorfer am Telefon, in einem Ton, der keineswegs froh klang.

Rickies Hand umklammerte den Hörer.

Er stand in seinem Atelier und schaute auf Mathilde, die auf ihren Computer einhackte, einen rosa Dubonnet in Reichweite. »Warum möchten Sie mich dann sehen? Können Sie es mir nicht gleich sagen?«

»Ich möchte es Ihnen von Angesicht zu Angesicht sagen«, bat der Arzt. »Wenn Sie im Augenblick nichts Dringendes zu tun haben, wär's schön, wenn Sie bei mir vorbeikommen könnten.«

Klar konnte Rickie das, obwohl er um vier einen Termin hatte und bis dahin wahrscheinlich nicht wieder zurück war. Ein neuer Kunde. Armbanduhren. Er bat Mathilde, bei der Firma anzurufen und für ihn abzusagen. »Mir ist was Wichtigeres dazwischengekommen«, sagte er, kreideweiß im Gesicht.

Bevor Mathilde telefonierte, rief Rickie ein Funktaxi. »Sofort, bitte.« Er wollte möglichst mühelos hinkommen. Dann gab er Mathilde Bescheid, er sei wahrscheinlich in einer Stunde zurück – sonst würde er anrufen. Er zog es vor, draußen am Straßenrand auf das Taxi zu warten. Hatte Dr. Oberdorfer von einem Mittel gegen HIV gehört? Etwas, das die »Inkubationszeit« in den Lymphzellen verlängerte, bevor irgendwo die Katastrophe ausbrach?

Und wenn schon? dachte Rickie stoisch. Es war doch nur eine Frage der Zeit. Der Tod war für jeden Menschen bloß eine Frage der Zeit. Nur daß die Frage nach dem *Wann* so intim war, daß man sie fairerweise nie stellte, mit HIV war man eben früher fällig. Rickie hatte inzwischen die Angst angesichts jeder winzigen Schwellung – wie etwa am Hals – in den Griff bekommen. Ein paarmal hatte er es nicht mehr ausgehalten, war unangemeldet zu Dr. Oberdorfer gelaufen, hatte ihm seine Zeit gestohlen. Jetzt hielt er längst nicht mehr täglich Ausschau nach einem dunkelroten Fleck an den Beinen, einem Kaposi-Sarkom, – höchstens noch zweimal die Woche. Und da mußte Dr. Oberdorfer den Zeitfaktor wieder mit ins Spiel bringen: Er hatte eine »frohe Botschaft«, das hieß (was sonst), irgendeine Möglichkeit, irgendein neues Mittel, die sein Leben verlängerten, drei Jahre oder auch nur ein paar Monate. Nicht zu verachten, wenn man am Ende war.

Rickie klingelte an der Tür zu Dr. Oberdorfers Praxis und wurde von der Sprechstundenhilfe eingelassen, deren Gesicht er schon so gut kannte. Es war ein schmales, neutrales, etwa fünfzigjähriges Gesicht mit einem Ausdruck, der wohl aus der Berufspraxis kam: freundlich, aber undurchdringlich, ganz gleich, was einem bevorstand – Tod oder Leben.

»Ja, ich glaube, der Doktor ist frei, Herr Markwalder.«

Rickie trat in Dr. Oberdorfers Sprechzimmer, in dem ein Schreibtisch mit einem Arbeitsstuhl und zwei Besucherstühlen stand und an dessen Wänden statt Bildern lauter gerahmte Urkunden hingen.

»Setzen Sie sich«, sagte der Arzt: den Satz, vor dem Rickie so gegraut hatte.

Für Rickies Begriffe bekam man einen Platz angeboten, wenn die Nachrichten einen im wörtlichen Sinn umwerfen würden. Angespannt, den Kopf hocherhoben, setzte er sich.

Jetzt lächelte der Doktor. »Was hört man denn von unserem jungen Freund… Stevenson?«

»Ach, dem geht's jeden Tag besser, glaube ich. Gut.«

Dr. Oberdorfer räusperte sich. »Herr Markwalder, ich habe eine frohe Botschaft für Sie. Sie sind nicht mit dem HIV-Virus infiziert.«

Rickie verstand nicht. »Wie bitte?«

»Ganz recht. Haben Sie in letzter Zeit Kondome benutzt?«

Das letzte Mal war die Nacht mit Fredy gewesen. »Jawohl. Allerdings.«

»Ist doch gar nicht so schwer, oder?«

»N-nein.«

»Ich habe Sie auf die Probe gestellt, muß ich gestehen. Auf eine zweimonatige Probe, wenn man so will. Verstehen Sie?«

»Nicht ganz.«

»Ich bekenne, ich wollte Ihnen einen ordentlichen Schock versetzen.« Der Arzt senkte die Stimme, und Rickie mußte sich anstrengen, um das weitere zu verstehen. »Zu Ihrem eigenen Besten. Sie sollten draufkommen, daß Sie mit Safer Sex leben können, wenn Sie wissen, was ich meine.«

Langsam, ganz langsam sickerte es zu Rickie durch. Er entspannte sich, aber es dauerte noch seine Zeit.

»Mein Verhalten war zweifellos nicht in Ordnung. Sie könnten mich verklagen. Das meine ich ganz ernst. Verklagen Sie mich ruhig, wenn Sie möchten.«

In dem Moment hätte Rickie Dr. Oberdorfer am liebsten umarmt, ihm die Hand geschüttelt und sie gequetscht, bis der Doktor um Gnade gefleht hätte.

»Ich habe so etwas noch nie gemacht«, sagte Dr. Oberdorfer, immer noch mit klarer, leiser Stimme. »Und tue es wohl auch nie wieder. Es wäre sehr peinlich für mich geworden, wenn Sie sich umgebracht und einen Abschiedsbrief hinterlassen hätten.«

Rickie lachte laut auf. Es klang merkwürdig, fast wie Hundegebell, gar nicht wie sein Lachen. Er war überhaupt nicht er selbst. Er fühlte sich schlicht und ergreifend daneben.

»Ich mag Sie, Herr Markwalder, aber Sie führen ein riskantes Leben. Sie sind zu leichtsinnig.«

Jetzt fiel bei Rickie endgültig der Groschen. »Ich werde Sie nicht verklagen.«

Dr. Oberdorfer lächelte dünn. »Gut. Tja, das ist alles. Außer… daß ich hoffe, Sie schlagen sich weiterhin auf die sichere Seite im Leben. … Abgemacht?«

Rickie stand auf. Sie wechselten einen festen Händedruck. Rickie hatte die Hand als erster ausgestreckt.

Noch einmal die Sprechstundenhilfe mit der unergründlichen Miene, dann ging auch die zweite Tür hinter ihm zu.

Das mußte er sofort Dorothea erzählen. Rickie marschierte los. Was würde sie wohl zu Dr. Oberdorfers Verhalten sagen? Er verfiel nach ein paar raschen Schritten in ein bedächtiges Tempo. Er würde nicht *schon bald* sterben, das war die gute Nachricht. Und er hatte auch keine Wut auf seinen Arzt. »Es sind sehr junge Teenager«, hatte er damals zu Dr. Oberdorfer gesagt, vor Monaten, wie ihm mit schlechtem Gewissen jetzt einfiel: Sechzehn-, Siebzehnjährige, die er irgendwo aufgabelte. Solche, die es fertigbrachten, seine Brieftasche auszuräumen, wenn er sie mit nach Hause nahm. »Glauben Sie denn nicht, daß man sich bei den Jungen genauso anstecken kann wie bei den Älteren?« hatte Dr. Oberdorfer gefragt. Und an dem Abend, als er Fredy Schimmelmann kennengelernt hatte, war er ja trotz allem wieder auf der Suche gewesen.

Er war wahrhaftig ein Glückspilz, sagte sich Rickie zum soundsovielten Mal in seinem Leben.

Eine Viertelstunde später ging Rickie nachdenklich im Eingang von Dorotheas Mehrparteienhaus auf und ab. Seine Schwester war nicht da. Wahrscheinlich war sie in der Stadt beim Einkaufen, aber nachdem es schon fast auf fünf Uhr zuging, hatte er das Gefühl, daß er nicht lange warten mußte.

»Rickie!« Da kam Dorothea mit zwei großen Plastiktüten in der Hand. »Wie schön, dich zu sehen! ... Ist irgendwas passiert?«

»Nein. Ich hab Neuigkeiten«, sagte Rickie. »Darf ich mit raufkommen?«

»Aber natürlich!«

Der Lift. Schweigen. Dorothea blickte besorgt.

»*Gute* Neuigkeiten«, sagte Rickie.

»Puh.« Ihre Stirnfalten glätteten sich. Sie schloß ihre Tür auf. »Also, was gibt's?« fragte sie und stellte die Plastiktüten vorsichtig ab. Wieder der besorgte Blick.

»Setz dich«, sagte Rickie freundlich. »Ich setze mich auch.« Der Spieß hatte sich umgedreht! ›Setz dich‹ bedeutete gute Neuigkeiten!

Dorothea nahm das Sofa, Rickie einen Stuhl.

»Ich war bei meinem Arzt, Dr. Oberdorfer. Ich bin nicht HIV-positiv. Ich bin gesund! Er...«

»Wie bitte? War das ein *Irrtum*?« Wieder Stirnfalten, diesmal die der empörten Schwester.

»Liebste Dorothea... er wollte mir eine Lektion erteilen. Und das hat er geschafft. Zugegebenermaßen eine sehr happige.«

»Red keinen Unsinn!«

Rickie holte Luft. »Mit einem Wort – er wollte erreichen, daß ich... Safer Sex praktiziere. Verstehst du?«

Das tat Dorothea allerdings.

»Tja, das hab ich nach dieser Hiobsbotschaft dann auch«, fuhr Rickie fort.

Dorothea schluckte. »Aber Rickie, das ist doch unmöglich...!«

Rickie zuckte die Achseln. »Er meinte, ich könnte ihn

verklagen, sollte ich ruhig.« Er lachte. »›Ich versteh's‹, hab ich gesagt, ›ich werde Sie nicht verklagen.‹« Rickie senkte den Blick. »Ist schon hart... eine harte Lektion. Aber macht nichts. Ich bin ihm nicht böse.« Die letzten Worte kamen zerknirscht, wie von einem Kind, das bestraft wird und weiß, daß es die Strafe verdient.

»Du bist gesund, Rickie, du *lebst*!« Dorothea strahlte übers ganze Gesicht.

»Ein bißchen länger jedenfalls vielleicht.«

»Du hast immer gesagt, es wäre wie ein Damoklesschwert.«

»Tja, und... für mich ist das Schwert jetzt weg.« Er stand auf. Eigentlich sollte er jetzt gehen, dachte er. Keine weiteren Gefühlsausbrüche. »Ich pack's dann, Schwesterherz.«

»Einen kleinen Drink? Einen guten Cognac?«

»Nein, danke. Ich glaub, ich brauch gar keinen.«

»Ich auch nicht – ich bin ja so glücklich!«

»Du kannst es Mutter erzählen.« Mutter war die respektvolle Anrede, für die besonderen Gelegenheiten.

»Weiß sie denn Bescheid? Ich hab ihr nie was erzählt.«

»Nicht? Irgendwie dachte ich, du hättest. Von mir weiß sie nichts.«

Dorothea lachte schallend. »Na, dann ist doch alles bestens!«

Rickie fuhr im Lift nach unten, mit einem flauen Gefühl im Magen, als wäre er in einer anderen Welt. Er wollte die frohe Botschaft nicht herumposaunen, sie nur erwähnen, wenn die Rede auf das Thema kam. Wievielen Freunden hatte er überhaupt davon erzählt? Philipp Egli. Und

Fredy Schimmelmann, dem Ärmsten. Immer mit der Ruhe, sagte er sich. Keine Sektkorken.

Am nächsten Tag fand Rickie in seiner Post einen dicken Umschlag mit Dorries Adresse als Absender. Was ihn ausbeulte, steckte in einem zweiten Umschlag mit Luisas Namen darauf. Ein kleiner Zettel für ihn lag mit dabei:

Hallo Rickie,
Ich weiß zwar Luisas Adresse, aber ich hoffe, Du kannst ihr den Umschlag persönlich in die Hand drücken. Es ist wichtig.

Danke, und alles Liebe
D.

Zu dumm, gerade hatte er Luisa und Renate beim Kaffeetrinken im ›Jakob‹ gesehen. In dem Umschlag war etwas Rechteckiges, Knautschbares, das beim Schütteln klapperte. Ein Schlüsseletui. Dorries Hausschlüssel. So eine gute Idee! Das konnte er ihr gleich nachmachen.

»Ach, Rickie«, sagte Mathilde und drehte sich auf ihrem Stuhl herum, »ich sollte Sie erinnern, der Mensch von Unimat kommt heute.«

»Ja. Gut. Danke, Mathilde.« Was war das nochmal? Wandfarbe? Make-up? Nein, *Zahnbürsten.* Rickie hatte schon vor Tagen seine kolorierten Skizzen fertiggestellt, säuberlich gezeichnete, im Kreis angeordnete Bürsten, die Borsten zur Mitte und die Stiele nach außen – in bunten Farben natürlich, wie Blütenblätter, von weiß bis dunkellila. »Um wieviel Uhr?«

»Drei«, sagte Mathilde.

Rickie steckte die Hände in die Hosentaschen und begann, langsam im Atelier herumzuwandern, mit leerem Blick, die Augen auf den Boden oder auf die Wände gerichtet. Um solches Herumtigern kümmerte Mathilde sich schon lange nicht mehr. *Ich überlege. Beachte mich einfach gar nicht.* Er zwang sich dazu, den Umschlag in der rechten Tasche nicht weiter zu kneten.

Das Bild in seinem Kopf von Fredy Schimmelmann mit seiner Polizeimütze und seinem dünnlippigen, leicht schiefen Lächeln wurde von einem stärkeren Eindruck verdrängt, von Teddie, dem dunkelhaarigen Jungen mit den hellwachen, schönen Augen, der – wie vor zwei Tagen am Telefon – gerade sagte: »Du, ich schreib wieder einen Artikel ... Genau, am liebsten im ›Tages-Anzeiger‹.« Teddie wollte es weiterhin dort probieren, um einen Fuß in die Tür zu bekommen. Er hatte sogar schon die Redakteurin besucht. Und natürlich hatte er nach Luisa gefragt, wie es ihr gehe, wie sie aussehe – obwohl die Party bei Eistee und Kuchen keine zwei Wochen her war. »Wär schön, wenn sie mich mal besuchen würde ... Wir könnten einen ganzen Tag zusammen verbringen, falls sie soviel Zeit hat.«

Kein Kommentar von Rickie an dieser Stelle. Einen Tag, über den Luisa ihrer Chefin keine Rechenschaft ablegen müßte? Aber ein Treffen zum Mittagessen, für ein Stündchen oder so, konnte Renate ihr doch nicht abschlagen? Doch, konnte sie und würde sie, und damit basta. Genauso wie herumgammelnde Nobodies in Zürich jeden x-beliebigen Passanten niederstechen und ausrauben und sich dann ungestraft aus dem Staub machen konnten. Die

Welt war nicht gerade darauf abonniert, Gerechtigkeit walten zu lassen. Oft geschah genau das Gegenteil von dem, was richtig und natürlich schien. Es erinnerte Rickie an seine frühe Jugend, sogar an seine Kindheit, als er, ohne irgendwelche Bücher oder – Gott bewahre! – Erwachsene zu konsultieren, wohlweislich seine Jugendlieben versteckte, geheimhielt, verleugnete.

Rickie stieß an die Ecke eines Zeichentisches und hielt inne. Teddie ging doch völlig in seinem Journalismus und in Luisa auf. Er steckte sich eine Zigarette an. Ging in allem anderen auf als in ihm. Rickie war bloß Mittelsmann. Kein Wort des Bedauerns hatte Teddie geäußert, daß er nicht mehr ins ›Small g‹ kommen durfte: Luisa konnte ihn ja besuchen.

Und Luisa? Er spürte ihrerseits eine zusehends kühlere Haltung Teddie gegenüber, wobei sie sowieso nicht völlig entflammt gewesen war, lange nicht so wie bei Petey.

Mathilde hatte sich einen Dubonnet mit Eis gemixt. Rickie holte sich ein Heineken aus dem Kühlschrank. Er entschloß sich, den Rest des Vormittags eine bestimmte Mappe auszumisten, Skizzen wegzuwerfen, die er nicht mehr brauchte. Er zog seinen größten Altpapierkübel heran. Das Telefon schrillte.

»Atelier Markwalder«, sagte Mathilde. »Rickie… ein Mädchen. Ich glaube, Luisa.«

»Gut!« sagte Rickie spontan. »Hallo?«

»Hallo, Rickie. Ich würd dich gern treffen… sofort, wenn's geht.«

Bis drei hätte er nicht viel zu tun, sagte Rickie, sie solle doch kommen. Im Augenblick war sie im ›Jakob‹. Rickie sortierte weiter aus, faltete alte Skizzen zusammen und steckte sie in den Kübel zum restlichen Altpapier.

Luisa kam im Laufschritt an, sprang die Stufen hinunter und klopfte.

Rickie öffnete ihr. »Welch freudige Überraschung!« Ob sie sich wohl vor Mathilde unterhalten konnten? »Ist was passiert?«

»Hallo … Mathilde«, sagte Luisa und blieb bei der Tür stehen.

»Hallo«, sagte Mathilde. »Wie geht's?« Sie wandte sich wieder ihrem Computer zu.

Teddie habe angerufen, flüsterte Luisa, und sie habe es geschafft abzunehmen, aber dann sei Renate angestürzt gekommen und habe ihr den Hörer aus der Hand gerissen. »›Es ist mitten in der Arbeitszeit‹, sagt sie, und *peng* legt sie auf. Ich hab so einen Schock gekriegt … ich bin bloß noch rausgerannt und mußte mit irgendwem reden – mit *dir*. Die anderen haben natürlich alles mitgekriegt.«

Rickie zwinkerte Luisa beruhigend zu. »Das dauert nicht mehr ewig. Und jetzt schau mal, was ich für dich habe …« Er zog den zerknitterten Umschlag aus der Tasche. »Kam heute von Dorrie.«

»Von Dorrie?« Luisa riß den Umschlag an einer Ecke auf. Ein Schlüsseletui und ein Zettel kamen zum Vorschein – ein Lederetui mit zwei Schlüsseln darin.

»Hab ich's doch geahnt«, sagte Rickie. »Und ich kann dasselbe tun – mit meinen Schlüsseln. Dann hast du Verstecke, Zufluchtsstätten.«

Luisa blinzelte beim Lesen der Zeilen. »Wie lieb! Dast ist wirklich nett von euch. …Du, ich muß gehen. Mir geht's ja soviel besser! Wie immer, wenn ich dich sehe.« Doch sie war schon wieder nervös. »Tschüß, Mathilde!«

Rickie sah ihr nach, wie sie die Stufen hinaufsprang. Der Tag ließ sich gut an.

Diesmal hatte Luisa ihren Hausschlüssel dabei, und nachdem die anderen Mädchen in der Werkstatt saßen, hatte Renate ihr mit dem Riegel auch keinen Streich gespielt. Wahrscheinlich dachte sie, Luisa hätte von einer Telefonzelle aus Teddie angerufen. Dabei hatte diese etwas für ihr Gefühl viel Verwegeneres getan: mit Rickie und Dorrie zugleich Kontakt aufgenommen. In ihrem Zimmer zog Luisa das Schlüsseletui aus der einen Tasche, Dorries Brief aus der anderen.

Liebste Luisa,
Du hast in Zürich jederzeit ein Bett und ein Dach überm Kopf, Dusche, Kühlschrank und Fernseher inklusive...
Sehen wir uns am Samstag? Ich komm wahrscheinlich ins ›Small g‹.

Alles Liebe
D.

Bis Samstag waren es noch zwei Tage. Luisa strich mit dem Daumen über das hellbraune Leder des Schlüsseletuis. Wie elegant! Betont lässig warf sie das Etui in ein Schälchen auf ihrer Frisierkommode und machte sich auf den Weg in die Werkstatt.

Renate funkelte sie an, ohne den Vortrag zu unterbrechen, den sie Vera gerade über das Modell hielt, an dem diese arbeitete.

Am Abend verlor Renate kein Wort über Luisas kleinen vormittäglichen Ausflug, und die beiden sahen sich gemeinsam eine Folge von Magnum im Fernsehen an, eine Serie, die Renate besonders gern mochte.

Luisa wollte sich schriftlich bei Dorrie bedanken, das war einfacher als anzurufen – auch wenn sie die Freundin am Samstag vielleicht traf. Was sollte sie Dorrie nur im Gegenzug schenken? Sie könnte ihr eine schwarze Samtweste nähen oder eine Jacke entwerfen. Nein, lieber eine Weste. Bloß wann, wenn Renate doch überall ihre Nase reinsteckte?

Samstag früh bekam Luisa einen Brief von Teddie. Die Adresse war mit der Maschine geschrieben, und der Absender fehlte. Trotzdem hatte Luisa sofort erkannt, von wem der Brief kam, hatte ihn eingesteckt und die übrige Post auf den Küchentisch gelegt.

Renate war in der Werkstatt, wo Luisa bereits die fünf Papierkörbe ausgeleert hatte, und in ein paar Minuten wollten die beiden zum ›Jakob‹ gehen, wie an einem gewöhnlichen Werktag. In ihrem Zimmer machte Luisa den Brief auf.

Liebste Luisa,

Gerade habe ich meinen Artikel fertiggeschrieben und an den Tages-A. geschickt: »Gefährliches Pflaster!« oder als Alternativtitel »Nächtliches Abenteuer Nummer Zwei«, wie jemand von hinten attackiert wird, nachdem er in einer Bierstube beim Tanzen war. Keine Namen, kannst Dich drauf verlassen. Weder ›Jakob‹ noch ›Small g‹ noch Dein Name – Gott bewahre! Wie ich fast k. o. geschlagen wurde und von völlig Fremden zu meinen Freunden in der Nähe gebracht worden bin. Nächstenliebe pur!

Wie geht's Dir? Bitte schreib ein paar Zeilen oder ruf an, ich bin praktisch immer zu Hause – auf ärztliche Anordnung. Deshalb kann ich übermorgen auch nicht in den ›Jakob‹, aber ich werde an Dich denken, wie Du tanzt und dich amüsierst. Der Arzt meint, ich kann ab nächsten Mittwoch wieder aus dem Haus, wenn ich aufpasse. Ich dusche schon wieder ganz normal, ohne mir groß Gedanken zu machen. Kein Verband mehr auf der Wunde. Die Narbe wird mich immer an Dich erinnern. Das klingt jetzt vielleicht nicht so nett, aber ich meine es ganz lieb.

Ganz viel Liebe
T.

Luisa und Renate hatten vor, abends zum ›Jakob‹ zu gehen, Renate hatte sich sogar extra ein neues Kleid geschneidert. In stahlblauem Satin, verziert mit einer Goldborte, die einen Drachen mit einem roten Auge und einem roten, weit aufgesperrten Maul darstellte. Der böse, feuerspeiende Drache hätte genausogut ein Portrait von Renate sein können, fand Luisa, und es war dann am Abend jedesmal sehr komisch, wenn sich Renates Gesicht mit den feinen Falten hin und wieder zu einem kurzen, höflichen Lächeln verzog, fast zu einer Fratze.

Luisa trug ein weißes Hemd mit langen Schößen, eine schwarze Baumwollhose und eine schmale rote Krawatte, die sie locker umgebunden hatte – ein lässiges Ensemble, obwohl sie nervös und aufgeregt war. Die beiden kamen kurz nach zehn. Auf der Tanzfläche wiegte man sich zum »Tennessee Waltz«, und ein paar Tanzende alberten zu der schmalzigen Melodie herum. Luisa entdeckte Rickie an einem Tisch rechts hinten und vermied dann, dort hinzusehen, damit Renate keine Bemerkung machte. An dem Tisch, den Renate gern als ihren Stammtisch betrachtete, saßen drei Fremde. Sie setzten sich dazu.

»Kaffee?« fragte Luisa.

»Einen Weißwein«, erwiderte Renate.

Luisa ließ sich Zeit, bis sie vorne am Tresen stand, um zu bestellen. Erstens herrschte dort sowieso ein dichtes Gedränge, und zweitens ließ sie sich gern einen Augenblick treiben und ging in der Menge unter. Mal was anderes als die ewige Starrerei von Renate.

»Guten Abend, Luisa!« rief Ursi, die wieder mal zwei Zapfhähne gleichzeitig bediente.

Luisa gab ihre Bestellung auf, Wein und ein kleines Bier, zahlte und schlängelte sich vorsichtig zurück zu dem langen Tisch. Den Gefallen tat sie Renate gern, wo diese sich doch so gehemmt fühlte mit ihrem Fuß. Es hatte Luisa sogar ein bißchen weh getan, daß Renate sich heute abend nicht die Mühe gemacht hatte, einen der hübschen Pumps anzuziehen, von denen sie fünf oder sechs Einzelstücke besaß. Manche waren aus Lackleder, einer aus hellblauem. Ein Fuß durfte hervorsehen, der andere nicht, also versteckte Renate meistens alle beide.

»Wen suchst du denn?« fragte Renate.

Luisa zögerte. »Niemand!« In Wirklichkeit hatte sie mit einem Blick auf die Tanzfläche feststellen wollen, ob Dorrie dort war, sie aber nicht gefunden. Immer noch im Stehen fiel ihr Rickie auf, der sich in der Ecke mit einem Freund unterhielt. »Bin gleich wieder da«, rief sie Renate zu, bevor sie sich – im weiten Bogen um die Tanzfläche herum – auf den Weg machte.

Renate hatte ihren Skizzenblock aus ihrer großen Tasche gekramt und in ihrer langen schwarzen Spitze eine Zigarette angezündet. Die Szene war im Augenblick allerdings nicht ideal zum Zeichnen: junge Leute in nachlässiger Kleidung, ältere in langweilig geschnittenen Sporthemden und weiten Sommerkleidern. Ein laut palavernder junger Mann hielt die halboffene Telefonzelle besetzt, während ein anderer schimpfte, er solle endlich Schluß machen.

»Rickie!« Luisa strahlte ihn schon von weitem an, doch er hatte sie nicht gehört. Dann:

»Luisa! Da bist du ja. … Macht mal Platz!«

Es machte zwar keiner Platz, aber Philipp winkte ihr fröhlich zu und der dunkelhaarige Ernst begrüßte sie lautstark. Auf dem Tisch türmten sich Bier- und Weingläser sowie Aschenbecher.

Philipp stand auf. »Tanzt du?«

Luisa stellte ihr Bier auf dem Tisch ab.

Der schlaksige, gelenkige Philipp tanzte ein Stückchen von ihr entfernt. Er trug eine weiße Hose, ein weißes, nur ansatzweise zugeknöpftes Hemd und darunter ein T-Shirt. Seine Hände waren kühl. Wie er das bloß machte?

Als Luisa gegen seine Seite stieß, spürte sie seine Rippen.

»Hast du denn keine Prüfungen?« schrie sie.

»Schon bestanden!« Philipp winkte ab.

Bei einem zufälligen Blick auf den Haupteingang sah Luisa Dorrie hereinkommen, mit der obligatorischen roten Weste, einem weißen Hemd und einer dunklen Hose. Ob sie allein war? Luisa schaute nicht genauer hin.

Sie kehrten an ihren Tisch zurück. An der breiten Trennwand über Rickie hing ein altmodischer elektrischer Ventilator, der sich langsam im Halbkreis hin und herdrehte.

»Dein Freund... Rickies Freund«, setzte Philipp an, »der verletzt wurde...«

»Teddie. Ich hab heute was von ihm gehört«, sagte Luisa. »Der Arzt meint, er kann ab nächsten Mittwoch wieder aus dem Haus. ... Das sollte ich eigentlich Rickie erzählen. Oder mach du das.«

Philipp beugte sich gehorsam über den Tisch. »Teddie ist ab nächsten Mittwoch wieder im Rennen!«

Rickie quittierte diese Auskunft mit einem dankbaren Nicken.

Luisa zuckte zusammen, als plötzlich Dorrie neben ihr stand, lächelnd Rickie begrüßte und ein allgemeines »Guten Abend!« in die Runde warf.

»Keine Stühle? *Must we dance all ni-i-ight*?« rief Dorrie.

*»Yeeah!«* brüllte jemand.

»Bist du allein hier?« fragte Dorrie.

»Allein?« Die verdatterte Luisa lachte gequält. Dorrie

hatte grünlich schillernden Lidschatten aufgelegt, sehr effektvoll. »Hast du meine Chefin noch nicht gesehen… drüben an ihrem Stammtisch?«

»Nein! …Ich kann auch drauf verzichten.«

»Bist du denn allein?«

»Jawohl!« sagte Dorrie entschieden. »Ich habe ein Date mit dir. Willst du tanzen?«

Luisa lachte verlegen. »Später vielleicht.« Es war ein gutes Stück, und die Tanzfläche füllte sich. »Dorrie – das mit dem Schlüsseletui – das ist so toll! Vielen Dank!«

»Gern geschehen. Und du mußt davon Gebrauch machen.« Sie drehte sich zu Rickie. »Wie geht's dir, Rickie? Und Lulu?«

»Ruff!« machte Lulu, was Dorrie nicht weiter tragisch nahm, Rickie aber sofort auf den Plan rief:

»Das heißt, ihr ist langweilig, und sie will Action.« Rickie ging auf Tauchstation, gefolgt von Lulu, und kam auf der anderen Tischseite schwankend wieder auf die Füße. Ein Mann war aufgestanden, um ihn durchzulassen. »Jetzt langt's aber mit dem Sport wieder bis nächstes Jahr! …Komm, Luluschatz!«

Rickie streckte die Handflächen aus, und schon saß Lulu auf seinen Schultern. »Bravo!« Er hielt sie fest, und dann tanzten sie los, Lulus Vorderpfoten auf der einen Schulter, die Hinterpfoten auf der anderen.

»Schau!«

»Wie eine Statue!«

»Ach was! Ein echter *Hund*!«

Lulu hielt sich tatsächlich so still wie eine Statue, selbst das Gesicht ganz ruhig. Sie spielte ihren Part mit Genuß.

Das Publikum applaudierte, nicht allzu heftig, aber immerhin, denn inzwischen balancierte Lulu selbständig auf Rickies Schultern. Ein paar riefen ihren Namen. Ernst Kölliker pfiff anerkennend. Rickie überragte die meisten anderen, der Hund noch um ein weiteres Stück.

»Jup-piii, Lulu!«

Rickie grinste. Er hatte das zwar schon einmal mit Lulu zu Hause geprobt, aber heute, vor Publikum, übertraf sie sich selbst.

Die Musik steigerte sich noch, es kam ein lauter, unwiderstehlicher Beat, bei dem die meisten aufsprangen. Aus Paaren wurden Grüppchen. Luisa wurde an der einen Hand von Philipp, an der anderen von Dorrie mitgezogen. Zwei Gruppen von Leuten, die sich an den Händen hielten, formierten sich. Aus den Augenwinkeln sah Luisa, wie Rickie auf seinen Tisch in der Ecke zuging, immer noch mit Lulu auf den Schultern.

Ein paar Leute skandierten etwas, das wie »Grappa, Grappa, Grappa!« klang. Ein Junge in Jeans stürzte, blieb auf dem Hosenboden sitzen und drehte sich mit ausgestreckten Armen und Beinen im Kreis. Gelächter. Verschwommene Gesichter.

Ein paar Minuten später, als an Rickies Tisch allgemein zu essen und weiter zu trinken bestellt wurde, fiel Luisa mit leichten Gewissensbissen ein, daß sie zu Renate zurück sollte, um zu fragen, ob sie noch einen Wunsch hätte oder nach Hause gehen wollte. Es dauerte ein paar Minuten, bis sie sich dorthin durchgekämpft hatte. Ein Wildfremder fragte sie auf dem Weg nach »dem Jungen, der angefallen wurde«, und Luisa gab ihm fröhlich Auskunft, er sei ab nächsten Mittwoch wieder auf dem Damm. Als Renates langer Tisch in Sichtweite kam, mußte Luisa feststellen, daß er bis auf den letzten Platz mit Leuten besetzt war, die sie nicht kannte. Sie spähte in die Menge am Tresen – keine Renate weit und breit. Fünf nach zwölf, sagte ihr ein Blick auf die Uhr. Sie erschrak. So spät? Ob Renate wohl böse war, wenn sie nach Hause kam? Ach, sie hätte ja auch Andreas mit einer Nachricht hinüberschicken können. Luisa ging wieder zu ihren Freunden zurück.

## 23

»Kann ich mir dein Zimmer anschauen?« flüsterte Dorrie.

Luisa, die auf diese Frage nicht gefaßt gewesen war, warf einen Blick auf das Haus vor ihnen: kein Licht im oberen Fenster. Ihr Zimmer anschauen. Wieso eigentlich nicht? Sie und Dorrie hatten gerade noch zusammen getanzt – keineswegs das einzige gleichgeschlechtliche Paar auf der Tanzfläche im ›Small g‹.

»Klar, wieso nicht?« flüsterte Luisa zurück. »Renate liegt wahrscheinlich schon im Bett, wir müssen also bloß leise sein.«

»Meine leichteste Übung.«

Luisa ging voraus. Schlüssel. Das schummerige Licht im Treppenhaus. Allein hätte Luisa sich auch im Dunkeln zurechtgefunden. Sie legte den Finger an die Lippen. Gemeinsam stiegen sie die beiden Treppen hoch. Luisa tastete mit dem Daumen nach dem Schlüsselloch, schloß auf und öffnete die Tür. Wieder faßte sie Dorrie ganz selbstverständlich an der Hand und führte sie den Korridor entlang zu einer Tür auf der rechten Seite. Unter Renates Zimmertür auf der linken Seite des Korridors drang kein Lichtschein heraus.

»Komm rein«, flüsterte Luisa.

Dann machte sie die Tür zu und knipste das grelle Deckenlicht an, da dessen Schalter am schnellsten erreichbar war.

Dorrie stand da, in ihrer dunklen Hose und der roten Weste, und blickte sich mit einem leisen Lächeln um.

Luisas Bett war gemacht, ein schmales Bett mit dem Kopfende an der rechten Wand, daneben ein Nachttisch mit einer Lampe. Ihre Frisierkommode mit den drei Schubladen sah vorzeigbar aus, genauso die zwei Poster – ein Toulouse Lautrec aus dem Kunsthaus und ein de Chirico von einer kleineren Ausstellung. Ein Bücherregal. Zwei Sitzgelegenheiten, ein Holzstuhl und ein Polstersessel mit einem grünbraun gemusterten Bezug, den Luisa gern mochte. Er stand am Fenster zum Hof, durch das an schönen Tagen gutes Leselicht kam.

»Wow«, sagte Dorrie. »Viel höhere Decke als bei mir.«

»Kannst du …«

Es klopfte energisch an der Tür.

*O mein Gott,* dachte Luisa und wirbelte herum, um die Tür aufzumachen, doch die öffnete sich schon von selbst.

Renate stand da wie angewurzelt, in einem ihrer chinesischen Kimonos, mit bösem Gesicht, dann machte sie einen Schritt ins Zimmer. »Was ist denn hier los? Ein Heidenlärm ist das!«

»Lärm?... Das tut mir leid, Frau Hagnauer. Wir haben doch geflüstert. Das hier ist...«

»Ich weiß schon.« Renate fuhr sich mit der Hand ans rechte Auge, als bereite das Licht ihr Schmerzen. Dann riß sie die Hand wieder weg und baute sich vor den beiden auf, wobei sie sich auf den nackten Ballen ihres schlimmen Fußes stützen mußte. »Was tun Sie hier?« fragte sie mit einer kehligen Stimme, die Luisa noch nie an ihr gehört hatte.

»Ich wollte gerade gehen, Madame«, sagte Dorrie mit einem knappen Lächeln in Luisas Richtung. »Nett, daß ich Sie noch gesehen habe.«

Renate starrte Dorrie an wie eine Horrorvision und wich entsetzt zurück.

»Ich geh noch mit dir runter«, sagte Luisa, die ihren Mut wiederkehren spürte. Schließlich hatte sie Dorrie versprochen, sie bis zum Wagen zu begleiten.

»Ach, tatsächlich? Wohin denn?« fragte Renate, bellte es fast.

»Zu ihrem Wagen«, erwiderte Luisa. »Er steht ganz in der Nähe von dort, wo Teddie neulich geparkt hat.« Für Luisa war das inzwischen eine gefährliche, finstere Gegend.

Das Licht im Korridor brannte. Luisa klopfte sich auf die linke Tasche: Sie hatte ihren Schlüssel. Dann konnten sie ja gehen.

»So eine Schreckschraube!« meinte Dorrie lachend, als sie unten standen. »Soll das heißen, daß du nicht mal *Besuch* haben darfst?«

»Sie kann Schwule nicht ausstehen«, sagte Luisa widerstrebend. »Behauptet sie jedenfalls.« Auf der stillen Straße sprachen sie im Flüsterton. »Ich hab dir doch erzählt, sie hält Teddie für schwul, weil er mal bei Rickie übernachtet hat – nicht an dem Abend, als er überfallen wurde, sondern vorher, als es zufällig spät geworden war.«

»Hier ist mein Auto, dem Himmel sei Dank«, sagte Dorrie. »Bis auf diesen alten Drachen... war's doch ein schöner Abend! Danke!... Kann ich dich anrufen? Falls irgendwas Interessantes ansteht?«

Luisa zögerte. »Besser, ich ruf dich an. Okay?«

»Klar, aber tu's auch.«

Bevor Luisa es sich versah, hatte Dorrie sie an den Schultern gefaßt und ihr schnell einen Kuß auf den Mund gedrückt.

»Hoffentlich kriegst du nachher nicht noch Saures«, flüsterte sie, während sie die Wagentür aufschloß – noch ein Winken, dann war sie fort.

Luisa trottete wieder nach Hause, hoffte inständig, daß Renate wieder ins Bett gegangen war, und wußte doch, daß sie vergebens hoffte. Der ganze Abend heute bot soviel Munition für sie! Aus dem Wohnzimmerfenster drang ein schwacher Lichtschein. Wieder die Treppen, die Tür. Luisa erwartete fast, daß sie von innen verriegelt war und es den Rest der Nacht auch blieb.

Renate stand in der Diele und hielt sich das Auge zu. »Hol den Arzt!«

»Was? ... Welchen...«

»Ruf den Arzt an! Ich seh ja nicht mal die Zahlen auf dem Telefon!«

»Doktor Lüthi?«

»Wen denn sonst? Bist du schwer von Begriff!«

Die Nummer von Doktor Lüthi stand im Verzeichnis neben dem Wohnzimmertelefon. Sie wählte und bekam eine Anrufbeantworteransage, die von einer verschlafenen Frauenstimme unterbrochen wurde.

Renate riß ihr den Hörer aus der Hand.

Nun war der Arzt am Apparat.

»Hallo, Dr. Lüthi... Jawohl, Renate Hagnauer. Es ist wohl die Netzhaut. Sie wissen doch... Aber ich bin doch ruhig, so ruhig ich unter den Umständen sein kann!«

Luisa zog sich vorsichtig einen Schritt zurück. Aber Renate wollte jetzt sicher, daß sie Krankenschwester spielte. Sie hörte Dr. Lüthi ein paarmal sagen: »Selbst wenn ich da wäre...«, immer wieder von Renate unterbrochen. »... morgen... unbedingt. Bitte!« sagte Renate. »Gut... Um neun.«

Endlich legte sie auf. Mit der rechten Hand hatte sie die ganze Zeit ihr Auge zugehalten. »Wahrscheinlich bin ich jetzt blind!« wimmerte sie, den Tränen nahe. »Der Schock...«

Was – Schock? dachte Luisa. Dorrie bei ihr im Zimmer? »Kann ich Ihnen etwas bringen? Vielleicht einen Tee?«

»Tee!« schnaubte Renate. »Einen kalten Umschlag. Eiswürfel. In ein Handtuch eingewickelt! Fünf oder sechs Stück, nicht gleich das ganze Fach!«

Luisa beeilte sich, den Auftrag auszuführen, und als sie wiederkam, lag Renate mit geschlossenen Augen und unleidlicher Miene im Bett. »Haben Sie Schmerzen?«

»Nicht so schlimm, aber diese Lichter! Rote und weiße Blitzlichter... Der Arzt hatte mich gewarnt.«

Luisa erinnerte sich vage, daß das letzte Mal, als Renate sich eine neue Brille verschreiben ließ, von einer »empfindlichen Netzhaut« die Rede gewesen war.

»Wenn das wirklich ein Netzhautriß ist, werde ich auf dem Auge blind. Dann hilft höchstens noch eine Operation, aber auch das nicht viel!«

Renate kochte vor Wut und Aufregung. Luisa wollte sie an den Rat des Doktors erinnern, ruhig zu bleiben, traute sich aber nicht. »Kann ich noch irgendwas für Sie tun?«

»Nein. Du möchtest sicher ins Bett. Also …«

»Nein, nein, ich bleib schon da. Sagen Sie mir bloß …«

»Nichts«, unterbrach sie Renate. »Laß mich allein.«

Luisa ging auf die Tür zu, blieb stehen und drehte sich um. »Gute Nacht.«

»Laß die Tür einen Spalt offen.«

Luisa gehorchte widerstrebend; sie hatte auf diese Weise das unbestimmte Gefühl, Renate folge ihr den Korridor entlang. Sie duschte, putzte sich die Zähne und ging ins Bett. Wahrscheinlich würde Renate sie in der Nacht glatt noch einmal rufen. Wieviel war Show an der ganzen Geschichte? Luisa starrte in die Dunkelheit und ließ den Abend noch einmal Revue passieren: Rickie mit Lulu auf den Schultern, die sich im Walzerschritt wiegten. Und Dorrie – die konnte vielleicht tanzen! Luisa sah sie vor sich, mit ihrer schlanken Figur, der schwarzen Hose und dem wippenden weißen Hemd, wie sie auf der Tanzfläche im ›Jakob‹ herumwirbelte.

Stimmengemurmel weckte sie auf: Renate stand am Telefon in der Diele, wahrscheinlich redete sie mit dem Arzt.

Zehn nach acht zeigte ihre Uhr, für einen Sonntagmorgen reichlich früh, denn da schlief Renate normalerweise auch gern bis neun. Statt nur den Morgenmantel überzuwerfen, wie sonst zur ersten Tasse Kaffee, zog sich Luisa an.

Der Wasserkessel war aufgesetzt, der Filter gefüllt.

»Morgen«, sagte Luisa. »Wie fühlen Sie sich?«

»Gräßlich.«

»Soll ich Ihnen irgendwas holen?«

»Wenn du mir den Kaffee bringst – wenn er fertig ist.« Renate schlurfte in ihr Zimmer zurück.

Luisa richtete ein Tablett mit Brot, Butter und Orangenmarmelade her. Renate saß aufrecht im Bett, mit einem feuchten Handtuch über dem rechten Auge. Immerhin hatte sie gerade selbständig den Arzt angerufen, dachte Luisa.

»Danke«, sagte Renate kühl.

Um halb zehn kam Dr. Lüthi mit seinem braunen Arztkoffer. Schlanke Figur, hageres Gesicht und ein Lächeln, bei dem er die Mundwinkel verzog, ohne daß seine grauen Augen ihren besorgten Ausdruck verloren. Luisa hatte ihm aufgemacht, und jetzt drückte sie sich in Renates Zimmer an der Tür herum, bis sie sich irgendwie nützlich machen konnte oder von Renate hinausgescheucht wurde. Der Arzt richtete die Nachttischleuchte sowie seine Stirnlampe auf Renates Auge.

»...gestern nacht passiert«, jammerte Renate. »Ich bin so erschrocken...«

»Schauen Sie mich an. ... Und jetzt nach links oben. ... So bleiben. ... Jetzt nach rechts oben.« Nach einer kurzen Pause sagte er: »Es sind keine entzündeten roten Blutgefäße zu sehen, das ist ein gutes Zeichen. Jetzt zu diesen Lichtern…«

»Rote und weiße. Sie haben gesagt, wenn die wiederkommen, dann darf ich sie nicht ignorieren.«

»Das hat Ihnen Ihr Augenarzt erzählt. Den sollten Sie natürlich verständigen.«

»Natürlich. Ich habe es heute morgen schon bei ihm versucht.«

»Er würde Ihnen raten, liegenzubleiben und möglichst nichts Schweres zu heben. … Erschrocken sind Sie, haben Sie vorhin gesagt?«

»Allerdings! Eine wildfremde Gestalt in Luisas Zimmer. Nach Mitternacht. Ich war gerade…«

»Ein Einbrecher, meinen Sie«, staunte der Doktor.

»Nein, aber jemand *Wildfremdes.*«

»Eine Freundin von mir wollte sich mein Zimmer ansehen«, warf Luisa ein. »Sie war gerade erst gekommen, hatte sich noch nicht mal hingesetzt…«

»Dr. Lüthi spricht mit mir, Luisa.«

Das hatte Luisa erwartet.

Renate berichtete dem Doktor haarklein von ihrem Schreck gestern nacht und ihrem Gefühl, hinter ihren Augen sei irgend etwas geplatzt.

»Nun, so bedrohlich scheint die Lage ja nicht gewesen zu sein«, sagte der Arzt mit einem Lächeln. »Jetzt schonen Sie sich heute mal, Frau Hagnauer, und ich mache bei Dr. Widmer einen Termin für Sie fest, wenn Sie möchten, und ruf Sie dann an.«

Das paßte Renate. »Man hat mir ja gesagt, ich soll aufpassen mit meiner Netzhaut.«

»Habe ich nicht auch gesagt, daß Sie sich mehr entspannen sollten? Wissen Sie noch, als Sie so Herzrasen hatten, das kam doch von zu viel Streß?« Er wandte sich an Luisa, wieder mit einem Lächeln. »Auf Wiedersehen, beste Luisa, und kümmern Sie sich um unsere Patientin.«

»Natürlich«, sagte Luisa.

Renate beschloß, im Bett zu bleiben, und wollte die Sonntagszeitung, eine Kanne Kaffee und ihre Zigaretten in Reichweite. Zum Mittagessen vielleicht ein Omelett mit einem kleinen Salat. Und ob Luisa den Fernseher hereinschieben könnte? »Komm sofort wieder zurück, wenn du den ›Sonntags-Blick‹ gekauft hast. Du mußt den ganzen Tag hier bleiben, falls mein Zustand kritisch wird.«

»Ja«, sagte Luisa, ohne Renate anzusehen. Also futsch, ihr Sonntag, der freie Tag, der ihr zustand. Also futsch, jegliche Chance, Rickie oder Dorrie zu sehen. Und Teddie schien plötzlich in ganz weiter Ferne.

Der Kiosk, an dem sie den ›Blick‹ bekam, lag zwei Straßen hinter dem ›Jakob‹, und auf dem Rückweg warf sie einen Blick in die Gaststätte. Kein Rickie. Es war gegen halb elf.

Ursi stand hinter dem Tresen an der Espressomaschine. »Rickie ist noch nicht aufgetaucht, Luisa. Ist ja Sonntag.«

»Sag ihm einen schönen Gruß.«

»Kommst du noch mal?«

»Bin nicht sicher. Wahrscheinlich nicht.« Luisa trat aus der Tür, und als sie auf dem Trottoir nach links schaute, sah sie zu ihrer großen Freude Rickie mit Lulu an der Leine, einen Block entfernt. »Hoi, Rickie!«

»Guten Morgen, Herzchen. Na, wie war denn dein Abend noch?«

Luisa lachte nervös. »Ich muß das hier schnell zu Hause abliefern.«

Sie deutete auf die Zeitung unter ihrem Arm. »Tja... Dorrie war noch ganz kurz mit bei mir, bloß um mein Zimmer anzuschauen, und Renate kam reingeplatzt. Wie die sich aufgeführt hat – als wäre Dorrie ein Einbrecher, oder sowas! Eine Riesenszene hat sie gemacht, und als Dorrie wieder weg war, hat sie so getan, als ob... Jedenfalls glaubt sie jetzt, sie hätte was am Auge. Einen Netzhautriß. Aber ich glaube, dem Auge geht's prima.«

Rickie lachte auf. »*Die* Szene kann ich mir vorstellen! Dorrie bei dir im Zimmer!«

»Du, ich muß los. Ich darf heute Krankenschwester spielen, Essen ans Bett bringen und so. Morgen geht sie zum Augenarzt.«

»Na dann, schönen Sonntag!«

Luisa ging nach Hause, auf die frostige Stimmung zu, die sich in der Wohnung breitgemacht hatte. Sie spürte, daß noch Schlimmeres auf sie zukam, etwas Dunkles, Unheilvolles und sogar noch Einschneidenderes als die Sache mit Dorrie.

## 24

Renates Termin am nächsten Tag war um zehn Uhr vormittags. Luisa hatte ein Taxi bestellt. Sie mußte ihre Chefin natürlich begleiten. Gleich früh um acht hatte sie schon mit den Mädchen in der Werkstatt gesprochen, ihnen von der heiklen Sache mit Renates Auge erzählt und sich darum gekümmert, daß auch alle für den Vormittag genügend zu tun hatten. Um die Zeit war Renate noch im Bett gelegen.

Die Mädchen konnten es gar nicht glauben.

»Ist sie denn irgendwie gestürzt?« fragte Vera.

»Nein, es kam einfach so, ganz plötzlich... Samstag nacht«, erwiderte Luisa.

Renate hatte sich aus einem zusammengefalteten dunklen Stück Stoff und einem Gummiband eine Augenklappe gebastelt. Luisa saß in der Ecke des Untersuchungszimmers, in dem mehrere Sehtesttafeln an der Wand hingen und verschiedenste Lampen herumstanden, sowie ein Stuhl, der aussah wie ein Zahnarztstuhl.

»... Blitzlichter«, sagte Renate, »weiß und zum Teil ins Pink gehend. Da kann man natürlich nicht mehr klar sehen.« Ihr Ton war scharf, wie um dem Arzt ihre Sicht der Dinge aufzudrängen.

Wortlos untersuchte Dr. Widmer das Auge von allen Seiten. Schließlich stellte er fest: »Ich kann keinerlei Anzeichen für eine Netzhautschädigung entdecken. Keine verletzten Blutgefäße. Haben Sie vielleicht so etwas wie einen Schleier, der Ihnen die Sicht...«

»Jawohl! Einen grauen... Wissen Sie, ich hatte einen Schock... eine wildfremde Gestalt stand in einem Zimmer in meiner Wohnung. Es fühlte sich an, als würde hinter meinem Auge irgend etwas platzen.«

»Wollte jemand einbrechen?« fragte der Arzt aufmerksam.

»Eine Freundin von einem meiner Lehrmädchen. Aber es war nach Mitternacht… als ich die Tür aufgemacht habe und…«

»Aber eine Freundin«, sagte der Arzt.

»Schon, aber ich rede von dem Schock!«

Dr. Widmer riet, dem Auge Ruhe zu gönnen, hielt das Zudecken für eine gute Idee und gab ihr eine richtige Augenklappe mit. Erst noch Tropfen, für die Renates Stuhl in die Horizontale gekippt wurde. Die kleine Flasche sollte sie mitnehmen. Zwei Tropfen zweimal täglich, übermorgen wollte er sie sich noch einmal ansehen. Falls eine Besserung eintrat, brauchte sie vielleicht überhaupt nicht mehr zu kommen.

Luisa spürte Renates Enttäuschung. Eben hatte sie noch etwas von »Krankenhausaufenthalt« gemurmelt.

Zu Hause machte Renate, anstatt sich zu schonen, sofort einen Kontrollgang in die Werkstatt – mit ihrer neuen schwarzen Augenklappe, die aussah wie frisch von einem Piratenkostüm. Jetzt spielte sie ihre Beschwerden herunter, begutachtete in Heldenpose die Fortschritte an den jeweiligen Arbeiten und inspizierte einen Herbstmantel, den Vera bis Mittwoch nachmittag fertig haben mußte: Da kam nämlich die Kundin. Es war Frau Loser aus Küsnacht, für die Renate immer zwei Rechnungen ausstellen mußte, eine mit dem tatsächlichen Betrag und eine zweite, die Frau Loser dann ihrem Mann zeigte.

Renate überprüfte sogar noch den Küchenfußboden – die Mädchen hatten inzwischen ja ihre Frühstückspause gehabt – und wies Luisa barsch an, ein zweites Mal zu fegen.

Das schlimmste an diesem ganzen Tag war das Abendessen. Es sollte Lammkoteletts geben, zwei kleine für jeden, dazu Baked Potatoes und Salat. Oft kochten sie gemeinsam, doch heute mußte Luisa alles allein erledigen, einschließlich des Tischdeckens (den Tisch im Fernsehzimmer, das war vornehmer als in der Küche) – während Renate vor dem Fernseher saß, der inzwischen wieder an seinem Platz stand, und hin und wieder einen Blick in die Zeitung warf.

Renate wartete noch, bis beide saßen, der Wein eingeschenkt war, die ersten Bissen stumm verzehrt waren, dann sagte sie:

»Luisa, du mußt dich in Zukunft nicht mehr verpflichtet fühlen, deine Mahlzeiten mit mir zusammen einzunehmen. Ich gebe zu – daß ich einfach nicht normal finden kann, was ich Samstag nacht gesehen habe. Wo soll das hinführen?« Bei aller Vagheit in diesen Worten klang Renate, als wäre sie von dem Gesagten mehr als überzeugt und würde sich davon keinen Millimeter mehr abbringen lassen.

»Ich ...« Luisa wußte nicht, was sie sagen sollte, und zuckte die Achseln. »Dorrie hat mich gefragt, ob sie mein Zimmer anschauen kann. Was ist daran so schlimm?«

»Du kennst die Leute, mit denen sie Umgang hat – Homos und Lesben – weil sie nämlich selber eine ist.« Renate spießte sich mit der Gabel einen Bissen Lammfleisch in den Mund. »Glaubst du, ich möchte Mädchen in meinem Hause, die mit solchen Leuten befreundet sind? Nie im Leben!«

Luisa überlegte sich genau, was sie jetzt sagte. »Ich

finde, man kann mit allen möglichen Leuten *befreundet* sein. Rickie ist für mich inzwischen ein Freund. Und bei Teddie täuschen Sie sich, der ist nicht schwul.«

Renate zuckte zusammen. »Umso schlimmer – ein Zweigleisiger. Bisexuelle sind gefährlich und verlogen.« Ihr unverdecktes Auge durchbohrte Luisa mit dem Blick.

Luisa legte ruhig ihr Besteck zusammen und stand mit ihrem Teller und dem Weinglas in der Hand auf. »Da ich nicht mehr verpflichtet bin, mit Ihnen am Tisch zu sitzen...« Sie trug die Sachen in die Küche und zog sich einen Stuhl heran. Der Hunger war ihr zwar vergangen, aber den Teller würde sie trotzdem leeressen.

Nachher wollte sie noch aus dem Haus – jedenfalls für eine halbe Stunde.

Renate kam im Schleifschritt den Korridor entlanggehumpelt und erschien in der Tür, so wütend, daß ihr anderes Auge bestimmt auch gleich einen Riß bekam. »Falls du vorhast, dich heute abend noch mit deinen verkommenen Freunden zu treffen – nur zu. Aber in die Wohnung kommst du dann nicht mehr.«

Luisa gab keine Antwort, starrte nur genauso wütend zurück.

»Gute Nacht. Und spül das Geschirr, bevor du ins Bett gehst.«

Luisa schwirrte der Kopf. Das nächste Telefon war das im ›L'Eclair‹. Ob ihre Post sicher war? Doch, sie konnte ja als erste hin – die Briefkästen waren unten –, es sei denn, Renate ging ausnahmsweise früher hinunter und paßte um halb neun den Briefträger ab.

Sie räumte die Küche auf, während Renate vor einer

Sendung saß, die sie sonst oft gemeinsam angesehen hatten. Als Luisa den Müllsack zuband, traf sie ein Gedanke wie der Blitz: Wenn sie versuchte, bei Renate auszusteigen, konnte die ihr ein vernichtendes Zeugnis schreiben.

Aber die Vorstellung, Renate zu verlassen, widerstrebte ihr sowieso. Fast ein Jahr war sie nun bei Renate, die sich ihrer angenommen hatte, ihr Unterkunft und Verpflegung geboten (oder jedenfalls gegen eine bescheidene Summe zur Verfügung gestellt) hatte, die sie unterrichtet und gefördert hatte, fast wie eine eigene Tochter. Daß all das von heute auf morgen zunichte sein sollte, konnte sie sich nicht vorstellen, es war zu abstrus.

Sie duschte noch einmal, bevor sie ins Bett ging. Sie hatte festgestellt, daß sie vor Angst und Nervosität stank, und das war ihr nicht mehr passiert, seit sie damals von zu Hause weggelaufen und am Zürcher Bahnhof gelandet war – dort, wo sie lauter fremde Gesichter anstarrten, manche feindselig, Männer wie Frauen, und wo sie sich so gefürchtet hatte, weil sie zu spüren glaubte, welche üblen, gefährlichen Gedanken durch deren Köpfe gingen.

Vor elf lag sie im Bett und las noch in einer Chopin-Biographie, einem alten Band von Renates Bücherregal im Schlafzimmer. Gestern hatte sie das Buch noch interessiert, heute schien Chopin unerheblich. Luisa stand auf, trat an ihren Tisch und riß einen Zettel aus ihrem Notizblock.

Lieber Rickie,

Bitte sag Dorrie und auch Teddie, daß Renate auf Kriegspfad ist & daß ich wahrscheinlich einfach nicht anrufen kann und es genauso schlecht ist, wenn sie bei mir anrufen. Vielleicht hab ich das zum Teil schon gesagt, aber im Moment ist alles noch viel schlimmer. Ich versuche, Dir das morgen früh im ›Jakob‹ zuzustecken, ansonsten in Deinen Briefkasten.

Alles Liebe
Luisa

Renate Hagnauers Haushalt rührte sich wie immer vor sieben. Renate und Luisa waren aufgestanden, Luisa kochte in der Küche Kaffee. Beide hatten bisher immer gern im Morgenmantel in der Küche gefrühstückt. Nun kam Renate mit der Klappe über dem Auge herein und sagte:

»Luisa, würdest du mir mein Frühstück heute bitte auf einem Tablett bringen? Ich möchte mein Auge möglichst schonen.«

Luisa richtete das Übliche her, Kaffee mit der Milch extra, Brotscheiben, Butter und diesmal Erdbeermarmelade. Nachdem sie das serviert hatte, frühstückte sie allein in der Küche.

Es war fast eine Wonne, den langen Arbeitstisch fertig zu machen, und fraglos eine Wonne, die lächelnden Gesichter von Vera, der lieben Elsie und Stephanie zu begrüßen. Alle drei fragten sie Renate, wie es ihr gehe und ob der Arzt gesagt habe, was sie hätte. Renate antwortete mit Leidensmiene.

»Mir geht es schon besser... Nein, nein, keine Schmerzen, danke.«

Dann rückte die Pause um halb zehn näher, die immer

von Renate eingeläutet wurde und richtig anbrach, wenn sie das Haus verließ.

»Du mußt nicht mit, wenn du nicht willst«, bemerkte Renate frostig, als sie und Luisa in der Diele standen.

»Ähm, ich… möchte aber«, sagte Luisa. Bisher war sie immer fraglos mitgegangen.

Ein Hausgenosse aus dem ersten Stock rief bei Renates Anblick: »Ach, Frau Hagnauer! … Was ist denn da passiert?«

»Nichts! Ein Netzhautriß wahrscheinlich. Nichts…«

»Ach! Netzhaut…«

Passanten auf der Straße warfen Renate natürlich Blicke zu: Hier kam der grimmige, einäugige Pirat Käpt'n Kidd, noch dazu hinkend, als hätte er ein Holzbein. Luisa unterdrückte ein Grinsen.

Der ›Jakob‹. Ursi hinter dem Tresen entdeckte Renate sofort. »Madame Renate! Morgen! Was ist denn mit Ihrem Auge los?«

»Überhaupt nichts. Ein bißchen überanstrengt«, erwiderte Renate.

Luisa holte Renate den ›Tages-Anzeiger‹ vom Ständer. Sie hatten sich gerade hingesetzt, als Rickie und Lulu in der Tür zwischen Tresen und Eßbereich erschienen.

Rickie verbeugte sich leicht – gleich ein zweites Mal, als er Renates gewölbte schwarze Klappe sah. Renate würdigte ihn keines Blickes. Da brachte Andreas auch schon Espresso mit Sahne für sie und Luisa. Und Renate zündete sich ihre Zigarette an.

»Was im Auge?« erkundigte Andreas sich teilnahmsvoll.

»Nein, nur ein bißchen überanstrengt«, erwiderte Renate mit einem verkniffenen Lächeln.

Luisa hatte die rechte Hand in der Tasche, die Finger um den zusammengefalteten Zettel für Rickie. Konnte sie nicht einfach hinübergehen und ihn bei ihm abgeben, vielleicht unter dem Vorwand eines Händedrucks? Oder ihn einfach unter den Tisch fallen lassen? Luisa hielt sich an ihrer noch zu einem Drittel vollen Espressotasse fest. Renate war in die Zeitung vertieft. Luisa schob sich auf der Bank entlang.

»Bin gleich wieder da«, sagte sie, obwohl Renate den Blick nicht gehoben hatte. Langsam, aber auf direktem Weg ging sie auf Rickie zu, der sofort aufblickte.

»Setz dich, Sweetie«, sagte er.

»Ich hab was für dich.« Mit dem Rücken zu Renate zog sie die Hand aus der Tasche und legte den Zettel neben Rickies Hörnchenteller.

»Ah, danke. Ein Liebesbrief!« Rickie steckte ihn ein. »Teddie hat heute früh angerufen. Er würde dich gern Mittwoch abend zum Essen ausführen. Er kann dich zu einer abgemachten Uhrzeit mit dem Taxi abholen.«

Luisa krümmte sich. »Ich habe auf dem Zettel erklärt…«

»Trefft euch doch bei mir zu Hause!« unterbrach er sie. »Überleg's dir. Ich kann das arrangieren.«

»Sag ihm, das wird schwierig. Ich will keine halbherzigen Versprechungen machen.« Luisa blickte sich um. Renates Auge fixierte sie. Aus ihrem Mund kräuselte sich Rauch: Fast schon wie aus einem Drachenmaul, fand Luisa.

Inzwischen zählte Renate schon das Kleingeld ab. Wie üblich zahlte sie für Luisa mit. Bis auf die gemurmelten Abschiedsgrüße an Andreas und Ursi schwiegen die beiden. Im Schleifschritt ging Renate neben Luisa her. Mit einem Stock tat sie sich leichter – sie hatte auch einen eleganten schwarzen zu Hause, haßte es jedoch, ihn mitzunehmen.

»Ich hab schon gesehen, wie du Rickie vorhin eine Nachricht zugesteckt hast«, sagte Renate in dumpfem, abgehacktem Ton.

»Jawohl. Ich dachte, Sie möchten bestimmt nicht, daß ich ihn von Ihrer Wohnung aus anrufe, sonst hätte ich nämlich das getan.«

»Du machst noch mein Auge schlimmer, wenn du weiterhin diesen Unsinn treibst!« Sie verlangsamte ihren Schritt und faßte vorsichtig an die Augenklappe. »Ich spüre schon, wie es pulsiert.«

»Ich weiß gar nicht, worüber Sie sich so aufregen«, sagte Luisa betont ruhig.

»Über diese Degenerierten, mit denen du dich in letzter Zeit so gern abgibst! Was denn sonst?«

Eine Frau, die ihnen entgegenkam, warf Renate einen verblüfften Blick zu.

Luisa biß die Zähne zusammen, zwang sich, stehenzubleiben. »Degeneriert? Schlimmer als dieser Dorftrottel Willi? Den mögen Sie anscheinend recht gern, samt seinen ganzen Lügenmärchen über die Fremdenlegion. Das haben Sie doch mitgekriegt… an dem Abend bei den Wengers. Die Polizei hat es in den Akten.« Das hatte Luisa von Rickie gehört.

Da Renate das nicht abstreiten konnte, schwieg sie. Inzwischen stiegen die beiden bereits die Haustreppe hinauf, Renate betont langsam, eine Stufe nach der anderen. Sie zog einen imposanten Schlüsselbund aus ihrer Handtasche, den sie *Trousseau* nannte, ganz à la française.

Wieder Schweigen.

Nachdem Renate sich vergewissert hatte, daß die Arbeit voranging, zog sie sich ins Bett zurück. Mittags mußte Luisa also an ihre Tür klopfen, um zu fragen, ob sie ihr ein Tablett bringen sollte. Sollte sie: Toast mit Butter und Sardine, garniert mit Zitronenscheiben und eine aufgeschnittene Tomate mit Öl und Salz.

»Und ein Kännchen Tee, bitte.«

Luisa bereitete alles in der Küche vor, wo zwei der Mädchen schon am Tisch saßen und die belegten Brote aßen, die sie von zu Hause mitgebracht hatten. Stephanie hatte heute ihren Schultag, deshalb war sie nicht zur Arbeit gekommen.

»Sie ist echt nicht gut drauf, was?« sagte Vera.

»Hat sie sich über irgendwas geärgert?« flüsterte Elsie.

»Was weiß ich«, sagte Luisa, als langweile sie Renates Getue – was ja auch stimmte.

Am nächsten Morgen zuckte Luisa jedesmal zusammen, wenn das Telefon schrillte. Das Wohnzimmertelefon stand inzwischen in Renates Zimmer, damit sie Geschäftstelefonate vom Bett aus erledigen konnte.

Elsie kam auf dem Rückweg von der Toilette gerade am Telefon in der Diele vorbei, als es gegen drei Uhr nachmittags klingelte. »Für dich, Luisa. Ein Typ«, sagte sie augenzwinkernd.

Teddie, dachte Luisa. »Hallo?«

»Hoi, Luisa! Wie wär's mit heute abend? Soll ich dich um sieben abholen?« Teddie redete gehetzt. »Ich komme mit dem Taxi und klingele einfach, oder du kannst schon…«

»Moment mal«, unterbrach Renates Stimme am anderen Apparat. »Luisa wird nicht…«

»Tut mir leid, Teddie«, meldete sich Luisa verlegen. »Du siehst ja, es…«

»… und morgen abend genausowenig«, keifte Renates Stimme weiter. »Sie steht bei mir unter Vertrag, und solange…«

»Gehen Sie doch bitte aus der Leitung!« schrie Teddie. »Herrgott, so eine alte Hexe!«

»Jetzt reicht's!« Das kam als heiserer Schrei, und dann knallte Renate den Hörer auf die Gabel.

Luisa hörte die Mädchen in der Werkstatt tuscheln und kichern. »Teddie, bei uns ist eine Art Krise… Rickie weiß Bescheid.«

»Mit dem hab ich vor einer halben Stunde gesprochen«, sagte Teddie. »Kannst du zu ihm in die Wohnung kommen?«

»Du, ich muß Schluß machen. Ich muß hier noch länger bleiben, weißt du.«

»Weiß ich allerdings.«

Leise legte Luisa auf. Sie hatte überhaupt keine Lust, den Mädchen gegenüberzutreten.

»Ist er nett? Er klang nett«, flüsterte Elsie.

»Luisa!« Das war Renate.

Luisa ging zu ihr ins Zimmer.

Renate hatte Nasenbluten und hatte diese Tatsache für Luisas Gefühl auch voll ausgekostet, in dem sie einen Fleck aufs obere Laken gemacht hatte. Sie verlangte Papiertaschentücher, obwohl ein großer Stapel in ihrer Reichweite lag.

»Soviel unnötiges Getue!« sagte Renate verächtlich.

Luisa sollte Tee kochen und ein feuchtes Tuch bringen – nein, bitte ein frisches Laken fürs Bett. Dazwischen brummte Renate irgend etwas von wegen Unverschämtheit vor sich hin. Während Luisa das Laken auswechselte, lag Renate mit zurückgelegtem Kopf da, obwohl die Blutung offenbar aufgehört hatte.

Am Abend aß Renate, von Luisa bedient, wieder allein beziehungsweise in Gesellschaft des Fernsehers, während das Mädchen in der Küche etwas hinunterzubringen versuchte. Luisa wäre am liebsten weggerannt, für immer und ewig geflohen. Als das Telefon schrillte, war Luisa mit einem Satz dort und hatte abgenommen, bevor der erste Klingelton verstummt war. »Hallo?«

»Salü, ich treff dich in zehn Minuten unten, okay?« sagte Dorrie, und dann legte sie auf.

Luisa legte ebenfalls auf und mußte grinsen bei dem Gedanken, daß Renate mit der Gabel in der Hand diesmal wohl nicht schnell genug gewesen war.

»Wer war das?« rief Renate.

»Verwählt.«

Luisa sah auf die Uhr, stopfte ihren Hausschlüssel und etwas Geld in ihre Hosentasche und räumte die Küche fertig auf. Punkt zehn Minuten später machte sie die Tür auf und floh, glitt die Treppe hinunter und zur Tür hinaus.

## 25

Der glänzend schwarze Kombi kam angerollt und blieb neben einem parkenden Wagen stehen. Luisa stürzte darauf zu, öffnete die Tür und stieg ein.

»Hoi, Dorrie!«

»Guten Abend! ... Na, siehst du, ich hab's riskiert und gewonnen, was?« Dorrie lachte. »Wo möchtest du hin? Wir können überallhin.«

Das stimmte. In dem schwarzen Wagen waren sie vor unerwünschten Blicken geschützt, jedenfalls mehr oder weniger, für Luisas Gefühl war er so gut wie kugelsicher. »Laß mich überlegen.«

»Rickie hat mich angerufen und auf einen Drink zu sich geladen. Hat mir erzählt, Teddie ist am Boden zerstört, weil er 'nen Korb gekriegt hat. Was war denn los?«

Der Wagen schlich im ersten Gang dahin.

»Ich hab ihm keinen Korb gegeben. Renate hat sich über das zweite Telefon eingemischt und ihn angeblafft. Als du dann angerufen hast, hab ich sofort zugesagt, so eine Wut hatte ich.«

»Du hast überhaupt nichts gesagt. *Ich* hab gesagt, ich bin in zehn Minuten da. ... Hast du schon gegessen?«

»Nicht richtig.«

»Probieren wir's doch im ›Odeon‹, falls wir 'nen Parkplatz kriegen und ein Tisch frei ist. Zwei große Fragezeichen.«

Und ab ging es, über die Langstraße, unter den Gleisen des Zürcher Bahnhofs durch. Nachdem Dorrie keinen legalen Parkplatz fand, ließ sie es darauf ankommen und parkte in einer kleinen Seitenstraße der Rämistraße. Sie hätte heute bestimmt Glück, meinte sie. Im Augenblick war im ›Odeon‹ kein Tisch frei, also bestellten sie mit Hilfe einer Bedienung, die Dorrie kannte – einer gewissen Marcia, die versprach, wegen eines Tisches ihr Bestes zu tun, – an der Bar ein Bier. Dorrie stellte die beiden Mädchen einander vor.

»Luisa – hübscher Name, hübsches Mädel.« Und weg war Marcia, mit einem vollbeladenen Tablett.

Es war ziemlich laut in dem Lokal. Musik, die aus irgendwelchen Lautsprechern kam, wurde von dem Geräuschpegel der Unterhaltungen fast völlig übertönt. Genau, was Luisa wollte, jedenfalls für heute abend: viele Menschen, eine anonyme Atmosphäre.

»Ein Tisch!« rief Dorrie.

Marcia hatte ihnen ein Zeichen gegeben.

Das Chili con carne auf der Speisekarte stach Luisa ins Auge. Das war in New Yorker Kneipen sehr beliebt, hatte sie gehört. Dann raunte sie leise »Räucherlachs!«, als handele es sich um den größten Luxus der Welt.

»Cool, den nimmst du«, sagte Dorrie.

Dorrie bestellte für beide. Dann erzählte sie Luisa, daß Bert heute eine nackte männliche Schaufensterpuppe aus einem Laden geklaut hätte, in dem sie beide arbeiteten.

»Die kriegen sie natürlich wieder, wenn sie ihm zu langweilig wird. Eine der Verkäuferinnen hat ihn gefragt, was er damit vorhat, und er meinte: ›In harten Zeiten geht der Trend zum harten Mann.‹« Dorrie lief krebsrot an vor Lachen.

Nach dem Essen gingen sie noch in eine Kellerbar in der

Nähe vom Weinplatz, wo Dorrie wieder gewagt parkte. »Bloß für ein Stündchen, vielleicht nicht mal. Ich bild mir gern ein, mein schwarzes Auto versteckt sich selber vor den Bullen.« Luisa schielte verstohlen auf die Uhr: zehn Uhr dreiundvierzig. Die kleine Kellerbar hieß ›The Shopping Center‹. Die Bedienung trug schwarze Overalls mit weißen Hemden. Dorrie kannte ein paar Leute dort; die Bar war wohl ein Lesbentreff, obwohl Luisa eigentlich nur zwei Mädchen vom Aussehen her für lesbisch gehalten hätte. Sie bestellte an der Bar einen Espresso.

Ein ziemlich großes blondes Mädchen fragte Dorrie, ob sie »stören« dürfe, beziehungsweise mit Luisa tanzen.

»Nein, danke«, sagte Luisa. »Wir möchten uns unterhalten.« Das Mädchen ging wieder.

»Na siehst du. Ist doch ganz einfach«, sagte Dorrie.

Alles war einfach und klappte wunderbar, bis sie und Dorrie wieder im Wagen saßen und die Straße, in der Luisa wohnte, immer näher kam. Dann krampfte sich wieder alles in ihr zusammen. Der Nervenkrieg stand von neuem bevor.

»Also noch mal: Wenn sie dich aussperrt, übernachtest du bei mir. Überhaupt kein Problem. Ich warte so, sagen wir, zehn Minuten? Wenn du dann nicht wieder runterkommst, weiß ich, daß du drin bist.«

Luisa warf einen Blick nach oben – kein Licht im Wohnzimmerfenster. Sie hatte die Hand bereits auf dem Türgriff. »Sie spielt das Spiel womöglich zehn Minuten... merkt genau, daß ich aufzusperren versuche, und läßt den Riegel davor.«

»Dann warte ich eine Viertelstunde«, sagte Dorrie.

»Oder du nimmst ein Taxi zu mir. Oder … na, Rickie würde dich doch auch bei sich schlafen lassen, oder?«

»Ach, natürlich.«

»Fänd ich schade, aber er wohnt näher. Jetzt probier's mal, und ich warte eine Viertelstunde.«

Luisa stieg die Stufen zur Haustür hoch und schloß auf. Es war halb eins, für die Bewohner dieses Hauses spät. Leise ging sie die Treppe hinauf und steckte den Schlüssel ins Schloß. Der Riegel bewegte sich, aber die Tür ging nicht auf. Sie holte Luft und klopfte zart.

Stille. Ihr eigener Herzschlag dröhnte ihr in den Ohren, doch eigentlich horchte sie auf Renates Schritte. Die hatte sie von ihrem Platz aus keinesfalls verpaßt, selbst wenn Renate noch so vorsichtig geschlichen wäre. Luisa klopfte noch einmal. Undenkbar, auf die Klingel zu drücken, denn die klang laut und schrill.

Immer noch nichts. Vielleicht sechs, sieben Minuten waren vergangen. Sie konnte immer noch hinunterlaufen und wieder zu Dorrie ins Auto steigen, in ihre Wohnung fahren und sich morgen früh vor acht wieder hier abliefern lassen. Luisa nahm die ersten Stufen – leise, aber mit den Turnschuhen doch hörbar, und eine Stufe knarzte. Sie ging noch ein paar Schritte weiter, dann hielt sie inne.

Ein Riegel wurde zurückgeschoben. Die Tür öffnete sich einen Spalt – einen sehr kleinen –, und Luisa ging wieder hinauf. Der Spalt blieb, wie er war, als wollte Renate sich vergewissern, daß es Luisa sei und nicht irgendein Fremder. »Danke«, flüsterte Luisa.

Renate ließ sich Zeit, bevor sie die Tür weiter aufmachte. Das Licht in der Diele brannte.

Luisa schlüpfte hinein.

»Kannst froh sein, daß ich dich reingelassen habe. Dankbar!« murmelte Renate.

»Tut mir leid, daß Sie verriegelt hatten. Sonst hätte ich Sie nicht zu wecken brauchen.«

»Mich nicht zu wecken brauchen, wenn du heute abend ausgerissen bist, wer weiß wohin! Was weiß denn ich, wen du mir ins Haus schleppst! Ich hab schon gesehen, mit wem du zusammen warst. Glaubst du vielleicht, ich führe ein Bordell... eine Absteige für Callgirls?«

Luisa blieb ganz ruhig, nur um so schnell wie möglich ins Bett zu kommen. Auf dem Korridor drehte sie sich noch einmal um, weil sie trotz allem höflich bleiben wollte. »Gute Nacht.« Da entdeckte sie ein paar Blusen, eine beige Hose und einen Schlafanzug, die, achtlos auf einen Haufen geworfen, im Gang lagen. Ihre Kleider, aus dem Korb in Renates großem Badezimmer.

»Ich will deine Dreckwäsche nicht bei meiner haben. Wasch sie extra, wo, ist mir egal! Klar?«

Luisa hob ihre Sachen auf. »Ja«, sagte sie fest und nahm die Kleider mit in ihr Zimmer.

»Außerdem...« schrie Renate und kam im Schleifschritt hinter ihr hergehumpelt, »benützt du mir in Zukunft nicht mehr das große Badezimmer, verstanden? Pack dein Zeug, und bleib im kleinen Bad.«

Hoffentlich war das der letzte Funkspruch für heute abend. Luisa holte ihre Ersatzzahnbürste, ihr Handtuch und ein paar Sachen aus dem Badschrank. Jetzt mußte sie wohl dienstags die Waschmaschine im Keller benutzen. Ob Renate ihr den Korb mit ihrer Schmutzwäsche in die

Hand drücken und erwarten würde, daß sie die wusch, wie eine Hausangestellte? Bei dem Gedanken mußte Luisa grinsen. Sie duschte und zog ihren Schlafanzug an. Sie hätte zu gern ein Glas Milch gehabt, fürchtete aber erneutes Geblaffe von Renate.

»Luisa!« Da war das Geblaffe.

Renate wollte kalten Tee mit Eis, Zucker und Zitrone. Luisa tat ihr den Gefallen und schaffte es, zwischendurch ein Glas Milch in ihr Zimmer zu schmuggeln.

Renate behauptete, sie spüre einen Druck hinter dem Auge und ein Gewicht auf der Brust. Sie lag im Bett, hielt auch das gesunde Auge halb geschlossen und hatte eine Leidensmiene aufgesetzt. Luisa tat, wie ihr geheißen, und sagte kein Wort.

Gegen zehn am selben Abend rief Fredy Schimmelmann bei Rickie an (nachdem er ihn beim ›Jakob‹ nicht gefunden hatte). Er sei gerade in der Gegend, ob er vorbeikommen könne? Rickie zögerte zuerst, sagte dann ja – vielleicht gab's Neuigkeiten.

Fredy erschien in Uniform, komplett mit langärmeligem Hemd und Jacke. »Ich habe gerade mit unserem gemeinsamen Freund gesprochen«, verkündete er und nahm die Mütze ab.

»Mit welchem?«

»Willi, unserem Dorftrottel«, sagte Fredy mit seinem verschmitzten Grinsen. »Darf ich?« Er zog die Jacke aus und lockerte die Krawatte. »Überraschungsbesuch, verstehst du. Ich dachte, es ist besser, wenn ich mal allein und in Uniform komme.«

»Hat er irgendwas gesagt?«

Fredy gluckste. »Nein. Mein Anblick hat ihm so einen Schock eingejagt, daß er sich fast in die Hosen gemacht hätte. Ich mußte den Ärmsten für kleine Jungs gehen lassen.«

»Und du hast ihn tatsächlich allein erwischt?«

»Nein... diese Leute..., Frau Wenger, die ist mir auf Schritt und Tritt nachgedackelt. Sie hatte mein Klopfen gehört. Deshalb mußte ich es auf die freundliche Tour versuchen. ›Vielleicht erinnern Sie sich inzwischen ein bißchen genauer? An den jungen Mann, der einen Schlag in den Rücken abgekriegt hat? Mit irgendeinem harten Gegenstand?‹« Bei dem Wort ›hart‹ machte Fredy eine Faustbewegung, als wollte er jemand in Nierenhöhe einen Stoß verpassen. »Gut möglich, daß er sich erinnerte, doch er hat immer wieder nur kopfschüttelnd ›nein, nein‹ gestammelt. Genau wie letztes Mal. Schade. Wenn ich ihn allein zu fassen gekriegt hätte...«

Rickie holte tief Luft. »Fand Frau Wenger dich unfair?«

»Nein. Konnte sie nicht. Keine Chance... Richtig ungesund, wie sie um diesen Typen herumgluckt. ... Hübsche Türen dort inzwischen übrigens. Dunkelbraune Maserung, lackiert. Hast du sie schon gesehen?«

»Nicht in ihrem vollendeten Zustand«, sagte Rickie geziert. »Aber es hat wirklich Spaß gemacht, Fredy! War sein Geld wert! ... Die einzige Strafe, die Willi je kriegen wird, wie's aussieht – Ernst und ich auf Rollkommando bei ihm. Das einzige, was ihn beeindruckt hat – seine Türen eingetreten! Komm, trinken wir ein Bier oder irgendwas.«

Sie tranken je ein kleines Bier, aus der Flasche. Fredy schwitzte immer noch, trotz der schwachen Brise durch das Fenster.

»Kann ich vielleicht bei dir unter die Dusche, Rickie?« Es klang fast flehentlich.

»Aber... klar.« Es war nur natürlich, daß man nach einem langen Tag unter die Dusche wollte. Und Fredy hatte sich heute abend wirklich Mühe gegeben, weit über seine Pflichten hinaus, um sein Scherflein beizutragen. Rickie holte ein großes Badetuch.

Fredy hatte seine Jacke über eine Stuhllehne gehängt, darüber sein feuchtes Hemd. »Wir kriegen aus Willi wohl nie die Wahrheit raus, es sei denn, wir bekommen ihn endlich allein zu fassen und nageln ihn fest. Seine... Blödheit zieht ihm immer den Kopf aus der Schlinge.«

Das sah Rickie genauso. »Was er wohl noch vorhat«, überlegte er laut, »falls Renate ihn wirklich programmiert? Ob nächstes Mal ein Mädchen dran ist?«

»Ein Mädchen?«

Rickie lachte. »Ach, Dorrie hängt anscheinend ihr Herz allmählich an Luisa. Weißt du noch, Dorrie – die Blonde, die so gut tanzt? Das soll nicht heißen, daß es was Ernstes ist – aber Renates Eifersucht kennt keine Grenzen.«

Fredy kicherte, nicht besonders interessiert, und ging ins Bad.

Als er wieder herauskam, machte er eher schüchtern den Vorschlag, den Rickie auf sich hatte zukommen sehen. »Wie wär's?« fragte Fredy.

Rickie hatte ihm noch nicht gesagt, daß er »clean« war. Und Fredy war es nicht. »Hab ich dir schon erzählt...

mein Doktor hat mich zu sich zitiert... ich bin nicht HIV-positiv.« Rickies Stimme war fest. »Dr. Oberdorfer meinte, er hätte mich zwei Monate lang auf die Probe gestellt... damit ich endlich Pariser benütze.«

Fredy fiel aus allen Wolken. Sekundenlang starrte er Rickie entgeistert an. »Ehrlich? Mensch, das ist ja *phantastisch*! Ich bin nämlich auch nicht positiv! Ich hab bloß...«

»Aber du hast doch gesagt...«

Fredy schüttelte grinsend den Kopf. »Ich dachte, wenn wir's beide auf die sichere Tour angehen... ich hab das bloß gesagt, damit ich mit dir zusammensein konnte.«

Kein HIV, bei keinem von beiden. Und Fredy war glatt bereit gewesen, bei diesem Thema zu lügen! »Sagst du mir jetzt auch die Wahrheit?«

»Das schwör ich dir.« Fredy hob die rechte Hand. »Ich werd ja regelmäßig durchgecheckt... Warum also nicht?«

Tja, warum eigentlich nicht, dachte sich Rickie. Fredy konnte er vertrauen. Also ging Rickie zum dritten Mal an diesem Tag unter die Dusche und danach an den Kühlschrank, um zwei kleine Bier herauszuholen, die er mit ans Bett nahm.

Sie lachten beide: wieder Safer Sex. Es war fast wie verheiratet zu sein, dachte Rickie. In gewisser Hinsicht sogar besser. Fredy war kein Teenager. Und er war auch kein Dieb. Rickie hatte sich schon daran gewöhnt gehabt, sein Portemonnaie am nächsten Morgen leer vorzufinden, oder schon früher, falls sein junger Gefährte – einer der »kleinen Frischen« – um, sagen wir, drei Uhr früh gehen wollte. Und so manches goldene oder silberne Feuerzeug...

Das Komische war, daß Rickies Liebesleben trotz Fredys achtunddreißig Lenzen einen Aufschwung nahm. Jedenfalls im Vergleich zu den Nächten mit den kleinen Jungs, wenn er ehrlich war. Solche Gedanken gingen ihm durch den Kopf, während er nun dalag, eine Zigarette rauchte und ab und zu einen Schluck aus der immer noch schön kühlen Flasche nahm. Fredy döste ein bißchen. Auch die Ferngespräche fielen Rickie jetzt wieder ein, die die süßen Bengels gern führten, um einem ehemaligen oder sogar noch aktuellen Freund zu imponieren, der gerade in Acapulco oder Florida auf Urlaub war. Leute wie er, die blöd genug waren, solche Jungs aufzureißen, mußten eben bezahlen, unter anderem mit dem Sitzengelassenwerden. Und mit Fredy konnte er sich auch in bezug auf HIV sicher fühlen. Allein die Existenz dieses gräßlichen HI-Virus brachte einen auf Gedanken wie »es schwebt in der Luft, überträgt sich durch Blicke und klebt am Laken«, obwohl Rickie natürlich wußte, daß das nicht stimmte. Jedenfalls war HIV zu einem Schreckgespenst geworden, das stand fest.

Fredy wachte auf. »Ach, fast hätt ich's vergessen.« Er stand auf, schlang sich sein großes Badetuch um und griff in eine Tasche seiner Jacke. Zum Vorschein kam ein kleines, in Geschenkpapier eingeschlagenes Päckchen.

Rickie war verlegen. »Für mich? Aber das sollst du doch nicht...«

Unter dem Geschenkpapier fand Rickie ein weißes Schächtelchen von einem bekannten Zürcher Juwelier. Darin befand sich ein silberner Schlüsselanhänger: seine Initialen in einem flachen Silberreif, mit einem geflochtenen Lederband am eigentlichen Schlüsselring befestigt.

»Mensch, ist der schön. Vielen Dank, Fredy. ... Sieht sehr teuer aus.«

»Ach was, halb so wild.«

»Den nehm ich gleich in Gebrauch.«

Ein Eis wäre jetzt nicht schlecht, dachte Rickie. Im Kühlschrank lag noch eine Packung Vanilleeis. Er stieg in seinen Schlafanzug und holte sie, dazu zwei Löffel. Fredy zog seine Unterhose und sein mittlerweile trockenes blaues Hemd an, und dann setzten sie sich auf die Bettkante und löffelten genießerisch vor sich hin.

»Übrigens, Fredy ... ich glaube, Dorrie und Luisa haben heute abend ein Date – falls Luisa entkommen ist.« Rickie lachte auf. »Sind harte Zeiten für Luisa – Renate versucht sie unter Verschluß zu halten.«

»Was ist denn passiert?«

»Nichts – außer, daß Renate Dorrie in Luisas Zimmer erwischt hat – vollständig angekleidet.« Rickie grinste. Das hatte er Fredy schon am Telefon erzählt. »Renate kann es einfach nicht haben, daß Luisa irgendwelche ... na ja, Freunde hat. Die sind bestimmt ›schlecht für die Arbeit‹, und Freundinnen ... bloß keine lesbischen, igitt! Dorrie ist richtig in Luisa verknallt.«

»Aber Luisa steht doch nicht auf Mädchen, oder?«

»Nein. Könnte sie aber, keine Ahnung. ... Jedenfalls hat ihr Renate heute ein Rendezvous mit Teddie vermasselt – den ersten Abend seit seiner Verletzung, den er hätte ausgehen können. Dabei hat er wieder vom ›Tages-Anzeiger‹ gehört, scheint's wollen sie noch einen zweiten Artikel von ihm bringen. Und da kommt Renate daher – die alte verkappte Lesbe –, und hört bei Luisas Anrufen mit! Tja, und dann ist da noch die Augenkrise.« Rickie klärte Fredy über dieses Thema auf, bei dem Luisa auf ein eingebildetes Leiden tippte.

»Die alte Schachtel braucht einfach mal einen richtigen Schreck«, sagte Fredy. »Einen kleinen Streich... eine Überraschungsparty. Daß sie in die Luft geht! Tot umfällt! Denk dir was aus, Rickie. Sowas kannst du doch.«

»Ist gut, ich geh mal in mich.«

## 26

Auch das zweite Wochenende schaffte es Renate, Luisa zu Hause einzusperren und von ihren Freunden fern zu halten. Das ging recht einfach: Sie mußte Luisa nur daran erinnern, daß der Augenarzt gesagt hatte, sie dürfe nichts hochheben, nicht einmal einen Kessel mit heißem Wasser.

Am Montag fuhren Renate und Luisa dann wieder zu einem Zehn-Uhr-Termin zu Dr. Widmer. Er erklärte das Auge für gesund. Keine Entzündung. Der Arzt testete die Sehkraft. Sie entsprach genau der des anderen Auges.

»Wenn Sie mich konsultieren möchten, bin ich natürlich für Sie da«, sagte Dr. Widmer, und es klang, als würde er sie im Gegenteil gern loswerden.

Das war nicht sehr nett von ihm, das stand einem Arzt nicht an. Renate schmollte die ganze Heimfahrt im Taxi und konnte seine Bemerkung nicht verwinden, die schwarze Augenklappe sei nicht mehr nötig.

»Im übrigen«, sagte Renate zu Luisa, »kannst du von

jetzt an auch deine Lebensmittel im Kühlschrank getrennt von meinen lagern.«

Luisa reagierte gelassen: »Ach... das tue ich sowieso schon.«

Renate fuchste ihre Gelassenheit. Irgendwas stimmte mit dem Mädchen nicht. Das merkte man doch ganz deutlich. Plötzlich warf sie Luisa mit ihrem einen Auge einen Blick zu: »Ein Mädchen wie dich aufzunehmen – eine Dahergelaufene – ich hätte es ja wissen müssen.«

Zu Hause wies Renate den Mädchen ihre Aufgaben für den Tag zu, und beauftragte Vera, eine dunkelblaue Kostümjacke, bei der die Bahnen eine heikle Angelegenheit waren, noch einmal sorgfältig zu überprüfen. Renate machte Vera langsam zur »Vorarbeiterin«, was sie im Grund sowieso war, aber Luisa wurde nun aus sämtlichen begünstigten Positionen verdrängt.

Mit dem Stachel von Dr. Widmers schnödem Verhalten noch im Fleisch verkündete Renate in der Werkstatt, sie sei zum Mittagessen außer Haus und hoffe, vor drei wieder zurück zu sein. Sie ging in ihr Zimmer und bestellte ein Taxi, das in einer Dreiviertelstunde vor dem Haus stehen sollte. So hatte sie noch Zeit, sich frischzumachen und ein wenig zu schminken.

»Hotel ›Zum Storchen‹«, wies sie den Fahrer an, das Hotel mit dem Dachrestaurant. Auf der Fahrt entschloß sich Renate, es lieber unten im ›Storchen‹ zu versuchen. Die Augenklappe hatte Renate, kaum daß sie aus dem Haus war, abgenommen.

Schade, die alten Zeiten sind vorbei, dachte Renate, während sie einen Bissen Hummerfleisch in den Mund schob, als Luisa und sie sich solche kulinarische Genüsse noch zusammen hatten schmecken lassen. Natürlich nur hin und wieder, wenn sie das Mädchen zu irgendeiner besonderen Gelegenheit eingeladen hatte. Damals hatte Luisa sich noch nicht mit der Homosexuellenszene eingelassen gehabt. Wer hätte das gedacht! Renate tröstete sich mit ein paar Schluck köstlichen Weißweins. Abgerundet wurde das Mahl mit einem Espresso und einer Zigarette.

Am Hoteleingang bat sie den Portier, ihr ein Taxi zu rufen. Sie hatte ihm ein Zweifrankenstück in die Hand gedrückt, und er hielt ihr die Wagentür auf. Ohne daß Renate genau wußte, wie ihr geschah, schlug sie plötzlich mit dem Gesicht am Boden des Taxis auf und schrammte mit der Nase über die gewellte Gummimatte.

Sie schrie auf.

Der Taxifahrer öffnete seine Tür. Der Portier versuchte, Renate am Arm zu fassen, um ihr zu helfen. Sie mußte rückwärts aus dem Taxi kriechen, um wieder auf die Beine zu kommen. Ob ihr langer Rock sich hinten gelüftet hatte? Bestimmt hatte der Portier einen prächtigen Blick auf ihre beiden Füße gehabt, den einen im eleganten Pumps, den anderen in einem häßlichen Stiefel.

»Gnädige Frau!«, rief der Portier und streckte den Arm aus.

»Ist alles in Ordnung?« erkundigte sich der Taxifahrer.

»Danke. ... Danke.«

Als sie schließlich im Taxi saß, gab Renate dem Fahrer ihre Adresse und konzentrierte sich darauf, daß kein Blut vorn auf ihr Kleid tropfte. Sie hatte leichtes Nasenbluten und quer über den Nasenrücken einen Kratzer. Bevor sie die Wohnungstür aufschloß, legte sie die Augenklappe wieder an.

Aus der Werkstatt drang Gemurmel und schrilles Gelächter, das Renate als Stephanies identifizierte.

Renate ging in ihr Bad und wusch sich das verschmierte Blut von Nase und Wangen. Gottlob war sie keinem von den Nachbarn im Treppenhaus begegnet. Ein böser Kratzer auf der Nase. Das würde dunkelroten Schorf geben. Renate tupfte die Stelle mit Alkohol ab.

Dann betrat sie die Werkstatt, wo das Gespräch augenblicklich verstummte, ohne daß Vera und Luisa von der Arbeit aufgeblickt hatten. Stephanie starrte sie an.

»Oh, Frau Hagnauer, was ist denn passiert?«

Luisa warf einen Blick auf ihr Gesicht und steckte dann weiter irgendeine Naht ab. »Ach nichts«, erwiderte Renate, die Luisa aus den Augenwinkeln beobachtete. »Das ist nur, weil ich mit dieser Augenklappe keine Entfernungen abschätzen kann, weißt du.«

Dann schickte sie Luisa in die Apotheke um die Ecke: Kalziumtabletten und noch etwas Aspirin.

Von Rickie erfuhr Luisa, daß Teddie seinen zweiten Artikel, »Ein Abend in der City«, beim ›Tages-Anzeiger‹ untergebracht hatte, was für Luisa bewies, daß ein Brief von Teddie an sie fehlte.

So gab es tatsächlich keine Grenzen, was die kleinen Fiesheiten betraf, die Leute mit ein bißchen Macht sich ausdenken konnten! Rickie sah das bestimmt genauso, obwohl er darüber Luisa gegenüber noch nie ein Wort verloren hatte. Deshalb war sie ja auch so gern mit ihm zusammen und redete so gern mit ihm. Außerdem hatte er echt Mut. Er hatte ihr eine Story erzählt, wie er einmal in einem Istanbuler Hotel gewohnt hatte, wo die Klimaanlage ausgefallen war und man ihm vom Hotel aus erklärte, die Fenster könne man nicht aufmachen. Irgendwann hatte Rickie schließlich mit der rechten Faust eine Scheibe eingedroschen. Die Narbe am rechten Handrücken war noch deutlich sichtbar.

»Gönn dir doch noch einen Abend mit Dorrie«, sagte Rickie. »Was ist schon dabei? Oder mit Teddie. Der wird feiern wollen, wenn dieser zweite Artikel rauskommt.«

Das konnte Luisa sich vorstellen. »Sag ihm, ich werd's versuchen.«

»Versuchen? Das schaffst du! Mach einen Termin mit ihm aus... und dann schaffen wir das.« Wenn sie Teddie jetzt gleich anrief, meinte er wohl.

Das wollte Luisa nicht. Sie war gerade bei Rickie in der Wohnung, kurz vor sieben an einem Donnerstag abend.

Rickie bemerkte ihr Zögern. »Ach komm, dann gehen wir beide einfach heute abend ins Kino. Es gibt einen neuen chinesischen Film. Okay? ... Möchtest du die alte Hexe anrufen?« Er wies mit einer galanten Geste auf sein Telefon.

Es schien so einfach. Luisa wählte die Nummer, reckte den Kopf und teilte Renate mit, sie gehe ins Kino und komme später. Vor zwölf, fügte sie aus Gründen der Höflichkeit noch hinzu, dann legte sie auf, bevor Renate etwas entgegnen konnte.

»Super! Wir sind frei!«

Luisa fühlte sich wirklich richtig frei. Die beiden tranken zusammen ein kühles Bier, sahen in Rickies Zeitung die Kino-Anfangszeit nach und riefen dann ein Taxi. In der Stadt hatten sie noch Zeit für eine Pizza, bevor der Film anfing. Nachher könnten sie ja noch chinesisch essen gehen, meinte Rickie.

Der Film war nicht so gut, wie sie erwartet hatten. An den endlosen Dialogstellen wanderten Luisas Gedanken dem Gefängnis zu, in das sich die Wohnung und die Werkstatt verwandelt hatte. Renate setzte alles daran, Vera an ihre Stelle zu schieben. Na, ihretwegen, sollte sie. Vera, die im Gegensatz zu Luisa bereits fertige Schneiderin war, wollte sowieso keine Stellung als »Auserwählte«, weil sie Renate nicht leiden konnte. Wer mochte sie denn überhaupt? Vera wußte, daß sie bei Renate eine hervorragende Weiterbildung bekam, und mehr wollte sie nicht – außer vielleicht einer Empfehlung der renommierten Chefin, wenn ihr Vertrag auslief. Was die Mädchen wohl von der gegenwärtigen Situation hielten? Sie kamen bestimmt nie im Leben darauf – oder doch? – daß Renate wegen ein paar Verabredungen mit einem Freund, dann mit einer Freundin, so aus der Haut gefahren war. Man durfte nicht unterschätzen, was jemand anders sich zusammenreimte oder ausmalte, diese Lektion lernte Luisa gerade. Aber vorstellen konnten sich Vera und die anderen Renates heftige Reaktion bestimmt nicht, seitdem sie begriffen hatte, daß sie, Renate, womöglich nicht Nummer eins in Luisas – tja was? Herz war. Luisa konzentrierte sich wieder auf die Leinwand, wo ein roter Feuerball gerade in einem Horizont aus dunkelblauem Wasser versank.

FIN erschien in großen weißen Lettern auf der Leinwand, und ins Publikum kam Bewegung.

»Siehst du? Du brauchst es doch«, sagte Rickie, als sie draußen auf der Straße standen. Er reichte ihr das Tweedjackett, das er ihr zuvor aus seinem Kleiderschrank aufgedrängt hatte.

»Rickie!« rief eine Stimme.

Sie kam von einem großen jungen Mann in einem beigen Sommeranzug, der zur nächsten Vorstellung ins Kino ging. Rickie stellte ihn Luisa als Markus vor. Der junge Mann grinste.

»Soso, Rickie…«, sagte er mit einem Seitenblick auf Luisa.

»Genau. Ist sie nicht hinreißend? Sie hat mein ganzes Leben umgekrempelt. Trägt schon meine Kleider!«

Markus lachte sich kaputt und zog von dannen.

Luisa lächelte. Sie war glücklich – zum ersten mal seit Tagen wieder glücklich.

Sie gingen in das China-Restaurant.

Im Taxi standen sie noch vor Mitternacht bei Luisa vor dem Haus. Rickie bezahlte und bestand darauf, zu warten, bis er sicher sein könne, daß sie hineingekommen sei. Falls sie Schwierigkeiten hätte, sollte sie mit zu ihm gehen.

Luisa trat durch die Haustür und stieg die Treppe hoch. Das Jackett sollte sie »bis zum nächsten Mal« behalten, hatte Rickie gemeint.

Die Wohnungstür ließ sich problemlos öffnen, doch dann fand sich Luisa einer schnaubendenRenate gegenüber.

»*Sowas* kommt mir nicht ins Haus! Wem gehört das?«

»Das mußte ich mir ausleihen. Mir war kalt.«

»Schaff das hier weg! Raus damit! Raus!« Renate riß die Jacke von Luisas Arm, humpelte lautstark ins Wohnzimmer und warf die Jacke durchs offene Fenster hinaus.

»Na gut, dann hol ich sie eben wieder!« Luisa steuerte auf die Tür zu.

»Dann kommst du mir heute nicht mehr ins Haus!«

Luisa ging hinaus, machte die Tür zu und rannte die Treppe hinunter. Rickie beugte sich schon über einen Busch neben den Stufen zur Haustür und angelte das Jackett heraus.

Er lachte leise. »Ich hab sie gehört!« flüsterte er. Mit einer Kopfbewegung bedeutete er ihr mitzukommen.

## 27

Kurz nach sechs wachte Luisa auf Rickies großem Sofa in einem großen gelben Schlafanzug und unter einem riesigen weißen, einmal gefalteten Laken auf. Sie war fröhlich und ausgeruht, obwohl sie nur knappe sechs Stunden geschlafen hatte. Bald würde sie hier mit Rickie in einer netten Atmosphäre Kaffee trinken, vielleicht ein paar Marmeladenbrote essen. Genieß das, solange du kannst, sagte sie sich.

Barfuß ging sie über Rickies Teppichboden. Als sie das Wasser aufsetzte, glitt ihr der Kessel aus der Hand und fiel klirrend auf die Herdplatte. »Mist!«

Rickie wachte auf. Er wollte ausnahmsweise Tee statt Kaffee, schließlich sei es ein besonderer Morgen. Nach einer Weile erschien er im Schlafanzug und einem gestreiften Frottee-Bademantel. »Oh, wenn Markus uns so sehen könnte, beim gemeinsamen Frühstück!«

»Ach, der Mensch vor dem Kino! Genau! ... Stück Brot für dich?«

»Nein, Herzchen, ich muß auf meine Linie achten. Ich verzichte ja auf alles Mögliche, aber nicht auf Bier und mein morgendliches Hörnchen.«

»Ruff!« meinte Lulu.

»Beim ›Jakob‹, Lulu, nicht hier. ... Sie versteht das Wort ›Hörnchen‹.«

Sie setzten sich an Rickies blankpolierten Eßtisch. Butter, Marmelade und Brotscheiben für Luisa, eine Zigarette und Tee ohne Zucker für Rickie. Luisa beherrschte sich, um sich nicht schon wieder bei Rickie zu bedanken. Sie fühlte sich bei ihm so geborgen und glücklich, als könnte er sie wenn nötig beschützen und verstecken. »Vor ein paar Tagen hat Renate mir einen Suppenteller aus der Hand gerissen und einfach ins Spülbecken geworfen.«

»Und, kaputt?«

»Ich war gerade fast fertig mit einem Teller Suppe – aus der Dose –, und sie kommt rein, summt vor sich hin, sagt keinen Ton. Dann blafft sie: ›Widerliches Zeug!‹, und peng! Ich hab die Scherben abgewaschen und in den Müll geworfen, aber mein Herz hat gehämmert wie verrückt. ›Jetzt kannst du dich beschweren!‹ meinte sie, und als ich nicht reagiert habe, hat sie mich in die Schulter geboxt. Stell dir mal vor! Ich hab den Schlag kommen sehen und einfach die Muskeln angespannt, so daß sie richtig abgeprallt ist!« Luisa lachte.

»Ich finde, du trägst das alles wirklich mit Fassung.«

»Den Suppenteller hatte ich noch von zu Hause mitgebracht… den hat eine Töpferin gemacht, die ich als Kind kannte. Und ich blöde Kuh hab das Renate natürlich brühwarm erzählt.«

»Das geht nicht mehr ewig so… mit diesem Ungeheuer in deinem Leben«, sagte Rickie. »Allerdings leider noch ein halbes Jahr.«

»Fünf Monate und eine Woche. Trotzdem.« Sie sah auf die Uhr. Schon sieben Uhr zweiundzwanzig.

Rickie ging an ein Schränkchen in seinem Wohnzimmer und zog eine Schublade auf. »Für meine Wohnung.« Er hielt einen Schlüssel zwischen den Fingerspitzen. »Gib mir deinen Schlüsselring, dann mach ich ihn dir dran. … Zu jeder Tages- und Nachtzeit – komm einfach vorbei.«

Wortlos steckte Luisa den Schlüsselbund wieder in die Hosentasche.

»Geh ruhig ins Bad. Ich hab noch massig Zeit.«

Als sie angezogen wieder aus dem Bad kam, sagte Rickie: »Sollen wir zusammen mittag essen? Um wieviel Uhr? Treffen wir uns doch beim ›Jakob‹.«

Luisa wippte nervös auf den Zehenspitzen. »Ich muß ihr bestimmt das Mittagessen machen. Sie spielt ja jetzt die Behinderte.«

Um zehn vor acht prallte Luisa mit Stephanie vor dem Haus zusammen, die fröhlich fragte:

»Schon so früh unterwegs oder die ganze Nacht unterwegs gewesen?«

Grinsend flüsterte Luisa: »Siehst du nicht, daß ich dasselbe anhabe wie gestern?«

»Doch.« Das klang beeindruckt. »Hey...« Sie flüsterte und linste nach oben, als ob sie erwartete, daß Renate sich aus einem der Fenster beugte. »Was hat sie eigentlich vor, daß sie dich rumschickt wie eine Zofe?«

Luisa zuckte die Achseln. »So ist sie eben. Die muß die Peitsche schwingen.«

»Aber was hast du denn angestellt? ... Überhaupt was? Oder vielleicht willst du's mir ja nicht erzählen.« Stephanie lächelte verschmitzt.

»Nichts!« sagte Luisa mit Überzeugung.

Sie stiegen die Stufen zur Haustür hinauf.

»Hast du einen netten Freund?« fragte Stephanie mit hoffnungsvoller Miene.

»Einen sehr netten.«

Vor so viel Publikum verlegte sich Renate heute morgen wieder mal darauf, Luisa zu ignorieren. Luisa war auf dem schnellsten Weg in ihr Zimmer gegangen und hatte eine frische Bluse angezogen. Renate hatte ihre Augenklappe abgenommen und hielt sich von Zeit zu Zeit vorsichtig mit der hohlen Hand das rechte Auge zu, als hätte sie Schmerzen, obwohl das Auge kein bißchen anders aussah als das linke.

Bei der Kaffeepause um halb zehn ging Luisa nicht mit Renate nach unten, sondern trank eine Tasse in der Küche mit den anderen zusammen.

Gegen elf klingelte es an der Tür. Renate schickte Vera hinunter, um nachzusehen.

Ein paar Minuten später kam Vera mit einem riesigen Blumenstrauß im Arm wieder. »Für dich, Luisa!« verkündete sie strahlend.

»Für *mich*?« Luisa stand von ihrer Nähmaschine auf. Renate starrte mißbilligend herüber, während sie von Vera den in Zellophan eingewickelten Strauß entgegennahm. »Danke fürs Raufbringen, Vera.«

»Gern geschehen! ... Scheinen Rosen zu sein.« Vera zwinkerte ihr zu.

Luisa trug den Strauß in die Küche und legte ihn auf den großen Tisch. Als erstes mußte man den Draht durchknipsen und das feuchte Papier entfernen. Dann hieß es eine Vase finden, vielleicht auch zwei. Ein Dutzend Rosen! Langstielige. Ein Umschlag mit einer Karte lag dabei.

> Ich schwebe auf Wolken, mein Engel. Ich hoffe,
> Du auch. Dein Moritz.

Luisa biß sich auf die Lippe, um ein Kichern zu unterdrücken. Sie suchte zwei Vasen, steckte sieben Rosen in die eine und fünf in die andere. Dann nahm sie ihren Mut zusammen und ging mit der größeren Vase in die Werkstatt.

»Oo-oooh! Schaut mal!« rief Stephanie.

»Mensch, sind die schön!« von Elsie.

»Hübsch, was? Ich hoffe, sie machen die Werkstatt ein bißchen freundlicher!« sagte Luisa und stellte die Vase mitten auf den langen Tisch, wo heute ausnahmsweise Platz war.

»Die stellst du in dein Zimmer, Luisa. Hier wird gearbeitet.« Renate hatte die dünnen schwarzen Brauen zusammengekniffen.

»Aber ich hab doch noch eine Vase für mich. Ich dachte, damit die anderen auch was davon ...«

»Stell sie raus!«

Luisa gehorchte. Die gute Stephanie gab laut ein mitleidiges Stöhnen von sich. Luisa schwor sich, die Mädchen irgendwie wissen zu lassen, sie könnten gern ein oder zwei Rosen mit nach Hause nehmen. Wie oft kam schon was Hübsches in die Werkstatt?

Um zwölf erkundigte sich Luisa, was Renate zum Mittagessen wollte. Thunfischsalat mit Zwiebeln und Zitrone, dazu Toast mit Butter. Luisa lieferte ihre Création im Wohnzimmer ab, dann schlüpfte sie mit dem Schlüssel in der Tasche aus der Tür. In der Küche hatte sie Stephanie schnell zugeflüstert, die Mädchen könnten sich am Abend vor dem Nachhausegehen gern ein paar Rosen aus ihrem Zimmer holen, wenn sie wollten.

Luisa zog los, Richtung ›Jakob‹. Wenn Rickie jetzt nicht aufkreuzte, wäre das natürlich eine herbe Enttäuschung. Manchmal mußte er ja über Mittag arbeiten. Er saß nicht an seinem Stammtisch, aber plötzlich sah sie ihn in der Tür zur hinteren Terrasse. Sie nahmen einen Tisch unter den Weinranken, mit mehr Schatten als Sonne.

»Rickie, die Rosen sind wunderschön! Vielen Dank.«

Rickie hauchte ihr einen Kuß zu. »Meine Liebste! Du, mir ist heute morgen bei der Arbeit so einiges durch den Kopf gegangen.« Ursi kam in strahlender Laune an ihren Tisch, mit dunklen, verschwitzten Streifen im hellen Haar und für die Tageszeit schon relativ vielen Flecken auf der weißen Schürze. Rickie bestellte ohne Umschweife für Luisa eine Cola und für sich ein Bier. Brot und Aufschnitt für beide.

»Wir müssen irgendwie Dorrie mehr einschalten – in

bezug auf Renate.« Rickie zog die Brauen zusammen. »Wenn du zu mir ins Atelier ziehen würdest – dort schlafen, frühstücken, wohnen – das in ihren Augen ein Verbrechen. Wunderbar. Wir müssen sie dazu kriegen, daß sie dich *rausschmeißt,* damit du deine Lehre bei einer anderen Schneiderin zu Ende machen kannst.«

»Mit einem denkbar schlechten Zeugnis.«

Ihre Teller kamen.

»Noch ein Bier, Rickie?« fragte Ursi. »Wo ich gerade da bin.«

»Ja… ähm… ein kleines«, sagte Rickie. Er rückte das Senftöpfchen zu Luisa. »Ach, diese Renate-Typen. Die gibt's nämlich bei Männern auch, weißt du das? Mir selber ist es zwar nie untergekommen, aber einem jungen Freund von mir, vor ungefähr acht Jahren – Heinz. Ein angehender Werbegraphiker, und der Mann, der sich mit ihm anfreundete – Heinz wohnte in seinem großen Atelier – war eben *auch* ein verkappter Schwuler. Die meisten hielten ihn für hetero. Er hatte *null* Liebesleben, und sobald Heinz jemand kennenlernte und sich verliebte…«, Rickie senkte die Stimme und warf einen Blick auf den Nebentisch, wo man sich selber lautstark unterhielt, »…ging Meyer, der Alte, in die Luft. Er warf Heinz raus wie ein Stück Dreck. Was an sich keine Katastrophe war, weil Meyer nicht sein Ausbilder, sondern nur sein Vermieter war. Aber es ist eben dieselbe Situation, verstehst du?«

Luisa verstand allerdings. Sie suchte nach dem passenden Wort und kam auf »Besitzansprüche«.

»Das geht noch tiefer«, sagte Rickie düster. »Die Meyers und Renates sehen, daß ihre Schützlinge jemand kennenlernen, der ihnen etwas gibt, was sie nicht geben können – oder wollen. Sex. … Wobei ich bezweifle, daß du auf Annäherungsversuche von Renate positiv reagieren würdest, wenn sie kämen, oder?«

»Nein«. Luisa lächelte nervös, weil die Vorstellung seltsam war, aber nicht vollkommen abwegig. Sie hatte von Anfang an gespürt, daß Renate sich einbildete, sie, Luisa, wäre in sie ein bißchen verschossen, oder auch mehr als ein bißchen. Das wollte sie aber jetzt nicht aussprechen, wahrscheinlich wußte Rickie es sowieso.

Bei der Erinnerung hatte Rickie ein Schreck durchzuckt: Heinz war früh gestorben. An Aids. Und von wem? Wer wußte das? Mit Heinz war es schnell zu Ende gegangen, er war bereits im Krankenhaus gewesen, als Rickie ihn zum ersten und letzten Mal besuchte. Wie ein Skelett hatte er ausgesehen, zum Fürchten. Rickie schämte sich. Wieso hatte er sich nicht die Zeit genommen, ihn zwei-, dreimal zu besuchen, selbst wenn er nicht eng mit ihm befreundet war? Philipp Egli hatte sich als besserer Freund erwiesen, wenn Rickie so zurückdachte. Er sah noch Heinz' Lächeln vom Krankenbett aus vor sich. Rickie hatte ihm ein paar Pfirsiche und ein Buch mitgebracht. Wie erbärmlich.

»Themawechsel… Ah, Ursi, sei willkommen!« Sein Bier war eingetroffen. »Teddie hat heute früh bei mir angerufen. Er hat in einer Woche Geburtstag – will dich und mich und noch ein paar zum Abendessen in die ›Kronenhalle‹ einladen. Und… seine Mutter zahlt ihm ein Jahr Journalistenschule, hat er gesagt.«

Wie schön für ihn, dachte Luisa. »Klingt nach glücklicher Zukunft.« Sie schob ihren leeren Teller weg, durchaus im klaren darüber, daß Rickie auf irgendeine Reaktion in bezug auf Teddie wartete.

»Hoppla«, sagte Rickie leise. »Unser Willi ist wieder aufgetaucht. Hinter dir. Er steht in der Tür und blickt in die Runde. ... Kaffee, Herzchen?«

»Keine Zeit. Wir kriegen doch bloß eine knappe Stunde.«

»Das Mittagessen übernehme ich. Und jetzt lauf los, wenn's denn sein muß.«

»Danke, Rickie.« Luisa stand auf, warf einen Blick über die Schulter Richtung Willi Biber – mit grauem Hut –, der sich in der Tür langsam umdrehte. »Übrigens Rickie, ich finde, du hast abgenommen.« Sie klatschte sich auf die Taille.

Rickie strahlte.

Sie beugte sich zu ihm hinunter. »Sogar Frau Wenger vom ›L'Eclair‹ hat mich schon gefragt, was los ist, weil Renate gar so feindselig zu mir ist. ›Es ist so schockierend, daß ich es überhaupt nicht erzählen möchte, weder dir noch sonstwem‹, hätte Renate zu ihr gesagt, meinte sie. Ph!« Lachend trabte Luisa los, aufs hintere Gartentor zu.

Typisch, dachte Rickie. Renate war wirklich ein klassischer Fall, mit einer Liste von Symptomen, die so eindeutig waren wie bei Grippe oder Gehirnhautentzündung. Noch etwas anderes aus dem Telefongespräch mit Teddie hatte Rickie nun vergessen zu erzählen. Teddie wollte Luisa zu einer Kreuzfahrt auf dem Nil einladen. Rickie hatte ihn an gewisse Gefahren durch die jüngsten fundamentalistischen Angriffe auf Touristen erinnert. »Dann eben eine Mississippi-Kreuzfahrt. Mit dem Dampfer runter nach New Orleans!«

»Komm, Lulumaus. Zurück in die Fabrik.«

Rickie hatte zu tun, und die Arbeit ging ihm an dem Nachmittag leicht von der Hand. Und doch: Er fühlte sich einsam. Er hatte keine Verabredung für den Abend, schon gar nicht mit Teddie Stevenson, an den er manchmal dachte, von dem er bisweilen mit offenen Augen träumte, sogar während der Arbeit. Auch keine Verabredung mit Fredy Schimmelmann. Am liebsten hätte er Fredy angerufen. Aber wo der wohl steckte, bei der Arbeit, zu Hause, in einem seiner Kriminalistik-Lehrgänge? Im Fitneß-Studio?

Ein Anruf an dem Nachmittag war von einem Hersteller für naturreine Salatsoßen – ›Der Regenbogen‹ –, dessen Mitarbeiter Rickie sagen wollte, »dem Chef« gefiele Rickies Vorschlag mit dem Wasserfall. Mühsam rief Rickie sich ins Gedächtnis: ein Vorhang von herabstürzenden Wassermassen in verschiedenen Pastelltönen. »Freut mich«, sagte Rickie. »Nett, daß Sie mir das sagen.« Der Mitarbeiter schien sich wirklich zu freuen. Trotzdem war Rickie, als er auflegte, noch genauso deprimiert wie vorher. Er blickte zu Mathilde hinüber, die Umschläge adressierte, dann auf das Telefon vor sich auf dem langen Tisch.

Er wählte Fredys Privatnummer.

Eine Frau nahm ab.

»Hallo«, sagte Rickie. »Ist… Wachtmeister Schimmelmann da, bitte?«

»Im Moment gerade nicht. Er ruft aber vor sechs noch an. Mit wem spreche ich bitte?«

Rickie zögerte, dann sprang er ins kalte Wasser. »Rickie. Es ist...«

»Rickie. Ach, ja, Ihren Namen hat er schon erwähnt«, sagte die Stimme fröhlich. »Kann ich ihm irgendwas ausrichten?«

»N-nein. Es ist nicht wichtig. Sagen Sie ihm bitte einfach, daß ich angerufen habe.«

»Gern, Rickie.«

Sie legten auf. War das seine Frau? Wohl schon. Erstaunlich. Wie machte Fredy das?

## 28

Ein paar Tage verstrichen, bevor Rickie Luisa wieder zu sehen bekam, und zwar erschien sie mit Renate zum Zehn-Uhr-Kaffee beim ›Jakob‹ – mittlerweile ein seltener Anblick.

Er hielt seine Hand wie einen Telefonhörer ans Ohr und bewegte die Lippen, zum Zeichen, daß sie ihn anrufen sollte. Er wollte ihr von seiner und Dorries Idee erzählen, wie man Renate einen kleinen Schock verpassen könnte.

Als nachmittags gegen vier das Telefon klingelte, machte Rickie sich schon Hoffnungen. Um diese Zeit wurde Luisa von Renate oft zum Gebäckholen geschickt. Zu seiner Überraschung war es aber Ursi.

»Es ist wegen Ruth«, sagte Ursi. »Du weißt schon, Frau Riester. Sie hat heute nachmittag ein bißchen über den Durst getrunken.« Ob Rickie ihr vielleicht nach Hause helfen könnte?

»Natürlich«, sagte Rickie spontan und bereute es auch schon. War denn kein anderer von Ruths Bekannten im ›Jakob‹, der ihr den Gefallen tun könnte?

Rickie sagte Mathilde kurz Bescheid. Ruth wohnte ein paar Stockwerke über Rickies Atelier. Als Rickie in den ›Jakob‹ kam, saß Ruth mit einem leeren Weinglas am Tisch und starrte in die Luft. Rickie bemerkte sie im selben Augenblick wie Luisa, die an der Telefonzelle stand und ihn ebenfalls hatte hereinkommen sehen.

»Rickie, grade wollte ich dich anrufen!«

»Hallo, Herzchen! ... Ich muß schnell Ruth nach Haus begleiten. Hallo, Ruth. Rickie.«

Ursi schaltete sich ein. »Sie wollte überhaupt kein Mittagessen, obwohl ich ihr einen Teller hingestellt habe. Heute ist der Todestag von ihrem Mann. Er ist vor einem Jahr gestorben.«

»Ich bring Sie nach Hause, okay?« War da ein feindseliger Ausdruck in diesen milchigen Augen unter den alten Brauen?

»Oh..., Rickie..., wie n-nett von Ihnen!«

Rickie faßte die Hand, die sie ihm entgegenstreckte. »Gottseidank«, dachte er. Hoch mit ihr, und ab die Post.

Luisa half mit.

»Wißt ihr..., vor einem Jahr ist mein Mann gestorben«, murmelte Ruth. Ihr Kleid hatte vorne einen nassen Fleck, wahrscheinlich war ihr das Weißweinglas ausgerutscht. »Ich meine...«

»Ich versteh schon«, sagte Rickie und nickte Ursi zu. Sie schafften es allein. Ruth schwankte, konnte sich aber auf den Beinen halten.

»Danke, Rickie«, sagte Ursi mit einem Seufzer der Erleichterung.

Draußen auf der Straße meinte Rickie: »So, jetzt mal tief durchatmen, Ruth.«

»Mir fehlt gar nichts«, sagte Ruth, die von ihren beiden Begleitern inzwischen untergehakt worden war.

»Luisa, ich freu mich ja so, daß ich dich treffe!« sagte Rickie. »Hast du was von Teddie gehört?«

»Das mit dem Artikel, meinst du? Ja. Er hat angerufen. Ich hatte Glück, besser gesagt hab ich nach einer halben Minute aufgelegt. Ging nicht anders!«

»Mein Mann Erich… letztes Jahr… nein, vorletztes… Heute war das«, sagte Ruth.

»Stimmt genau«, sagte Rickie.

»Da kommen n-natürlich Erinnerungen…«

»Du, hör mal, Dorrie und ich haben eine Idee. Kannst du mit ins Atelier kommen… bloß für zwei Minuten?«

»Ich soll eigentlich grade im ›L'Eclair‹ Gebäck kaufen«, sagte Luisa und mußte lachen, weil das, was sie gerade tat, mit Brötchenholen wirklich nichts zu tun hatte.

»Gleich haben wir's, Ruth. Haben Sie Ihren Schlüssel?«

Beim Anblick der sechs Stufen zur Haustür hinauf wurde sie etwas munterer. Rickie und Luisa trugen sie hoch. Der Schlüssel lag in ihrer Tasche – gut. Noch einmal praktisch ohne Bodenkontakt seitens Frau Riester ein paar glatte Granitstufen nach oben bis zu ihrer Wohnungstür.

Sie legten Ruth im Schlafzimmer auf ihr Doppelbett und stellten ihr ein Glas Wasser auf den Nachttisch. Rickie öffnete das Fenster einen Spalt.

Draußen vor der Tür waren sie dann nur ein paar

Schritte von der kleinen Treppe entfernt, die zu Rickies Atelier hinunterführte. Luisa meinte jedoch, sie müsse jetzt wirklich wieder zurück, sie sei ohnehin reichlich weit ab vom geplanten Kurs aufs ›L'Eclair‹. Rickie verstand.

»Paß mal auf…« Er begleitete sie zögernd noch ein Stück. »Renate…« Ein knappes Lachen. »Also, sie erwischt dich nachts mit Dorrie bei dir im Bett… vielleicht sogar am frühen Abend. Platzt zum Beispiel einfach ins Zimmer. Ein spitzer Schrei des Entsetzens… Dann schmeißt sie dich garantiert raus. Oder sie kriegt mal wirklich einen Herzschlag.«

Luisa lachte. »Dorries Idee?«

»Unsere. … Wegen einem Dach über dem Kopf kannst du auf mich zählen… in puncto Geld auch. Philipp Eglis Schwester meint, ihre Chefin nimmt vielleicht noch einen Lehrling an.«

»Aber Rickie…, das ist alles so vage. Und Dorrie mit reinzuziehen…«

»Ich kenn die Typen von Renates Schlag. Was willst du denn sonst machen?«

»Hier muß ich ab, Rickie. Tschüß.« Luisa bog ab und trabte los.

Trabte zurück, dachte Rickie mit einigem Groll, während er ihr nachsah, brav zurück zu Renate Hagnauer.

Er hatte Ruths Schlüssel in der Hosentasche, merkte er plötzlich, hatte ihn während des ganzen Gesprächs mit Luisa in der Hand geknetet. Er ging ein paar Schritte zurück und stieg die Stufen zu seinem Atelier hinunter. Es war abgeschlossen, und er mußte bei Mathilde klingeln. »Rickie!«

Sie öffnete. »Hoi. Herr Hallauer hat noch mal angerufen... Sie wissen schon, wegen der Aluminiumlöffel.«

»Aluminiumlöffel...«

»Ihre Flugzeugidee.«

»Ah... so.«

»Die gekreuzten Löffel gefallen ihm nicht, aber dafür das Löffeldesign, das Sie gemacht haben. Sie sollen ihn zurückrufen.«

»Okay. Jetzt muß ich bloß noch mal rauf zu Frau Riester. Ich hab aus Versehen ihren Schlüssel mitgenommen.«

Mathildes volle rote Lippen verzogen sich zu einem Grinsen. »Ich hab Sie beide gesehen... mit der hübschen Luisa. Ein Bild für Götter!« Sie klatschte sich auf die Schenkel.

»Bin gleich wieder da.«

Rickie klingelte an Ruths Tür, klopfte und kündigte sich laut an, bevor er mit ihrem Schlüssel aufschloß. Alles unverändert, Ruth schien zu schlafen. Er ging an den Kühlschrank, der zu seiner Überraschung ziemlich sauber und ordentlich war, schnitt ein paar Würfel Tilsiter ab und legte sie auf einen kleinen Teller.

»Ruth?«

Sie schlief fest, mit leicht offenstehendem Mund. Diese ganzen Falten in ihrem Gesicht! Das Altwerden war doch eine gräßliche Sache. Und man konnte ums Verrecken nichts dagegen tun – außer schmerzhaften Liftereien natürlich, die man aber meistens sah, und dann kriegte man dafür noch Saures. Entkommen konnte man dem ganzen nur durch einen frühen Tod oder durch Selbstmord. Wenn er Ruth Riesters schlaffen Körper so anschaute, ihr graues Haar, das verhutzelte Gesicht, dann fand er plötzlich plausibel, daß manche den Selbstmord vorzogen.

Rickie zwang sich, Ruth die Schuhe auszuziehen. Er hoffte inständig, daß sie dabei nicht aufwachte.

»Aaah...«

»Ich bin's, Rickie«, flüsterte er.

»Aaah...« Sie fiel mit geschlossenen Augen wieder in die Kissen zurück.

Rickie suchte etwas, um sie zuzudecken – bei alten Leuten wußte man nie. Philipp Egli hatte optimistisch geklungen: Luisa würde schon eine Stelle finden. Ein paar Worte über Renate hatten genügt, damit Philipp im Bilde war. »*So* eine«, hatte er entnervt gesagt. »Doch, klar erinnere ich mich an sie, vom ›Jakob‹ her.«

Rickie legte einen Zettel unter Ruths Schlüssel:

Konnte nicht abschließen. Machen Sie's gut, liebe Frau Riester. Rickie.

## 29

Die Wahl fiel auf den nächsten Samstag abend, spät nachts. Luisa sollte den ganzen Abend lang zu Hause bleiben und um Viertel nach eins Dorrie die Tür aufmachen. Um die Zeit lag Renate mit neunzigprozentiger Sicherheit schlafend im Bett, und falls nicht, dann saß sie gebannt vor dem Fernseher. Der stand wieder in Renates Zimmer, und die Tür war immer zu oder angelehnt. Renate hatte angekündigt, sie gehe diesen Samstag abend nicht zum ›Jakob‹. Selbst wenn sie Dorrie schon beim Hereinkommen entdecken sollte, war sie sicher wütend genug, daß diese zu so später Stunde noch aufkreuzte. Aber noch besser wäre es, wenn sie die beiden im Bett erwischen würde. In den letzten paar Tagen hatte sich Luisa so sehr an die Vorstellung gewöhnt, mit Dorrie zusammen in ihr schmales Bett zu kriechen, daß es ihr vorkam, als hätten sie geprobt. Wenn Luisa an die Szene dachte, mußte sie kichern, doch dann kam gleich die Ernüchterung: Sie stand vor einem Wendepunkt. Ihr ganzes Leben würde dadurch auf den Kopf gestellt. Sie mußte sich mit dem Gedanken vertraut machen, bald auf der Straße zu stehen.

Rickie war wie immer ein Engel – so gelassen, so zuversichtlich, »du wirst sehen, alles geht gut, bald bist du ein freier Mensch«, hatte er gesagt.

Der Samstag kam, ein sonniger Tag, der Erfolg und strahlende Gesichter in Aussicht stellte – Freiheit, Lachen und Rückhalt bei hren Freunden. Ob es klappte? Luisa hatte eingekauft, war mit Renates vollbepacktem Einkaufswägelchen zurückgekommen. Sie mußte mehrmals gehen, um alles hinaufzuschaffen. Renate, die immer noch ihr Auge schonte, hatte nicht fahren wollen. Sie gönnte sich einen geruhsamen Vormittag im ›L'Eclair‹ bei Tee und einem leichten Zitronenkuchen, einer Eigenkreation von Frau Wenger.

Am Abend paukte Luisa Englisch und ging mindestens fünf Seiten in ihrem dicken, farbig illustrierten Wälzer über Textilien und ihre Namen in vier verschiedenen Sprachen durch.

Kurz vor elf. Später klopfte Renate selten an ihre Tür oder kam hereingeplatzt. Luisa entspannte sich etwas und ließ ihre Gedanken in den ›Jakob‹ wandern. Dorrie blödelte wahrscheinlich wie üblich mit Rickie und den anderen herum, trank ein Bier, tanzte vielleicht. Rickie wollte Dorrie ein Stück begleiten, hatte er gesagt, um zu sehen, ob Luisa überhaupt Dorrie die Haustür aufmachen konnte. Um fünf nach eins, dann um zehn nach eins kontrollierte Luisa, ob Renates Schlafzimmertür geschlossen war, und um dreizehn nach schlich sie in Hausschuhen, Hose und Bluse, die Treppe hinunter.

Da war Dorrie, und kaum hatte Luisa die Tür aufgemacht, kam sie wie ein Schatten hereingeschlüpft. Ohne unnötige Zeichen oder Worte ging Luisa voraus nach oben.

Wartete hinter der Wohnungstür eine unliebsame Überraschung auf sie? Luisa drückte sachte dagegen: nichts. Sie führte Dorrie an der Hand herein und ließ sie wieder los, um die Tür vorsichtig zuzumachen.

Die beiden schlichen auf Zehenspitzen in Luisas Zimmer und machten die Tür zu. Einen Moment lang bogen sie sich vor unterdrücktem Gekicher. Diesmal brannte eine kleine Nachttischlampe, und Dorrie blickte sich um, als sei sie zum ersten Mal da. Immer noch stumm zog sie ihre blaue Baumwolljacke aus und streifte Luisa mit einem Blick.

Die hatte das Laken und die leichte Tagesdecke auf ihrem Bett zurückgeschlagen. Über dem Fußende lag eine zusammengefaltete blaue Decke. Luisa schlüpfte aus den Schuhen. Plötzlich war ihr die ganze Sache peinlich, sie fühlte sich wie gelähmt. Jetzt die Hose. Dorrie machte schneller.

»Die Socken lass' ich an«, flüsterte Dorrie. »Schließlich muß ich mich nachher in Windeseile auf dieselben machen.«

Dorrie ließ auch die Unterhose an, zog sich obenrum aber aus. Luisa fühlte sich bemüßigt, dasselbe zu tun.

»Oben muß es nach was ausschauen«, sagte Dorrie. »Genau so. ... Okay?« Sie deutete aufs Bett.

Luisa schlüpfte unters Laken, und Dorrie legte sich neben sie.

»Das Licht lassen wir lieber an, was?« sagte Dorrie. »Das paßt zu uns, verstehst du, wir machen's am liebsten bei voller Beleuchtung.« Sie kämpfte dagegen an, aber trotzdem entfuhr ihr ein Kichern.

Ein paar Sekunden lang horchten sie. Nichts.

»Wir müssen uns bemerkbar machen«, flüsterte Dorrie.

»Stimmt. ... Ich könnte mein Radio einschalten.«

»Kommst du hin?«

Luisa drehte sich auf den Bauch und streckte den Arm nach dem Radio auf dem Bücherregal aus. Klassische Musik, das konnte man lassen. Luisa stellte ziemlich leise. Sie wollte Renate schon kommen hören.

»Luisa...«, raunte Dorrie und faßte Luisa herzhaft um die Mitte. »... du weißt ja gar nicht, wie ich auf diesen Moment gewartet habe.«

Jetzt platzte Luisa heraus, kreischte richtig auf.

»Soll ich noch mal?« fragte Dorrie kichernd. *»Ähem!«*

Immer noch alles still.

»Mensch, da hätt ich dich ja längst mal nachts besuchen

können!« sagte Dorrie. »Die Frau hat einen gesunden Schlaf! Nicht schlecht!«

Stille. Dann hörte Luisa ein Geräusch in der Diele.

»Luisa?« Da hatten sie's. Renate.

Pause.

Dorrie hatte Luisa wieder um die Taille gefaßt. »Umarm mich. Es muß schon echt ausschauen.«

»Luisa?« Die Tür ging auf. »*Was...?*« Das klang wie ein Aufschrei. »*Was zum Kuckuck* machst du da? ... Luisa! Steh auf, du... Raus!«

Dorrie war aus dem Bett gesprungen und fuhr in ihre Kleider. »Wir sind gleich weg hier, keine Sorge!«

Renate schlug um sich wie besessen. »Raus hier! *Raus!*« Das galt Dorrie, die den Reißverschluß an ihrer Hose hochzog. Luisa war inzwischen ebenfalls auf den Beinen und schnappte sich ihre Bluse.

Dorrie duckte sich unter Renates wildem Gefuchtel, trotzdem traf sie ein Boxhieb im Genick.

»Was glaubst du, wo du hier bist?« schrie Renate. »Raus jetzt, *raus*!«

»Tschüß Luisa!« rief Dorrie an der Zimmertür, und Luisa sah einen Moment lang ihre leuchtenden Augen und ihr spitzbübisches Grinsen, bevor sie Richtung Wohnungstür verschwand.

Renate humpelte ihr nach. »So eine Schweinerei! Abschaum! Gesocks!«

Als Luisa auf den Korridor trat, brüllte Renate von der Wohnungstür hinter Dorrie her, und jetzt rannte sie ihr sogar die Treppe hinunter nach. Das Licht im Treppenhaus brannte.

»Raus hier! ... Aaahh!« Das war ein Schreckensschrei.

Kaum war Luisa an der Tür, da sah sie Renate die Treppe hinunterstürzen, die nackten Füße blitzten unter dem chinesischen Morgenmantel hervor. Dorrie hatte bereits den unteren Absatz erreicht und rannte auf die nächste Treppe zu. Es folgte ein lautes Knacken und ein dumpfer Schlag: Renate war am Ende der ersten Treppe mit dem Kopf an der Wand aufgeschlagen.

»Was in aller Welt isch da...« rief eine Frauenstimme aus einer der unteren Wohnungstüren.

Renate lag als zusammengesunkenes Bündel da.

Dorrie kam wieder die Treppe hoch. Eine weitere Tür ging auf.

»Das ist ja die Frau Hagnauer!«

»... bewußtlos! Ich hol ein nasses Tuch.«

Eine Frau zog an Renates Arm, während ein Mann versuchte, ihre Unterschenkel so zu richten, daß sie sich auf dem Treppenabsatz hinsetzen konnte.

Luisa war die Treppe zur Hälfte hinuntergelaufen. Irgendwer fragte sie, was passiert sei. Sie ist tot, schoß es Luisa durch den Kopf. Renates Augen standen halb offen, ebenso ihr Mund, ihr Kopf hing zur Seite.

»... einen Arzt rufen!«

»... den Notarzt!«

»Was war denn los, Luisa?«

Luisa warf Dorrie einen Blick zu. »Sie ist meiner Freundin nachgelaufen... und hingefallen.«

Zwei Männer bestanden trotz der Proteste einer Frau darauf, Renate in eine Wohnung zu tragen, wo man sie vorsichtig auf ein Sofa legte. Irgendwer sagte was von Tee.

»Ich bleib bei dir, Luisa«, sagte Dorrie.

Dorrie war kreidebleich. Plötzlich klangen Luisa die Ohren, und ihre Knie gaben nach. Eine Frau packte sie am Arm, und sie setzte sich unbeholfen in einen Sessel. Dann drückte ihr Dorrie energisch ein nasses Handtuch in die Hand.

»Kopf voraus da-da rein«, sagte Dorrie. »Los, übers Gesicht damit.«

Ein eindringliches Schrillen der Türglocke, Klopfen. Die Polizei kam, mit einem Arzt.

»Da ist Zucker drin. Das wird dir guttun.« Eine Frau reichte Luisa eine Teetasse mit einem Löffel drin.

Dorrie hielt Luisa die Tasse.

In Schlafanzug und Morgenmantel beantworteten die Nachbarn die Fragen der Polizisten, die sich ums Sofa scharten.

»Ihr Personalausweis?«

Luisa sagte, der liege sicher in der Handtasche in ihrem Zimmer. Sie wäre gleich losgelaufen, wenn Dorrie und ein paar der Frauen sie nicht zurückgehalten hätten.

»Ich hol dir deinen Schlüssel«, sagte Dorrie. »Wo liegt er? … Du kannst heute nicht hier übernachten.«

Mitfühlende Worte von den Frauen. Ein schrecklicher Unfall! So plötzlich! Luisa wurde von jeder einzelnen zum Übernachten eingeladen, sie hätten ein freies Bett. Inzwischen war Renate vom Sofa verschwunden. Die Polizei nahm Luisas Namen auf und sah sich ihren Ausweis an, den Dorrie auch gleich mitgebracht hatte. Ein Polizist fragte, was passiert sei, und Luisa und Dorrie antworteten beide, Dorrie habe die Wohnung verlassen und Renate

Hagnauer sei ihr nachgelaufen. Eine Nachbarin konnte das bestätigen: Luisa habe vor der Wohnungstür gestanden, und das andere Mädchen, Dorrie, sei schon auf dem nächsten Absatz gewesen, als sie die Tür aufgemacht habe und Renate stürzen habe sehen.

»Sie hat jemand angebrüllt«, sagte die Frau. »Das hab ich gehört…, deshalb hab ich meine Tür aufgemacht.«

»Angebrüllt?« fragte der Wachtmeister.

»Ziemlich wütend. … Sie kann manchmal ganz schön aus der Haut fahren. Das höre ich bis zu mir runter.«

Luisa trank einen Schluck Tee. Dann kam Dorrie zu ihr her.

»Ich hab schon angerufen. Gehen wir«, sagte Dorrie.

»Angerufen?«

»Rickie. Und deine Wohnungstür hab ich abgeschlossen.«

Der eine Polizist, der noch geblieben war, ging nun ebenfalls. Die Frauen fanden alle einstimmig, Luisa solle heute nacht keinesfalls in der Wohnung oben schlafen.

Draußen auf der Straße hakte Dorrie Luisa unter. Sie hatte ihr aus der Wohnung eine Jacke mitgebracht. Luisas Schlüssel steckte in ihrer Tasche.

»Rickie wartet im ›Small g‹ auf uns«, sagte Dorrie und beschleunigte ihren Schritt. »Komm, das wird dir guttun.«

Während Luisa die kühle Nachtluft in tiefen Zügen einsog, sah sie das gräßliche Bild wieder vor sich – Renates nackte Füße, der eine klein und normal, der andere eher wie ein unförmiges S – mitten im Sturz, und dann reglos. »Hast du's Rickie erzählt?«

Dorrie packte Luisa am Arm, um sie zu stützen. »Nein… Ich hab bloß gesagt, wir sind in ein paar Minuten da.«

Luisa machte sich sanft los.

»Du bist wieder auf dem Damm. Gut«, sagte Dorrie. »Hör mal, du schläfst heute nacht bei mir oder bei Rickie. Ist deine Entscheidung. Keine Reibereien deswegen mit Rickie.«

»Okay.«

Rickie saß mit Lulu unter den Weinreben auf der Terrasse vor dem Haupteingang zum ›Jakob‹. »Na, gleich alle beide!« rief er lachend.

Dorrie schielte zu Luisa. »Ich bin rausgeflogen, aber…« Sie senkte die Stimme. »Renate ist die Treppe hinuntergestürzt.« Das letzte Wort kam fast im Flüsterton. »Sie ist tot.«

Rickie runzelte die Stirn. »Du…«

»Es stimmt«, schaltete Luisa sich ein. »Sie ist gestürzt. Sie hatte einen langen Morgenmantel an… gestolpert.«

»Die Polizei war schon da«, fuhr Dorrie leise fort, obwohl niemand in der Nähe war, außer einem einzelnen Mann, der gerade aus dem ›Jakob‹ kam und an ihnen vorbeiging, ohne sie zu beachten.

Das ›Small g‹ wirkte plötzlich ungewöhnlich ruhig, sogar das Licht schien schwächer. Ursis Stimme rief von drinnen: »So, meine Lieben, wir machen Feierabend! Bitte allerseits austrinken!«

»Tot«, sagte Rickie erschüttert.

»Rickie, Luisa kann heute bei dir oder bei mir übernachten, aber wir müssen jetzt…«

»Bei mir. Kommt, gehen wir zu mir.«

Sie gingen los, Lulu voraus, in Richtung Heimat.

»Ich hab meinen Wagen nicht da«, sagte Dorrie zu Rickie. »Ich kann mir ja von dir aus ein Taxi rufen.«

»Oder du übernachtest auch bei mir!« Rickie bot überschwenglich seine Gastfreundschaft an. Schließlich handelte es sich heute nacht um einen Notfall, *une vraie crise.* Renate war tot, ihre Lehrlinge ohne Meisterin, Luisa... nicht mehr unter ihrer Fuchtel! Rickie spürte deutlich, daß er diesen ungewöhnlichen Abend mit ein paar Drinks zuviel gefeiert hatte, während Dorrie vorhin Luisa befreien sollte. Die unwiderrufliche Tatsache, daß Renate tot war, drang noch nicht bis zu ihm durch.

Rickie steckte den Schlüssel ins Schloß. Dann drehte er das Licht in seiner Wohnung an.

»Kommt, machen wir das Bett«, sagte er und schlug die dunkelblaue Tagesdecke auf seinem Doppelbett zurück.

Zu dritt hatten sie in Nullkommanichts das Bettzeug gewechselt.

»Bleib heute nacht bei mir, Dorrie. Es ist alles so unwirklich.«

Dorrie nickte. »Klar, Luisa.«

Rickie wollte auf dem Sofa schlafen. »Ich steh den Damen morgen früh zum Kaffeekochen zur Verfügung«, erbot er sich.

Er goß sich einen kleinen Scotch pur ein und konnte Dorrie leicht überreden, ihm dabei Gesellschaft zu leisten. »Dann schläfst du besser«, meinte er.

Inzwischen hatte Dorrie ihm alles erzählt: Wie Renate

die Treppe hinuntergestürmt kam, als sie fast schon unten angelangt war, und wie sie das gräßliche Knacken hörte. Genickbruch, habe der Arzt konstatiert. Jetzt sickerte es langsam zu Rickie durch. Luisa war frei, hatte auch keine Arbeit mehr. Aber das würden sie alles morgen besprechen.

Luisa hatte sich schnell gewaschen, und jetzt lag sie in dem großen Bett auf dem Bauch und schaute Dorrie an. Die Jakobskirche schlug die halbe Stunde. Wie spät mochte es sein? Rickie war im Wohnzimmer, außer Sichtweite. »Danke«, flüsterte Luisa, nicht sicher, ob Dorrie noch wach war.

»Nichts zu danken. Schlaf jetzt.«

## 30

Kurz vor zehn am nächsten Morgen weckte Rickie ein Anruf. Er holte das Telefon vom Sofaende zu sich her und nahm ab.

Es war Dorothea. »Wie geht's, Rickie? ... Ich finde, wir sollten mal wieder zusammen mittagessen. Hast du heute Zeit? Vielleicht in die ›Kronenhalle‹?«

»Ach, Dorothea ...« Eigentlich könnte er trotz allem mit seiner Schwester Essen gehen, aber er wollte in Reichweite sein, falls Luisa ihn brauchte. »Ich weiß nicht recht. Hier gibt es unerfreuliche Neuigkeiten. Luisas Chefin ... Ich hab dir doch mal von Luisa erzählt, dem Mädchen, das eine Schneiderlehre macht?«

»Natürlich. Luisa. Die mit dem Freund.«

Die Tür zu Rickies Schlafzimmer war zu. »Ihre Chefin ist letzte Nacht umgekommen – ist die Treppe in ihrem Haus hinuntergestürzt und hat sich das Genick gebrochen.«

»Um Gottes Willen, Rickie!«

»Es ist gegen ein Uhr morgens passiert. Deshalb hat Luisa hier geschlafen, und jetzt ist sie natürlich noch da.«

Dorothea verstand. Sie würden sich später noch einmal sprechen.

Die Mädchen wachten auf. Rickie rief ein »Guten Morgen!« hinüber und bot ihnen an, sie könnten als erste ins Bad gehen. Er zog einen Morgenmantel über, warf die Kaffeemaschine an und deckte den Tisch. Zum Glück hatte er etwas Schinken und jede Menge Brot im Haus.

»Du, Luisa, ich hab mir gedacht, wir sollten vielleicht rüber in die Wohnung gehen«, setzte Rickie vorsichtig an. Es war bestimmt einfacher, wenn Luisa nicht allein hin mußte, und Dorrie hatte ja hoffentlich Zeit. »Den Mädchen mußt du's wahrscheinlich auch sagen.« Nicht auszudenken, wenn Luisas Kolleginnen ahnungslos am Montagmorgen kurz vor acht zur Arbeit kämen.

»Du hast recht. Das mach ich gleich.«

»Renate hat doch bestimmt einen Anwalt. Weißt du von irgendwelchen Verwandten?«

»Einen Anwalt hat sie – den Namen erkenn ich, wenn ich ihn irgendwo finde. … Sie hat mal was von einer Schwester in Polen erzählt.«

Die Mädchen machten das Bett (abziehen bräuchten sie es nicht, meinte der Gastgeber), und als Rickie rasiert und angezogen aus dem Bad kam, war die Wohnung wieder schön ordentlich.

»Sollen wir?« fragte Rickie. »Und darf Lulu mit?«

Luisa brachte ein Lächeln zustande. »Klar. Natürlich.«

Ihr graute davor, irgendwelchen Nachbarn zu begegnen, die ihr mit einem »Ach, Luisa, ich hab die traurigen Neuigkeiten schon gehört«, kamen, aber zum Glück trafen sie niemanden, nicht mal im Treppenhaus. Luisa schloß auf, und da war der lange Korridor – die Wohnzimmertür und Renates Schlafzimmertür standen offen, so, wie sie sie verlassen hatte. Neben Renates Bett lagen die besticken Hausschuhe, die sie gestern nacht in der Eile nicht angezogen hatte. Nicht daß sie sie gerettet hätten.

Rickie übernahm auf seine ruhige Art das Kommando, unterstützt von Dorrie.

Luisa wußte, wo das braune Lederadreßbuch mit den Geschäftsnummern in der Werkstatt lag. Als erstes rief sie bei Vera an.

»Das gibt's doch nicht!« sagte Vera.

Luisa erklärte: »Sie war böse auf eine Freundin von mir... hat ihr nachgeschimpft... und hat nicht aufgepaßt, wo sie hintritt.« Wenn sie es nicht selbst erzählte, würden es die Mädchen von den Nachbarn erfahren.

Elsie reagierte genauso, war sprachlos vor Schreck.

»Wir müssen auf alle Fälle die bestellten Sachen fertig machen«, sagte Luisa. »Also bitte komm morgen.«

Stephanie war nicht zu Hause, und ausrichten lassen wollte Luisa ihr diese Nachricht nicht.

»Luisa«, sagte Rickie. »Renates Anwalt. Möchtest du versuchen, seinen Namen rauszufinden?«

Er fing mit R an, und nach kurzer Zeit hatte ihn Luisa gefunden. Auf Rickies Rat hin schrieb sie seinen Namen und die Nummer auf einen Zettel, ebenso die Nummer von Renates Bank sowie den Namen des zuständigen Sachbearbeiters.

»Wenn Renate ein Testament gemacht hat, ist es wahrscheinlich bei ihrem Anwalt hinterlegt, vielleicht auch bei der Bank. Und dort steht vermutlich die Adresse der Schwester drauf.«

Lulu lief munter und zielstrebig in allen Zimmern herum. Ganz anders Luisa, die unschlüssig herumstand und nicht wußte, was als nächstes zu tun war. Sie machte ihr Bett, begann, auch Renates zu machen, und zog es dann ab. Dorrie half ihr. Alles kam in den Wäschekorb. Luisa sah in den Kühlschrank – die Mädchen brauchten morgen ja etwas für ihre Frühstückspause –, warf einiges weg und stellte einen Topf zum Einweichen ins Spülbecken. Ob sie hier wohl je wieder eine richtige Mahlzeit zu sich nehmen würde?

»Kann ich irgendwas tun?« fragte Rickie. »Ist in der Werkstatt alles für morgen früh bereit?«

»Danke, ich hab schon nachgesehen.«

Luisa warf einen Blick in Renates Zimmer, auf das Gewirr von Nagellackfläschchen, Wimperntuschen, Parfumflakons, Haarbürsten, Kämmen, einem kleinen Silbertablett mit Haarspangen. Hinter den zwei geschlossenen Schranktüren hingen Stangen voller langer Kleider, Röcke und Blusen, da mußte Luisa gar nicht extra aufmachen.

»Mach dir darüber mal heute noch keine Gedanken«,

sagte Dorrie. »Das kannst du mit einem der Mädels erledigen. Vielleicht möchten sie auch das eine oder andere Stück.«

»Stimmt.« Der Gedanke heiterte Luisa etwas auf.

»Pack ein paar Sachen zusammen, für heute nacht«, meinte Rickie. »Da bist du nämlich bei mir im Atelier.«

Luisa packte. Schlafanzug, Hausschuhe, frische Sachen für morgen, ein Buch, dann noch eins, die Zahnbürste.

Wieder draußen in der Sonne, trug Rickie ihr Köfferchen, und Luisa kümmerte sich um Lulu. Sie trafen eine Nachbarin, die gestern abend alles mitbekommen hatte.

»Nein, nein, ich komme morgen wieder«, erwiderte Luisa auf ihre Frage. »Um acht.«

»Sie wissen ja, wir sind da, wenn wir irgendwas tun können«, sagte die Frau.

»Danke!«

Plötzlich platzte Dorrie heraus: »Mensch, du, jetzt können wir dich erreichen! Teddie, Rickie, ich – wir alle! Wir können dich jederzeit anrufen!« Dorrie lachte begeistert.

Als sie ins Atelier kamen, klingelte das Telefon.

»Wer das wohl ist – am Sonntag?« murmelte Rickie. Vielleicht nochmal Dorothea.

»Hoi, Rickie!« sagte Teddie Stevenson. »Ich wollte schon fast aufgeben. Du, mit morgen abend ist schon alles ausgemacht. Für meine Geburtstagsfete. Um halb acht in der ›Kronenhalle‹, Tisch auf meinen Namen reserviert. Für mindestens zwölf Leute, hab ich gesagt, falls mir in letzter Sekunde noch ein paar einfallen. ... Schaffst du's? Bitte.«

»Doch, ich denke schon. Danke, Teddie.«

»Und Luisa muß auch kommen. Du kannst sie doch mitbringen, oder? Ich würde sie natürlich abholen, aber wenn die Stimmung gar so schlecht ist…«

»Ich glaube, sie schafft es«, sagte Rickie, während er ihr zusah, wie sie ihr Köfferchen in das kleine Zimmer neben der Küchenecke stellte. Dorrie war in die Cartoons vertieft, die bei ihm an der Wand hingen. »Hier hat sich etwas ereignet, Teddie. Die alte Hexe gibt's nicht mehr. … Sie ist tot.«

»Tot? Mach keine Witze.«

»Das ist kein Witz.«

»Was soll das heißen, Rickie?«

»Luisa schläft heute nacht bei mir im Atelier. Sie ist grade hier… falls du mir nicht glaubst. Luisa!«

Sie kam ans Telefon. »Hallo, Teddie… Doch, es stimmt.« Luisa wand sich. »Sie ist die Treppe hinuntergestürzt, fast direkt vor ihrer Wohnung. … Nein, im Haus. Sie hat sich das Genick gebrochen.« Aller Wahrscheinlichkeit nach könne sie morgen abend kommen, meinte Luisa, aber ganz sicher könne sie es nicht versprechen. Sie bedankte sich bei Teddie.

»Willst du weiter dort wohnen? Bei Renate?«

»Du, das ist doch alles gerade erst passiert. So eine Frage kann ich noch nicht beantworten. Erst mal gehen die anderen Mädchen und ich morgen ganz normal dorthin zur Arbeit.«

»Du liebes bißchen«, sagte Teddie. »K-kannst du mir Rickie noch mal geben?«

Er bat Rickie, Philipp einzuladen, wenn er Lust dazu

hatte. Rickie fragte, ob er statt dessen Fredy mitbringen dürfe.

»Den Polizisten, weißt du? Ich hab allerdings keine Ahnung, ob er morgen abend frei hat.«

»Klar, bring ruhig beide mit. ... Zu blöd, daß mein Artikel morgen noch nicht erscheint, aber sie haben ihn schon wieder verschoben.«

Am Montag morgen stand Luisa um Viertel vor acht unten vor Renates Haus im Nieselregen (sie hatte sich bei Rickie einen Regenmantel aus dem Schrank genommen). Da kam Stephanie, eine Zeitung über dem Kopf und in der Hand eine überdimensionierte Plastiktüte. Sie grinste Luisa listig an.

»Na, du bist ja früh dran. Die ganze Nacht fort gewesen?« Der fremde Regenmantel war ihr aufgefallen.

»Hast du noch nicht mit Vera gesprochen?«

»Nein. Wieso?«

»Renate ist gestürzt – Samstag nacht. Auf der Treppe. Sie ist tot.«

»Um Gottes Willen!« Mit entsetzter Miene nahm Stephanie die Zeitung vom Kopf. »Einfach plötzlich tot, meinst du?«

»Ja. Sie hat sich das Genick gebrochen.«

»Was sollen wir denn jetzt tun?«

»Weiß ich noch nicht genau. Auf alle Fälle müssen wir unsere Aufträge noch erledigen... die bestellten Sachen fertigmachen. Vera weiß hoffentlich weiter. Ich komm in ein paar Minuten rauf. Elsie ist schon oben.« Luisa sah, wie Stephanie die Tränen in die Augen stiegen.

»Das gibt's doch einfach nicht«, sagte Stephanie.

Wie Luisa sich gedacht hatte, übernahm Vera das Kommando. Es war fast wie beim Militär, Vera war schließlich nach Renate die Rangnächste und hatte Elsie unter ihrer Obhut, während Luisa und Stephanie Renates Lehrlinge gewesen waren. Als erstes mußten sie sich um die Bestellungen kümmern.

»Vielleicht können wir bei der Frauenfachschule anfragen«, fuhr Vera ernst fort. »Die haben vielleicht die Adresse einer guten Damenschneiderin für uns.«

Eine neue Chefin. Die Mädchen saßen ernst und mit großen Augen da.

»So, und jetzt gehen wir an die Arbeit, wir haben viel zu tun«, sagte Vera.

Luisa stürzte sich genauso hinein wie die anderen. Säumen, heften, stecken – sie benötigten den ganzen großen Tisch. Lediglich Stephanie brachte etwas über die Lippen, einen Witz über den Regen. Zur Frühstückspause hätten die Mädchen nur den Kuchenrest vom Freitag, überlegte Luisa, zum ›L'Eclair‹ hatte sie es gestern nicht geschafft.

Das Telefon schrillte. Vera nahm ab. Es war eine Privatkundin, die wissen wollte, wann ihr Kostüm fertig sei. Vera gab einen ungefähren Termin an, und Luisa dachte sich, genau das hätte sie auch gesagt. Rickie sollte heute vormittag bei Renates Bank anrufen, dann Luisa Bescheid geben – und kurz vor zehn rief Vera Luisa ans Telefon.

Er habe bei der SBG mit einem Herrn namens Gamper gesprochen, der Renate Hagnauer gut zu kennen schien, erzählte Rickie. »Ich hab ihm erklärt, daß ich ein Freund von dir bin und du eine von Frau Hagnauers Lehrlingen. Er wirkte ziemlich schockiert über die Nachricht… außerdem kannte er anscheinend deinen Namen. Also, jetzt paß auf…«

»Ja.«

»Herr Gamper meinte, die Bank hätte eine Kopie von Renates Testament, aber zuständig dafür wäre ihr Anwalt. Wir müßten mit dem Totenschein zu ihm. Hat dir jemand Samstag nacht eine Bescheinigung gegeben?«

»Nein, das wüßte ich.«

»Dann müssen wir sie uns von dem Krankenhaus holen, in das sie gebracht wurde. Oder vom Leichenschauhaus.« Rickie seufzte. »Was hast du dort für eine Hausnummer, Kleines?«

»Hundertfünfundvierzig.«

»Danke… Weißt du, ich kann ohne dich nicht viel ausrichten. Du hast dieselbe Adresse wie Renate, dir geben sie bestimmt den Totenschein…«

Luisa fing an zu erklären, daß sie nicht um elf gehen könne, wie Rickie vorschlug, weil sie hier sein müsse, und die Mädchen würden doch nur eine Dreiviertelstunde Mittagspause machen, weil sie sich was von zu Hause mitbrächten und und und…

»Aber das ist doch ein Notfall! Wenn wir es heute nicht machen, müssen wir morgen ran. Wie heißt noch mal das Mädchen, welches das Ruder übernehmen könnte, wie du gesagt hast?«

»Vera.«

Also traf sich Luisa mit Rickie um elf an der Ecke beim ›Jakob‹. Er hatte ein Taxi bestellt. Sie fuhren in das Krankenhaus, dessen Notarzt zu Renate in die Wohnung gekommen war. Rickie hatte es am Vormittag ausfindig gemacht. Luisa zeigte ihren Ausweis vor und bekam einen Totenschein, ausgestellt von dem Arzt, der ins Haus gekommen war.

»Schritt Nummer eins«, sagte Rickie, als das erledigt war. »Ich liefere dich zu Hause ab – und mich beim ›Jakob‹ zum Mittagessen. Oder kann ich dich überreden?«

Luisa schüttelte den Kopf. »Ich geh lieber nach Hause. Und du... hast jetzt wegen mir den ganzen Vormittag geopfert.«

»Ich werd's überleben. Ich hab noch den ganzen Nachmittag im Atelier.«

Inzwischen saßen sie wieder im Taxi, das vor dem Krankenhaus leicht zu bekommen gewesen war.

»Gib mir doch den Schein, Kleines, dann mach ich im Atelier ein paar Kopien. Kann nicht schaden. Heute abend kriegst du das Original zurück. Du kommst doch, oder?«

Die ›Kronenhalle‹. Es fiel ihr schwer, sich vorzustellen, in ein paar Stunden in diesem vornehmen Restaurant zu sitzen, wo sie und Renate ein paar Mal zur Feier des Tages hingegangen waren. Man würde ein fröhliches Gesicht von ihr erwarten. Teddies Geburtstag. »Ich hab nicht mal ein Geschenk für ihn.«

Rickie lachte. »Teddie kann dich jetzt anrufen! Dich besuchen – denk ich mal. Das ist doch ein schönes Geschenk.«

Sie waren bei Luisa angekommen.

»Dann hol ich dich also um Viertel nach sieben ab, okay?« fragte Rickie. »Und probier heute nachmittag noch den Anwalt zu erreichen. Mach einen Termin aus, und ich komm nach Möglichkeit mit – falls du das möchtest.«

»Natürlich möchte ich das, Rickie.«

Oben waren die Mädchen schon fast fertig mit dem Mittagessen. Sie wußten, daß Luisa etwas Wichtiges zu erledigen gehabt hatte, und waren neugierig. Luisa wusch sich im Spülbecken die Hände.

»Ich mußte zu dem Arzt, der Samstag nacht hier war«, sagte Luisa, froh, die Sache loszuwerden. »Wegen des Totenscheins.«

»Aha. Ja, klar.«

»Weißt du schon, wann die Beerdigung ist?«

Luisa, die sich schnell ein Butterbrot schmierte, wurde nervös. »Sie müßte eigentlich morgen sein... Ich ruf gleich noch mal im Krankenhaus an.« Andererseits lag Renates Leiche nicht im Krankenhaus, sondern vermutlich bei einem Bestattungsunternehmen. Also noch einmal bei Rickie anrufen. Aber hatte der nicht langsam genug davon, Dinge für sie zu erledigen?

»Luisa, weißt du, ob...«

»Ach, Luisa, du sollst... irgendwo anrufen. Die Nummer liegt neben dem Telefon in der Diele.« Elsie und Vera hatten beide gleichzeitig angesetzt, doch Luisa wollte Vera ausreden lassen. Irgendein Büro habe eine Nummer hinterlassen.

Kurz nach zwei rief Luisa dort an. Es war das Leichenschauhaus: Welche Beerdigungsvorbereitungen sie denn getroffen habe?

»Da muß ich Sie zurückrufen«, stotterte Luisa und

fühlte sich hilflos, unzulänglich, dumm. Gott sei Dank stand Vera mit ihren zweiundzwanzig Jahren schon fester im Leben. Die beiden besprachen sich in Luisas Zimmer. Vielleicht hatte Renate in ihrem Testament irgendwelche Wünsche diesbezüglich hinterlassen? Himmel, ja, warum kam sie erst jetzt drauf. Luisa eilte zum Telefon, nur um zu erfahren, daß Rechtsanwalt Rensch noch eine halbe Stunde beschäftigt sei. Sie wusch ihr bestes Seidentuch, das ein eher männliches Muster hatte, und brachte es noch in feuchtem Zustand Stephanie, die heute Bügeldienst hatte. Dann probierte sie es noch einmal bei Dr. Rensch.

»Ach, ja, Frau Hagnauer! ... Ein Kollege hat es mir erzählt. Er hat es in der Zeitung gelesen... Erschütternd.«

Stephanie hatte in der Mittagspause erzählt, daß im ›Tages-Anzeiger‹ heute morgen eine Notiz über Renate gestanden habe. Sie hätte extra danach gesucht. Luisa wollte sie nicht sehen, obwohl Stephanie die Zeitung dabei hatte. Schließlich würgte sie verlegen die Frage heraus, die sie sich Dr. Rensch kaum zu stellen traute:

»Wissen Sie, ob Frau Hagnauer irgendwelche besonderen Wünsche für ihre Beerdigung hatte?«

»Nein. Vielleicht steht das im Testament. Haben Sie den Totenschein?«

Innerhalb von wenigen Minuten war alles arrangiert: Luisa sollte um halb vier zu Dr. Rensch in die Kanzlei kommen. Sie gab Vera Bescheid (der sie Renates Schlüsselbund anvertraut hatte), dann machte sie sich auf den Weg zu Rickie. Er gab ihr das Original des Totenscheins und rief ihr ein Taxi. Außerdem bot er an mitzufahren.

»Ich muß das lernen«, sagte Luisa und machte sich allein auf den Weg.

Luisa fühlte sich ganz klein und hilflos in dem schweren Ledersessel im Wartezimmer bei Rensch & Künzler in der Bahnhofstraße. Renate hätte sich für diese formelle Umgebung angemessen gekleidet. Luisa trug eine weiße Baumwollhose und ihre besten Schuhe mit Gummisohlen. Eine Tür ging auf, und sie wurde hereingerufen.

Dr. Rensch, ein untersetzter, grauhaariger Mann, legte einen Umschlag mit einem auffälligen roten Siegel auf seinen Schreibtisch. Er studierte den Totenschein. »Die Treppe hinuntergestürzt, sagen Sie. ... Wie furchtbar.« Dann öffnete er mit einem Taschenmesser den Umschlag. »Sie erlauben... die Frage mit der Beerdigung zuerst, denke ich.«

Luisa blieb still. Das Testament war auf dickem Papier geschrieben und schien ein halbes Dutzend Seiten zu umfassen. Stirnrunzelnd las der Anwalt, blätterte um. »Ach ja, jetzt erinnere ich mich, Frau Hagnauer möchte eine Urnenbestattung.«

Ein häßlicher Gedanke schoß Luisa durch den Kopf: Renate wollte eine Einäscherung, weil dann ihr verkrüppelter Fuß restlos verbrannt würde, vom Erdboden getilgt.

»Wir sind Ihnen diesbezüglich gern behilflich, wenn Sie möchten. Das sind große Verantwortlichkeiten für einen so jungen Menschen wie Sie.«

»Ja«, stimmte Luisa höflich zu.

Dr. Rensch las weiter. »Ich darf doch davon ausgehen, daß ihr die Wohnung nach wie vor gehört?«

»Ja.« Vor Monaten hatte Renate einmal erwähnt, daß die Wohnung ihr Eigentum sei.

»Und ihre Schwester? Waren die beiden in Verbindung?«

»Das weiß ich nicht.«

»Die Schwester in Zagreb?« Dr. Rensch blickte Luisa an. »Wir müssen sie verständigen. Das Testament ist dieses Jahr ergänzt worden, also dürfen wir annehmen, daß die Adresse der Schwester noch gilt. Edwiga Elizabeta Dwaldiwi«, sagte der Anwalt bedächtig. »Sie ist mit Ihnen zusammen die Erbin. Das wissen Sie ja wahrscheinlich.«

Zusammen mit der Schwester die Erbin? Das war genauso unwirklich wie die Schwester, deren Namen Renate ihr gegenüber nie erwähnt hatte. »Nein, das wußte ich nicht.«

»Oh, Frau Hagnauer hielt ausgesprochen viel von Ihnen – und von Ihrer Begabung.« Er lächelte zurückhaltend, hob seine Brillengläser und sah Luisa an.

Tatsächlich? dachte Luisa. Hielt viel von ihr – schon möglich: in dem Sinn, daß sie so etwas Besonderes war, daß man sie in einen Käfig sperren mußte. Luisa klopfte das Herz bis zum Hals. »Entschuldigen Sie bitte, aber ich muß Sie fragen, was ich wegen der Urnenbestattung unternehmen soll.«

Dr. Rensch nickte. »Das übernehmen wir für Sie – Ihr Einverständnis vorausgesetzt.« Er drückte auf einen Knopf.

Rechts neben dem Anwalt ging eine Tür auf.

»Würden Sie bitte eine Kopie von Frau Hagnauers Testament machen, Christina?«

Knapp zwanzig Minuten später saß Luisa in einer Tram Richtung Außersihl, nach Hause. Mit-Erbin. Was bedeutete denn das, die Hälfte der Wohnung? Die Hälfte von Renates Bankkonto? Luisa fühlte sich wie nicht betroffen, konnte das alles nicht auf sich beziehen. Irgendwie war das Ganze nicht real. Genausowenig wie Renates Tod, der »am Sonntag frühmorgens eingetreten« war, aber trotzdem nicht wahr oder wirklich schien.

Als nächstes die Pflichten: mit Vera zusammen den Fortschritt der heutigen Arbeiten kontrollieren und sicherstellen, daß sie keinen Kunden vernachlässigt hatten, mit dem sie heute sprechen sollten. Außerdem sollte Luisa möglichst noch Rickie anrufen und ihm von dem Gespräch mit dem Anwalt berichten.

»Schau mal, Luisa – perfekt!« sagte Stephanie mit einer stolzen Geste. Das Seidentuch hing über einer Leine neben dem Bügelbrett. »Dafür krieg ich hundert Punkte.«

»Sieht ja echt schöner aus als neugekauft!« Im Sonnenlicht schimmerte das Gold, Blau und Braun des Musters wie ein buntes Glasfenster. »Jetzt brauch ich bloß noch Geschenkpapier.«

»Du willst das *verschenken?«* rief Stephanie.

»Oho«, kommentierte Elsie, froh, einen Grund zum Kichern zu haben.

»Ich gehe … ich muß heute abend auf eine Geburtstagsparty«, erklärte Luisa, »und bin nicht zum Einkaufen gekommen.«

Vera teilte ihr mit, alles liefe bestens. Sie winkte Luisa zu sich in eine Ecke. »Und die Beerdigung?« flüsterte sie. »Was ist damit?«

»Das hab ich gerade erfahren – es soll eine Urnenbestattung werden. Der Rechtsanwalt kümmert sich darum. Sie muß ja wohl morgen stattfinden, oder?«

Vera nickte. »Bestimmt. Ruft dich der Anwalt an?«

Luisa nickte.

Die Mädchen packten für den Tag zusammen, wie immer darum bemüht, den Tisch einigermaßen ordentlich zu hinterlassen. Bei Rickie rief Luisa nicht mehr an, denn dazu war die Zeit zu knapp, wenn sie noch die Werkstatt ausfegen und sich umziehen wollte. Sie beschloß, ihm nichts von der Mit-Erbenschaft zu erzählen und auch nicht von der Urnenbestattung. Nicht jetzt, nicht heute abend.

»Fast hätt ich's vergessen«, sagte Vera, »deine Freundin Dorrie hat zweimal angerufen, du sollst sie bitte zurückrufen. Hat eine Nummer hinterlassen. Steht alles da.«

Dann war Luisa auf einmal allein in der Wohnung. Da lag Veras Zettel: Dorries Name und eine Nummer. Sie wollte Dorrie heute abend bei sich haben, freute sich auf ihr Lächeln und ihre unbekümmerte Art. Sie ging in ihr Zimmer, nahm das Deutsch-Wörterbuch (der sicherste Platz, der ihr eingefallen war) vom obersten Brett im Bücherregal und holte die Karte heraus, die Teddie ihr gegeben hatte, eine Visitenkarte seiner Mutter mit Privatadresse und Telefonnummer. Teddie hatte das ›Florence‹ durchgestrichen und seinen Namen darübergeschrieben.

Teddies Mutter nahm ab. »Oh, hallo, Luisa!« sagte sie, überraschend überschwenglich. »Doch, Teddie ist da – im Bad, aber ich frag mal.«

Teddie meldete sich, vom Badezimmertelefon aus. »Was ist? Du kommst doch heute abend, oder?«

»Klar. Ich wollte fragen, ob ich vielleicht noch eine Freundin mitbringen darf, die mir sehr geholfen hat...«

»Klar!« sagte Teddie.

»Dorrie. Danke, Teddie. ... Selbstverständlich. Ich freu mich schon.«

Dann wählte Luisa Dorries Nummer. Es war erst fünf vor fünf, und Dorrie arbeitete normalerweise sogar länger als bis fünf. Eine Männerstimme antwortete (nicht Bert), dann kam Dorrie an den Apparat.

»Allerdings, ich hab heute ganz schön viel zu tun gehabt«, sagte Luisa. »Du, gerade hab ich mit Teddie gesprochen. Kannst du heute abend mitkommen? Halb acht in der ›Kronenhalle‹?«

»Das müßte gehen. Ich hab's schon von Rickie gehört. Bist du sicher, daß das in Ordnung ist?«

»Bestimmt. Teddie hat gesagt, es gibt ein Buffet.«

## 31

Rickie war zu Fuß zu Luisa hinübergelaufen und hatte ein Taxi dorthin bestellt. Luisa stand schon unten, in einem ziemlich langen, blaugrauen Faltenrock und ihrer schönsten weißen Bluse sowie einem üppigen schwarzen Umhängetuch gegen die Abendkühle.

Das Taxi kam praktisch zugleich mit Rickie.

»Zur ›Kronenhalle‹, bitte«, sagte Rickie und warf einen Blick auf das flache Päckchen mit dem dünnen blauen Geschenkband, das Luisa in der Hand hielt. »Ich hab leider gar nichts für Teddie, ich war den ganzen Tag beschäftigt. Er wird's mir nachsehen müssen. Du möchtest mir also nicht erzählen, was der Anwalt gesagt hat?«

»Nicht jetzt. Nicht, daß er viel gesagt hätte.«

»Hat er dir eine Kopie des Testaments gegeben?«

»Ja, natürlich. Du, Dorrie kommt nachher.«

Rickie lächelte. »Philipp Egli auch. – Hast du viel zu erledigen, mit dem Testament?«

Luisa schüttelte den Kopf. »Nein.«

Rickie hätte gern gefragt, wann die Beerdigung sei, doch jetzt schien nicht der richtige Moment dazu. Ob der allerdings je kam? Luisa schien von den Ereignissen ziemlich angeschlagen.

Vor der ›Kronenhalle‹ faßte er sich ein Herz: »Die Beerdigung – findet die morgen statt?«

»Es ist eine Urnenbestattung. Der Anwalt sagt mir noch Bescheid. Vermutlich morgen, ja.«

Luisa ging bestimmt in die Messe, dachte Rickie, und eine Messe würde doch sicherlich gehalten. »Gehen wir rauf. Es ist oben im ersten Stock.«

Teddies Party fand in einem großen Raum statt, in dem zwei lange Tische leicht angewinkelt nebeneinander standen. Teddie kam ihnen gleich entgegen und begrüßte sie, ganz geschniegelt in einem blauen Sommeranzug mit roter Fliege.

Er küßte Luisa auf die Wange. »Du siehst phantastisch aus! ... Hi, Rickie! ... Die sind für dich, Luisa.« Teddie hielt ihr zwei Gardenien entgegen, die er vorsichtig auf flachen Händen balanciert hatte. »An dem Band ist eine

Sicherheitsnadel...« erklärte er übereifrig, aber Luisa meinte, sie komme schon zurecht.

»Danke, Teddie. Mmh, die riechen aber gut! ... Das hier ist eine Kleinigkeit für dich. Alles Gute!«

»Ach, das wär doch nicht nötig gewesen!« Strahlend drehte er das flache Päckchen um. »Ich geb das mal an der Garderobe ab, sonst verlier ich es noch. Bitte... *welcome to the party*! Nehmt euch was zu trinken. Ich bin gleich wieder da.« Er flitzte hinaus.

Mehrere Kellner machten sich an den beiden weiß gedeckten Tischen zu schaffen, bauten Stapel von Tellern neben den Gläsern und dem Besteck auf. In Eiskübeln standen Weinflaschen.

»Guten Abend«, begrüßte Fredy Schimmelmann mit einer kleinen Verbeugung Luisa. »Und Rickie.« Zu Luisa gewandt ergänzte er: »Ich habe... von dem Unfall gehört. Solch einen Zwischenfall haben wir wohl alle nicht erwartet.«

»Nein«, sagte Luisa und wurde sich plötzlich bewußt, daß Fredy von »wir« geredet hatte. Wer wir?

Teddie kehrte mit einem großen blonden jungen Mann wieder. »Das ist Erik, mein Kumpel von der Rekrutenschule. Luisa, Rickie.«

Gleich darauf kam Philipp Egli zusammen mit einem dunkelhaarigen jungen Mann herein. »Hoi! Das ist Walter Böhler. Du weißt schon, Rickie, vom Reisebüro.« Philipp strahlte vor Glück.

Rickie erinnerte sich, jemand Neues. »Walter vom Reisebüro!« echote Rickie, als würde er einen großen Dichter begrüßen. »Und Andi! Ich trau meinen Augen nicht!«

Andi, korrekt in Anzug und Krawatte. »Abend, Teddie. Einen Appenzeller, Rickie?« Er lachte.

»Das nenn ich eine Überraschung«, sagte Rickie.

»Für mich auch, aber ich kann nicht lang bleiben. Eine halbe Stunde, meinte die Ursi.«

»Ursi hab ich auch eingeladen«, wandte sich Teddie an Rickie, »aber die konnte sich nicht losreißen, nicht mal für zwanzig Minuten. Andi – sorg doch mal dafür, daß die Leute sich was zu trinken nehmen.«

»Hier, das ist für dich.« Andi zog einen weißen Umschlag aus der Jackettasche. »Eine Geburtstagskarte von uns allen. Mit herzlichem Glückwunsch!«

»Das ist aber nett. Danke, Andi.«

Man begab sich allmählich zu den Getränken. Cola und Tomatensaft.

»Fräulein Luisa«, sagte Andreas und zog einen Augenblick den Kopf ein. »Ursi und Hugo und ich – wir haben von dem schrecklichen Unfall gehört. Unser Beileid.«

»Danke, Andi. Ich glaube, es ist für uns alle ein Schock.«

Vasen mit langstieligen Dahlien, kürzeren Tulpen und weißen Rosen standen auf beiden Tischen. Wie eine Beerdigung, hatte Luisa noch vor ein paar Sekunden gedacht, doch plötzlich verwandelte es sich auch für sie ein Fest, mit phantastischem Essen und Trinken.

Die Kerzen in den Leuchtern wurden angezündet. »Mademoiselle?« Ein Kellner reichte ein Tablett mit langstieligen Gläsern herum, halbvoll mit perlendem Champagner.

Alle nahmen sich ein Glas, sogar die paar ganz jungen

Mädchen, die Luisa gar nicht kannte und die so schüchtern wirkten, daß sie sich im Vergleich dazu vorkam wie die Selbstsicherheit in Person.

»Happy Birthday, Teddie!«

»Und ein langes Leben!«

»Auf Teddie!«

»Jetzt die Rede, Teddie!«

»Genau! Ein paar Worte vom großen Journalisten!«

Rickie und Luisa lächelten sich zu. Dank Andi hatte Rickie einen Scotch on the rocks.

»Ich danke euch allen…, daß ihr gekommen seid«, sagte Teddie.

»Zugabe!«

»Ja… schon gut. Endlich bin ich einundzwanzig.«

Gejohle. Teddie senkte den Kopf und hob einen Fuß, als wollte er damit aufstampfen. »Kaum zu glauben, daß ich jetzt das Alter erreicht habe, das man in Amerika immer wie eine Karotte vor die Nase gehalten bekommt. Warte, bis du einundzwanzig bist, hieß es bei mir zu Hause.« Er räusperte sich. »Immerhin hab ich heute abend einen Vorwand, meine liebsten Freunde um mich zu versammeln – zum Beispiel meinen Kumpel vom Militär, Erik, der mir wahrscheinlich das Leben und auf alle Fälle meine Würde gerettet hat, als er im entscheidenden Moment ›Runter!‹ gebrüllt hat. Sonst hätte ich eine fette Kugel abgekriegt – ins Hinterteil, für einen Soldaten die falsche Seite.«

Gelächter.

»Heute abend ist auch Franzi hier, mein Schulfreund, mit dem ich fast alles geteilt habe: Pakete von zu Hause, Bücher, alte Autos – ein Zimmer: ja – Mädchen: nein …

Und Luisa ist hier, das Mädchen, das immer sagt: ›Mal sehen, muß ich mir erst überlegen‹. Sogar bei einem Date.«

Geflüster: »Wer ist denn Luisa?«

»Last but not least: mein Freund Rickie, der mich beherbergt hat, als ich einem nächtlichen Angreifer nicht gewachsen war. Ein toller Kumpel, Rickie Markwalder. ... So und jetzt eßt und trinkt und amüsiert euch!«

»Juhuu, Rickie!« rief eine Männerstimme.

Im selben Augenblick sah Luisa Dorries schwarzgekleidete Gestalt in der Tür stehen. Sie hob die Hand, und Dorrie winkte zurück.

Prasselnder Beifall. Vereinzelt Gelächter.

Die Leute interessierten sich zusehends fürs Buffet.

Teddie kam auf Rickie zu. »Ich hab nicht damit gerechnet, eine Rede halten zu müssen.« Er wischte sich über die Stirn.

»Dafür war's aber nicht schlecht!«

»Sag mal, gehen wir vielleicht nachher noch mit ein paar Leuten zum ›Jakob‹? Auf einen Schluck? Gebongt, Rickie?«

»Natürlich«, erwiderte Rickie, obwohl er bezweifelte, daß Luisa und er später noch sehr viel Schwung hätten. »Fredy muß allerdings um zehn zum Dienst.«

Nicht weit von Rickie sagte Dorrie zu Luisa: »Das ist mein Mitbringsel für Teddie. Nimmt er zur Zeit Geschenke entgegen?« Sie hatte ein längliches Schächtelchen in der Hand.

»Ich denke schon. Was hast du ihm denn gekauft?«

»Juxkugelschreiber. Scherzartikel. Na ja, gehen tun sie schon. Die hatte ich mir gerade selber gekauft.« Sie lachte.

Luisa mußte grinsen. »Von mir kriegt er auch was, das ich schon hatte. Keine Zeit zum Einkaufen heute.«

»Mußtest du zu ihrem Anwalt?«

»Ja.«

»Und wie war's?«

Luisa wollte schon ausweichend antworten, holte dann aber tief Luft. »Ich will im Moment nicht drüber reden. Tut mir leid.«

»Komm, holen wir uns was zu essen. Irgendwer hat was von Bœuf Stroganoff gesagt.«

Inzwischen hatte man weiße Tischdecken auf ein paar kleinere Tische gebreitet und Stühle darumgestellt, falls sich jemand hinsetzen wollte. Luisa und Dorrie ließen sich nieder, Rickie gesellte sich bald dazu. Bœuf Stroganoff mit Reis war das warme Gericht, bei den kalten hatte man die Auswahl zwischen Pasteten, Bündnerfleisch, Schinken, verschiedenen Wurstsorten und Salaten.

»Ist alles in Ordnung?« Teddie machte mit einem Weinglas die Runde und hatte nicht vor, sich hinzusetzen.

Luisa schaute gerade zu ihm hin, als sich ihr plötzlich alles vor den Augen drehte und sie die Geräusche ringsum nur noch wie durch Watte wahrnahm. Sie legte die Gabel, die sie gerade in die Hand genommen hatte, wieder hin. »Ich kann nicht…« Dann sackte sie nach rechts, auf die Seite, wo Dorrie nicht saß.

Eine Serviette mit kaltem Wasser über die Stirn.

Verschwommen sah sie eine cremeweiße Zimmerdecke mit einem Stück Täferung über sich.

»Schweren Tag… und dann auf nüchternen Magen eine Bloody Mary…«

Allmählich dämmerte Luisa, daß sie auf ein paar zusammengeschobenen Stühlen lag, daß sie ein paar Minuten lang ohnmächtig gewesen sein mußte.

»Geht's wieder einigermaßen?« fragte Dorrie und drückte ihr die Hand.

»Ja, klar.«

»Iß lieber nichts, wenn du keine Lust hast«, sagte jemand.

»Ein bißchen was wär aber nicht schlecht«, meinte Rickie.

Luisa kaute bedächtig.

»Ein Stückchen Fleisch, einen Schluck Wein...« Das war wieder Rickies tiefe Stimme.

Nach einer kleinen Stärkung kam ihr die ganze Situation wieder vor Augen. Heute nacht würde sie in Rickies Atelier schlafen, wie schon letzte Nacht. Sie trank einen Schluck Wasser. »Halb so schlimm«, beruhigte sie Dorrie und Teddie, der gegenüber von ihr Platz genommen hatte und sie unverwandt ansah. Nun stand er auf und verbeugte sich knapp.

»Bin gleich wieder da.«

»Die Torte!« rief eines der Mädchen.

Eine Torte kam an und erntete Applaus. Sie wurde von zwei Kellnern auf einem großen Tablett hereingetragen, wobei die Torte selbst mit den einundzwanzig brennenden Kerzen gar nicht besonders hoch war. Nun thronte sie auf dem fast leergeräumten Buffet.

»Bloß keine weiteren Reden!« rief Teddie. »Und das mit dem Ausblasen könnt ihr euch abschminken. Meine Bazillen gehören mir. Kommt alle her, ich schneid sie an!«

Luisa blieb, wo sie war, Dorrie ebenfalls. Rickie kam mit drei gefährlich wackelnden Tellern Torte zurück.

»Was ist das? Sieht aus wie selbstgemacht«, sagte Dorrie.

»Kokos-Baiser.«

Rickie wollte Luisa früh nach Hause bringen, erklärte er Teddie, sie sei müde. Teddie mußte natürlich bei seinen Gästen bleiben. Dorrie bedankte sich bei Teddie, und dann machte sie sich mit Luisa und Rickie auf den Nachhauseweg.

Im Taxi schwieg Rickie. Falls Luisa wollte, daß Dorrie über Nacht bei ihr blieb, wäre ihm das recht, aber fragen mußte sie schon selber, da wollte er sich nicht einmischen. Es ergab sich dann aber, daß Dorrie unweit ihrer Wohnung bat, sie abzusetzen, worauf Luisa und Rickie allein weiter bis zum Atelier fuhren. Rickie schloß mit seinem eigenen Schlüssel auf.

»Seltsam«, sagte Luisa, als sie dann unten in dem großen weißen Raum standen. Sie warf ihre Handtasche ins Nebenzimmer auf das Bett, das sie am Morgen ordentlich gemacht hatte. »Jetzt fühl ich mich wirklich seltsam.«

Rickie senkte den Blick. »Das ist kein Wunder. Es ist ja auch alles seltsam – das ist genau das Wort. Zwei sehr merkwürdige Tage. Setz dich auf Mathildes Stuhl.« Rickie zog den Drehstuhl heran. »Kann ich noch auf ein kleines Bier hier bleiben?« Er öffnete den Kühlschrank. Es standen zwei drin.

»Ich muß dir was erzählen. Besser gesagt, ich möchte.«

Mathildes Beichte mit der vermeintlichen Schwangerschaft fiel ihm ein. »Was ist denn, mein Herzchen?«

»Renate hat mich in ihrem Testament zur Mit-Erbin gemacht. Zusammen mit ihrer Schwester in Zagreb.«

»Du, das überrascht mich eigentlich gar nicht.« Dabei war Rickie ganz verblüfft, und bestimmt sah man ihm das auch an. »Für alles?«

»Sieht so aus. Dr. Rensch, der Anwalt, meinte halbe – halbe – mit der Schwester. Die muß man natürlich erst noch finden. Außerdem hab ich gehört, daß man immer monatelang warten muß ... bis alles beglaubigt ist.«

»Stimmt. Ein halbes Jahr normalerweise. Und dann kommt die Erbschaftssteuer.« Rickie trank einen Schluck Heineken aus der kalten Flasche. »Gehört Renate nicht auch die Wohnung?«

»Doch.«

Luisa kam das alles wieder vor wie eine Last, die Verantwortung machte ihr zu schaffen: Womöglich ging erst einmal ein großer Batzen Vermögenssteuer ab, bevor sie überhaupt Renates Geld anrühren durfte, um die laufenden Rechnungen zu bezahlen. Die Stromrechnung, die Telefonrechnung. Sie mußte unbedingt mit Herrn Gamper von der SBG darüber sprechen. Dann hellte sich ihre Miene auf. »Übrigens, Vera – unsere sogenannte ›Vorarbeiterin‹ ,hatte eine Idee. Wir gehen zur Frauenfachschule am Kreuzplatz und erkundigen uns, ob sie dort eine diplomierte Schneiderin kennen, die Renates Platz einnehmen könnte. Vielleicht finden wir ja eine, die froh über eine Wohnung wäre, meinte Vera.«

Rickie war begeistert. »Natürlich! Dann könntest du die Mädchen behalten und die Kundschaft auch! Aber du solltest die ganze Wohnung neu streichen lassen. Nicht, daß sie jetzt schmuddelig wäre, aber damit du dir selber was Gutes tust. Und den Mädchen auch. … Du, ich lass' dich jetzt allein. Hast du dich soweit wieder erholt? Gehst du bald ins Bett?«

Luisa nickte. »Ja.«

»Ich muß noch einen Besuch beim ›Jakob‹ einlegen, weißt du.« Er trank die Flasche leer. »Tschüß, Herzchen. Ich schließ von außen zu. Hast du den Schlüssel?«

»Ja.«

Auf dem Weg zum ›Jakob‹ nahm Rickie seine Fliege ab, steckte sie in die Tasche und machte den obersten Hemdknopf auf. Luisa war heute abend wieder besonders hübsch gewesen, mit ihrem braunen, glänzenden Haar, den kleinen runden goldenen Ohrringen und dieser bezaubernden Mischung aus Schüchternheit und strahlender Laune. Mit-Erbin! Was Renate wohl an Aktien und Wertpapieren hinterlassen hatte? Schätzungsweise gut eine Million Franken, nachdem sie von Natur aus geizig gewesen war und ein langes arbeitsreiches Leben hinter sich hatte. Würde das an Luisas Beziehung zu Teddie irgend etwas ändern? Nein, wieso sollte es? Wen mochte Luisa wohl lieber – Teddie oder Dorrie?

Kurz vor seinem Haus fiel ihm Lulu ein. Er schloß die untere Tür auf, dann seine Wohnungstür, und schon kam sie auf ihn zugesprungen. Im Dunkeln tastete er nach ihrer Leine: Sie hing an der Garderobe links in der Diele. Draußen pinkelte Lulu ordentlich in den Gulli. Erst ein paar Meter vor der Tür zum ›Jakob‹ leinte er sie an.

Ursi war die erste vertraute Gestalt, die er erspähte, Ursi hinter der Bar, die zwei Biere auf einmal zapfte.

»Rickie! Ein schöner Abend?«

»Hach ja, und so vornehm! Aber wir haben dich vermißt!«

»Ja ja, schon gut, vielen Dank.« Jetzt schenkte sie Wein ein, die Augen fest auf dem Glas.

»Teddie wollte heute abend noch vorbeikommen.«

»Ah, das ist schön!«

Die zweite Gestalt, die ihm auffiel, war Willi Biber, über ein Weißweinglas gebeugt, das fast vollständig in seiner großen Pranke verschwand. Er hatte seinen alten grauen breitkrempigen Hut auf und schaute nur langsam zu Rickie hoch. Dann zuckte er zusammen und scharrte unruhig mit den Füßen.

Rickie sah weg. Das war ein feindseliger Blick gewesen. Rickie war einer von den »anderen«, das wußte er, er war der Feind, gehörte zu den falschen Leuten, denen, die Renate Hagnauer nicht gemocht hatte und über die sie schonungslos hergezogen war. Das machte ihn zu einem Teil des seltsamen Grüppchens, das irgendwo froh war über Renates Tod, während Willi Biber mit ihr eine Beschützerin verloren hatte, einen Beistand, eine Freundin. Kein Wunder, daß Willi heute abend so niedergeschlagen und düster wirkte. Er saß an dem Tisch, an dem ihn Rickie so oft mit Renate gesehen hatte – er am Kopfteil der Eckbank, sie an der langen Seite. Vielleicht hing er Erinnerungen nach, wie sie in seiner Nähe gesessen hatte, an ihrer Zigarettenspitze zog, mißbilligend ihre Umgebung beobachtete – und doch so oft auf ihrem Block skizzierte. Rickie stellte sich an die Bar.

»Was möchtest du, Rickie?« fragte Ursi. »Ein Bier?«

»Nein. Ich warte noch einen Augenblick.« Er griff nach seinen Zigaretten.

»Andi meinte, die Party war einfach grandios! In der ›*Kronenhalle*‹!«

»Es war... hübsch. War schließlich Teddies Geburtstag.«

»Weiß ich doch. War Luisa auch dort?«

*»Yes, Ma'am.«*

Nachdem sie die Gläser unten abgewischt hatte, stellte sie energisch zwei Bier auf ein Tablett. »Das arme Ding! So ein Schock. Was wird denn jetzt aus der Wohnung?«

»Ich weiß es nicht«, antwortete Rickie.

»Suchen sich die Mädchen alle eine andere Arbeit?«

Rickie ließ sich Zeit. »Schwer zu sagen. Eine von ihnen, Vera, ist schon fertige Schneiderin und auch etwas älter als die anderen. Vielleicht nimmt sie das Heft in die Hand. Wir werden ja sehen.«

»Na, Rickie, willkommen in der Heimat!« Andi lachte. Er trug wieder seine normale dunkle Hose, ein weißes Hemd und eine offene schwarze Weste. »Zwei Rote und drei Bier, Ursi. – Kommt Teddie später noch vorbei?«

»Hatte er vor.«

»Der arme Willi«, spann Ursi ihre Gedanken weiter, während sie zwei Gläser unter die Zapfhähne hielt. »Der ist ganz durcheinander. Er hat kaum was gegessen, seit er's erfahren hat – das hat Frau Wenger jemandem erzählt. Er hat die Frau ja so verehrt!« Ursi verdrehte die Augen, schnappte sich das nächste dunkelbraune Tablett und klatschte es auf den Tresen.

Pech für ihn, wenn er seinen Appetit verloren hatte,

dachte Rickie. Hatte Ursi den nächtlichen Überfall auf Teddie vergessen, und die anschließenden Verhöre des Willi Biber? Aber ihrem Gedächtnis auf die Sprünge helfen wollte Rickie jetzt auch nicht.

»Ein kleines Bier, Rickie«, sagte Ursi. »Vom Haus. Darf auch ein großes sein, wenn du möchtest.«

»Ein kleines. Danke.«

»Teddie war aber schon lange nicht mehr hier, hm? – Ach, da kommt er ja!«

Teddie kam herein, mit zwei jungen Männern von der Party im Schlepptau, Erik und noch einem, den Rickie nur vom Sehen kannte.

»Noch mal salü, Rick«, sagte Teddie und strahlte Rickie an. »Allein?« Er nickte Ursi zu. »Guten Abend, Ursi.«

»Bis auf Lulu, ja. Ein Bier, Teddie?« Die Jungs blieben gern am Tresen stehen, heute hatte man dort Ellbogenfreiheit.

»Diese Runde geht auf Kosten des Hauses!« sagte Ursi. »Zu Ehren von Teddies Geburtstag.«

Wiedermal alle ausgesucht höflich, dachte Rickie, als sich die Jungs reihum bei Ursi bedankten. Für jeden ein Bier. Teddies Blick schweifte zu Willi Biber.

»Genau, den gibt's auch noch«, sagte Rickie, »sitzt da, wie eh und je.«

Teddie schüttelte den Kopf. »Armes altes Arschloch.«

Rickie lachte. »Teddie, du wirst erwachsen.«

Teddie runzelte die Stirn: »Hab ich das noch nötig?«

Erik räusperte sich. »Teddie sagt, du machst ganz tolle Werbegrafiken. Er hat mir eine in einer Zeitschrift gezeigt. Ich hab da einen Freund, …«

Rickie, schon ein wenig beschwipst, beantwortete höflich Eriks Fragen. Erik hatte einen Freund, der seine Grafikerlehre gerade abschloß. Was für einen Job sollte er anstreben? »Einen, der ihm Spaß macht – was er gern zeichnet«, sagte Rickie, entschlossen, nicht weiter in die Tiefe zu gehen. Spontan fiel ihm ›Die Marke‹ ein, sein neuer Kunde. Hoffentlich klappte das mit denen. Ihm gefielen sowohl der Name als auch die Leute. Er sollte ein Warenzeichen entwerfen, ein Logo und eine Anzeigenserie für Herren-Luxusartikel. War das vielleicht ein löbliches Ziel für einen erwachsenen Menschen? Ach was.

Wie es Luisa gehe, fragte Teddie. Wie es ihr wirklich gehe. Und als die beiden anderen gerade nicht zuhörten, ob sie in Dorrie verliebt sei?

»Dorrie hat ihr sehr geholfen. Mehr weiß ich nicht. Luisa kann ein bißchen Hilfe zur Zeit gut gebrauchen. Moralische Unterstützung, weißt du.«

»Ich bin doch auch da. Sag ihr das. – Na ja, hab ich ihr selber schon gesagt.«

Die Jungs wollten Rickie noch nach Hause begleiten, sie wußten von Teddie, daß er um die Ecke wohnte. Rickie hatte beim ›Jakob‹ schon erklärt, daß er sie leider nicht mehr mit hinauf bitten könne, es sei schon so spät und morgen müsse er früh raus. Daraufhin hatte Erik vom ›Jakob‹ aus ein Taxi zu Rickies Adresse bestellt.

»Sagenhaft«, meinte Rickie zu Teddie. »Du darfst dich wieder beim ›Jakob‹ zeigen.«

Teddie lachte. »Ausnahmsweise, hab ich zu meiner Mutter gesagt – schließlich bin ich jetzt einundzwanzig. Aber bei der Ausnahme wird's nicht bleiben.«

# 32

Dienstag morgen. Luisas erster Gedanke war: die Urnenbestattung. Dr. Rensch sollte sie deswegen anrufen. Oder die Bank? Nein, der Anwalt. Luisa sprang aus dem Bett. Fünf nach sieben. Kaffee, ein Rosinenbrötchen aus dem Kühlschrank. Anziehen, Bett machen. Das Atelier sollte ordentlich aussehen, wenn Mathilde gegen halb zehn eintraf.

Um halb acht sperrte Luisa die Wohnungstür auf. Es gab ihr einen Stich, als sie an Renates geschlossener Schlafzimmertür vorbeikam. Versuch, sie für heute zu ignorieren, sagte sie sich. Sie würde natürlich zur Bestattung gehen – sicher gab es irgendeine Art von Feier.

Vera kam als erste, lange vor acht, als Luisa gerade in der Küche Kaffee kochte. Sie wollte Luisa gern zu der Beisetzung begleiten, wenn diese nichts dagegen hätte.

»Dagegen? Natürlich nicht!« sagte Luisa. »Danke, Vera.«

Kurz vor neun rief Dr. Rensch an. Die Trauerfeier für Frau Hagnauer finde am Nachmittag um halb drei statt und dauere eine knappe Stunde.

»Die Einäscherung selbst dauert etwa zwei Stunden, doch es ist nicht nötig, so lange zu bleiben, es sei denn, Sie wünschen das.« Dann gab er ihr die Adresse des Krematoriums. »Möchten Sie die Asche aufbewahren?«

»Nein«, sagte Luisa, nicht sehr bestimmt, aber bestimmt genug.

»Die Rechnung begleichen wir aus dem hinterlassenen Vermögen, wenn es Ihnen recht ist.«

Luisa kehrte zu ihrer Kaffeetasse zurück, versuchte, sich im wahrsten Sinn des Wortes daran festzuhalten. Veras dunkle Augen begegneten ihrem Blick, und Luisa winkte sie aus dem Zimmer. Draußen auf dem langen Korridor teilte sie ihr Ort und Uhrzeit der Bestattung mit.

»Ich weiß, wo das ist«, sagte Vera. »Wir können die Tram nehmen und dann ein Taxi.«

»Gut. Und ich finde, wir sollten den Mädchen ab zwölf freigeben, meinst du nicht?«

»Doch, unbedingt. Wir schaffen es auch so.« Vera nickte energisch, so daß ihre langen dunklen Haare wippten. »Ich sag's ihnen. Und danach …«

»Ja?«

»… komme ich mit dir zurück und helfe dir mit Renates Sachen.«

Luisa redete sich ein, sie müsse lernen, allein zurechtzukommen. Der Gedanke, diese Tür zu öffnen und Renates Zimmer zu betreten kam ihr vor wie in ein Grab zu steigen, aber wer außer ihr sollte das sonst erledigen? »Das ist meine Aufgabe«, sagte sie.

»Na gut. Wenn du das lieber allein machst …«

»Nein.« Luisa lächelte nervös. »Lieber nun wirklich nicht. Es ist nur … ach, ich wäre froh, wenn du mir helfen würdest.«

In der Mittagspause eröffnete Vera den Mädchen, daß sie den Rest des Tages frei hätten. »Frau Hagnauers Trauerfeier ist um halb drei, anschließend die Einäscherung.«

Eines der Mädchen holte tief Luft.

»Ihr könnt natürlich gern mitkommen, aber ihr müßt nicht. Ich gehe mit Luisa hin.«

Gemurmel. Weder Stephanie noch Elsie wollten mitgehen.

Kurz nach eins machten sie sich auf den Weg, nachdem beide beim Versuch, Luisa ein paar nette Worte zu sagen, redlich herumgedruckst hatten. Das einzige, was deutlich herauskam, war das »Bis morgen«.

In ihrem Zimmer zog Luisa anstelle der weißen Baumwollhose einen dunklen Rock an. Bevor sie und Vera losgingen, öffnete sie Renates Zimmertür. Wieder holte sie tief Luft, straffte die Schultern und wappnete sich innerlich.

»Ich glaube, die beiden Schränke sind ziemlich vollgestopft«, sagte sie zu Vera. »In der Küche sind noch ein paar von diesen weißen Säcken.«

Die weißen Säcke waren von der städtischen Kleidersammlung für die Armen, die mehrmals im Jahr in Zürich organisiert wurde.

Nach einem kritischen Blick auf die Schränke meinte Vera: »Das schaffen wir schon. Jedenfalls kriegen wir heute mal den größten Teil weg.«

Luisa machte Renates Zimmertür wieder zu. »Komm, wir nehmen ein Taxi. Wenn schon, denn schon.« Sie trat ans Telefon.

Ohne das kleine Messingschild neben dem Eingang hätte man das Krematorium von außen genausogut für ein Bürohaus oder eine Bank halten können. Renate Hagnauers Name war das Sesam-öffne-dich. Ein Angestellter geleitete sie in einen Raum, den er als »die Kapelle« bezeichnete. In diesem schwach beleuchteten Raum mit den dunklen Vorhängen standen Stühle an der Wand und in der Mitte, alles in allem für mindestens vierzig Menschen. Im Augenblick war allerdings nur Therese Wenger da. Luisa hatte Ursi noch kurz vor Mittag angerufen, doch die hatte sich entschuldigt: Sie könne beim besten Willen nicht weg. Francesca, die sich am Vormittag nach dem Beginn der Trauerfeier erkundigt hatte, kam kurz hinter Luisa und Vera herein. Sie nickten sich alle stumm zu. Der massive Sarg stand bereits auf einem mehr als meterhohen Podest, mit dem Kopfende vor dunkelbraunen Vorhängen, die ein breites Stück Wand verdeckten und sich in der Mitte überlappten.

Ein Mann in einem dunklen Gewand, das (für Luisas Begriffe) keiner bestimmten Religion zuzuordnen war, kam heraus, begrüßte sie und las aus einem Buch, das er in einer Hand hielt. Der Tod ruft uns alle. Renate sei ein Teil von uns allen (tatsächlich?), eine Frau, der die Arbeit nicht fremd gewesen sei, die in ihrem Beruf Außergewöhnliches geleistet, bei Freunden und Nachbarn Respekt genossen und Generationen von jungen Frauen ausgebildet habe… Luisa fiel ein kleiner Mensch in der Ecke auf, mit einem dunklen Schnurrbart, ernst. Ein Freund von Renate?

Amen. Es war vorüber. Feierlich drehte sich der Redner um, ein Mechanismus setzte sich hörbar schleifend in Gang, und der Sarg glitt davon, durch die braunen Vorhänge, die sich öffneten und wieder schlossen. Das Licht wurde heller.

Beim Hinausgehen raunte Therese Wenger: »Willi wollte nicht kommen. Ich habe ihn natürlich gefragt. Ich glaube, es nimmt ihn zu sehr mit. Ist schon ein seltsamer Kerl, unser Willi.«

Der kleine Mann schlüpfte hinaus, auf die Straße.

»Weißt du, wer das ist?« flüsterte Luisa.

Vera überlegte, dann dämmerte es ihr. »Ja. Ein gewisser Edouard. Franzose. Mit dem hat Renate immer Schach gespielt, glaube ich. Den hab ich ja über ein Jahr nicht mehr gesehen.«

Frau Wenger verabschiedete sich. Sie wollte mit der Tram nach Hause fahren.

Vera hatte eine Idee: Sie könnten doch gleich einen Abstecher zur Frauenfachschule am Kreuzplatz machen, um sich wegen einer Schneidermeisterin zu erkundigen. »Je eher, je besser. Dann wissen wir gleich, woran wir sind.«

Sie stiegen in die Nummer 3. Luisa fühlte sich plötzlich aus heiterem Himmel optimistisch, fast glücklich, oder jedenfalls glücklicher. Es war kein angemessenes Gefühl für heute, aber es überkam sie einfach. Die Welt sah verändert aus, als sie aus dem Straßenbahnfenster blickte. Sogar die dunkelhaarige, hellhäutige Vera Riedli sah anders aus als sonst, obwohl sie die nun genauso lange kannte wie Renate. Vera lächelte ihr schüchtern zu.

»Du, ich glaube, ich würde mich nicht gern einäschern lassen«, sagte Vera. »Es spart wahrscheinlich Platz und so, aber ich glaube, eine normale Beerdigung wäre mir doch lieber.«

»Nach deinem Tod, nehm ich mal an.«

Sie platzten beide heraus, bekamen einen Kicheranfall und mußten sich zwingen, wieder ernst zu sein.

In der Frauenfachschule sprachen sie mit einer Dame, die sich die Adresse der verstorbenen Frau Hagnauer aufschrieb. Eine neue Schneidermeisterin könne dort einziehen, wenn sie wolle, und Vera betonte (mit Luisas Einverständnis), daß man diese Lösung sogar bevorzuge.

»Es ist gut möglich, daß wir in absehbarer Zeit jemanden finden. Aber man kann nie wissen«, fügte die Dame mit professioneller Vorsicht hinzu. »Ich werde sehen, was ich für Sie tun kann, und gebe Ihnen dann Bescheid.«

Das war etwas irreführend gewesen, fand Luisa, während sie zur Straßenbahnhaltestelle zurückgingen. Sie hatten erklärt, daß Luisa und Frau Hagnauers Schwester gemeinsam die Wohnung geerbt hätten, Renates Zimmer also besetzt sei, falls die Schwester einziehen wolle. Eine neue Schneidermeisterin konnte dann aber immerhin einen vornehmen Kundenstamm übernehmen, und das allein sei womöglich ein Schritt nach oben.

Dann schlossen sie wieder die Wohnungstür auf. Das klingelnde Telefon verstummte, bevor sie es erreichten.

»Als erstes einen Müllbeutel, was meinst du, Luisa?«

Stirnrunzelnd stand Vera seitlich in der Tür zu Renates Zimmer.

Luisa holte ein paar aus der Küche.

»Diesen ganzen Klimbim, den kein Mensch mehr benutzen wird, dachte ich…« Vera meinte die Nagellackfläschchen, die Cremetöpfchen und Lippenstifte auf Renates Frisierkommode. »Das überlass' ich dir. Ich muß schnell meine Mutter anrufen, daß ich später komme.«

Luisa machte sich an die Arbeit, erst langsam, dann traf sie die Entscheidungen immer rascher. Fast alles mußte weg, Schubladen voller Strümpfe, Unterwäsche. Taschentücher waren ein anderes Thema, manche davon waren wirklich hübsch. Ob Francesca einige wollte?

Vera warf inzwischen lauter Röcke und Kleider auf den Fußboden. »Ich kann mir nicht vorstellen, daß irgendwer das will. Na ja, lange Röcke … sollen wir die reinigen lassen, für die Kleidersammlung?«

Luisa stimmte zu: Ein paar konnte man reinigen lassen, natürlich nur, wenn sie es nötig hatten. Renate hatte ihre Kleider häufig in die Reinigung gegeben.

Wieder das Telefon. Luisa nahm ab.

»Wie war's? Wie geht's dir?« fragte Dorrie.

»Vera ist hier. Sie hilft mir … mit Renates Zimmer. Die ganzen Kleider müssen doch weg.«

»Ich komm auch. Ich hab jetzt frei. Ich helf euch.«

»Es ist aber stinklangweilig.«

Dorrie hatte schon aufgelegt.

Luisa ging wieder an ihre Arbeit. Sie machten schon den dritten Müllbeutel voll. Die Schuhe. Luisa zwang sich hinzufassen. Weg damit, alles weg.

Im Handumdrehen stand Dorrie vor der Tür.

»Das ist Dorrie Wyss«, sagte Luisa. »Vera Riedli.«

»Ach ja, Dorrie«, meinte Vera. »Du bist doch die, die in der bewußten Nacht hier war.« Veras Finger schlossen sich fester um die drei Gürtel, die sie in der Hand hielt. »Du hast gesehen, wie sie gestürzt ist.«

»Na ja, nicht direkt …«

»*Ich* hab sie stürzen sehen«, sagte Luisa schnell. »Dorrie war schon unten, dann hat sie sich noch mal umgedreht. Renate ist erst nach ein paar Stufen gestolpert.«

Mehr wollte sie Vera nicht verraten.

Für das letzte Paar Schuhe eröffneten sie noch einen weiteren Müllbeutel.

Der Schreibtisch. Luisa warf einen Blick auf den Sekretär mit seinen sechs randvollen Schubladen, auf den erstaunlich schlampigen Haufen geöffneter Briefumschläge samt Inhalt im linken Fach und rechts einem flachen durchsichtigen Schälchen mit Büroklammern, Reißnägeln und Bleistiften.

»Das schaff ich heute wirklich nicht«, sagte Luisa und war plötzlich nicht nur müde, sondern hatte einfach keine Lust mehr.

»Na gut«, stimmte Vera zu. »Wir sind auch ganz schön weit gekommen. Schau!« Sie zeigte auf die leeren Schränke.

»Das Bad. Fangen wir da wenigstens noch an«, schlug Luisa vor. »Da brauchen wir noch mal einen Beutel. Aber *du* kannst jetzt wirklich nach Hause, Vera.«

Vera wollte noch ein paar Minuten dableiben.

Zahnbürsten, alte Pillenschachteln und Fläschchen aus dem Badeschrank, Aspirin – Luisa wollte nicht mal Renates Aspirin, genausowenig wie den runden Spiegel, der auf einer Seite vergrößerte, aber Vera konnte ihn brauchen, wenn Luisa nichts dagegen hatte. Weg mit der Zahnpasta.

»Wäschesack?« fragte Dorrie, mit ein paar Badetüchern in der Hand. »Der Korb ist voll.«

Sie nahmen einen Müllbeutel.

»Den soll die Putzfrau saubermachen«, sagte Luisa und meinte den Badschrank.

Dann verabschiedete sich Vera. »Jetzt hör mal auf, Luisa. Morgen ist auch noch ein Tag.« Sie winkte lächelnd noch einmal und verließ mit einem Müllbeutel in der Hand die Wohnung.

»Ich wasch mir in meinem eigenen kleinen Bad die Hände«, rief Luisa und lief schon den Korridor entlang.

»Ich auch, wenn's erlaubt ist.«

Sie schrubbten sich mit viel Seife und warmem Wasser die Hände und sahen zu, wie der graue Schmutz in den Abfluß wirbelte.

»Ich will aus diesem Rock raus.« Luisa ging in ihr Zimmer und nahm von einem Kleiderbügel eine bequeme weiße Hose herunter. In Windeseile hatte sie sie angezogen.

»Poch poch«, sagte Dorrie.

Sie brachen beide in Gelächter aus. Luisas Zimmer wirkte groß und freundlich und vertraut. Dorrie nahm ihre Hände, und auf einmal küßten sie sich. Dorrie umarmte Luisa und hielt sie fest. Und sie küßten sich noch einmal. Bei Dorrie, genau wie bei Vera, fühlte sie sich geborgen.

Das Telefon in der Diele klingelte.

»Ja, verdammt«, fluchte Dorrie.

»Kannst du hingehen?«

»Ich?« fragte Dorrie, hatte sich aber schon umgedreht und trabte los.

»Rickie«, verkündete sie, als sie wiederkam. »Will dich sprechen. Er klingt ganz begeistert.«

»Hallo, Herzchen«, sagte Rickie. »Wie geht's? Ich bin froh, daß es vorbei ist... Liebste Luisamaus, stell dir vor: Ich hab den Auftrag mit der ›Marke‹ in der Tasche. Es ist schwer mit ein paar Worten zu erklären, aber es ist wirklich eine tolle Sache und ganz wichtig für mich. Das war's schon.«

»Die Männerhandschuhe?«

Rickie lachte. »Das war die erste Anzeige, die du da gesehen hast. Aber jetzt hab ich den ganzen fetten Auftrag in der Tasche, eine ganze Werbekampagne! Samt Logo und allem Drum und Dran. Das müssen wir unbedingt im ›Jakob‹ feiern. Kommt ihr, du und Dorrie? Auf einen kleinen Happen?«

Rickie abzusagen, fiel Luisa schwer, und sie wollte es auch gar nicht. Sie gab Dorrie Bescheid. Um acht im ›Jakob‹. Es war nach sieben.

Wo Luisa heute nacht schlafe, erkundigte sich Dorrie. In Rickies Atelier. Sie räumten noch ein bißchen auf, trödelten, tratschten. Dorrie machte noch einmal Renates Zimmertür zu und stellte einen Müllbeutel an die Wohnungstür, damit sie ihn nicht vergaßen. Luisa fegte hastig die Werkstatt aus, sammelte wie üblich Stoff- und Fadenreste und Stecknadeln auf die Schaufel.

Sie trafen zeitig beim ›Jakob‹ ein, und Dorrie bestellte zwei Kir, nicht ohne vorher Andi zu verhören, ob er auch wußte, wie man einen anständigen Kir machte.

»An so einem Tag wie heute können wir schließlich nicht mit Bier anfangen«, sagte sie lachend.

Im Stehen an der Bar prosteten sie sich mit den roten Drinks zu und nahmen einen Schluck.

»Muß dir was zeigen.« Luisa faßte nach hinten und zog aus der Hosentasche einen verknitterten Schnappschuß. Sie hielt ihn Dorrie hin.

Er zeigte die fünfzehn- oder sechzehnjährige Luisa, geknipst in der Nähe von »zu Hause«, bei ihrer Mutter und ihrem Stiefvater. Luisa blickte finster in die Kamera, und sah mit ihren kurzen, vom Wind zerzausten Haaren richtig wild aus. Sie trug ein dunkelgrünes Hemd mit einem zerknautschten Kragen; weiter als bis zur Hüfte ging das Bild nicht. Im Hintergrund sah man eine Art Stange und eine Hecke. »Das bin ich.«

»Das, du?« rief Dorrie ungläubig.

»Kurz bevor ich Renate kennengelernt habe. Das ist heute rausgefallen, als ich eine Schublade in ihrem Zimmer aufgezogen habe. Ich hatte keine Ahnung, daß sie das hat. Kaum zu fassen, was?«

»Allerdings nicht, aber was bleibt einem übrig? Hast du die Rockerbraut gespielt?«

»Ganz genau. Das war in Brig. Ich war in der Lehre, bin aber die meiste Zeit mit den Jungs rumgehangen. Die Mopedcrew, verstehst du? Ich hab nie eins besessen, aber ich durfte immer fahren, ohne Führerschein, versteht sich.«

»Wow«, machte Dorrie beeindruckt.

Der Stiefvater schoß Luisa durch den Kopf, und sie biß sich auf die Unterlippe. Sie nahm das Foto wieder an sich und riß es seelenruhig mittendurch, dann noch einmal.

Dorrie rieß die blauen Augen auf, als hätte Luisa etwas Wertvolles kaputtgemacht.

»Das ist das Aufheben nicht wert. An diese Zeiten will ich nicht mehr denken.«

»Die *Girls*!« rief Rickie, der mit Lulu an der Leine hereinkam.

Sie nahmen einen Ecktisch, ein Stück weit weg von der Bar. Ein großes Bier für Rickie, und nach Absprache in der Runde Kartoffelsalat und eine Wurstplatte, sowie zwei kleine Bier.

»So, als erstes...« hob Rickie an, bemüht um den nötigen Ernst. »Wie war die Bestattung?« Die Frage war an beide gerichtet.

»Ich war nicht dort«, sagte Dorrie.

»Also«, fing Luisa an, »erst mal sieht man bloß den Sarg – mit geschlossenem Deckel. Er steht auf einer Art Podest. In einem runden Raum, der aussieht wie eine Kapelle. Vera Riedli ist mitgekommen. Die hat mir heute wirklich toll geholfen!« Heute schien so weit weg zu sein wie gestern.

Luisa erzählte weiter. Von der Rede des Pfarrers, und wie dann der Sarg plötzlich weggeglitten war, durch die Vorhänge und außer Sichtweite. Rickie lauschte mit der geborenen Andacht. »Francesca war dort, aber sonst kaum jemand.« Luisa sah, wie Rickie die Lippen zusammenpreßte. Weil eben so wenige Renate gemocht hatten, dachte er wohl.

Die Biere kamen.

Rickie erkundigte sich nach Vera, ob sie jetzt das »Ruder übernommen« habe. Ganz könne sie das nicht, erklärte Luisa, sie sei ja noch keine Schneidermeisterin, aber nach einer solchen hätten sie heute auf der Frauenfachschule schon die Fühler ausgestreckt.

»Tja, und dann, Herzchen, müssen wir diese Riesenwohnung streichen lassen. Dieses angeschmuddelte Grauweiß, das ist doch einfach zu trist.«

»Hab ich mit Bert schon alles besprochen«, warf Dorrie ein. »Er hat einen Freund, der Profimaler ist.«

»Wann lern ich endlich diesen Bert kennen?«

Dorrie und Luisa kicherten.

Vom ›Jakob‹ gingen sie gemeinsam zu Rickies Atelier. Er wollte ihnen noch seine ›Marken‹-Ideen zeigen.

Rickie hatte gut zwanzig Entwürfe gemacht, die meisten mit weichem Bleistift, manche koloriert: Ein Jahrhundertwende-Zylinder, bei dem das Futter heraussah, eine senkrechte Konstruktion, die eine Krawattennadel erahnen ließ, eine Gürtelschnalle in Form eines C. Die Zeichnungen lagen durcheinander auf dem längsten Tisch in seinem Atelier.

»Und jetzt das Finale«, verkündete er und zog ein hauchdünnes Deckblatt von einer bereits weiter ausgeführten Arbeit. »Eine ganz simple Pfauenfeder. Aber die gefällt ihnen am besten. Und mir auch.«

Die Feder stand senkrecht, war oben breiter, blau und grün mit einem roten Kreis, nicht ganz in der Mitte.

»Wir können mit lauter verschiedenen Farben variieren. Das kommt auf alles, was sie machen – Krawatten, Hemden… bloß eine Feder irgendwo, nicht zu auffällig.« Hier brach Rickie seine Rede abrupt ab. »So, gute Nacht, Mädels. Ich komm bald wieder zurück in diese Fabrik.« Mit einer wackligen Verbeugung zog er sich zurück.

Dorrie sah sich das winzige Zimmer an, in dem das schmale Bett stand. »Wirklich sehr schnuckelig. Darf ich noch bei dir bleiben?«

»Heute?« Luisa hatte schon unwillkürlich angefangen, ihre Bluse aufzuknöpfen. Sie war mit einemmal todmüde.

»Ja. Bloß fünf Minuten… oder so.« Sie zog sich ihr Baumwollhemd über den Kopf.

Luisa warf kaum einen Blick auf Dorries nackten Busen. Sie schlüpfte weiter aus ihren Kleidern.

Dorrie schlug Tagesdecke und Laken zurück und winkte Luisa zu sich. Fünf Minuten, klang es in Luisas Kopf nach. Sie lag mit Dorrie im Bett, sie umarmten sich – beide ungeduscht und mehr als müde. Dann war Dorrie fast über ihr und küßte sie auf die Lippen. Ein schwacher Lichtschein drang vom Atelier herüber. Beide seufzten gleichzeitig leise auf. Dann lagen sie still, bis Dorrie sie fester an sich zog und Luisa es ihr gleichtat. Luisa strich mit der Hand von Dorries Taille aufwärts über ihre glatte Seite mit den zarten Rippen. Ließ ihre Hand über Dorries festes, muskulöses Rückgrat nach unten gleiten. Sie war mit niemandem mehr im Bett gelegen, seit dem Mal mit ihrem Stiefvater – und das war mindestens ein Jahr her –, dieses gräßliche Mal, als er darauf bestanden hatte, ihr mit Prügeln gedroht hatte, wenn sie ihn nicht »ins Bett« ließ. *Ins* Bett statt nur aufs Bett, mit den Kleidern an. Luisas Zimmertür ließ sich nicht zusperren. Penetration hieß das in den Büchern, aber sonst war nichts geschehen – und das klang wie ein schlechter Witz. Was hätte denn geschehen sollen? Ein Höhepunkt natürlich. Nein – das weiß Gott nicht.

Luisa stöhnte laut auf.

»Was ist denn?«

Luisa holte tief Luft. »Ich hab an was gedacht... Ist nicht wichtig. Ich war wohl schon halb eingeschlafen.«

»Das ist garantiert wichtig!« Dorrie hatte einen Ellbogen aufgestützt.

So im Bett mit Dorrie konnte Luisa nicht davon erzählen. Sie schüttelte sich und sprang auf, merkte kaum, daß sie nackt war. »Es ist ... wegen meinem Stiefvater. An den hab ich gedacht... Aber davon wollte ich jetzt wirklich nicht anfangen.«

»Ach. Der Kinderschänder«, sagte Dorrie nüchtern.

»Ich konnte das einfach nicht aussprechen – so im Bett mit dir.«

Dorrie sah sie an. »Wie lange ging das noch mal? Angefangen hat es...«

»Ach, mit kleinen Sachen. Aber es war gräßlich. Ich war vielleicht zehn oder elf. Und das ging, bis ich weggelaufen bin. Er hat immer gesagt, wenn ich meiner Mutter was erzähle, schlägt er mich windelweich. Und ab und zu hat er mich einfach so verprügelt, ohne Grund. Aber es hat einfach keiner irgendwas unternommen. Verstehst du?«

Dorrie schwieg.

»Meine Freunde waren alles Jungs, und er hat immer gesagt, wenn ich meiner Mutter was über ihn erzähle, dann sagt er ihr, ich schlafe sowieso mit jedem. War eine ganz schöne Scheiße, das kann ich dir sagen!« Luisa versuchte zu lachen und scheiterte kläglich.

»Hat deine Mutter was gewußt?«

Luisa zuckte die Achseln. »Muß sie. Klar. Sie mochte mich nicht, ich sie ja auch nicht.« Mit einem Seufzer griff sie nach ihrem Morgenmantel hinter der Badtür und zog ihn mühsam über. »Das alles scheint jetzt irgendwie erledigt – seit heute. Es ist mir einfach nicht mehr wichtig.«

Dorrie rührte sich ein wenig, als wollte sie aufstehen, blieb aber liegen. »Hast du Renate das erzählt?«

»Nein. Aber sie hat's vermutlich erraten. Sie hat eigentlich ziemlich viel einfach erraten. ... Und sie hatte so oft recht.«

Dorrie hatte sich immer noch auf ihrem Ellbogen aufgestützt. »Wie alt warst du, als deine Mutter deinen Stiefvater geheiratet hat? Ich glaub, das hast du schon erzählt, aber ich hab's wieder vergessen.«

Luisa hatte es auch vergessen, sie mußte schon scharf nachdenken, wozu sie keine Lust verspürte. »Vielleicht neun, als er eingezogen ist. Aber heiraten konnten sie erst, als die Scheidung rechtskräftig war. Und das dauerte fünf Jahre. Mein Vater hatte meine Mutter verlassen. Wegen einer anderen. Kann man ihm nicht verdenken.«

»Mochtest du ihn?«

»Lieber als meine Mutter schon. Wobei das nicht viel heißt.« Ihr Vater hatte ihr mindestens einmal geschrieben und einmal angerufen, aber ihre Mutter hatte ihn am Telefon fürchterlich angebrüllt, erinnerte sie sich dunkel. Aber mehr wollte sie Dorrie darüber jetzt wirklich nicht erzählen.

»Gräßlich, diese ganze Geschichte«, sagte Dorrie. »Und das passiert so oft, weißt du? Ganz viele Leute... aber das ist ja auch kein Trost, daß es noch andere gibt...«

»Doch! Ich hab immer jeden Artikel darüber verschlungen – was mir nur in die Finger kam. Das hilft! Wenn ich eine Zeitschrift am Kiosk gesehen habe, irgendwas mit Kindesmißbrauch – dann hab ich sie sofort gekauft.«

Dorrie stand langsam auf, und dann war sie blitzschnell in ihre dunkle Hose geschlüpft und zog sich das Hemd über den Kopf.

»Es ist wirklich alles ganz anders – seit heute«, sagte Luisa. »Die ganze Welt ist anders. Ich schwör's dir!«

»Jetzt wird alles leichter. Alles. Wirst schon sehen. … Was kann einem denn schon Kummer machen?« Dorrie breitete kurz die Arme aus und lächelte. »Ich hau ab.«

»Du mußt aber nicht schon so bald gehen.«

»Wollte ich doch. Ehrlich.«

»Hast du den Wagen da?«

»Hinter dem ›Jakob‹. Tschüß, meine Liebe.«

Luisa war schon auf halbem Weg durchs Atelier, als Dorrie sich an der Tür umdrehte. »Ich bin eingesperrt. Hast du den Schlüssel da?«

Rickie hatte bestimmt automatisch zugeschlossen. Luisa holte ihren Schlüsselbund und öffnete die Tür.

»Ich ruf dich morgen an«, sagte Dorrie. »Oder, falls nicht, dann mach dir keine Sorgen. Ich bin morgen die ganze Zeit auf Achse.« Ein hingehauchter Kuß, und Dorrie war durch die Tür wie ein Geist.

Luisa knipste das Deckenlicht aus und trat an ihr Bett. Heute duschte sie nicht, einfach mal zur Abwechslung. Ein scharfer Schmerz ließ sie ihren Fuß heben. Beinahe wäre sie mit voller Wucht auf einen Reißnagel getreten. Lachend zog sie ihn aus ihrem Fußballen. Runter mit dem Morgenmantel, und rein ins Bett. Hier hatte Dorrie gerade gelegen. War es nicht noch ein bißchen warm von ihr? Luisa spreizte die linke Hand, Handfläche nach unten, und tat so, als sei die Wärme immer noch vorhanden.

# 33

Zwei Tage später stand Teddie Stevensons Artikel im ›Tages-Anzeiger‹, wieder unter dem Pseudonym Georg Stefan. Er erzählte vom 1. August, von der ausgelassenen Stimmung im ›Jakob‹ am Nationalfeiertag, und davon, wie Teddie auf der kurzen Strecke zum Auto seiner Mutter von hinten über den Kopf geschlagen worden und mit dem Gesicht voran gegen einen Baumstumpf geknallt war. Wie Wildfremde ihm geholfen und ihn zurück in den ›Jakob‹ gebracht hatten, wo er verhätschelt wurde, wie es die eigene Mutter nicht besser gekonnt hätte.

Luisa und Rickie hatten je eine Kopie bekommen, für den Fall, daß sie den Artikel überlasen. Am Telefon sprach Teddie schon von einem weiteren Artikel über die Aufnahmeprüfung für die Journalistenschule, der bald erscheinen sollte, und von noch einem über Ferien mit Freunden. Im Oktober würde er mit der Journalistenschule anfangen.

Der Erfolg beim ›Tages-Anzeiger‹ und Luisas neue Unabhängigkeit trieben ihn sogar soweit, ihr telefonisch und brieflich zu schwören, er würde künftig »Tag und Nacht beziehungsweise immer mal wieder« vor ihrem Haus auf der Treppenstufe sitzen, »einfach weil ich's früher nie konnte«. An einem Abend führte er sie in ein griechisches Lokal zum Essen, an einem anderen gingen sie zusammen in eine Disco.

Doch Luisas Gedanken wurden anderweitig absorbiert. Die erste Kandidatin der Frauenfachschule war ein Reinfall gewesen, eine Frau in den Vierzigern, eher von der nervösen und unfreundlichen Sorte; obendrein war sie verheiratet und konnte sich mit der Idee, die Woche über in Renates Wohnung zu leben, partout nicht anfreunden.

Dorries Freund Bert rückte mit seinem Malerfreund Gerhard an, der seinerseits einen weiteren Freund mitbrachte. Wie zu erwarten, mußten auch die alten elektrischen Leitungen erneuert werden. Ein Kostenvoranschlag wurde unterbreitet, zwei Maler würden gute vierzehn Tage beschäftigt sein.

Luisa war noch einmal auf der Bank bei Herrn Gamper gewesen, der ihr versichert hatte, es sei genug Geld da, um die laufenden Ausgaben von Renates Konto zu berappen.

Am Ende war es einfacher, als sie gedacht hatte. Die Bank richtete ihr ein Girokonto ein, von dem sie die Löhne der Mädchen bezahlte; Strom und Telefon wurden direkt von Renates Konto abgebucht, das nun auf Luisas Namen lautete. Wenn das nicht reichte, blieb immer noch Renates Sparkonto, das nach Herrn Gampers Worten »einen komfortablen Stand« aufwies. Luisa erkundigte sich auch nach Renates Schwester, doch Herr Gamper hatte bis jetzt noch keine Nachricht aus Zagreb.

Von Renates Kundinnen tröpfelten gut zwei Dutzend Kondolenzbriefe herein, darunter auch von der Dame, die sich immer eine zweite, »frisierte« Rechnung für ihren Mann geben ließ.

»Die müssen wir beantworten«, fand Luisa. Vera gab ihr recht und erbot sich, die Hälfte der Karten zu übernehmen.

Während der Malerarbeiten bekamen die Mädchen drei Wochen bezahlten Urlaub. Luisa schlief jetzt wieder in der

»Werkstatt«, wie sie die Wohnung inzwischen umgetauft hatte. Es gab so viel vorzubereiten, mit den Malern im Haus, die außerdem in aller Herrgottsfrühe anfingen, daß Luisa keine Zeit hatte, sich allein in der Wohnung zu ängstigen.

Vera hatte dann den Vorschlag gemacht, daß Luisa sich während der schlimmsten Zeit der Arbeiten eine Woche auf dem Land erholte. »Farbdämpfe können zu Kopfweh führen, weißt du.« Klar wußte Luisa das. Und Dorrie wußte einen kleinen Landgasthof, und Rickie ebenfalls. Man erkundigte sich, Dorries war näher, und preislich lagen sie ungefähr gleich. So kam es, daß Dorrie Luisa eines schönen Morgens samt Koffer, einer Tasche voller Bücher und ihren Malutensilien im Auto aufs Land chauffierte. Auf der Wiese vor dem Haus grasten ein paar Kühe, dahinter floß ein Bächlein vorbei. Das beste war das etwas windschiefe Zimmer mit der rosa Blümchentapete.

Dorrie fuhr zweimal heraus und verbrachte den Nachmittag mit Luisa. Zusammen machten sie Ausflüge und aßen auch einmal auswärts in einem anderen Gasthof. Luisa fühlte sich wie ein anderer Mensch, als verbrächte sie diese Woche nicht hier, sondern irgendwo in einem fernen Land. Teddie rief an und erschien in dem braunen Audi, und Luisa lud ihn zum Mittagessen ein. Rickie kam nicht, hielt sie aber telefonisch über den Fortschritt der Malerarbeiten auf dem laufenden.

Luisas Zimmer in Aussersihl war jetzt weiß gestrichen, das Bett umgestellt, das Plakat umgehängt. Luisa hatte Teddies letzten Artikel an die Wand gepinnt, der nach einem Monat schon ganz vergilbt war.

Dorrie Wyss kam jetzt regelmäßig jeden Samstag ins ›Small g‹, und auch Bert erschien dort an einem Samstagabend mit einem seiner Malerfreunde, die Rickie ja inzwischen auch kennengelernt hatte. Bert lief als Skinhead herum, wenn er nicht gerade eine Perücke trug (am Wochenende sogar Lippenstift und Eyeliner), und lebte sozusagen in seinem schmuddeligen blauen Overall. Ein mittelgroßer, angeblich echter goldener Ohrring rundete das Bild ab. »Wenn einer an dem Ohrring zieht, kriegt er gleich das Ohr mitgeliefert«, scherzte Bert, »und darauf ist wohl niemand scharf.«

Wenn Luisa jetzt die Werkstatt betrat, fühlte sie sich wie die Frau des Hauses, schließlich bezahlte sie nun die Miete, die Löhne und die Rechnungen und war für alles zuständig. Und wenn sie dann zurückdachte, wie sie zum Essen in die Küche verbannt worden war, Ausgangs- und Telefonverbot hatte, wunderte sie sich über sich selbst, daß sie das alles monatelang ausgehalten hatte. Was für ein merkwürdiger Mensch war diese Renate Hagnauer doch gewesen, die sie einerseits so schlecht behandelt und ihr andererseits ihr halbes Vermögen vermacht hatte.

Teddie ging nun auf die Journalistenschule, was bedeutete, daß er viel mehr schreiben, aber auch den ganzen ›klassischen und modernen Journalismus‹ büffeln mußte. Seine Arbeit erfüllte ihn mit einem gewissen Stolz, und er tat sein Bestes, um seiner Mutter zu beweisen, daß er nicht »einfach seine Zeit verplemperte, wie viele junge Leute heutzutage«. Teddie konnte zwar an den Samstagen ins ›Small g‹ kommen, unter der Woche mußte er aber meist abends noch arbeiten. Luisa schützte darum ein paarmal ebenfalls Arbeit vor, wenn Teddie sie mehrmals in der Woche sehen wollte: Ihr »Abschluß« stand bevor, das war schließlich nicht gelogen. Sie wollte ihn bestehen, und zwar gut bestehen, denn für sie stand mehr auf dem Spiel als für Teddie; er würde ein bequemes Leben führen können, egal ob er als Journalist Erfolg hatte oder nicht.

Renates Tod lag schon mehr als zwei Monate zurück, als sich die dritte Kandidatin von der Frauenfachschule vorstellte, eine lebhafte, eher kleine Frau mit rötlichblondem Haar und Schaffhauser Dialekt, der Luisa zum Lachen reizte. Sie hieß Helen Suhner, war unverheiratet, etwa 45 Jahre alt und wollte gern in der Wohnung leben. Die hohen hellgestrichenen Räume hatten es ihr angetan. Renates Zimmer stand bereit, mit Doppelbett, Frisiertisch, Sekretär und allem, wenn auch anders eingerichtet als zu Renates Lebzeiten. Die alten Vorhänge hatte Luisa schon bald nach Renates Tod weggeworfen und neue genäht: gelbe Seide, mit einem weißen Futter.

Dorrie kannte ein paar Bühnenbildner am Schauspielhaus und bekam daher öfter Freikarten für sich und Luisa. Luisa war froh, daß Dorrie ihre Freundschaft auf die leichte Schulter nahm, sie hätte sich sonst bedrängt gefühlt, und vielleicht hatte Dorrie das intuitiv gespürt. Sie telefonierten auch nicht täglich miteinander oder schrieben sich zärtliche Briefe. Wenn die beiden eine Nacht zusammen verbringen wollten, ging Luisa zu Dorrie, und Helen Suhner stellte keine Fragen. Offenbar hatte eine 18jährige für sie schon ein Recht auf ihr Privatleben. Dorrie war nicht eifersüchtig auf Teddie, wenn Luisa Samstag abends mit ihm im ›Small g‹ tanzte. Und Teddie sagte nichts wegen Dorrie.

An Sonntagen ging Luisa hin und wieder mit Helen Suhner ins Kunsthaus, mehr wegen der Bilder als um die Kleider der Besucherinnen auf ihrem Block festzuhalten. Das Kunsthaus mit seinem breiten Treppenhaus und der Cafeteria war ohne Renate wie verwandelt – ein wenig allerdings auch wegen der viel aufgeschlosseneren Helen Suhner.

Eines Morgens traf ein Brief von Herrn Gamper von der SBG ein. Die Nachforschungen nach Renates Schwester hatten ihn bis nach Görlitz in der ehemaligen DDR geführt, und die Behörden dort reagierten sehr langsam. Die Schwester war vor einem Jahr gestorben. Luisa war also die Alleinerbin. Dies erfuhr Luisa an einem Werktag kurz vor zehn, sie sagte Vera und Helen aber nichts davon und redete sich ein, daß das nichts ändern würde, sie hätte es ohnehin schon fast erwartet. Sie verdrängte es eher – die Tatsache, daß sie bald, vielleicht schon in drei Monaten, über eine siebenstellige Summe bei der SBG verfügte, einen »anständigen Betrag«, der ihr erlaubte, sich jederzeit einen Mantel oder ein Paar Schuhe zu kaufen. Unvorstellbar.

Zwei Wochen später fragte Rickie sie nach Neuigkeiten von Renates Bank.

»Ach ja, Herr Gamper hat mir mitgeteilt, daß die Schwester tot ist. Also bin ich die … Alleinerbin.«

»Tatsächlich, das ist ja… Mensch… Glückwunsch!«

Eines Abends hatte Luisa ihren Mut zusammengekratzt und Renates Testament durchgelesen, ohne wirklich jeden Satz zu verstehen. Was sie allerdings verstand, war, daß es noch Aktien und Obligationen auf zwei oder drei Banken gab, abgesehen von den paar auf der SBG. Noch am selben Abend hatte sie es Rickie erzählt und ihm das Versprechen abgenommen, es nicht weiterzusagen. »Ich erzähl's sonst auch niemandem, nicht mal Dorrie oder Vera. Niemand soll denken, daß ich mir was drauf einbilde oder daß ich jetzt anders bin.«

Sie tätschelte Lulus weißen Kopf. Die Hündin hatte mit gespitzten Ohren zu ihr hochgesehen, als hätte sie alles verstanden.

»Ich fühle mich geehrt, daß du's mir erzählt hast, ich behalte es für mich«, versicherte Rickie.

»Sag's bitte auch Fredy nicht.«

»Einverstanden.«

Im März konnte Luisa dann über ihre Erbschaft verfügen, was sie dank ihrer Gespräche mit Herrn Gamper und Rickie jetzt nicht mehr schreckte. Als Faustregel tastete man das Vermögen nicht an und lebte von den Zinsen, hatte Rickie gemeint. Im März stand auch ihr Examen an, und wenn sie es bestand, konnte sie selber einen Lehrling ausbilden.

Helen und Luisa gingen oft zum Zehn-Uhr-Kaffee in den ›Jakob‹. Willi Biber ließ sich dort praktisch nicht mehr blicken. Luisa war mit Helen automatisch auf den langen Tisch zugesteuert, an dem sie früher immer gesessen hatte. Jetzt ohne Renate war die Atmosphäre im ›Jakob‹ so anders, daß Luisa dort kaum noch an sie dachte. Rickie saß meist gegenüber, zuerst hinter dem ›Tages-Anzeiger‹ verschanzt, dann ließ er die Zeitung sinken und begrüßte sie mit seinem fröhlichen »Guten Morgen«, manchmal setzte er sich auch ein paar Minuten dazu, und man tauschte Neuigkeiten aus, wenn es welche gab.

»Also, wen magst du jetzt lieber, Dorrie oder mich?« hatte Teddie ein paarmal gefragt, und Luisa antwortete jedesmal:

»Muß ich das so genau wissen? Es ist doch alles noch so neu.«

Sie war auch mit Teddie ein paarmal ins Bett gegangen, als Helen abends nicht da war, und einmal war auch Teddies Mutter übers Wochenende verreist. Wie sollte sie da irgendwelche Entscheidungen treffen?

Die Narbe an Teddies Rücken war nur noch ein kleiner Fleck, und er war wahrscheinlich sogar stolz darauf, dachte Luisa. Teddie hatte kein Recht, von ihr eine definitive Entscheidung zu verlangen, es sei denn, er hielt um ihre Hand an, was er nicht tat. Nach der Journalistenschule müßte er erst einmal einen gutbezahlten Job finden, wenn er sich eine eigene Wohnung leisten wollte.

Bis dahin war's noch weit, und Teddie hatte massenhaft Zeit, um das eine oder andere Mädchen kennenzulernen, hatte Rickie Luisa und vielleicht auch mal Teddie gegenüber gemeint. Was war denn schon dabei, wenn sie seine liebste Freundin oder ihretwegen auch die zweitliebste war? Teddies Mutter mochte sie besonders gern, vielleicht auch weil sie inzwischen selbständiger war und weil Teddie nicht mehr gar so viele Flausen im Kopf hatte.

»Wirst du jetzt eine von den Zweigleisigen?« fragte Teddie. »Irgendwann mußt du dich schon entscheiden.«

Mußte sie das? Wenn Teddie das nicht paßte, brauchte er sich ja nicht mehr mit ihr zu treffen, dachte Luisa, obwohl ihr das nicht leichtfallen würde. Was war denn schlimm daran, wenn man nicht alles so furchtbar ernst nahm? Das war eben das Schöne an Dorrie, daß sie nichts kompliziert machte.

Und Rickie – den mochte sie, weil er immer für sie da war und immer erreichbar, wenn sie irgend etwas mit ihm besprechen wollte. Als er mit Fredy ein langes Wochenende in Paris verbrachte, hatte er sogar seine Hotelnummer hinterlassen.

Auf sein Betreiben hin hatte Rickie Fredys Frau Gertrud kennengelernt, und zwar in einem Restaurant, das sie besonders gern mochte – auch das war Rickies Idee gewesen. Das ›Gipsy‹, hatte Fredy zu Rickies Erstaunen vorgeschlagen. Ein ungarisches? Wieso nicht. Rickie hatte beide eingeladen, erst in seine Wohnung auf einen Aperitiv – laut Fredy mochte Gertrud am liebsten Cinzano mit Mineralwasser –, dann fuhren sie mit dem Taxi in das vornehme ungarische Restaurant. Gertrud war blond, nicht sehr groß und arbeitete als Buchhalterin für drei kleine Orchesterensembles im Raum Zürich, soviel Rickie verstanden hatte. Vor allem aber war sie einfach nett.

Er war bei der Begrüßung mindestens so nervös gewesen wie bei Teddies Mutter, doch Gertruds Lächeln und die Art, wie sie ihm die Hand reichte, hatten ihm sofort jede Scheu genommen. Sie war eine guterhaltene Vierzigerin, mit einem hübschen Haarschnitt und eher klassischem Kleiderstil. Sie plauderte angeregt über Fredys Fortbildungskurs, auch wenn sie mit einem Seitenblick auf ihren Mann bemerkte, als Kriminaler müsse er wohl noch mehr Überstunden machen als bisher.

»Ich weiß nie, ob sich's lohnt zu kochen«, meinte sie lachend, »deshalb genieße ich diesen Abend doppelt.«

Sie hatte gebratene Ente mit warmem Apfelmus, Rotkohl und Kartoffelknödel bestellt, was so lecker geklungen hatte, daß die Männer das gleiche nahmen.

Gertrud und Fredy waren seit zehn Jahren verheiratet, und von Fredy wußte Rickie, daß es Gertruds zweite Ehe war. Die Verbindung war offensichtlich glücklich, das merkte man an kleinen Zeichen, zum Beispiel daran, wie Fredy Gertrud den Stuhl hinschob und sie zwischendurch immer wieder stolz ansah. Erstaunlich, dachte Rickie, aber im Leben war eben vieles erstaunlich.

Der Abend war gelungen und ein großer Schritt vorwärts. Ob seine Beziehung zu Fredy sich zu etwas ebenso Starkem und Stabilem entwickeln würde wie die von Fredy und Gertrud? Aber sich das zu fragen war müßig, auch Fredy zu fragen war müßig. Komischerweise war Rickie dennoch auf eine ganz stille Art glücklich.

*Bitte beachten Sie auch die folgenden Seiten*

## *Patricia Highsmith im Diogenes Verlag*

»Die Highsmithschen Helden, gewöhnt an die pflaumenweiche Perfidie und hämisch-sanfte Tücke des Mittelstandsbürgertums, trainiert aufs harmlose Lügen und Verstellen, begehen Morde so, als wollten sie mal wieder Ordnung in ihre unordentlich gewordene Wohnung bringen. Da gibt es keine moralischen Skrupel, die bremsend eingreifen, da herrscht nur die Logik des Faktischen. Meist sind es Paare, enttäuschte Liebhaber, Beziehungen, die in der Sprachlosigkeit gestrandet sind, sich nur noch mittels Mißverständnissen einigermaßen arrangieren, ehe das scheinbar funktionierende Getriebe einen irreparablen Defekt bekommt. Diese ganz normalen Konstellationen sind es, übertragbar auf alle Gesellschaften, die die Autoren und Filmer im deutschsprachigen Kulturraum so faszinieren. Denn Patricia Highsmith findet für ihre seelischen Offenbarungseide immer die schauerlichsten, alptraumhaftesten Rahmen, die ihren ›Beziehungskisten‹ den rechten Furor geben.
Die Highsmith-Thriller sind groteske, aber präzise Befunde unserer modernen bürgerlichen Gesellschaft, die an Seelenasthma leidet.«
*Wolfram Knorr/Die Weltwoche, Zürich*

*Der talentierte Mr. Ripley*
Roman. Aus dem Amerikanischen von Barbara Bortfeldt

*Ripley Under Ground*
Roman. Deutsch von Anne Uhde

*Ripley's Game*
oder Ein amerikanischer Freund
Roman. Deutsch von Anne Uhde

*Der Junge, der Ripley folgte*
Roman. Deutsch von Anne Uhde

*Ripley Under Water*
Roman. Deutsch von Otto Bayer

*Venedig kann sehr kalt sein*
Roman. Deutsch von Anne Uhde

*Das Zittern des Fälschers*
Roman. Deutsch von Anne Uhde

*Lösegeld für einen Hund*
Roman. Deutsch von Anne Uhde

*Der Stümper*
Roman. Deutsch von Barbara Bortfeldt

*Zwei Fremde im Zug*
Roman. Deutsch von Anne Uhde

*Der Geschichtenerzähler*
Roman. Deutsch von Anne Uhde

*Der süße Wahn*
Roman. Deutsch von Christian Spiel

*Die zwei Gesichter des Januars*
Roman. Deutsch von Anne Uhde

*Kleine Geschichten für Weiberfeinde*
Eine weibliche Typenlehre in siebzehn Beispielen. Deutsch von Walter E. Richartz. Zeichnungen von Roland Topor

*Kleine Mordgeschichten für Tierfreunde*
Deutsch von Anne Uhde

*Der Schrei der Eule*
Roman. Deutsch von Gisela Stege

*Tiefe Wasser*
Roman. Deutsch von Eva Gärtner und Anne Uhde

*Die gläserne Zelle*
Roman. Deutsch von Gisela Stege und Anne Uhde

*Ediths Tagebuch*
Roman. Deutsch von Anne Uhde

*Der Schneckenforscher*
Elf Geschichten. Deutsch von Anne Uhde. Mit einem Vorwort von Graham Greene

*Leise, leise im Wind*
Zwölf Geschichten
Deutsch von Anne Uhde

*Ein Spiel für die Lebenden*
Roman. Deutsch von Anne Uhde

*Keiner von uns*
Elf Geschichten
Deutsch von Anne Uhde

*Leute, die an die Tür klopfen*
Roman. Deutsch von Anne Uhde

*Nixen auf dem Golfplatz*
Erzählungen. Deutsch von Anne Uhde

*Suspense*
oder Wie man einen Thriller schreibt. Deutsch von Anne Uhde

*Elsie's Lebenslust*
Roman. Deutsch von Otto Bayer

*Geschichten von natürlichen und unnatürlichen Katastrophen*
Deutsch von Otto Bayer

*Meistererzählungen*
Deutsch von Anne Uhde, Walter E. Richartz und Wulf Teichmann

*Carol*
Roman einer ungewöhnlichen Liebe. Deutsch von Kyra Stromberg

*›Small g‹ – eine Sommeridylle*
Roman. Deutsch von Christiane Buchner

*Über Patricia Highsmith*
Zeugnisse von Graham Greene bis Peter Handke. Mit Bibliographie, Filmographie und zahlreichen Fotos. Herausgegeben von Franz Cavigelli und Fritz Senn

# *Barbara Vine im Diogenes Verlag*

## *Die im Dunkeln sieht man doch*

Roman. Aus dem Englischen von
Renate Orth-Guttmann

Der Fall der Vera Hillyard, die kurz nach dem Krieg wegen Mordes zum Tod durch den Strang verurteilt und hingerichtet wurde, wird wieder aufgerollt. Briefe, Interviews, Erinnerungen, alte Photographien fügen sich zu einem Psychogramm, einer Familiensaga des Wahnsinns. Schicht um Schicht entblättert Barbara Vine die Scheinidylle eines englischen Dorfes, löst zähe Knoten familiärer Verflechtungen und entblößt schließlich ein Moralkorsett, dessen psychischer Druck nur noch mit Mord gesprengt werden konnte.

»Barbara Vine ist die beste Thriller-Autorin, die das an Krimi-Schriftstellern nicht eben arme England aufzuweisen hat. Ein Psycho-Thriller der Super-Klasse.« *Frankfurter Rundschau*

## *Es scheint die Sonne noch so schön*

Roman. Deutsch von Renate Orth-Guttmann

Ein langer, heißer Sommer im Jahr 1976. Eine Gruppe junger Leute sammelt sich um Adam, der ein altes Haus in Suffolk geerbt hat. Sorglos leben sie in den Tag hinein, lieben, stehlen, existieren. Zehn Jahre später werden auf dem bizzaren Tierfriedhof des Ortes zwei Skelette gefunden – das einer jungen Frau und das eines Säuglings…

»Der Leser glaubt auf jeder zweiten Seite, den Schlüssel zur Lösung des scheinbar kriminellen Mysteriums in Händen zu halten, doch – der Schlüssel paßt nicht, sperrt nicht, klemmt… Keine Frage, dieser Roman ist ein geglückter Thriller, ein famos geglückter, wofür diese Autorin auch bürgt.« *Wiener Zeitung*

## *Das Haus der Stufen*

Roman. Deutsch von
Renate Orth-Guttmann

Eine der großen Lügnerinnen der Welt, nennt Elisabeth die junge Bell. Und trotzdem, oder vielleicht deswegen: noch nie zuvor war Elisabeth von einer Frau dermaßen fasziniert. Selbst als Bells kriminelle Vergangenheit offenkundig wird, kann sich Elisabeth nicht aus ihrer Liebe zu Bell lösen. Immer wieder findet sie Erklärungen und Entschuldigungen für das unglaubliche Verhalten dieser mysteriösen Frau.

»Barbara Vine alias Ruth Rendell ist in der englischsprachigen Welt längst zum Synonym für anspruchvollste Kriminalliteratur geworden.«
*Österreichischer Rundfunk, Wien*

## *Liebesbeweise*

Roman. Deutsch von
Renate Orth-Guttmann

»*Liebesbeweise* ist Barbara Vines bisher eindringlichster Exkurs in die dunklen Geheimnisse der Obsessionen des Herzens. Dieser Roman betrachtet und prüft mancherlei Arten von Liebe: die romantische Liebe, die elterliche Liebe, die abgöttische Liebe, die besitzergreifende Liebe, die selbstlose Liebe, die erotische Liebe, die platonische Liebe und die kranke Liebe.«
*The New York Times Book Review*

»Wer die englische Autorin kennt, weiß, daß es in *Liebesbeweise* wieder um ein veritables Verbrechen geht, daß dieser Kriminalroman aber in Wirklichkeit wieder cin Reisebericht über eine zerklüftete Landschaft emotionaler Verstrickungen ist. Die Landschaften wechseln bei Barbara Vine, gleich bleibt die suggestive Verführungskraft, mit der sie ihre Leser in immer neue Abgründe zieht. Man wird süchtig…«
*profil, Wien*

## *König Salomons Teppich*

Roman. Deutsch von Renate Orth-Guttmann

Welcher fliegende Teppich trägt uns – wie ehedem Salomon – heute überallhin? Die Londoner U-Bahn! Von ihr aber gibt es Geschichten zu erzählen, die alles andere als märchenhaft sind. Hart und verwegen geht es zu in den Tunneln der Tube, wo die Gesetze der Unterwelt gelten. Eine Geschichte der U-Bahn schreibt der exzentrische Jarvis. Und gleichzeitig steht er einem Haus vor, in dem die unterschiedlichsten Außenseiter Unterschlupf finden, wenn sie nicht gerade in der U-Bahn unterwegs sind.

»Zum geheimnisvollen, bedrohlichen Labyrinth werden die Stationen, Tunnels, Lift- und Luftschächte der Londoner U-Bahn in *König Salomons Teppich*. Barbara Vine, die Superfrau der Crime- und Thrillerwelt, ist in absoluter Hochform. Ergebnis: hochkarätige , bei aller mordsmäßigen Spannung vergnügliche Literatur.« *Cosmopolitan, München*

## *Astas Tagebuch*

Roman. Deutsch von Renate Orth-Guttmann

Einsam im fremden England, vertraut Asta, eine junge Dänin, die Freuden und Nöte ihres Familienalltags einem Tagebuch an: Erziehung der Söhne, Probleme mit dem Mann, ihre Bemühungen um Eigenständigkeit in der anderen Umgebung, das Nahen des Ersten Weltkriegs... Kein leichtes Schicksal, wäre nicht Swanny, ihre Lieblingstochter, die der Mutter treu zur Seite steht. Doch ob Swanny überhaupt Astas Tochter ist? Und könnte es Verbindungen geben zu dem skandalösen Mordprozeß im Fall Roper? Barbara Vine kombiniert meisterhaft ein Familiendrama mit einer Kriminalgeschichte.

»Das bislang Beste aus der Feder von Barbara Vine alias Ruth Rendell.« *Literary Review, London*

# *Viktorija Tokarjewa im Diogenes Verlag*

## *Zickzack der Liebe*

Erzählungen. Aus dem Russischen
von Monika Tantzscher

Die Menschen der Viktorija Tokarjewa rebellieren gegen ein Leben, das mit der Regelmäßigkeit eines Uhrwerks abläuft und keinen Raum für spontanes Glück läßt. Sie träumen von leidenschaftlicher Liebe – zu deren Unbedingtheit sie sich dann doch nicht entscheiden können. Ironisch und mit Herzblut erzählt eine selbstbewußte Autorin von den Partnerschaftsnöten emanzipierter sowjetischer Frauen.

»Die große Kunst der Viktorija Tokarjewa besteht im äußerst sparsamen Gebrauch der erzählerischen Mittel. Überflüssige Details zu vermeiden und auf kürzestem Weg ins Herz der Dinge und der Menschen vorzudringen ist die Maxime der Autorin. Ihre Erzählungen sind von geradezu elementarer Wucht. Sie ist eine Meisterin.« *Frankfurter Allgemeine Zeitung*

## *Mara*

Erzählung. Deutsch von
Angelika Schneider

Die ehrgeizige Mara hat nur zwei Ziele: Macht und Geld. Da sie beides mangels Ausbildung auf direktem Wege nicht erreichen kann, geht sie den Umweg über Männer. In *Mara* entwirft die Autorin das psychologisch feinfühlig gezeichnete tragikomische Bild einer modernen russischen ›femme fatale‹.

»Ihre Erzählungen führen sehr direkt an das Wesen der Menschen heran. Was sie sagt, sagt sie in äußerst gedrängter Form. Eine ›Vaterschaft‹ Čechovs scheint vor allem im Umgang mit der Sprache, in der Beobachtungsgabe und im manchmal fast melancholischen

Humor durchzuschlagen. Und obwohl Viktorija Tokarjewa in der Sowjetära lebt, sind ihre Figuren zeitlos, sieht man von den wenigen Tönen des Zeitkolorits ab. Wieviel klingt da mit.« *Neue Zürcher Zeitung*

## *Happy-End*

Erzählung. Deutsch von
Angelika Schneider

Aus purem Trotz heiratet Elja viel zu früh den sie naiv vergötternden Tolik und zieht mit ihm zu seinen Eltern in ein russisches Provinznest. Als sie an der Langeweile des Kleinstadtlebens zu ersticken droht, verliebt sich Elja in den Schauspieler Igor, der so wunderschön Lermontow rezitiert. Sie zieht mit ihm nach Moskau. Aber Igor ist Alkoholiker und hat seit Jahren keine guten Rollen mehr gespielt…

»Vor allem aber liegt der Zauber von Viktorija Tokarjewas Schreibweise in einem Čechovschen Humor, der das schwere Leben leichter macht, dazu in gelegentlichen Ausflügen ins Träumerisch-Phantastisch-Absurde, im Witz der Formulierung, der den Geist vom Druck der Verhältnisse befreit.«
*Deutsche Welle, Köln*

## *Lebenskünstler*

und andere Erzählungen. Deutsch von
Ingrid Gloede

»Viktorija Tokarjewa psychologisiert nicht. Sie erzählt. In einem Ton und mit einer Sicherheit, die nicht den geringsten Zweifel zuläßt, daß hier eine großartige Autorin zu entdecken ist.« *NDR, Hamburg*

»Sie erzählt von Menschen – erstaunlich emanzipierten Frauen –, die einem Ideal nachjagen, dauernd im Aufbruch begriffen sind und doch an den realen Bedingungen klebenbleiben wie an Leimruten.«
*Die Weltwoche, Zürich*

## *Sag ich's oder sag ich's nicht?*

und andere Erzählungen. Deutsch von Angelika Schneider, Monika Tantzscher und Elsbeth Wolffheim

*Sag ich's oder sag ich's nicht?* lautet die bange Frage, die sich durch das Leben einer jungen Frau zieht wie ein roter Faden. Als reife Frau hält sie Rückschau auf alle Gelegenheiten, die sie durch ihr langes Abwägen verpaßt hat. Als sich eine letzte Gelegenheit bietet, wagt sie schließlich den Sprung ins Ungewisse.

»Viktorija Tokarjewas Erzählungen sind durchdrungen von trockenem Witz und warmem Humor, distanziert und engagiert zugleich.«
*Süddeutsche Zeitung, München*

## *Sentimentale Reise*

Erzählungen. Deutsch von Angelika Schneider

Auf einer Reise durch Italien verliebt sich die Kinderbuchillustratorin Romanowa in den unangepaßten Künstler Leonid, den sie so faszinierend-rätselhaft findet, daß sie ihn nur ›Raskolnikow‹ nennt. Raskolnikow macht der Romanowa den Hof, nutzt jede Gelegenheit, um mit ihr allein zu sein. Aber der Grund dafür ist ein anderer als der von der Romanowa vermutete, und die *Sentimentale Reise* nimmt ein überraschendes Ende.
Vier Geschichten über Hoffnungen und Sehnsüchte.

»*Sentimentale Reise* vereinigt vier Erzählungen, die das zentrale Thema der Liebe in eine ausdrucksstarke, manchmal groteske Bildlichkeit umsetzen. Die Tragik des Lebens bricht nicht mit Pauken und Trompeten eines Schicksalsschlags über den Menschen herein, sondern dringt als leises Scheitern in alle Ritzen der Existenz. Und hier liegt Viktorija Tokarjewas Wahrheit, in die sie ihre Leser mit einem lachenden und einem weinenden Auge einweiht.« *Neue Zürcher Zeitung*

## *Die Diva*

Zehn Geschichten über die Liebe
Deutsch von Angelika Schneider, Monika Tantzscher und Susanne Veselov

Mit fünfzehn sieht Trofimow sie auf der Leinwand. Die nächsten dreißig Jahre verbringt er damit, auf den Tag zu warten, an dem er die Frau seiner Träume persönlich kennenlernen würde. Ihr zuliebe lernt er Italienisch, denn das ist ihre Muttersprache; ihretwegen wird er ein berühmter Journalist, denn nur den würde man zu einer Reportage über *Die Diva* nach Italien schicken. Doch als sie dann leibhaftig bei einem Filmfestival in Moskau erscheint, kommt alles ganz anders als geplant.
Zehn Erzählungen über die Liebe: die große und die kleine, die um ein Haar verpaßte, die unerreichbare, die alltägliche und die außergewöhnliche.

»Ich habe immer geschrieben, was ich wollte, und ich werde weiterhin genügend Stoff haben, denn die Liebe bleibt widersprüchlich.« *Viktorija Tokarjewa*

»Viktorija Tokarjewa erzählt ihre Liebesgeschichten mit einem solchen Witz und einer solchen Lebendigkeit, daß ich ganz entzückt davon bin.«
*Elke Heidenreich*

»Gute Aussichten für eine russische – und wieder europäische – Literatur nach dem sozialistischen Realismus.«
*Maria Deppermann/Frankfurter Allgemeine Zeitung*